Das große, farbige Bastel- und

Werkbuch

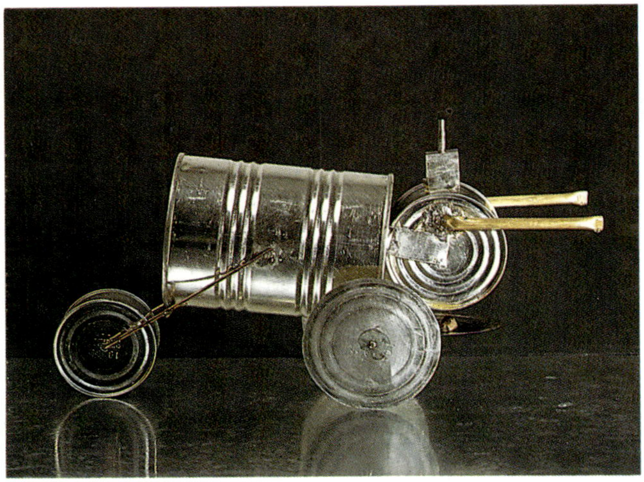

Dieter Rex

Das große, farbige Bastel- und Werkbuch

FALKEN

Im FALKEN Verlag sind zahlreiche Bücher mit Werk- und Bastelanregungen erschienen. Hier eine kleine Auswahl: ›Das große farbige Bastelbuch für Kinder‹ (Nr. 4254), ›Heut basteln wir mit Pappe und Papier‹ (Nr. 4413), ›Origami‹ (Nr. 756, Nr. 805 und Nr. 280), ›Hobby Drachen‹ (Nr. 767), ›Töpfern ohne Scheibe‹ (Nr. 896)

Der Autor bedankt sich insbesondere bei Uli Peters und allen, die Ideen und Anregungen beigesteuert und tatkräftig mitgearbeitet haben:
Jutta Beier
Irms Duschl
Michael Geßner
Ulrich Hohmann
Ute Hummel
Conny Müller
Brigitte Schwarz
Yashen

ISBN 3 8068 4439 9

Titelfoto: Michael Zorn, Wiesbaden
Fotos: Dieter Rex, Utting/Ammersee
Carina, Seite 30/31
Zeichnungen: Uli Peters, München
Die Ratschläge in diesem Buch sind vom Autor und vom Verlag sorgfältig erwogen und geprüft, dennoch kann eine Garantie nicht übernommen werden. Eine Haftung des Autors bzw. des Verlags und seiner Beauftragten für Personen-, Sach- und Vermögensschäden ist ausgeschlossen.
Satz: LibroSatz, Kriftel bei Frankfurt
Gesamtkonzeption: Falken-Verlag GmbH,
D-6272 Niedernhausen/Ts.

817 2635 44

Vorwort

Da steht die komplett eingerichtete Werkstatt – alle Dinge im Haus oder in der Wohnung sind repariert, alle Schränke eingebaut – wäre es jetzt nicht toll, sich mit einem Material, sei es Holz, Metall oder Kunststoff, in seiner Ursprungsform zu beschäftigen, um daraus selbstgestaltete Gegenstände zu erarbeiten?

Jedes Material, und vor allem jeder Werkstoff, hat seine ganz besondere Verarbeitungsform. So läßt sich Holz z. B. durch Sägen, Bohren, Zurechtfeilen und Verleimen verarbeiten, während Leder geschnitten, geklebt und genäht wird.

Diese Verarbeitungsform ist es auch, die das Werken vom Basteln unterscheidet. Werkarbeiten sollten möglichst den Anspruch der ›Werkgerechtigkeit‹ bzw. ›Materialgerechtigkeit‹ erfüllen.

Es geht beim Werken nicht darum, perfekte Gegenstände handwerklich exakt herzustellen, sondern ein werkstoffgerechtes Formgefühl zu entwickeln, das deine Spontaneität und Kreativität anregt und fördert. Wichtig sind der spielerische Entwurfscharakter und damit die Einmaligkeit der Gegenstände.

Dieses Buch gibt dir anhand vieler verschiedener Beispiele einen Einblick in die werkgerechte Verarbeitung der wichtigsten Werkstoffe. Dabei mußt du dich nicht erst durch schwer verständliche Textkolonnen hindurchkämpfen, sondern brauchst dir in der Regel nur die Bilder gründlich anzusehen. An ihnen solltest du gleich erkennen können, ›wie es gemacht wird‹; falls doch noch Unklarheiten bestehen, erläutert dir der Text, wie es gemeint ist. Zu deiner besseren Orientierung haben wir den Schwierigkeitsgrad der Werkarbeiten und Gegenstände mit Hilfe von Symbolen auf der rechten Seite oben gekennzeichnet:

- ● bedeutet eine leichte Werkarbeit, die du alleine ausführen kannst (für Anfänger geeignet);
- ●● bedeutet eine schwierigere Arbeit, bei der du unter Umständen die Hilfe älterer Geschwister oder Erwachsener benötigst;
- ●●● bedeutet, daß du es mit kniffligen Gegenständen zu tun hast, die viel Ausdauer und Geschick von dir verlangen. Falls du es nicht schaffst, wende dich an deinen Werklehrer oder einen Handwerker in der Nachbarschaft.

Du lernst die Bezeichnung von Werkzeugen und wichtige Fachausdrücke zur Verarbeitung kennen. Wenn dir ein spezielles Werkzeug oder Zubehörteil fehlen sollte, gib nicht gleich dein Taschengeld dafür aus. Oft findest du ein ähnliches Werkzeug oder Teil, das sich ›werkgerecht‹ zweckentfremden läßt. Das Buch gibt dir dazu das nötige Wissen und wichtige Tips mit auf den Weg.

Unsere Vorschläge sind, bis auf wenige Ausnahmen, grundsätzlich immer nur als Anregungen gedacht, um dir Arbeitstechniken zu erklären, die du zu Hause durchführen kannst (so sind z. B. die Maße der Spielmaschine auf S. 130 f. oder des Stövchens auf S. 238 f. völlig frei). Die in diesem Buch vorgestellten Gegenstände können deshalb nachgestaltet oder variiert werden oder auch nur als Anregungen für eigene Ideen dienen.

Viel Spaß und Erfolg!

Inhalt

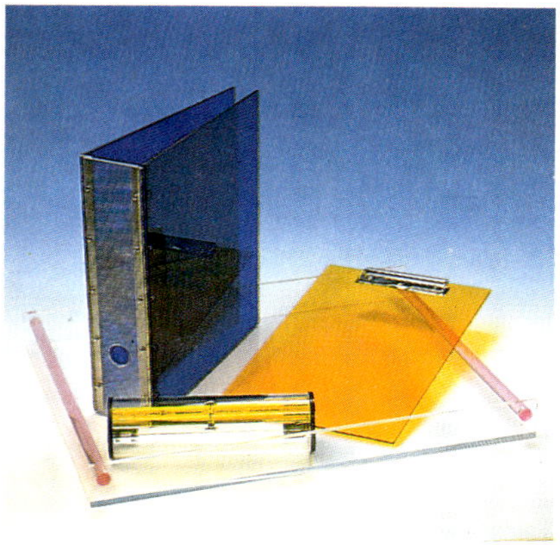

Materialliste

In dieser Tabelle findest du die Materialien, die wir für unsere Werkarbeiten verwendet haben. Die Materialien sind nach Werkstoffen sortiert, so, wie sie im Buch der Reihenfolge nach beschrieben sind.
Daneben findest du die wichtigsten Eigenschaften dieser Materialien. In der Rubrik ›Tips und Bezugsquellen‹ geben wir außerdem an, wo wir sie erworben haben.
Wir haben nur in Geschäften gekauft, die für jedermann zugänglich sind. Aber nicht jeder Ort hat z. B. einen Holzhandel oder einen speziellen Drahtladen. Dafür gibt es aber fast überall einen Bau- oder Heim- und Handwerkermarkt.
Ausgefallenere Materialien und Stoffe findest du meistens im Laden für Bastelbedarf (zumindest kann man dir dort weiterhelfen).
Noch ein Tip: Bei vielen Materialien kann dir auch das Branchenfernsprechbuch behilflich sein. Wenn du z. B. Drahtgeflecht suchst, mußt du unter ›Draht‹ nachsehen und wirst auf alle Firmen stoßen, die mit Draht zu tun haben.

Leder	**Eigenschaften**	**Tips und Bezugsquellen**
Druckknöpfe	Verschiedene Größen und Ausführungen in Metall oder Plastik; lassen sich durch Zusammenpressen oder Annähen anbringen	Kurzwarengeschäft
Graupappe	Glatte Oberfläche, hohe Festigkeit; eignet sich zum Stabilisieren größerer Flächen, die steif bleiben sollen	Schreibwarengeschäft
Gürtelschnallen und Taschenschließen	Verschiedene Größen und Ausführungen aus Metall oder Plastik, verschließbar	Kurzwarenladen oder Westernstore
Nieten	Verschiedene Größen und Ausführungen; die schnellste Art, Lederteile zu verbinden	Kurzwarenladen oder Westernstore
Pattex	Sehr guter Kleber; geeignet zum Verkleben großer Flächen	Schreibwarengeschäft, Baumarkt
Rind- und Schweinsleder	Elastisch, dehn- und strapazierbar, reißfest, modellierbar; läßt sich nähen und kleben	Lederreste im Großhandel, in der Lederwerkstatt oder im Lederladen
Schnittbögen	Verschiedene Größen und Ausführungen	Nähgeschäft, Modezeitschrift
Sternzwirn	Sehr reißfest, nicht elastisch; viele Farben, eignet sich gut für Nähte, die stark beansprucht werden	Kurzwarengeschäft
Unterlegscheiben	Verschiedene Größen; glänzend oder matt, aus Metall, Plastik oder Gummi	Eisenwarenhandel oder Baumarkt

Papier	**Eigenschaften**	**Tips und Bezugsquellen**
Alleskleber (Pattex, Uhu)	Feuergefährlich. Alleskleber erzeugen Flecken auf dünnem Papier; lösen Kunststoff unter Umständen auf. Eignen sich besonders für punktartiges Kleben	Schreibwarengeschäft (in vielen Varianten)
Buchbinderleim (Ponal)	Mit Wasser verdünnbar; eignet sich gut zum Verkleben von zwei großen Flächen	Im Haushaltswarenladen, Bastelgeschäft oder Baumarkt
Fotokarton	Matte Oberfläche, biege- und falzfest, nicht durchscheinend; viele Farben, Format: 50 x 70 cm	Schreibwarengeschäft
Geschenkpapier	Meistens einseitig bedruckt, glänzend oder matt; oft geringe Falzfestigkeit, bis 70 x 100 cm	Zeichenbedarf oder Papeterie
Graupappe/Rollen	Glatte Oberfläche, elastisch, hohe Festigkeit; 70 x 100 cm, bis 0,3 cm Dicke	Schreibwarengeschäft; Unterlage von Zeichenblöcken, Küchen- oder Toilettenrollen

Papier	Eigenschaften	Tips und Bezugsquellen
Kleister	Mit Wasser anzurührender Klebstoff aus Zellulose; durchfeuchtet Papier stark, trocknet spurlos aus	Farbgeschäft und Baumarkt
Plakatkarton	Einseitig gefärbter, fester Karton; in verschiedenen Farben erhältlich	Schreibwarengeschäft
Schreibpapier	Glatte Oberfläche, Schreibflüssigkeit (Tinte) läuft nicht aus; hohe Falzfestigkeit, Format: DIN A4 (21 x 29,7 cm)	Schreibwarengeschäft
Transparentpapier	Farblos bis milchig weiß, holzfrei, radierfest, geringe Falzfestigkeit; eignet sich gut zum Durchpausen	Schreibwarengeschäft
Tyvek	Material: Polyäthylen (papierähnlich); geringes Gewicht, hohe Reißfestigkeit	Drachenbauladen oder Bastelgeschäft
Vorsatzpapier	Holzfrei, fest; matt oder rauh	Schreibwarengeschäft
Wellpappe	Einseitig gewellt, holzhaltig, in Wellrichtung flexibel, ein- bis fünflagig; verklebt, je nach Anwendung	Schreibwarengeschäft; Verpackungskartons (Abfall im Supermarkt)
Zeichenpapier	Holzhaltig oder holzfrei, hohe Falzfestigkeit, saugfähig; Format DIN A4–DIN A2 (42 x 59,4 cm)	Schreibwarengeschäft
Zeitungspapier	Rauhe Oberfläche, geringe Falzfestigkeit; eignet sich für Pappmaché	In jedem Haushalt

Wachs	Eigenschaften	Tips und Bezugsquellen
Dochte	Baumwollgarne brennen am besten in Spinnrichtung ab, das ›Oben‹ ist durch einen Knoten gekennzeichnet	Kerzenfachgeschäft
Stearin	Tierisches Fett oder Pflanzenfett, schmilzt bei ca. 60° Celsius	Kerzenfachgeschäft
Wachsfarben	Fettlösliche Farbstoffe in kleinen Blöckchen	Kerzenfachgeschäft
Weißes Kerzenwachs	Erdölprodukt schmilzt bei 50–70° Celsius	Kerzenfachgeschäft, Supermarkt

Gips und Stein	Eigenschaften	Tips und Bezugsquellen
Badezimmerkacheln	Verschiedene Ausführungen, Größen und Farben; wasserundurchlässig	Baumarkt oder Fliesenhandel
Fliesenkleber	Mörtelartige Masse (Zement) zum Aufkleben von Fliesen; in verschiedenen Zusammensetzungen erhältlich, schnellbindend	Baumarkt
Fugenweiß	Weiße Masse (Zement) zum Abdichten von Fliesenfugen; schnellhärtend, wasserfest nach dem Trocknen	Baumarkt
Gipsbinden	Eignen sich zum Herstellen von Hohlformen und Abdrücken, schnellbindend, in verschiedenen Breiten (bis 12 cm)	Apotheke
Kupferrohr	Verschiedene Durchmesser, biegsam, leicht zu sägen (zum Bearbeiten von Ytong geeignet)	Baumarkt, Eisenwaren- und Installationsfachhandel
Modellgips	Modelliermasse, die schnell aushärtet. Mit Wasser anrühren, läßt sich in beliebige Formen gießen und härtet dann aus; geringer Härtegrad	Bastelgeschäft oder Baumarkt
Speckstein	Grün meliert bis rötlich. Fühlt sich fettig an, leicht zu bearbeiten; der weichste Naturstein (ähnelt poliert Marmor)	Bastelgeschäft
Ytong	Poröser Kalkbetonleichtstein. Weiß bis grau, leicht zu bearbeiten; eignet sich zum Bau größerer Plastiken (Vorsicht: bruchanfällig)	Baumarkt

Stoffe und Fäden	Eigenschaften	Tips und Bezugsquellen
Bast	Dünnes Flecht- und Webmaterial in verschiedenen Farben	Bastelgeschäft, Korbwarenladen
Garne	Verschiedene Stärken, Fasern und Farben; eignen sich zum Sticken, Stricken, Nähen, Weben, Flechten und Knüpfen	Textilgeschäft
Jute	Grob gewebt, Bastfaser der Jutepflanze, auch Rupfen genannt; eignet sich als Untergewebe für Teppiche, für Wandbehänge oder als Verpackungsgewebe	Textil- oder Bastelgeschäft
Paketschnur	Aus Hanf gedrehtes Garn. Starke Reißfestigkeit, verschiedene Stärken; im Gegensatz zu Wolle unelastischer Faden	Schreibwaren- oder Haushaltsgeschäft
Peddigrohr	Flechtmaterial aus Palmenstengeln; biegsam, stabil	Bastelgeschäft, Korbwarenladen
Stoffe	Verschiedene Stärken und Zusammensetzungen. Unterscheidung von Kunstfaserstoffen (z. B. Nylon, Dralon, Polyacryl), Mischgeweben und Naturfaserstoffen (z. B. Baumwolle, Seide, Leinen, Wolle, Jute)	Stoffabteilung eines Kaufhauses oder Textilfachgeschäft
Watteline	Kunststoffprodukt für Kissenfüllungen, Bezüge etc.	Textil- und Kurzwarengeschäft
Webnadel	Mehrere Längen und Dicken; zum Durchfädeln von Webgarn	Textil- und Kurzwarengeschäft

Holz	Eigenschaften	Tips und Bezugsquellen
Acryllack	Wasserlöslicher Lack; sehr widerstandsfähig (schützt Holz vor Verwitterung, verhindert ein Nachdunkeln)	Farbenladen oder Baumarkt
Ahornholz	Weiß bis gelblich, gewellter Faserverlauf; sehr hart, reißt leicht, nicht witterungsbeständig (hohe Klangqualität)	Holzhandel (im Zuschnitt)
Balsaholz	Weiß bis gelblich, sehr leicht; gut geeignet für Modellbau	Holzhandel (im Zuschnitt in verschiedenen Stärken), Bastelgeschäft
Buchenholz	Gelblichrot bis rötlichbraun; kurzfaserig, hart, fest, reißt leicht	Holzhandel (im Zuschnitt)
Dübelhölzer oder Rundhölzer	In der Regel aus Ramin; sehr hart, glatt oder geriffelt (in verschiedenen Durchmessern in genormter Länge)	Baumarkt
Fichtenholz	Gelblich bis weiß, deutlich erkennbare Jahresringe; leicht, fest, grobfaserig, witterungsbeständig	Holzhandel oder Baumarkt (im Zuschnitt oder in Normmaßen)
Furniere	Dünne Holzblätter in vielen Holzarten; zum Aufleimen oder Aufkleben auf Preßspanplatte oder Sperrholz	Holzhandel oder Bastelgeschäft
Holzbeize	Wasserlösliche Anilinfarbe in verschiedenen Farben (dient zur Einfärbung einer Holzoberfläche)	Bastelgeschäft oder Baumarkt
Holzleim (Ponal)	Kaltleim, weiß und dickflüssig; gebräuchlicher Holzkleber, im feuchten Zustand mit Wasser abwaschbar	Bastelgeschäft oder Baumarkt
Holzleisten	In allen Hölzern in verschiedenen Maßen erhältlich; biegsam, sofort weiterzuverarbeiten (viele Querschnitte und Profile)	Baumarkt (in genormten Längen, ausgefallene Hölzer nach Zuschnitt)
Holzwachs	Erzeugt matten Glanz; schützt und pflegt (ermöglicht das Nachdunkeln von Holz)	Baumarkt oder Farbenladen, Antiquitätenladen
Preßspanplatten	Aus Holzspänen und Kunstharzleim hergestellt, nicht dehnbar (verzieht sich nicht); witterungsbeständig, beim Sägen an den Rändern leicht ausfransend	Baumarkt (im Zuschnitt)
Sperrholz	Kreuzweise übereinandergelegte und geleimte Holzschichten, die nicht mehr ›arbeiten‹; hohe Festigkeit (kann sogar in Kantennähe noch genagelt oder verschraubt werden)	Baumarkt (im Zuschnitt) oder Holzhandel (hier auch als Mehrschichtplatte erhältlich)
Weidenruten	Flechtmaterial aus Weidenstöcken; biegsam	Bastelgeschäft oder Korbwarenladen

Ton	Eigenschaften	Tips und Bezugsquellen
Glasur	Viele verschiedene Farben; macht Ton (durch Einbrennen) wasserundurchlässig und stoßfester	Bastelgeschäft oder Keramiker
Modellierton	Weiche Modelliermasse aus gemahlenem Gestein (Feldspat und anderen Mineralien), die sich durch Brennen (Sintern) aushärtet; rot, braun oder weiß.	Bastelgeschäft oder Keramiker

Glas	Eigenschaften	Tips und Bezugsquellen
Blei im Doppel-T-Profil	Altes Material für Glasverbindungen; giftig! Niedriger Schmelzpunkt, weich, leicht verformbar, schwierig zu löten	Glashandel und Bastelgeschäft
Glas	Künstlich hergestellter Werkstoff aus Quarzsand in vielen Farben und Stärken; sehr zerbrechlich und scharfkantig	Glashandel
Kupferklebeband	Selbstklebend, falzbar; läßt sich mit der Schere schneiden und mit einem Lötkolben verlöten	Glashandel und Bastelgeschäft

Metall	Eigenschaften	Tips und Bezugsquellen
Aluminiumstangen	Leichtes und festes Material; rostet nicht, nicht verlötbar	Eisenwarenhandel und Baumarkt
Draht	Verschiedene Ausführungen, biegsam, verlötbar	Eisenwarenhandel
Drahtgeflecht	Verschiedene Ausführungen, verform- und verlötbar	Eisenwarenhandel
Gewindestangen und -röhren	Aluminium oder Messing, verschiedene Durchmesser (können in erforderlicher Länge zurechtgesägt werden), verschraubbar	Eisenwarenhandel
Kupferblech	Verschiedene Härten, in Stärken von 0,02–0,16 cm erhältlich; dehnbar und verformbar durch Treiben, verlötbar	Eisenwaren- und Installationsfachhandel, Spengler
Lochblech	Verschiedene Metalle in unterschiedlichen Ausführungen, verformbar und verlötbar	Eisenwarenhandel, Reste von Baustellen
Lötzinn	Schmelzbares Bindemetall in kleinen Rollen	Eisenwarenhandel
Messingblech	Haltbares und hartes Blech in Stärken von 0,05–0,6 cm; biegsam, verlötbar, durch Treiben verformbar	Eisenwarenhandel
Metallrohre	Aus Aluminium, Kupfer, Messing, in verschiedenen Durchmessern, biegsam, verlötbar	Eisenwarenhandel
Verzinktes Blech	Witterungsbeständiges Weißblech, graustrukturierte Oberfläche; in Stärken von 0,01–0,2 cm, verlötbar	Eisenwaren- und Installationsfachhandel, Spengler
Weißblech	Rostet nicht, verlötbar, in Stärken von 0,02–0,16 cm	Eisenwarenhandel, Konservendosen

Kunststoff	Eigenschaften	Tips und Bezugsquellen
Acrifix 100	Zweikomponentenkleber für Acrylglas, durchsichtig, härtet nach einer halben Stunde aus	Groß- und Fachhandel für Acrylglas und Kunststoffe
Acrifix 107	Schnellklebend, verbindet Acrylglas beim Aushärten	Groß- und Fachhandel für Acrylglas und Kunststoffe
Acrylglas	In vielen Farben, durchscheinend bis milchig, in Platten, Stangen oder Rohren mit verschiedenen Stärken und Durchmessern. Läßt sich sägen, bohren, feilen, kleben und verbiegen	Groß- und Fachhandel für Acrylglas und Kunststoffe
Laborspritze	Einwegspritze, hier zum dünnen Auftragen von Kleber	Apotheke, Drogerie
Lisastäbe	Kurzform für Lichtsammelstäbe, in verschiedenen Durchmessern und Farben	Groß- und Fachhandel für Acrylglas und Kunststoffe

Werkzeugliste

Auf den folgenden Seiten findest du die Werkzeuge abgebildet (mit Ausnahme einiger Spezialgeräte, die dann bei dem betreffenden Werkgegenstand selbst abgebildet sind), mit denen du sämtliche im Buch dargestellten Dinge eigenständig nachbauen kannst.
Die meisten Werkzeuge kannst du heute in den Baumärkten kaufen, dort sind sie in der Regel auch am preisgünstigsten. Allerdings lohnen sich kleine Einsparungen bei Werkzeugen auf lange Sicht nicht, da diese Geräte meistens nicht lange halten. Daher ein Tip zum Einkauf im Baumarkt: Nie das billigste Werkzeug nehmen!
Die besten Werkzeuge findest du immer noch in Werkzeugfachgeschäften. Häufig bekommst du hier auch eine Qualitätsgarantie, die dir, falls ein Werkzeug frühzeitig abnutzen sollte, Ersatz bietet. Allerdings kosten hier die Werkzeuge auch am meisten. Du mußt beim Werkzeugkauf also abwägen: ›Brauche ich das Werkzeug nur für diese eine Werkarbeit und dann nie wieder‹ – wie z. B. den Fuchsschwanz für die Y-Tong-Arbeit – ›oder soll es ein Werkzeug sein, das ich immer wieder verwenden will?‹

Holzwerkzeuge

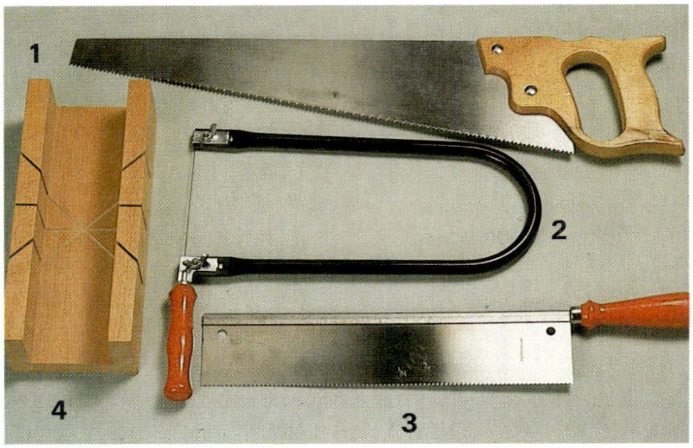

Trennen
1. Fuchsschwanz
2. Laubsäge
3. Feinsäge
4. Gehrungslade

Papierwerkzeuge

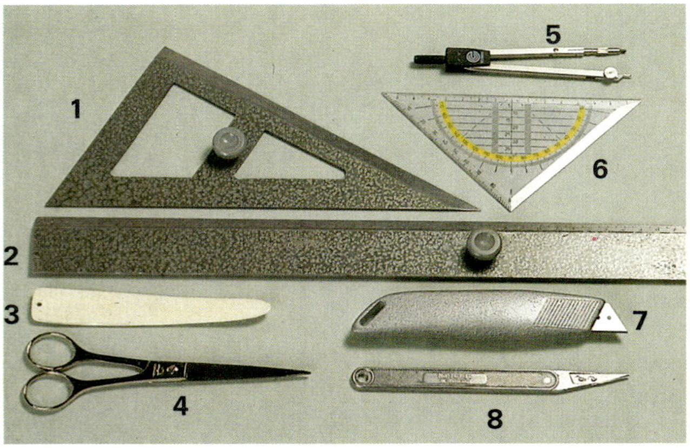

1. Stahlwinkel
2. Stahllineal
3. Falzbein (-knochen)
4. Spitzschere (Papierschere)
5. Zirkel
6. Geodreieck
7. Teppichmesser (Cutter)
8. Papiermesser

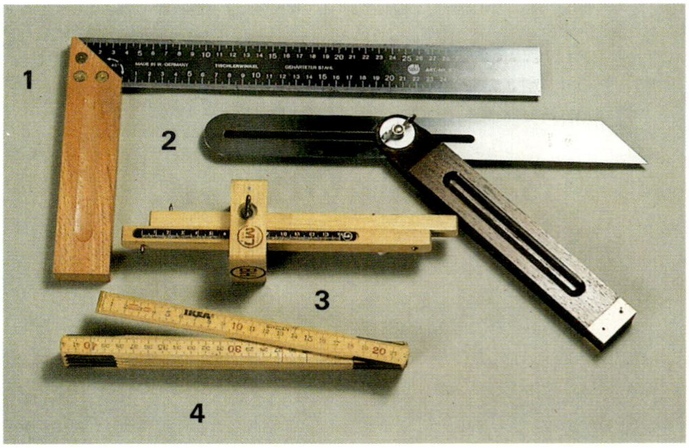

Messen
1. Anschlagwinkel
2. Schmiege
3. Streichmaß
4. Metermaß

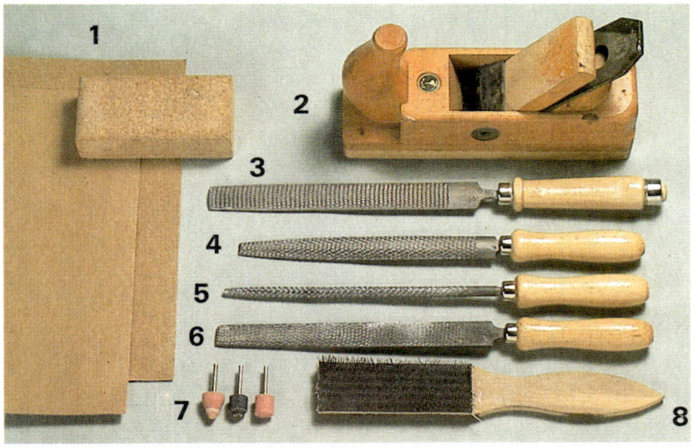

Abtragen und Schleifen

1. Schleifklotz und Schleifpapier
2. Hobel
3. Flachraspel
4. Halbrundraspel
5. Rundraspel
6. Flachfeile
7. verschiedene Ausreiber
8. Feilenbürste

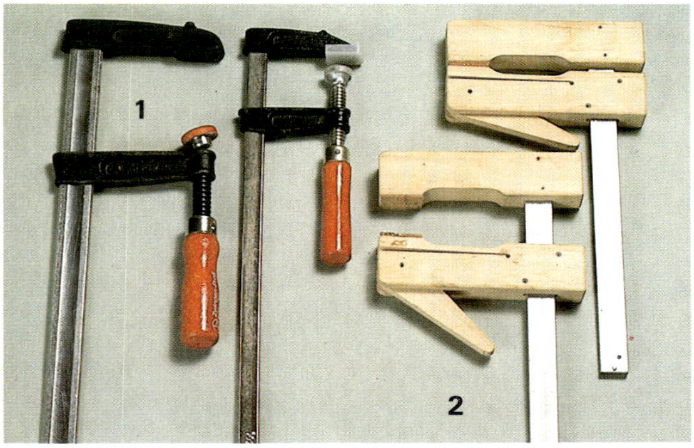

Klemmen

1. Schraubzwingen
2. Holzklemmzwingen

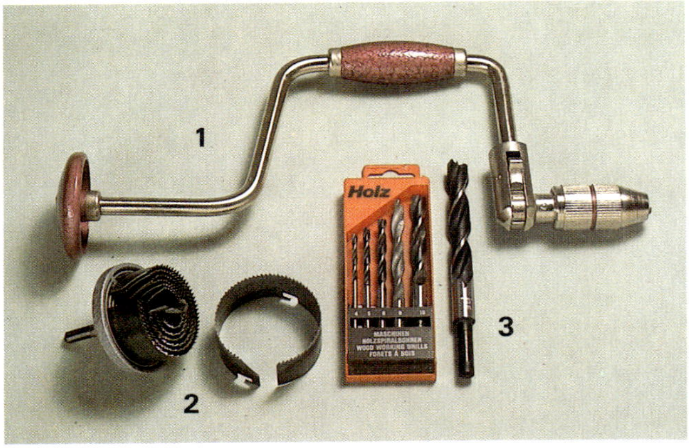

Bohren

1. Handbohrer
2. Lochsägeaufsätze
3. Holzbohrer in verschiedenen Stärken

Stemmen

1. Holzklüpfel (-hammer)
2. Hohleisen
3. Hohleisen
4. Stechbeitel
5. Stechbeitel

Metallwerkzeuge

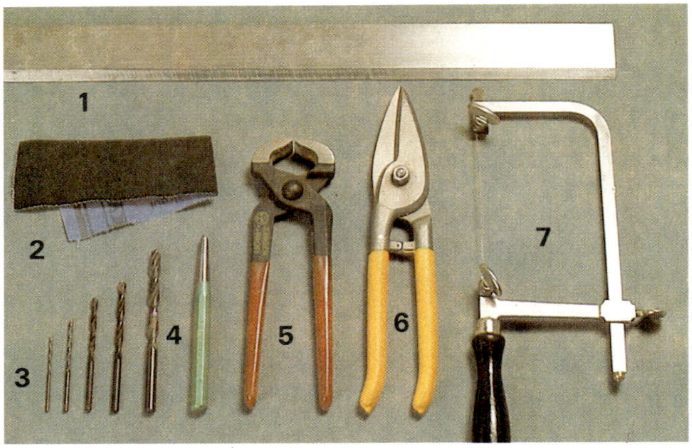

Trennen
1. Stahllineal
2. Schleifpapier
3. verschiedene Metallbohrer
4. Körner
5. Kneifzange
6. Blechschere
7. Bügelsäge

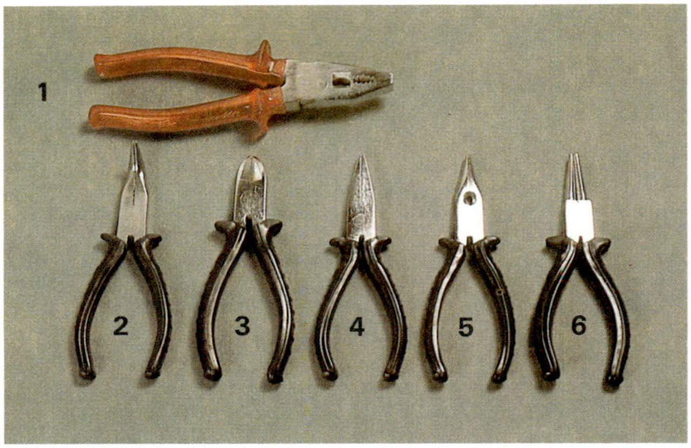

Zangen
1. Allzweck- oder Kombizange
2. winkelige Rundzange
3. Seitenschneider
4. Beißzange
5. Spitzzange
6. Rundzange

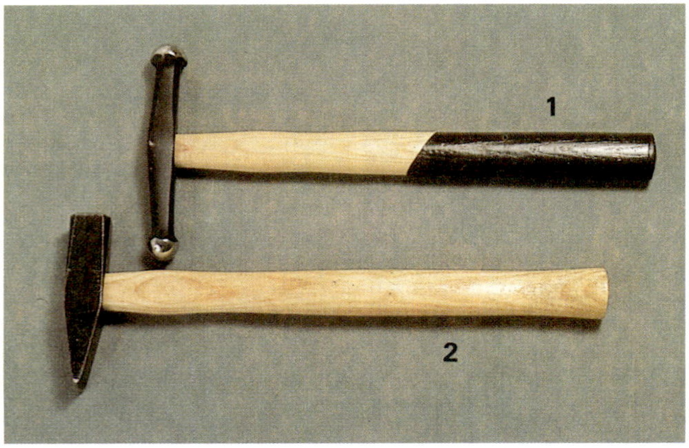

Schlagen
1. Treibhammer
2. Schlosserhammer

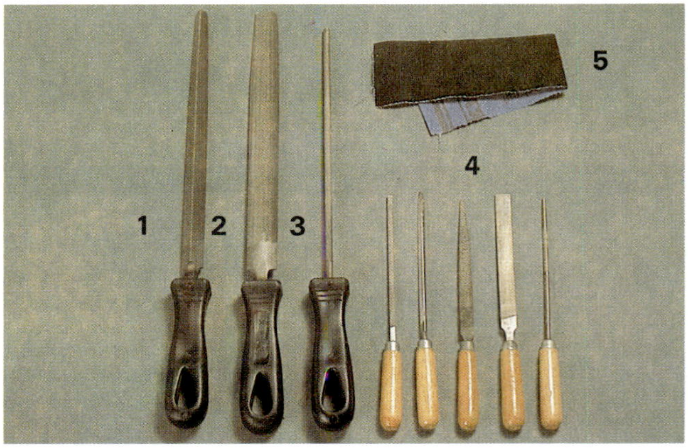

Schleifen
1. Dreikantfeile
2. Flachfeile
3. Rundfeile
4. Schlüsselfeilen (von links nach rechts: Vierkantfeile, Dreikantfeile, Schwertfeile, Flachfeile, Rundfeile)
5. Schleifpapier

Maßnahmen zur Unfallverhütung

Bevor du zu arbeiten anfängst, lies dir die folgenden Sicherheitsvorkehrungen genau durch. Denke immer daran, daß du mit Werkzeugen umgehst, die unter Umständen gefährliche Verletzungen verursachen können.
Arbeitshandschuhe sind bei allen harten und scharfkantigen Werkstoffen erforderlich, wenn du mit viel Kraftaufwand mit und an ihnen arbeiten mußt. Schnell rutscht die Hand oder das Werkzeug ab.
Arbeite mit scharfen und spitzen Werkzeugen (Messer, Schnitzwerkzeuge, Stemmeisen usw.) immer vom Körper weg.
Bei der Arbeit mit elektrischen Geräten sei bitte besonders vorsichtig! Falls du lange Haare hast, binde sie hoch, wenn du mit der Bohrmaschine arbeitest. Sie wickeln sich leicht um den Bohrer und können dich auf diese Art regelrecht ›skalpieren‹. Achte darauf, daß die Werkstücke beim Bohren immer in einer Klemmvorrichtung festgehalten werden. Das ist vor allem wichtig, wenn du in kleine Metallstücke bohrst. Der Bohrer verklemmt sich dann leicht, reißt das ganze Metallstück mit, und das rotierende Werkstück wird zu einer ›Kreissäge‹.
Achte auch darauf, daß an deinem Arbeitsplatz keine Stolperfallen stehen, und daß du angemessene Kleidung trägst. Unter angemessener Arbeitskleidung wird eine nicht zu weite Kleidung verstanden, mit der du hängenbleiben und dir so Verletzungen zuziehen könntest. Grobmaschige Wollpullover sind aus diesem Grund die falsche Arbeitskleidung!
Auch die Ordnung am Arbeitsplatz ist eine wichtige Voraussetzung, um dich vor ungewollten Verletzungen zu schützen: Je aufgeräumter dein Arbeitsplatz ist, um so umsichtiger kannst du arbeiten.
Ein Verbandskasten (wie er etwa im Auto mitgeführt wird) gehört zur Grundausstattung einer Werkstatt; denn Pflaster, Mullbinden, Desinfektionsmittel und Schere wirst du trotz aller Vorsicht ab und zu benötigen.

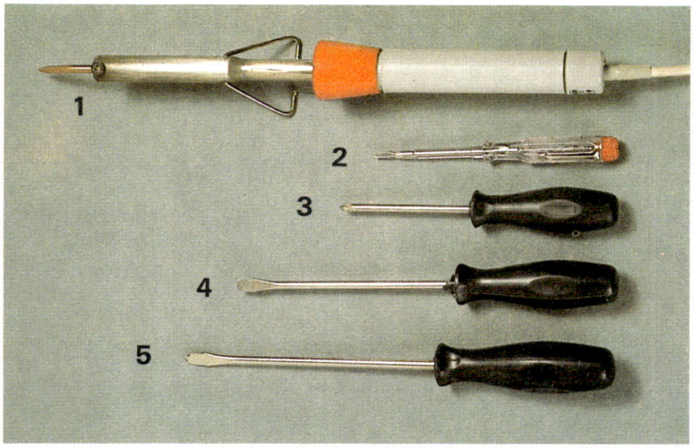

Verbinden
1. Lötkolben
2. Phasenprüfer
3. Kreuzschlitzschraubendreher
4. Schraubendreher
5. Schraubendreher

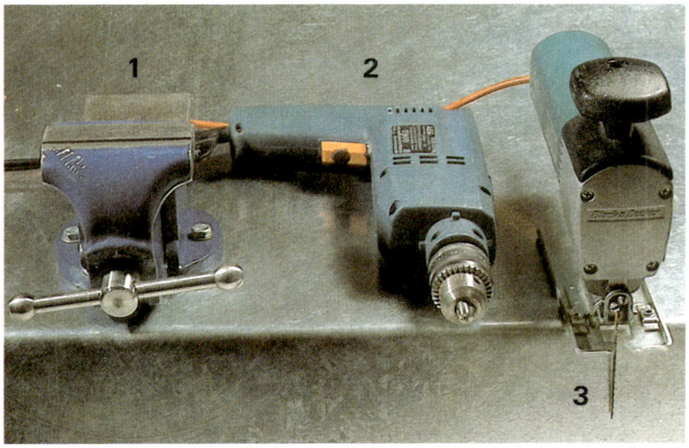

Wichtige Geräte und Maschinen
1. Schraubstock
2. Bohrmaschine
3. Stichsäge

Leder

Leder ist schon ein toller Werkstoff: Möbelbezüge, Bucheinbände, Taschen, Kleidung, Gefäße – es gibt kaum etwas, was man sich nicht auch aus Leder herstellen könnte. Das Material ist sehr elastisch, strapazierbar, unempfindlich und sogar modellierbar. Darum schätzt es eigentlich jeder und trägt es gerne. Aber daß es im Grunde recht einfach zu Hause zu verarbeiten ist, wissen wohl die wenigsten.

Christine trägt voller Stolz ihr neues ›Outfit‹: Lederweste, Gürtel mit Geldtäschchen und die rote Kappe

Auf den beiden Fotos haben wir alle Werkzeuge und Materialien, die du für diese Lederarbeiten auf den folgenden Seiten benötigst, zusammengestellt.

Material:
Schweins- oder Rindleder in verschiedenen Farben
Gürtelschnalle mit Metallbügel
Taschenschließe
Unterlegscheiben
Niete

Arbeitsgeräte:
Loch- und Kombizange
Hammer
Teppichmesser (Cutter)
Maßband
Ledernadeln
Schneiderschere
Nagelschere
Paketschnur
Schleifpapier
Stahllineal
Fingerhut
Pattex
Sternzwirn

Ledergürtel

Gürtel gibt es in Kaufhäusern und Lederläden in großer Auswahl. Allerdings ist nur selten derjenige dabei, den man sich vorgestellt hat. Stelle dir deine Gürtel doch einfach selbst her – das ist billiger und du bekommst wirklich den Gürtel, der dir vorschwebt.
Für die Werkarbeiten mit Leder haben wir Schweins- oder Rindleder verwendet, weil es schön weich ist und eine natürliche Porenoberfläche besitzt.
Du benötigst einen 3 cm breiten Lederstreifen. Messe deine Bundweite und rechne 25 cm dazu, z. B. Bundweite 60 cm + 25 cm = 85 cm. Das ergibt einen 80 cm langen Gürtel, weil 5 cm für die Einfassung der Schnalle gebraucht werden.

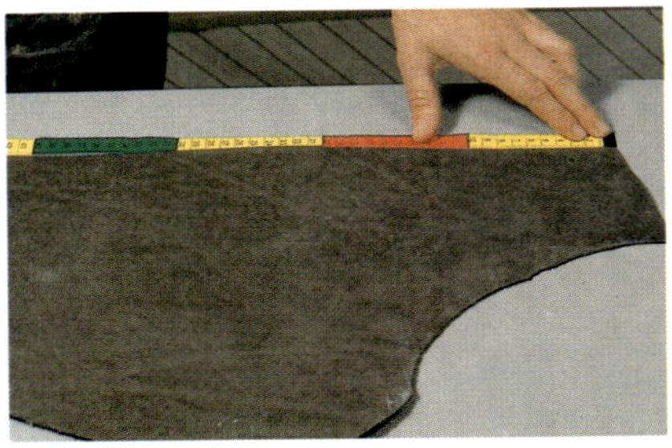

1. Das Maß auftragen und den Entwurf von links auf das Leder zeichnen.

2. Leder läßt sich mit einem Teppichmesser gut schneiden; benutze für die geraden Strecken ein Stahllineal.

3. Von einem Ende aus 5 cm abmessen (Knickkante für die Gürtelschnalle).

4. In der Mitte dieser Knickkante mit dem Messer das Loch für den Schnallenstift herausschneiden (1 cm lang).

5. Anschließend steckst du den Stift durch die Öffnung. Den Lederstreifen legst du dann um den Schnallensteg.

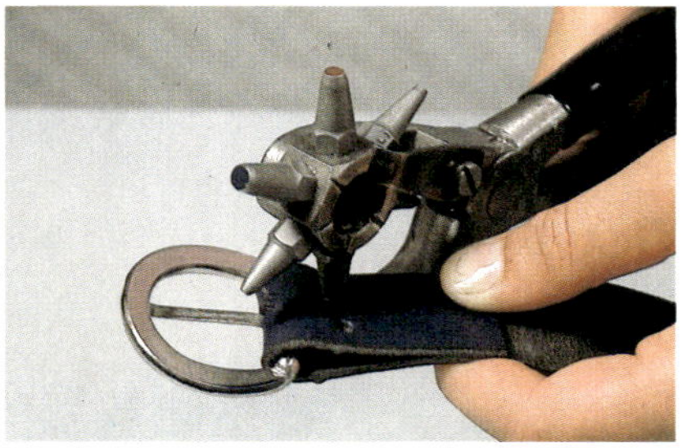

6. Die Lochzange hat mehrere ›Pfeifen‹ (Locher) mit verschiedenen Durchmessern. Wähle die Lochpfeife aus, die zum Durchmesser der von dir gekauften Nieten passen. 2 Löcher werden so dicht wie möglich am Schnallensteg ausgestanzt.

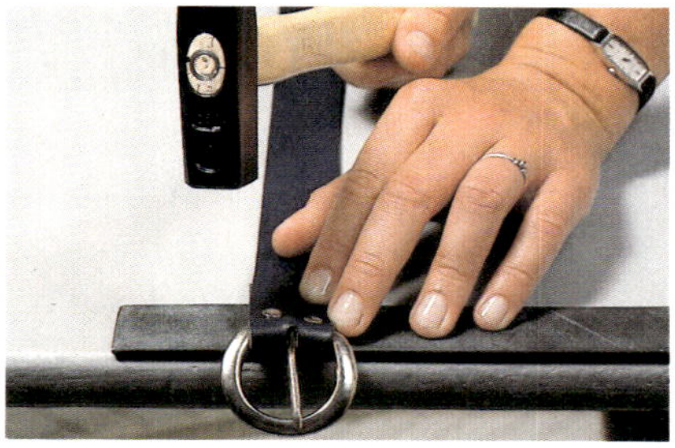

7. Die Schnalle nietest du in die Lederschlaufe mit Hilfe eines Hammers ein. Achte darauf, daß die Unterlage hart und stabil ist.

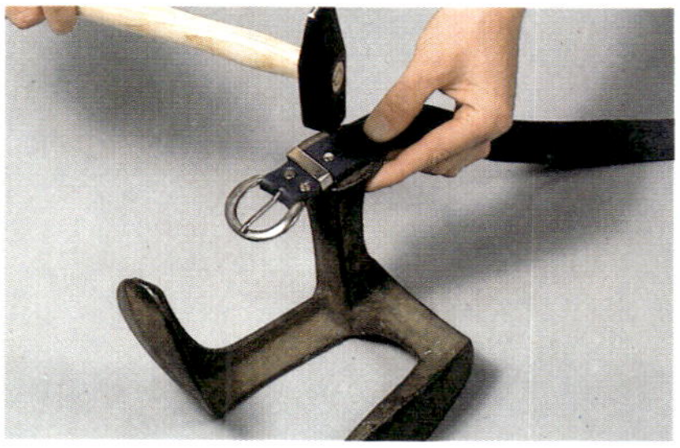

8. Die Enden des Metallbügels hinter den beiden Nieten zwischen die 2 Lederstreifen stecken und mit 1 Niet gegen Herausrutschen sichern.

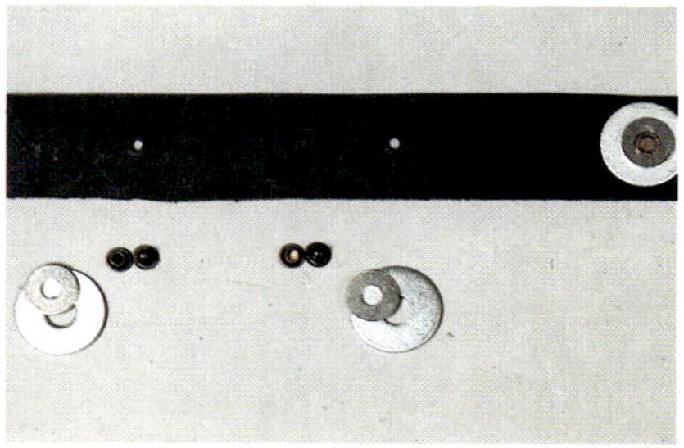

9. Jetzt mißt du die Löcher für die Verzierungen aus (13 cm ab der Gürtelschnalle, anschließend alle 7 cm – insgesamt 6x).

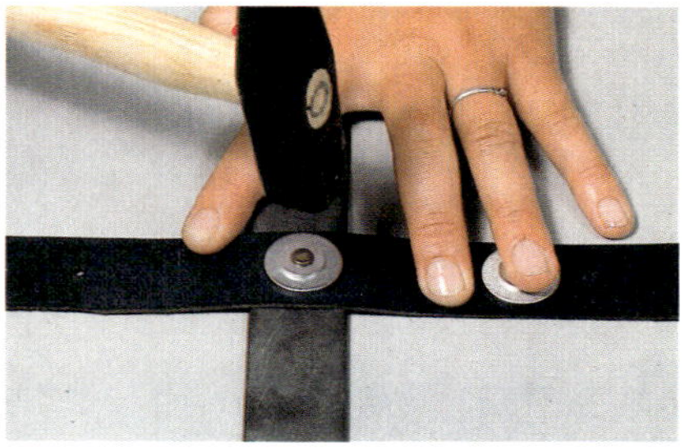

10. Eine kleinere über eine größere Unterlegscheibe legen, mit Nieten im Gürtel befestigen.

Geldtäschchen

In dem kleinen Geldtäschchen sind Schlüssel und Geld gut verstaut und, am Gürtel festgemacht, auch sicher aufbewahrt.

Material:

Lederrest (22 x 11 cm)
1 Taschenverschluß
4 Niete
Sternzwirn

Arbeitsgeräte:

Lochzange
Schere
Ledernadel

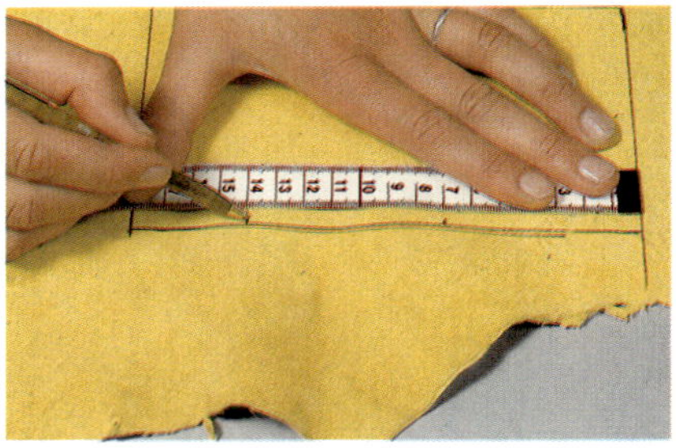

1. Ein Rechteck (11 x 18 cm) auf das Leder aufzeichnen; jeweils 7 cm für Vorder- und Rückenteil abtragen.

2. Für die Verschlußlasche bleiben 4 cm übrig. Das Lederstück ausschneiden.

3. 2 Lederstreifen (2 x 7 cm) aus dem Rest ausschneiden und auf das Rückteil legen.

4. Die Lederstreifen zusammen mit dem Taschenleder lochen.

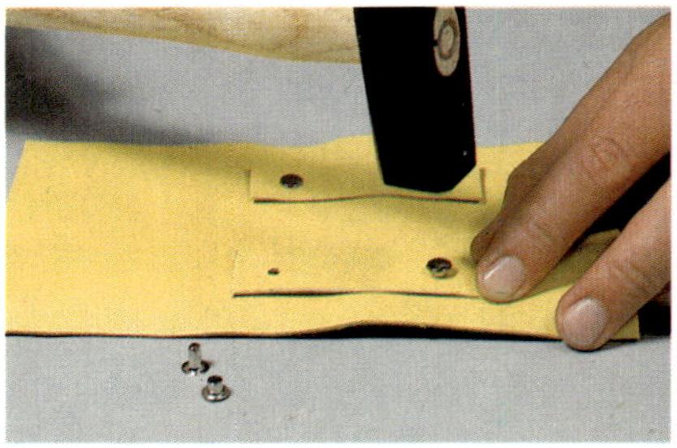

5. Die Lederstreifen werden an der Tasche mit jeweils 2 Nieten befestigt.

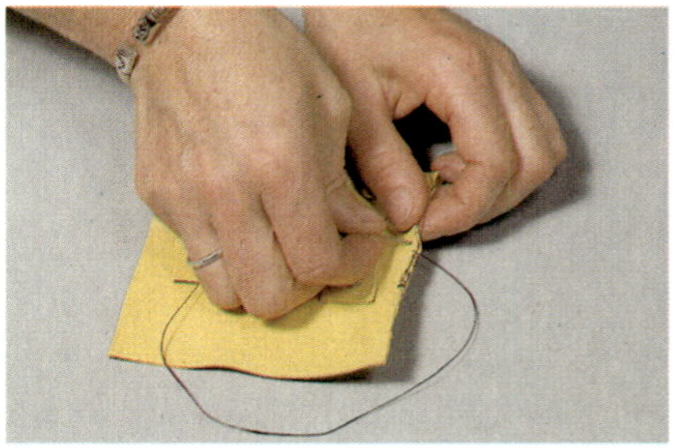

6. Die Tasche an den Seiten zusammennähen. Die Ende besonders sorgfältig vernähen.

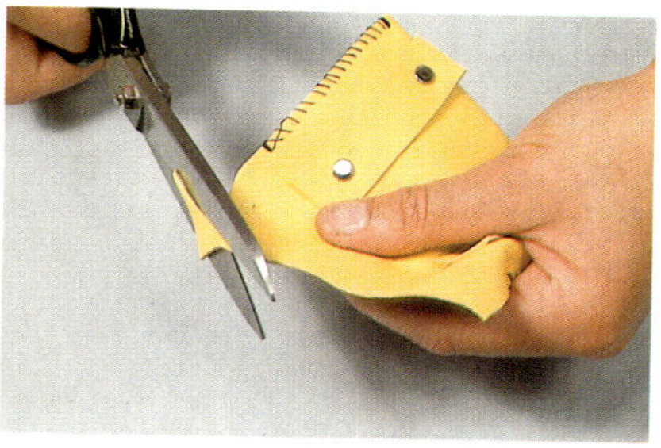

7. Anschließend eine Ecke der Taschenklappe mit Hilfe einer Schere rundschneiden.

8. Die Lasche so zusammenfalten, daß man die Rundung an der gegenüberliegenden Ecke abzeichnen kann.

9. Anschließend die 2. Rundung zurechtschneiden.

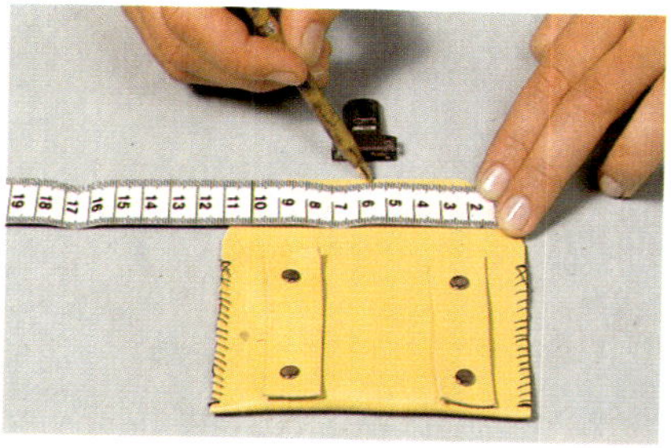

10. Die Mitte der Taschenklappe für die Position des Taschenverschlusses ausmessen und markieren.

11. Auf diesem Foto siehst du die Taschenschließe mit dem Befestigungsbügel.

12. Die Taschenschließe wird mit einer Kombizange an der markierten Stelle festgeklemmt.

13. Nun die Schließe unter den Verschlußriegel stecken, ihn zum Markieren auf die Taschenwand drücken.

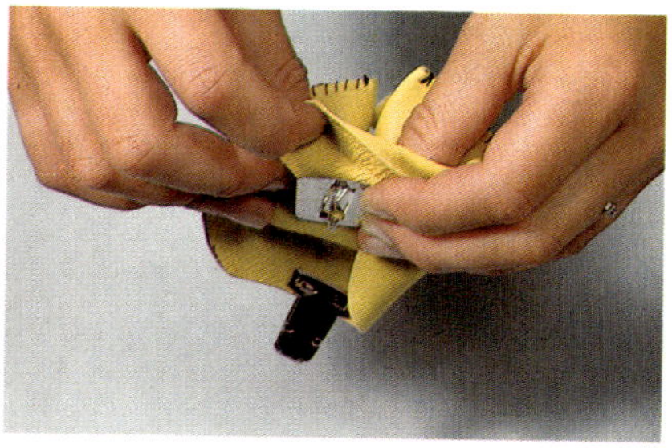

14. Die spitzen Metallzacken durch das Leder und das Gegenstück drücken.

15. Wenn die Zacken ganz durchgeschoben sind, müssen sie zur Seite umgeknickt werden. Das geht am besten mit einer Kombizange.

Lederkappe

Leder behält, wenn es in Wasser eingeweicht und naß über einer Form getrocknet wird, diese Form bei.
Aufgrund dieser Eigenschaft ist die Herstellung von Hüten und Taschen nicht weiter schwierig. Wir haben mit dieser Technik eine flippige Schirmmütze entworfen. Die Arbeitsvorgänge beschränken sich auf das Formen, Schneiden, Kleben und ein wenig Nähen.
Dies sind die wichtigsten Arbeitsverfahren, mit denen Leder bearbeitet wird. Die Lederkappe ist nur ein Vorschlag; kannst du größere Lederreste ergattern, läßt sich mit der gleichen Technik auch ein Original-Western-Hut herstellen. Alle Maßangaben mußt du natürlich auf deinen Kopfumfang abstimmen.

Material und Arbeitsgeräte:

Leder (30 x 30 cm)
Lederrest
(ca. 20 x 20 cm, aus einer anderen Farbe)
fester Karton

2 Niete
Plastikwanne
Ball mit deinem Kopfumfang
Schneiderschere
Paketschnur

1. Ausgeschnittenes Lederrechteck in der Wanne mit Wasser einweichen.

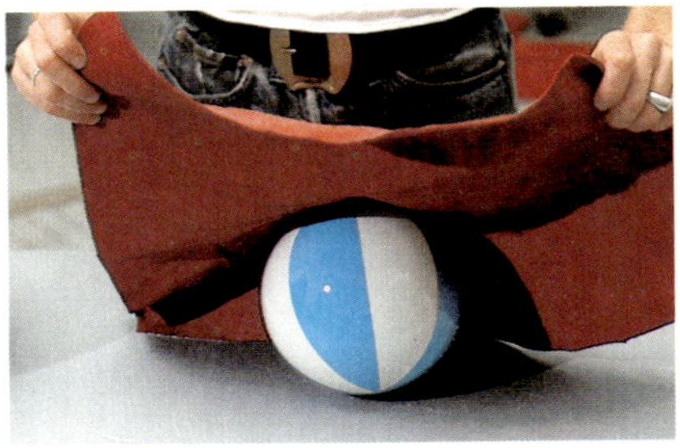

2. Nasses Leder über den Ball mit dem entsprechenden Kopfumfang legen. Leder stramm über den Ball nach unten ziehen.

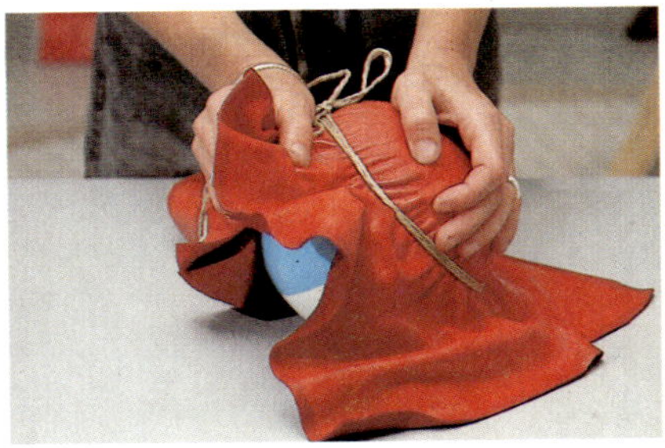

3. Mit Paketschnur umwickeln und das Leder über Nacht trocknen lassen.

4. Die trockene Lederform vom Ball abnehmen. Vom Rand der Wölbung aus für den Schild 7 cm nach vorne abmessen, für den Mützenrand 3 cm Leder berücksichtigen. Die Mütze ausschneiden.

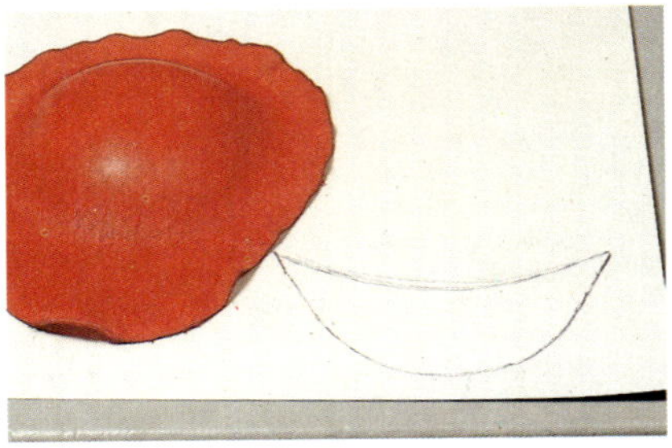

5. Die Mütze auf Karton auflegen und den Schildumfang freihändig übertragen.

6. Mit der Schablone die Schildunterseite aus andersfarbigem Leder ausschneiden (an der Außenseite 1 cm, an der Innenseite 2 cm zugeben).

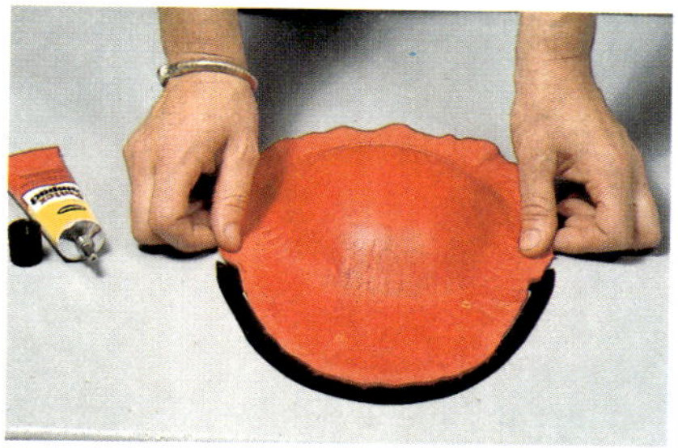

7. Erst das Pappschild auf das Mützenschild, dann die Schildunterseite darunter kleben.

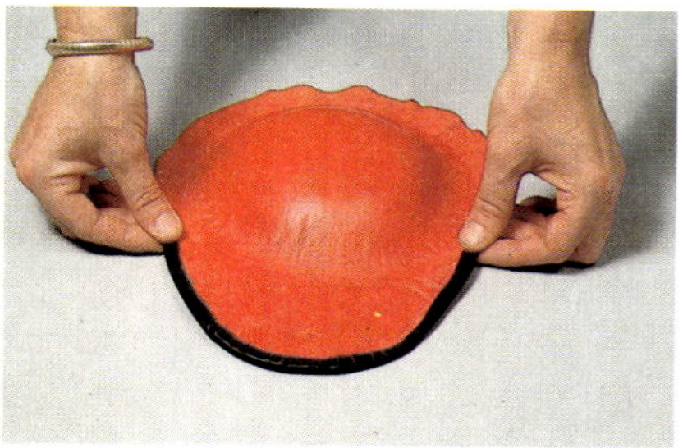

8. Lederzugabe vom unteren Schildrand gleichmäßig auf die Oberseite umkleben.

9. An den Hinterkopf kommen 3 Abnäher. (Durch die Abnäher kann die Mütze fest an deinen Kopf angepaßt werden.) Die Abnäher an einer Seite aufrauhen und am inneren Mützenrand festkleben.

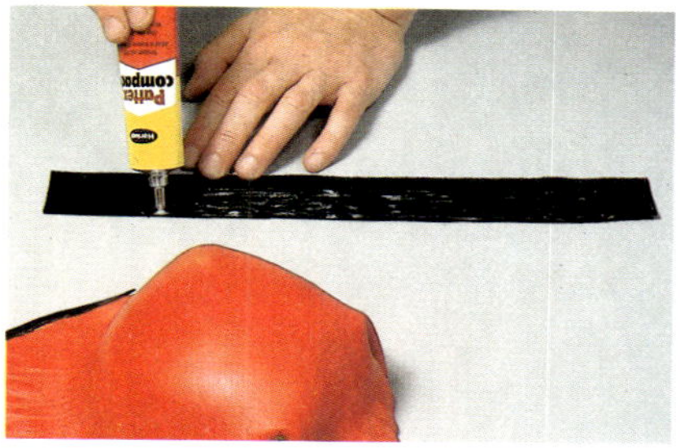

10. Für den Lederrand am Hinterkopf den Mützenumfang bis zum Schirm abmessen, ausschneiden und anschließend ankleben.

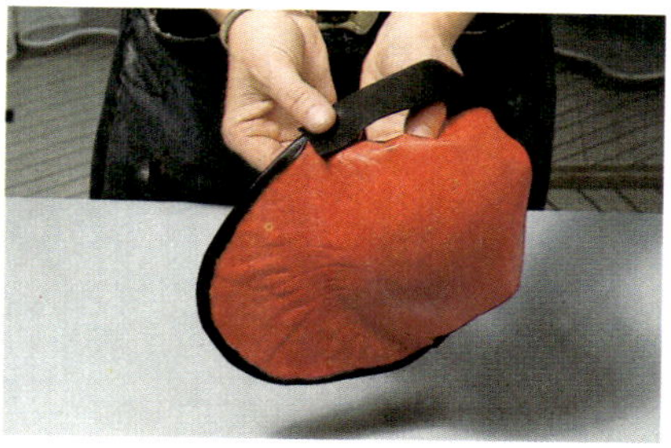

11. Vom Schirmrand ausgehend den Lederstreifen ankleben.

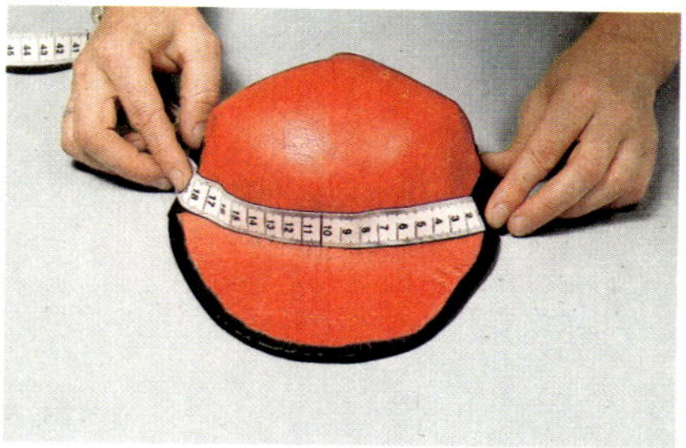

12. Für das Schildzierband den vorderen Mützenumfang abmessen und 2 cm zugeben. In dieser Länge einen 1,5 cm breiten Lederstreifen abschneiden. Die Mütze am äußeren Schildrand lochen und das Zierband mit Nieten befestigen. Damit es in der Mitte nicht hochrutscht, mußt du es festnieten oder aufrauhen und dann ankleben.

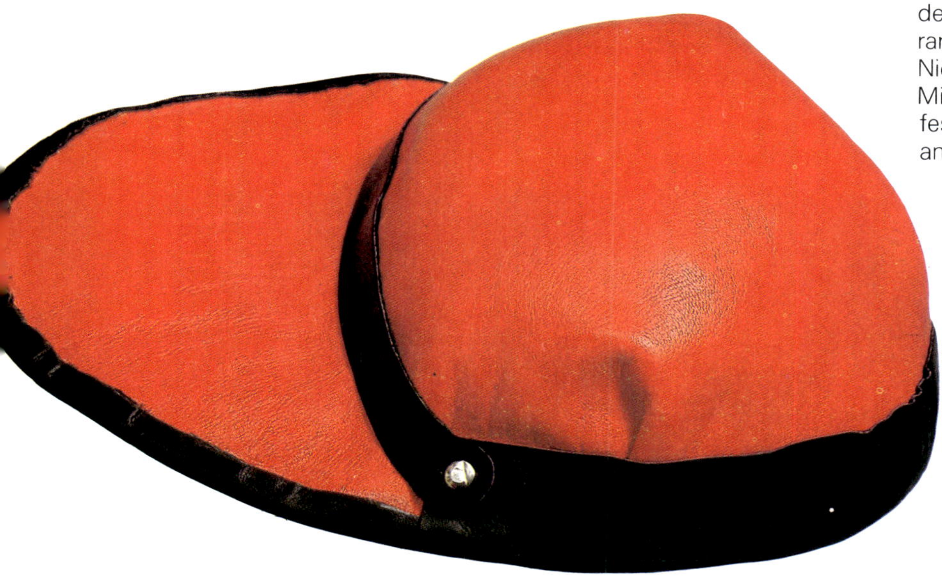

Tip:
Leder wird mit Kontaktkleber (Pattex) geklebt. Die zu klebenden Stellen werden mit Schleifpapier aufgerauht, mit Kleber eingestrichen, der dann trocknen muß. Erst dann, wenn die Klebestellen angetrocknet sind, fest aufeinanderpressen.

Lederweste mit Applikation

Für diese witzige Lederweste (Applikation bedeutet, daß ein Stoffstück zur Verzierung auf ein anderes Stoffstück genäht wird) sind eigentlich nur einfache Nähtechniken erforderlich. Der große Vorteil gegenüber Stoff: Viele Dinge lassen sich einfach mit Pattex kleben, die du bei Stoff mühsam vernähen müßtest. Dadurch geht die Arbeit doppelt so schnell voran.
Am schwierigsten wird die Beschaffung eines geeigneten Schnittes für deine Größe sein. Du findest ihn im Nähgeschäft oder in der Stoffabteilung eines Kaufhauses (frage nach Fertigschnitten oder Schnittbögen für Anzüge oder Kostüme).

Material:

Soviel Leder, wie du für deine Größe brauchst (ca. 100 x 150 cm)
Fertigschnitt
andersfarbiger Lederrest
Druckknöpfe mit Werkzeug
(siehe S. 26)

1. Schnitt auf Zeitungs- oder Packpapier aufzeichnen und die Teile ausschneiden.

2. Schnitteil für den Rücken materialsparend auf das Lederstück auflegen und ringsum eine Nahtzugabe (ca. 1 cm) aufzeichnen.

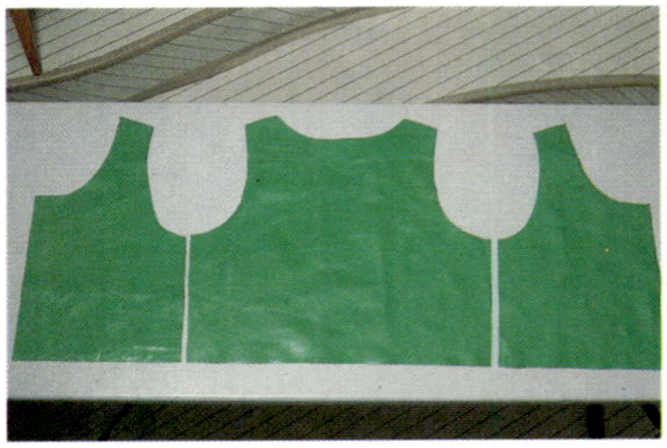

3. Das Vorderteil muß 1x links und 1x rechts herum aufgelegt werden, sonst hast du 2 gleiche Vorderteile.

Die Applikation

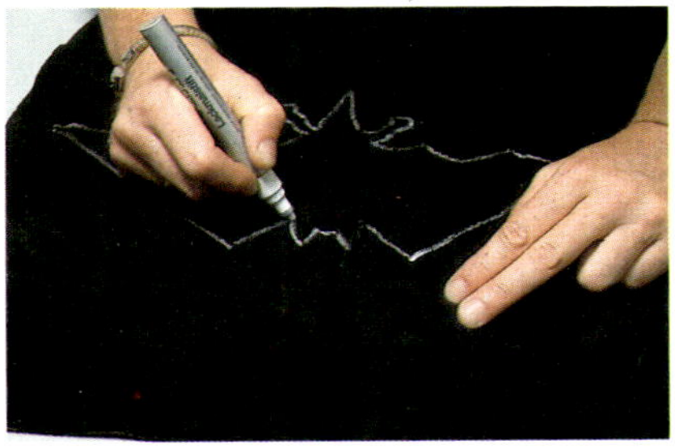

4. Eine Fledermaus als Applikation auf die Rückseite von andersfarbigem Leder aufzeichnen.

5. Die Applikation auf der Rückseite an den Kanten leicht aufrauhen und mit Pattex einstreichen.

6. Auf dem Rückenteil der Lederweste plazieren, dann kurz und kräftig auf das Leder pressen.

7. Zur Sicherheit noch einmal an den Rändern entlangnähen.

8. Ein einfacher Heftstich genügt!

Zusammennähen

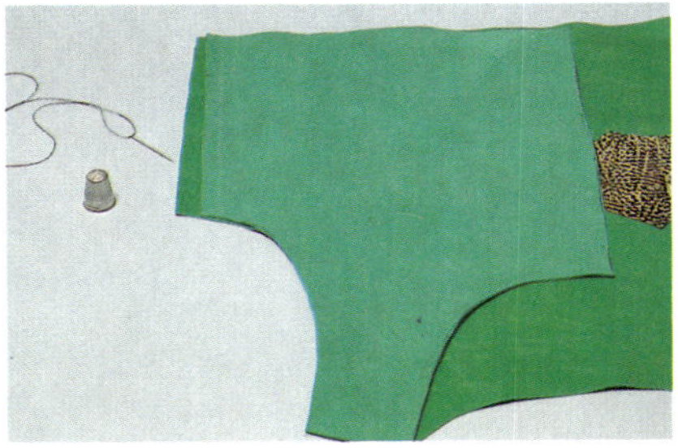

9. Die beiden Vorderteile mit der rechten Seite auf die rechte Seite des Rückteils legen. (Man könnte die Nähte auch kleben, aber eine Naht hält besser.)

10. Jeweils einen 5-cm-Seitenschlitz rechts und links unten an jeder Westenseite kennzeichnen.

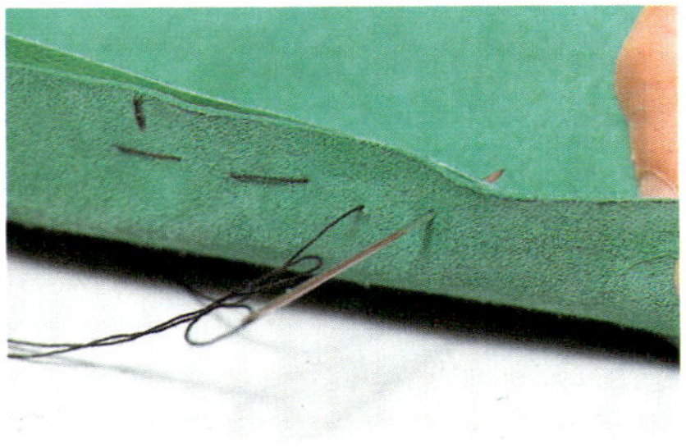

11. Erst oberhalb der Markierung heften, dann nähen. 1 cm vor der Rundung mit dem Nähen aufhören.

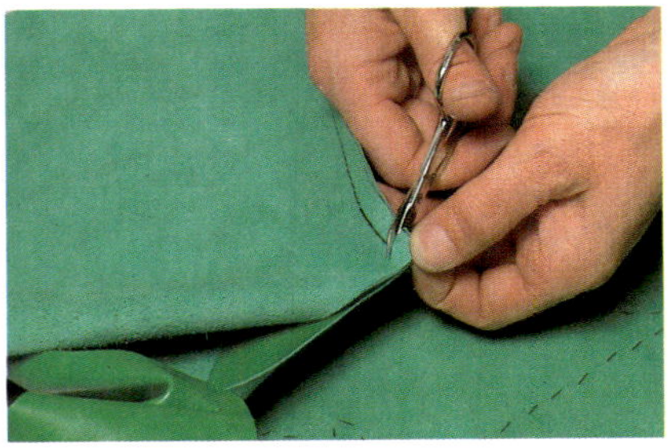

12. Damit die Ecken an den Nahtenden nicht auftragen, werden sie leicht schräg mit der Schere abgeschnitten. Dann die Schulternähte nähen.

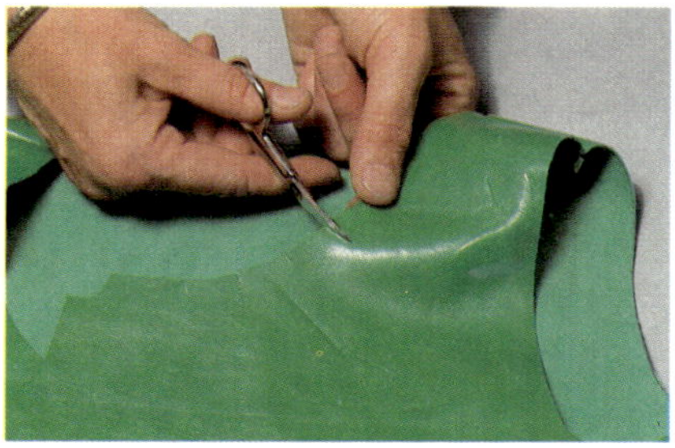

13. Damit sich das Leder an den Rundungen des Halsausschnittes und der Armöffnungen leichter umschlagen und kleben läßt, alle 3 cm ca. 0,5 cm tief einschneiden.

14. Die Ränder mit Pattex einstreichen, leicht antrocknen lassen und umkleben.

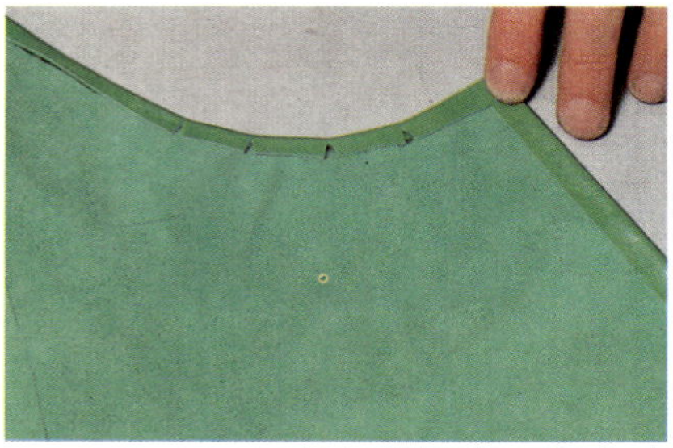

15. Alle geraden Kanten werden ohne Einschnitt nur mit Klebstoff bestrichen und umgeklebt.

Die Druckknöpfe

16. Du bekommst die Druckknöpfe fertig abgepackt mit den Werkzeugen im Lederladen oder im Westernstore. Die Werkzeuge kannst du für andere Druckknöpfe wiederverwenden.
Unten: Jedes der beiden Druckknopfelemente besteht aus 2 Teilen, zwischen ihnen steckt das Leder.

17. Markiere und loche die Stellen für die Druckknöpfe auf der linken vorderen Westenhälfte. Schließe dann die Weste und markiere den Platz für die unteren Elemente der Druckknöpfe.

18. Die unteren Elemente der Druckknöpfe an die rechte vordere Westenhälfte nieten.

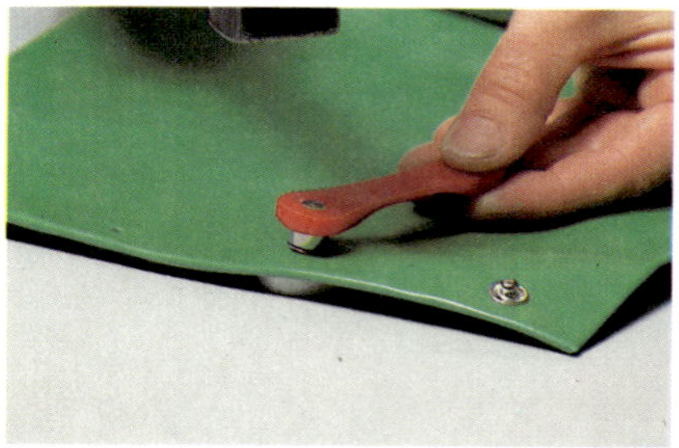

19. Dabei helfen dir ganz einfach die beigefügten Werkzeuge.

20. Das schwarze Knopfteil wird umgekehrt in die Fassung und von der rechten Lederseite unter das entsprechende Loch gelegt.

21. Das Gegenstück legst du auf die linke Lederseite.

22. Anschließend mit einem kräftigen Hammerschlag beide Teile des Druckknopfes miteinander verbinden.

Papier

Wenn du das Wort ›Papier‹ hörst, denkst du wahrscheinlich zuallererst an Zeitungen und Bücher. Natürlich auch an weiße Blätter zum Beschreiben und Bemalen oder, in weicher Ausführung, an Papier, mit dem man sich die Nase putzen kann. Papier ist eben sehr vielseitig! Aus Papier lassen sich auch sehr dekorative Servietten oder Figuren herstellen, wobei dem Material seine Faltbarkeit zugute kommt. Vor allem Japaner haben sich mit dieser Eigenschaft des Papieres auseinandergesetzt und es in der Papierfaltkunst zu großer Meisterschaft gebracht. Aber damit ist die Liste der Verwendungsmöglichkeiten von Papier noch immer nicht erschöpft: Aus Papier läßt sich nämlich auch eine Modelliermasse gewinnen, mit der du tolle Figuren gestalten kannst. Die nächsten Seiten bringen viele Anregungen, was mit diesem Werkmaterial alles möglich ist.

Eine stolze Zoo-Parade im heimischen Garten – aus Pappmaché, Draht und Farbe im Nu geformt. Etwas kniffliger: die Geschenkbox aus Papier

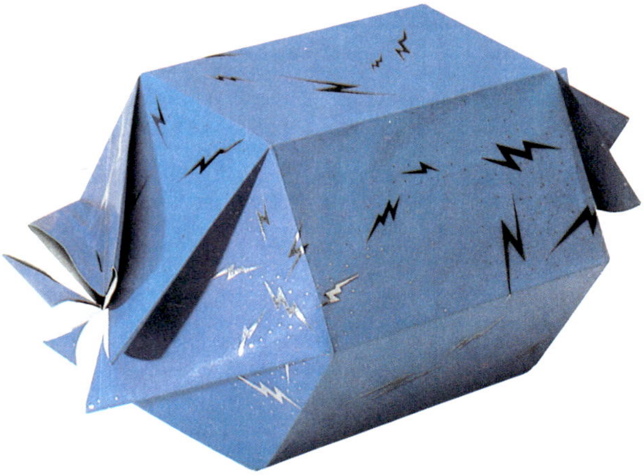

Papier selber machen

Nach der chinesischen Überlieferung war es Ts'ai Lun, der vor mehr als 1800 Jahren die Kunst des Papiermachens entwickelte.
Er stellte seine Papiermasse aus harten Pflanzenfasern wie Baumrinde oder Bast und Lumpen her. Die ›Rohstoffe‹ wurden im Steinmörser zerstampft und dann mit Wasser verdünnt. Diese Masse wurde auf ein Sieb aus feinen Bambusstäben, die mit Haaren oder Seidenfäden gebunden waren, aufgegossen und getrocknet.
Im Prinzip wird Papier auch heute noch so hergestellt. Unser ›Rohstoff‹ ist hier Altpapier, aus dem wir unser ganz persönliches Papier schöpfen: Verpackungspapier, Geschenkpapier, Briefpapier, Briefumschläge usw.

Material:
alte Zeitungen

Arbeitsgeräte:
Gießformen (aus Sperrholz oder Spanplatte)
1 Siebdruckrahmen (siehe S. 156)
2 Preßbretter (aus Spanplatte)
1 Filzstück
2 Filztücher
2 Schraubzwingen
Küchenmixer
Bügeleisen
große Plastikwanne

1. Die Zeitungen zerkleinern, in Wasser einweichen und mit dem Mixer zu einem Faserbrei verrühren. Dieser Brei kann mit wasserlöslicher Farbe eingefärbt werden.

2. Die Gießform (hier eine Form für einen Briefumschlag) auf das Sieb des Rahmens legen. Den Rahmen senkrecht von oben in die Schüssel eintauchen bis er auf dem Boden liegt. Erst dann vorsichtig gerade nach oben herausheben, leicht schütteln. 2 Minuten ruhen lassen.

3. Den Rahmen langsam über eine Kante auf das feuchte Filzstück auflegen, bis sich das Papier löst.

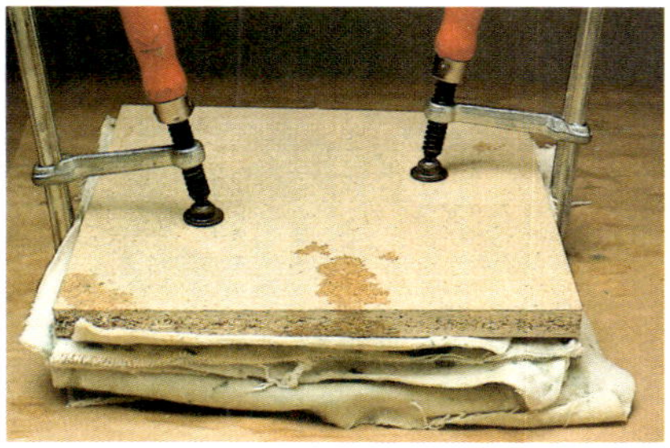

4. Das Blatt zunächst zwischen 2 feuchte Filztücher und dann zwischen die Preßbretter legen. Mit den Schraubzwingen 2 Minuten pressen.

5. Das Papier vorsichtig vom Filz lösen und zwischen 2 anderen Papieren mit dem Bügeleisen glätten.

Die Gießform bestimmt bereits den Verwendungszweck. Das Papier wird zu einem Briefumschlag gefaltet

Relief aus Plakatkarton 1

Vorbereitung

Papier verfügt über ein paar verborgene Eigenschaften, die bei der Bearbeitung berücksichtigt werden müssen. Jeder Bogen Papier und Karton besitzt eine Laufrichtung und eine Dehnrichtung. Für die Arbeit mit Papier ist es wichtig, die Laufrichtung festzustellen, da es sich nur in dieser Richtung gut falten und reißen läßt.

Die Dehnprobe

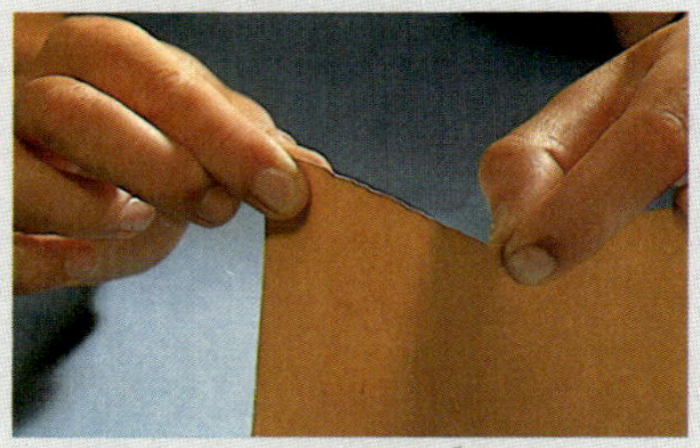

Fährst du mit dem Fingernagel an der Außenkante eines Blattes entlang und es bilden sich starke Wellen, befindet sich die Laufrichtung an der senkrechten Blattkante.

Die Reißprobe

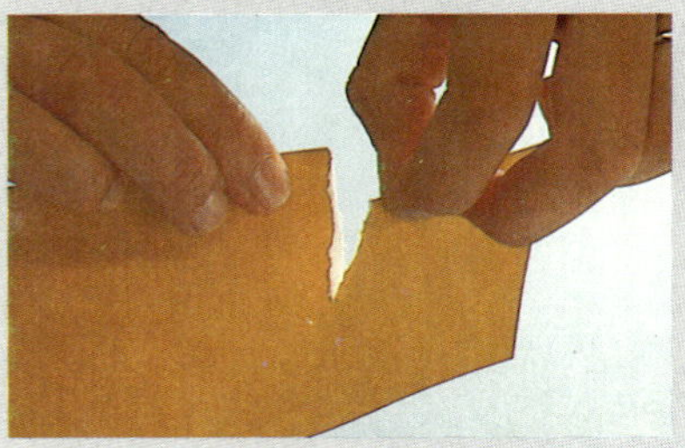

Zerfranst das Papier beim Zerreißen stark, befindet sich die Laufkante an der waagerechten Blattkante.

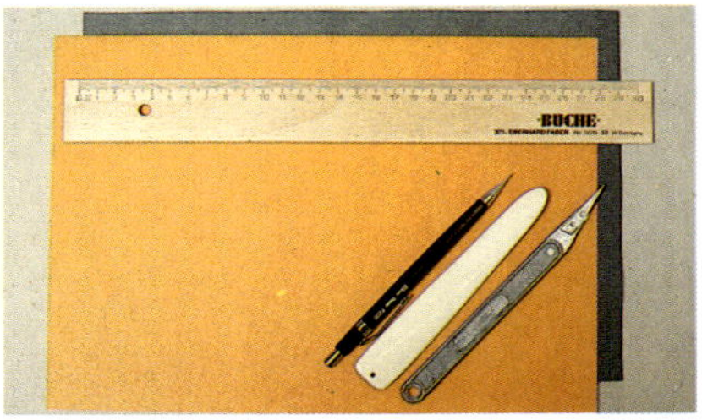

Material:
verschiedenfarbige Kartons
Klebstoff

Arbeitsgeräte:
Lineal
Bleistift
Falzbein
Papiermesser

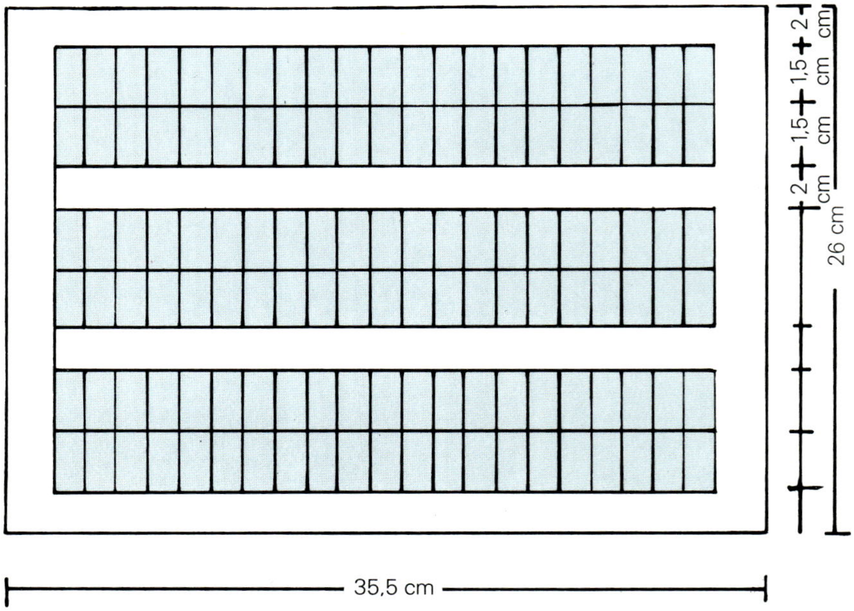

1. Die Proportionen dieses Plans kannst du der Größe deines Kartons angleichen. Die angegebenen Maße sind nur ein Vorschlag.

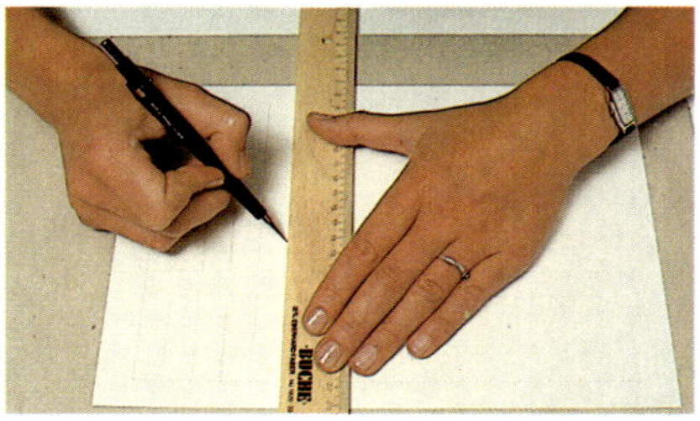

2. Den Reliefentwurf mit Bleistift auf der Rückseite eines zweifarbigen Kartons übertragen.

3. Nur die Linien für die Laschen mit dem Papiermesser am Stahllineal entlang einschneiden.

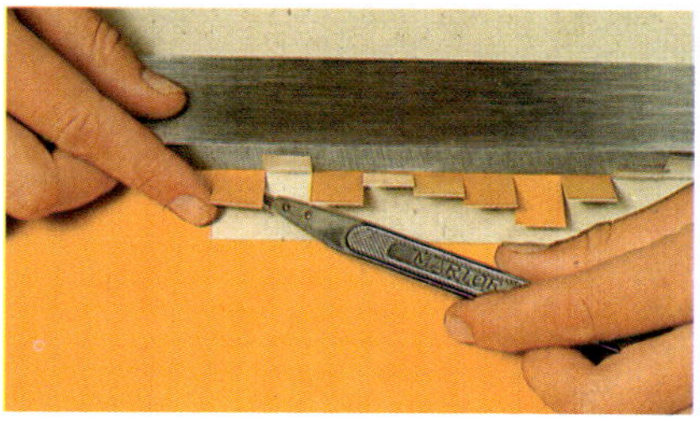

4. Das Stahllineal auf die Knickkante legen, die Kartonstreifen mit dem Papiermesser hochheben und gegen das Lineal drücken.

5. Den zugeschnittenen Karton auf einen andersfarbigen Karton in der gleichen Größe kleben.

6. Die Papierstreifen so ausrichten, wie es dir am besten gefällt. Mit dieser Technik kannst du auch eine Papierlaterne herstellen.

An diesem Relief kannst du die verschiedenen Arbeitsvorgänge, die zum Papierformen notwendig sind, üben: Schneiden, Biegen, Falzen

Relief aus Plakatkarton 2

Papier verfügt scheinbar im Gegensatz zu anderen Werkstoffen nur über 2 Ausdehnungen: Höhe und Breite. Aber mit wenigen Arbeitsgängen kannst du interessante erhabene Strukturen erreichen.

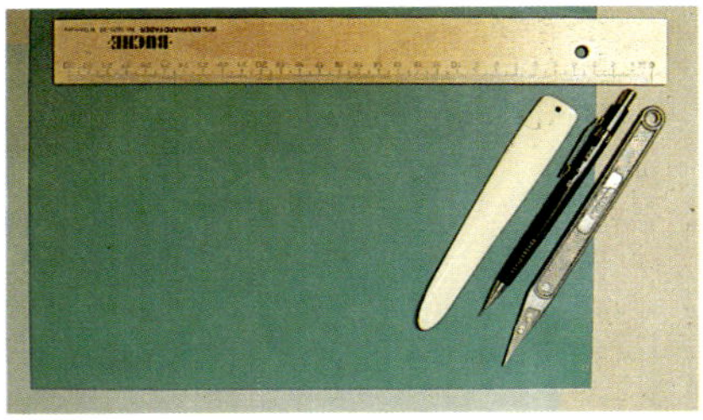

1. Ausgangsmaterial für dieses Relief: 2 verschiedenfarbige Kartons.

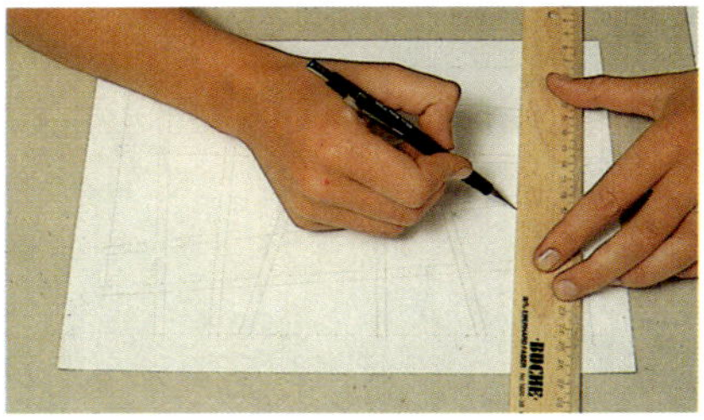

2. Entwirf in einem Rechteck ein Gitter aus Linien. Dadurch erhältst du unregelmäßige Vierecke.

3. Schneide nur die Diagonalen mit dem Messer ein.

4. Die Dreiecke aufknicken und dann ausrichten.

Die erhabenen Strukturen eines Kartonreliefs kannst du variabel gestalten

Phantasiearchitektur

Wer baut den höchsten Turm aus Kartonstreifen? Hast du es schon einmal versucht? Wenn du glaubst, Kartonstreifen seien nicht stabil genug, probier es einmal aus...

Material:
einige Bogen mittelfester Karton
Klebstoff (Kontaktkleber)

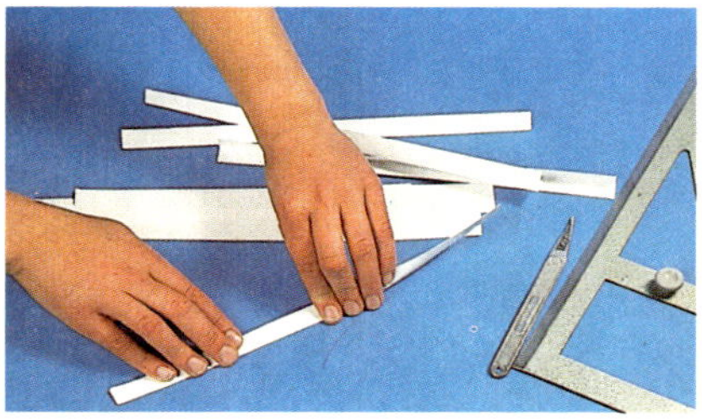

1. Ca. 30 cm lange und 2 cm breite Kartonstreifen schneiden.

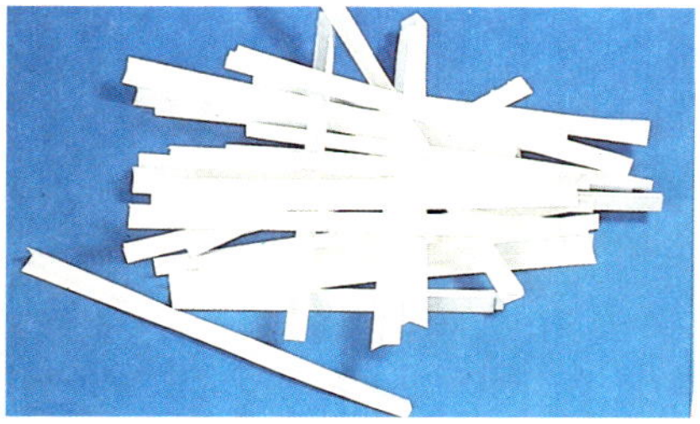

2. In der Längsrichtung mit dem Papiermesser anritzen und knicken. Stelle einen großen Berg solcher L-Profile her.

3. Die Eingangshalle des Kartonhochhauses ist fertig. Mit Kontaktkleber halten die Kartonprofile bereits nach kurzer Zeit.

Türme, Häuser, Brücken – mit Kleber und etwas Phantasie lassen sich gewagteste Hochhaus-Konstruktionen herstellen

Geschenkkuvert

Du machst dir zwar viele Gedanken darüber, welches das richtige Geschenk zum Geburtstag deines Freundes oder deiner Freundin sein könnte. Aber auch die Verpackung sagt eine Menge über deine Bemühungen aus. Es ist eine japanische Tradition, die Verpackung zu einem Teil des Geschenkes zu machen. In Japan gibt es hunderte von diesen Faltanweisungen für Geschenkverpackungen.
Für das Geschenkkuvert rechts benötigst du 4 gleich große Kreise aus 2 Sorten Geschenkpapier.

Material:
2 Bogen verschiedenfarbiges Geschenkpapier
Klebstoff

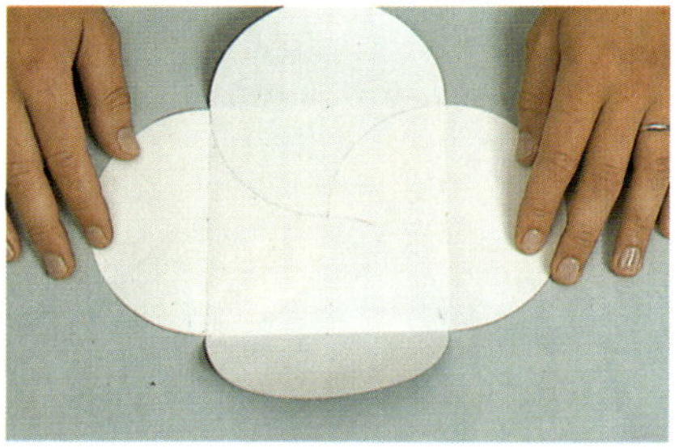

1. Klebe die 4 Kreise zu einer quadratischen Grundform zusammen.

2. Die so entstandenen äußeren Halbkreise zur Mitte falten.

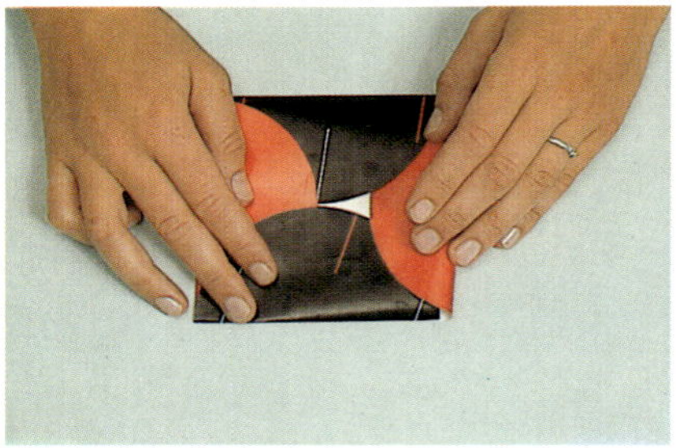

3. Den letzten Halbkreis zur Hälfte unter den ersten stecken.

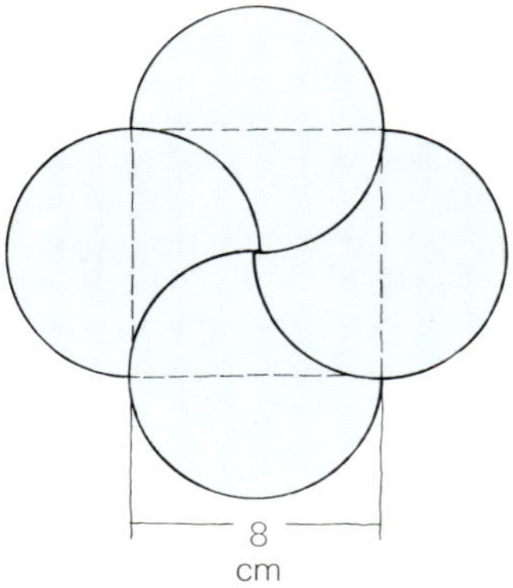

Wickelpäckchen

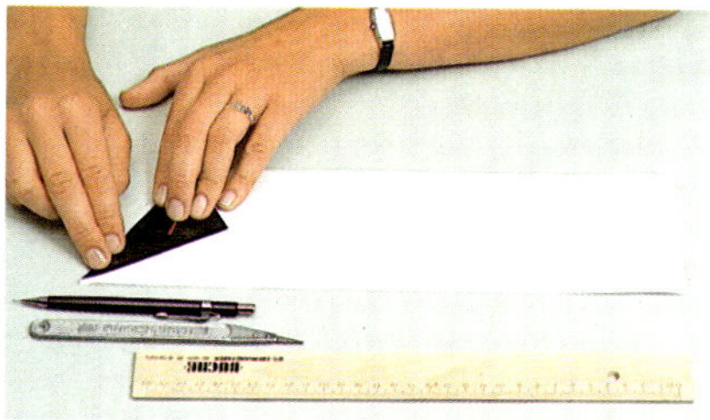

1. Einseitig bedrucktes Papier nach den Maßen der Zeichnung rechts (nicht maßhaltig) ausschneiden. Die Ecke an der gestrichelten Linie entlang umknicken.

2. Das entstandene Dreieck so umlegen, daß die Faltkante genau auf der Längskante des Streifens liegt. Vorsicht: nicht scharf knicken, die Kanten sollen ›rund‹ bleiben.

3. Flaches Geschenk hineinlegen und überstehendes Dreieck als Lasche einstecken.

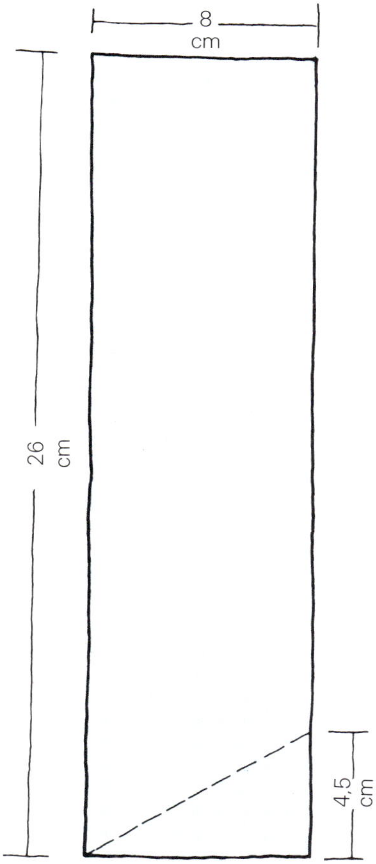

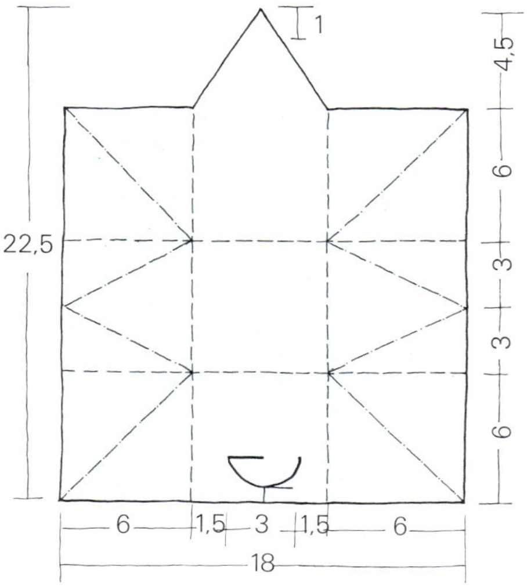

Schmuckbox

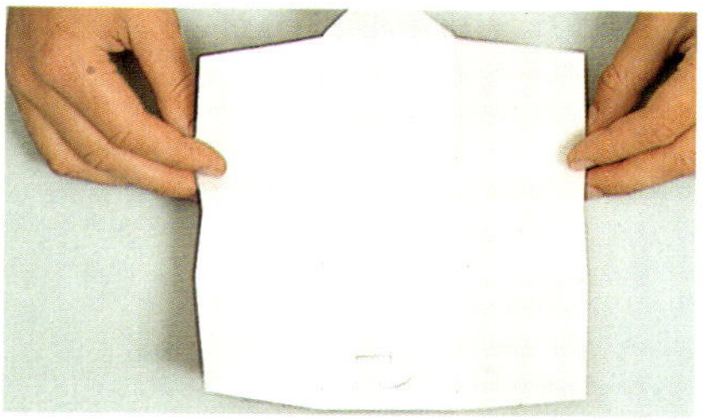

1. Einseitig bedrucktes Papier oder leichten Karton nach den angegebenen Maßen auf der unteren Zeichnung (Angaben in cm) ausschneiden. Die gestrichelten Linien auf der Innen- und Außenseite des Papiers ganz vorsichtig mit dem Papiermesser anritzen.

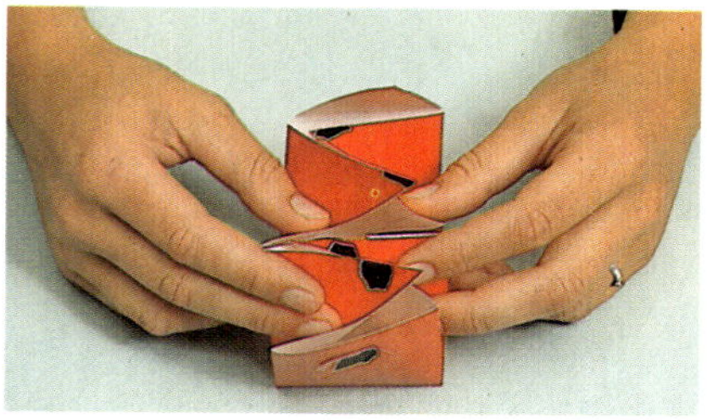

2. An den angeritzten Linien läßt sich das Papier leicht knicken. Das mittlere Quadrat bildet den Boden; forme die beiden Seiten zur Ziehharmonika. Wahrscheinlich mußt du ein paarmal probieren.

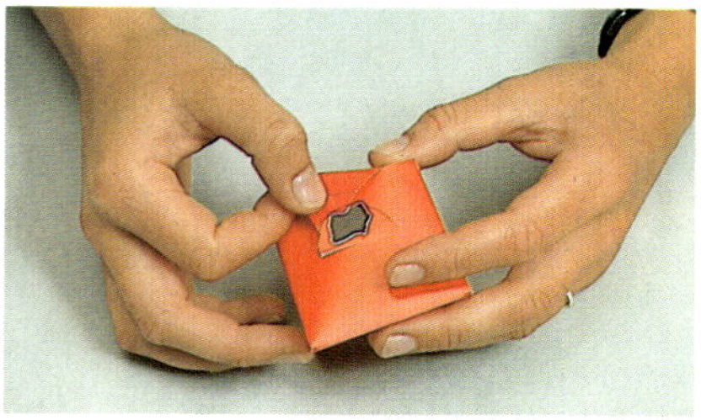

3. Das Geschenk hineinlegen. Das Dreieck unter die halbrunde Lasche stecken. Schneide es dazu an der entsprechenden Stelle ein.

Geschenkbox aus Papier

Diese ›Papierdose‹ erfordert etwas Fingerspitzengefühl. Es ist schon verblüffend, wie der Rosetten-Verschluß dann plötzlich in die gewünschte Form springt.

Material:

1 Bogen Geschenkpapier
Klebstoff

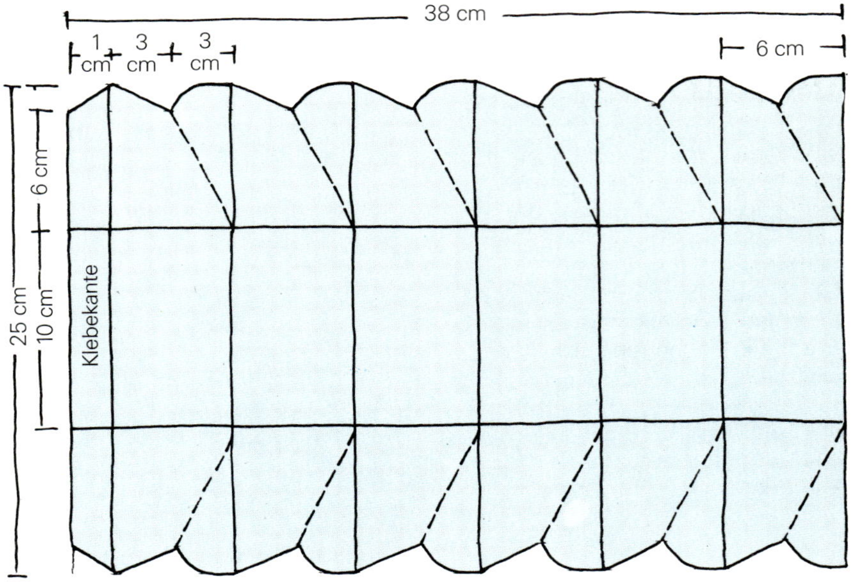

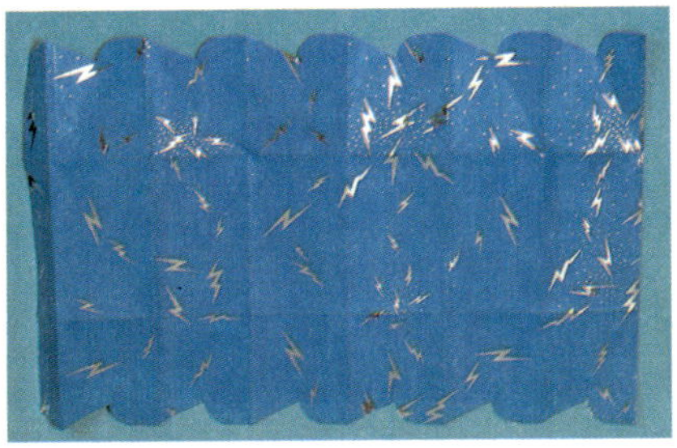

1. Den Plan sorgfältig auf Geschenkpapier übertragen, alle Linien vorsichtig anritzen, die gestrichelten Linien werden nach innen gefaltet. An der Klebekante zusammenkleben, so daß ein Hohlkörper entsteht.

2. Die Rosetten lassen sich durch Eindrücken ganz ohne Klebstoff fest verschließen (oben links).

Faltschachtel aus Karton 1

Dies ist ein einfaches Grundmuster für alle würfelförmigen Schachteln. Wenn deine Schachtel größer oder kleiner werden soll, mußt du nur die Maße verändern.
Der hier verwendete Fotokarton läßt sich natürlich noch bemalen oder anspritzen. Die Techniken dazu findest du auf S. 61.

Material:
Fotokarton
Klebstoff

Den Plan auf Karton aufzeichnen, den Umriß ausschneiden. Die Knickkanten anritzen, die 4 Seitenkanten mit Klebstoff bestreichen und den Würfel zusammenkleben.

Wenn du genau zugeschnitten hast, müßte sich die Deckellasche leicht einstecken lassen

Faltschachtel aus Karton 2

Diese Faltschachtel ist etwas schwieriger zu falten, aber sie hält ohne Klebstoff. Wichtig ist, daß eine Seitenwand nach der anderen gefalzt und im Anschluß daran der Deckel umgelegt wird.
Die Schachtel hat eine Grundfläche von 5 cm. In ihr lassen sich gut Süßigkeiten, kleine Spielzeuge und kleine Tischgeschenke unterbringen. Besonders wertvoll schaut solch eine Schachtel aus, wenn du sie aus Metallfolie (im Schreibwarenladen erhältlich) herstellst.

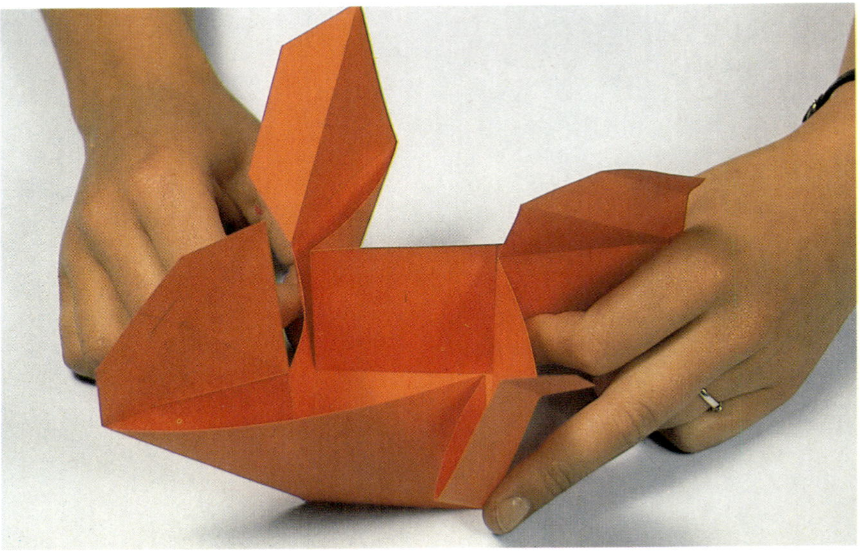

1. Den Plan auf Karton aufzeichnen, den Umriß ausschneiden und alle Linien auf der Außenseite des Papiers anritzen.

2. Das mittlere Quadrat bildet die Bodenfläche. Die Seitenwände werden nach oben geklappt, und das an den Ecken überstehende Papier wird im Uhrzeigersinn herumgelegt.

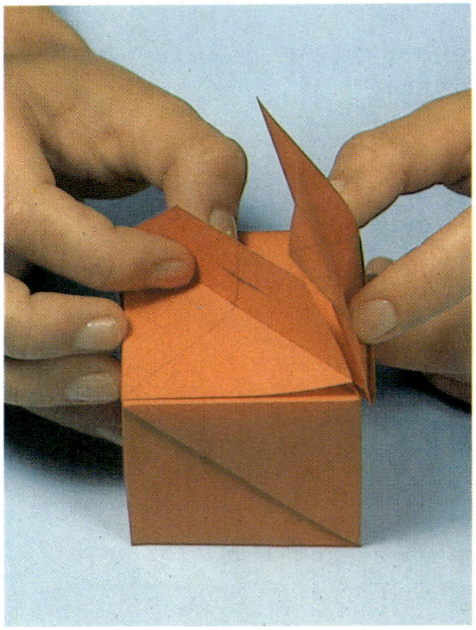

3. Die 3 hochstehenden Laschen werden zur Mitte hin zusammengelegt und durch die 4. Lasche mit ihrer umgefalteten Spitze gehalten.

Diese Schachtel ist eine stabile Geschenkverpackung. Die Größe der Box kann an das Geschenk angepaßt werden

Papierflieger

Jeder kennt sie, die lustigen Papierflieger. Hier eine detaillierte Bauanleitung für alle, die das Falten immer noch nicht beherrschen und alleine im stillen Kämmerlein üben wollen. Dieses Faltbeispiel ist das Grundmuster vieler Papierflieger.

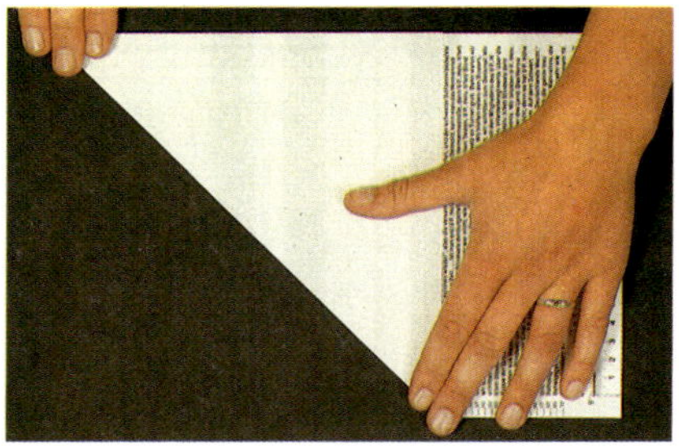

1. Linke untere Ecke eines Blattes (Format: DIN A4) zur oberen Blattkante ziehen und falzen.

2. Vom Blatt 4 cm abschneiden, der Streifen bleibt für den Schwanz.

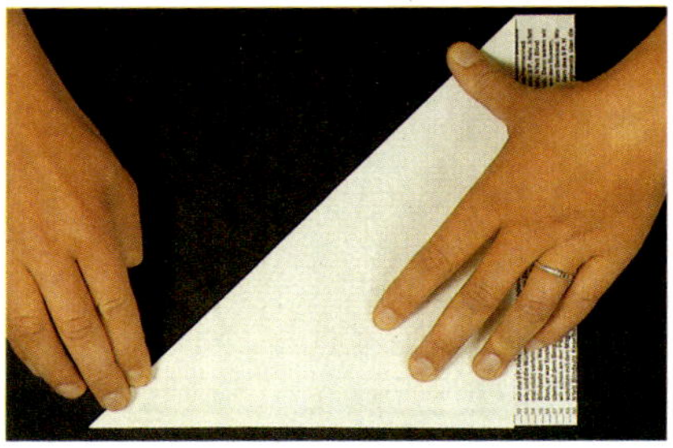

3. Blatt wieder auffalten und linke obere Ecke auf die untere Blattkante ziehen und falzen.

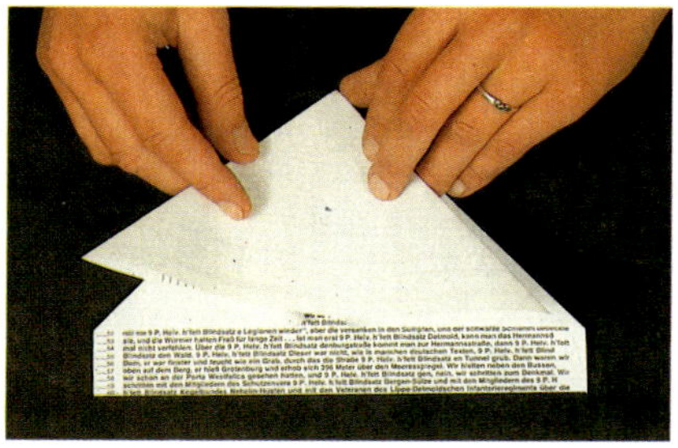

4. Die Spitze so umknicken, daß eine Pyramide entsteht; fest andrücken.

5. Beide Ecken zur Spitze umlegen.

6. Anschließend falzen.

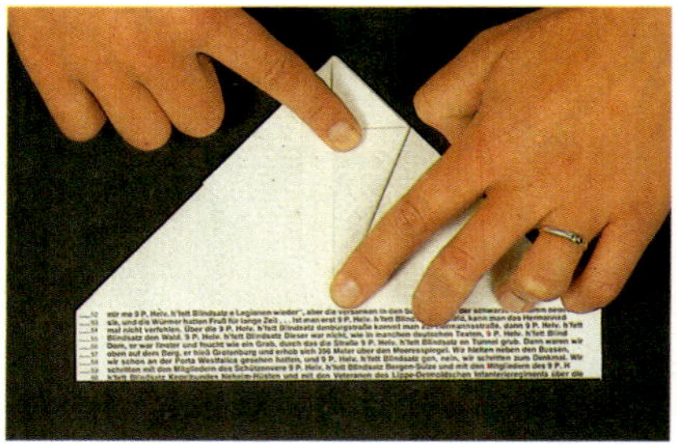

7. Ecke nach innen falzen.

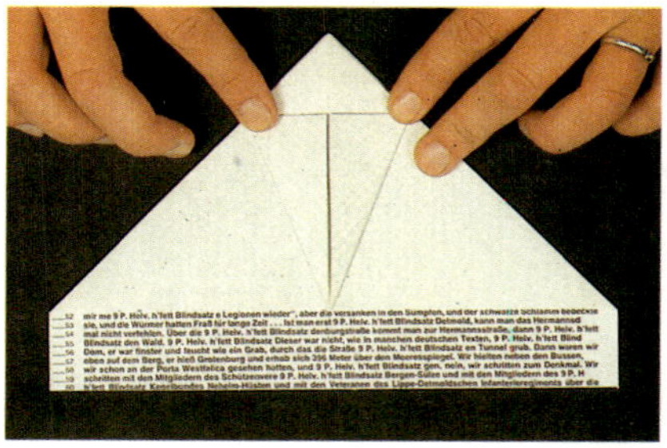

8. An der Ecke umknicken.

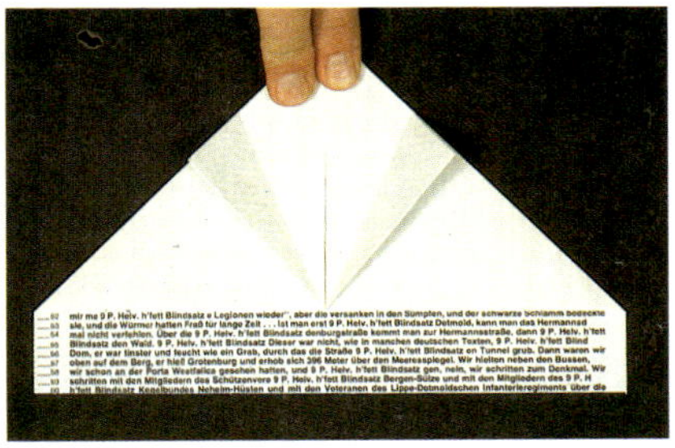

9. Gefalzte Ecken wieder aufklappen.

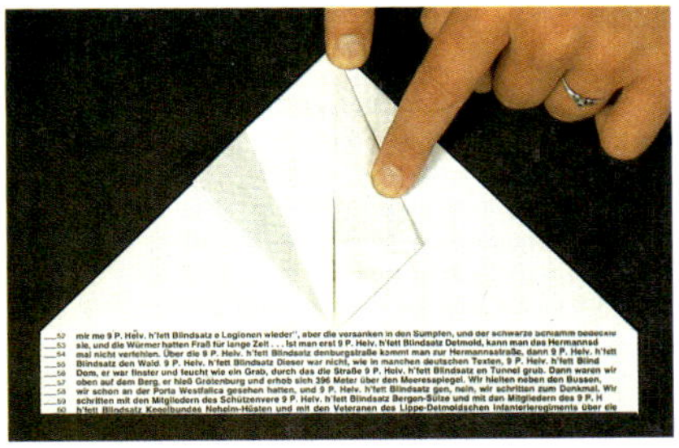

10. Von der Spitze bis zur Mitte nach unten ein Dreieck umlegen und falzen.

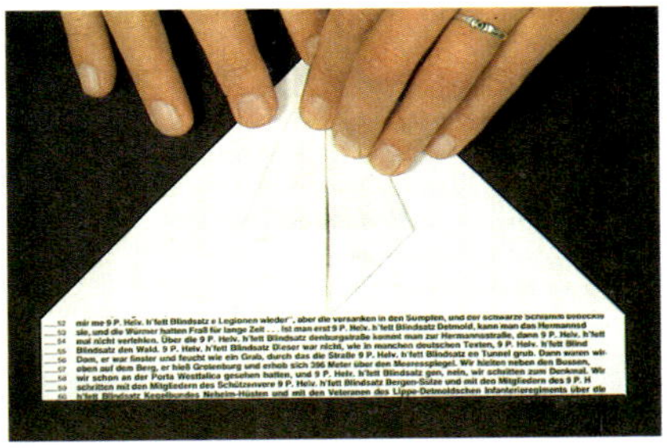

11. Das gleiche auf der anderen Seite wiederholen.

12. Jetzt wieder aufklappen.

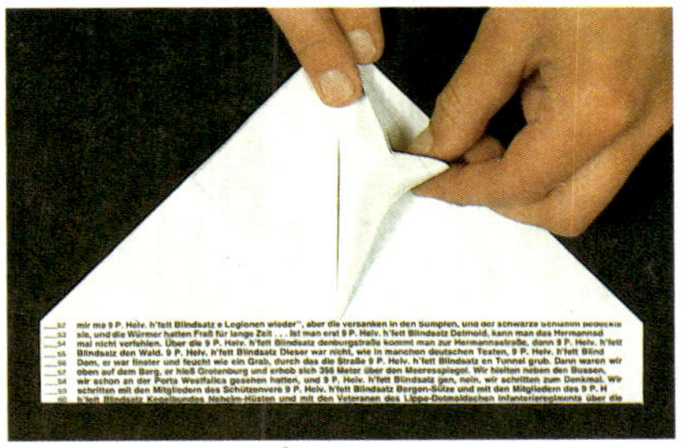

13. Dreieck zur Spitze falten.

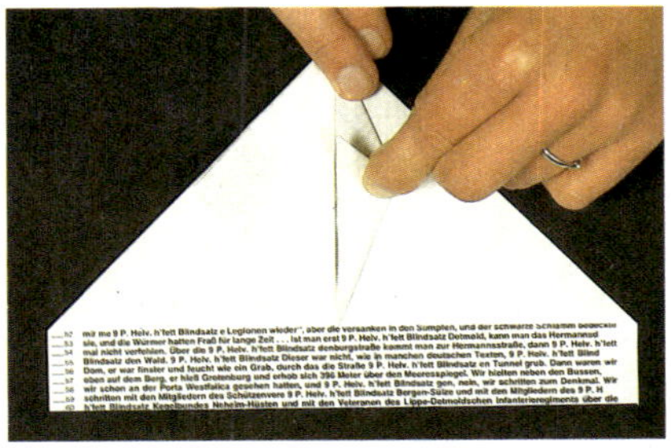

14. Zusammendrücken und nach oben umknicken.

15. Andere Seite falzen.

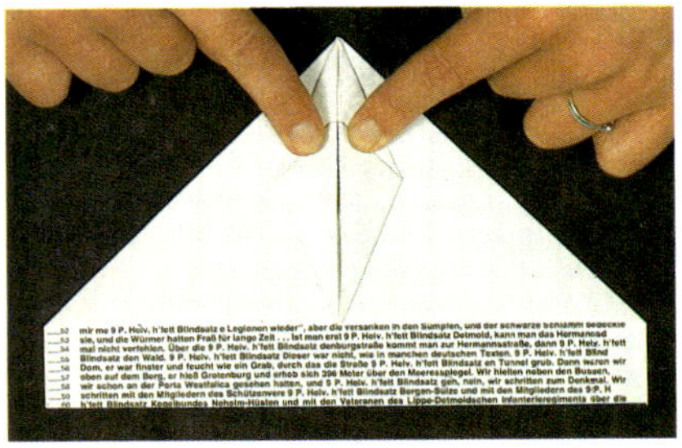

16. Nun beide Spitzen nach oben drücken.

17. Die obere Spitze über die Mittelfinger nach unten knicken.

18. Fliegerspitze von unten.

21. Papierstreifen für den Schwanz knicken, an einer Seite abschrägen.

22. Von hinten, mit der Öffnung nach oben, in den Flieger stecken.

19. Spitze von oben.

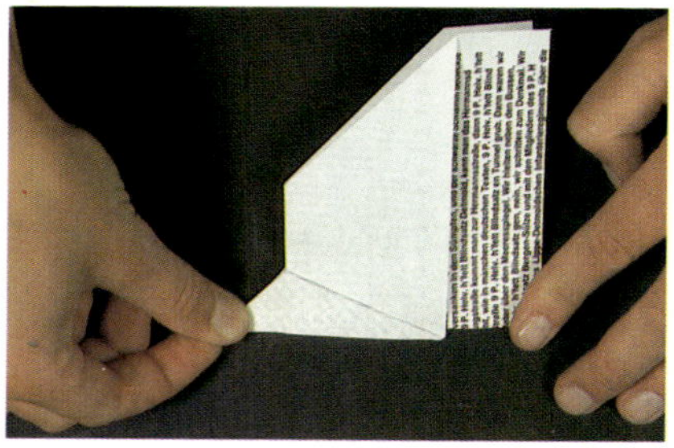

20. In der Mitte zusammenknicken.

So sieht der fertige Flieger aus, der seine Flugfähigkeit schon in vielen ›Wettbewerben‹ bewiesen hat. In Amerika gibt es jährliche Ausscheidungswettkämpfe um das beste und originellste Falt-Flugmodell

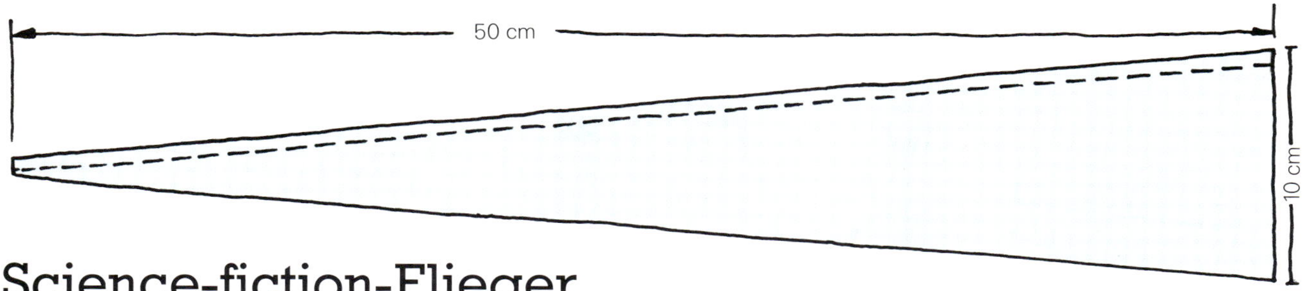

Science-fiction-Flieger

Er fliegt wirklich, trotz der kleinen Flügelscheibe als Auftriebsfläche. Die angegebenen Maße auf der Zeichnung können verändert werden. Wichtig ist nur ein ausgewogenes Verhältnis zwischen der Spitze und der Flügelfläche. Ist der Vogel kopflastig (kippt er im Flug sofort nach unten), kannst du am Röhrenende ein Stück abschneiden und die Flügelscheibe neu aufkleben. Auch der Knick in der Auftriebsscheibe kann vergrößert werden: je größer der Knick, um so größer der Widerstand und damit der Auftrieb.

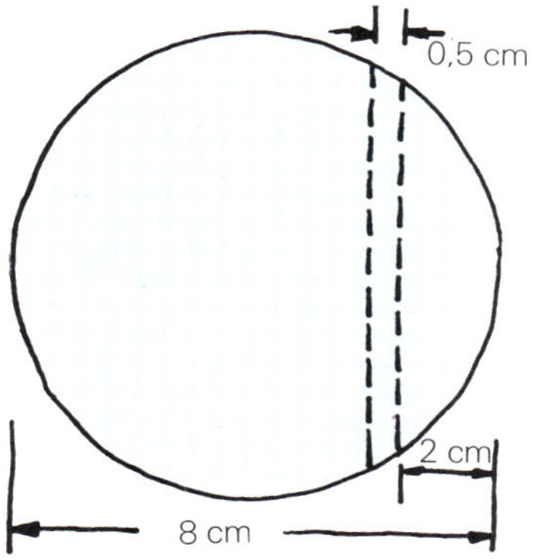

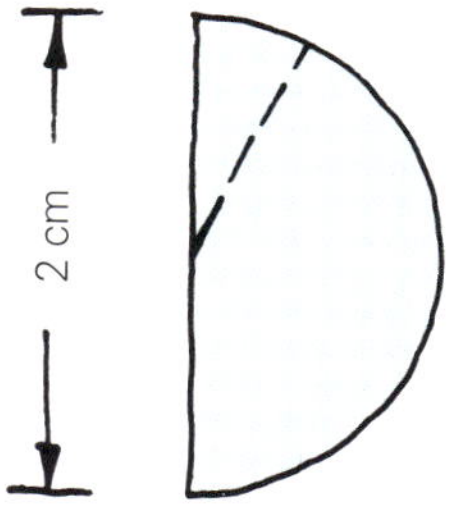

Die Spitze: Den Halbkreis zu einem spitzen Kegel formen und an der Klebekante zusammenkleben.

Papierlaterne

Diese Papierlaterne erfordert etwas Geduld: Der Plan (Angaben in cm) muß ganz genau aufgezeichnet werden, und dann benötigst du viel Fingerspitzengefühl beim Falten. Mehrere Versuche, Pause dazwischen, weiter probieren... bis es klappt!

Material:
2 Bogen farbiges Zeichenpapier
Papprolle
Nadel und Faden
Draht

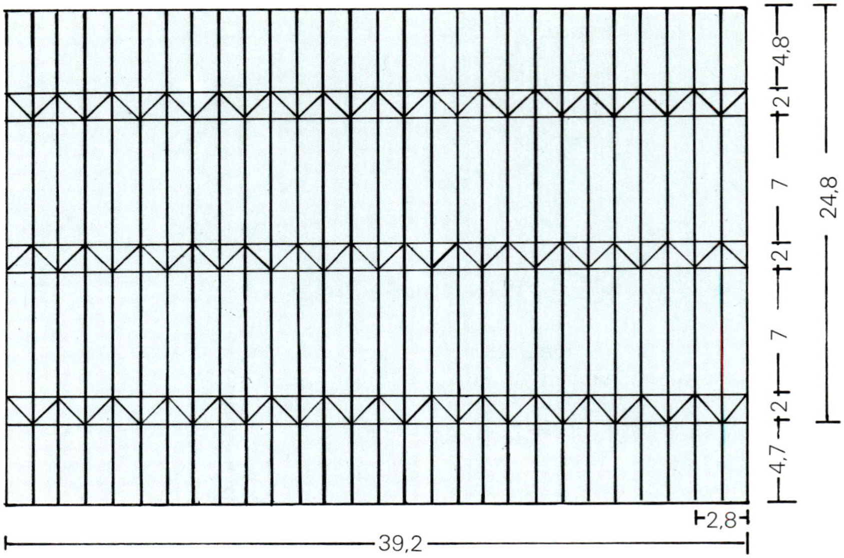

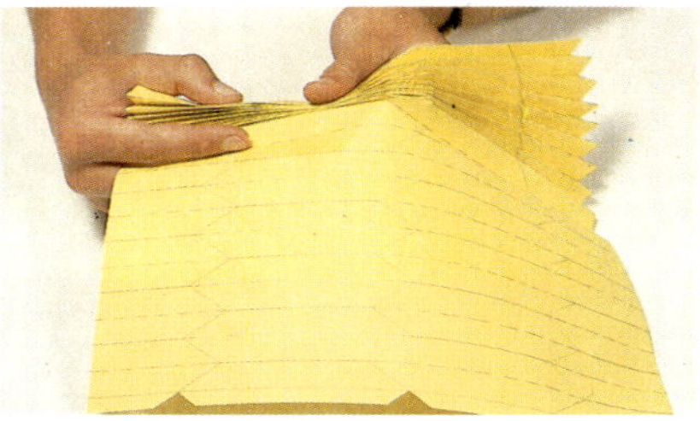

1. Alle senkrechten Linien und die kleinen Diagonalen mit dem Papiermesser anritzen, in beide Richtungen falten. Den gefalteten Teil mit dem linken Daumen festhalten, die rechte Hand holt die nächste Falte ein.

2. Das Foto zeigt, wie es gemacht wird.

3. Es ergibt sich eine schmale, gekrümmte Form.

4. Die beiden Enden etwas weiter nach innen drücken, so daß sie in die gleiche Richtung zeigen.

5. Zieht man diese Form von der Mitte aus auf, ergibt sich eine Hälfte der Laterne.

6. Einen 2. Bogen für die 2. Lampenhälfte genauso falten. Die beiden Laternenhälften zusammenkleben.

7. Damit aus der Kugel eine Laterne werden kann, muß man sie oben und unten etwas öffnen. Damit die Öffnung hält, zieht man, etwas vom Rand entfernt, einen Faden durch alle Faltungen. Die Fadenenden noch nicht miteinander verknoten.

10. Den Draht noch einmal herausziehen, ein Teelicht in die Öffnung stecken und den Draht wieder befestigen.

11. Die obere Öffnung genauso mit einer Papprolle sichern. Eine Drahtschlaufe als Aufhänger formen und in die obere Öffnung einpassen.

8. Den leeren Pappkern einer Rolle Toilettenpapier mit einem Papiermesser halbieren; je eine Hälfte in die obere und untere Öffnung stecken.

9. An der unteren Öffnung wird die Papprolle an das Papier geklebt und ein Stück Draht als Halterung für das Teelicht hindurchgebohrt. Erst jetzt den Faden festknoten.

Sieht sie nicht toll aus, diese selbstgefaltete Papierlaterne – aber ein bißchen Geduld brauchst du schon

1. 30 gleiche Quadrate und 12 Rechtecke aus Pappe ausschneiden.

2. Zu Würfeln zusammenkleben, nach einer Seite offenlassen.

3. Die Würfel aneinanderkleben. Dann die Rechtecke um die Form verteilen. Zum Schluß die Kugel mit gefalteter Aluminiumfolie verkleiden.

Partykugel

Diese glitzernde Partykugel bringt sogar den größten Partymuffel in Stimmung. Wird sie freischwebend aufgehängt und mit Halogenlicht angestrahlt, sendet sie ihre Reflexe bis in den hintersten Winkel der Partyhöhle. Diese Partylampe besteht aus insgesamt 42 Pappstücken, die miteinander verklebt werden müssen: 30 Quadraten (in unserem Beispiel mit 9 cm Kantenlänge) und 12 Rechtecken (mit 13 cm Länge, die der Diagonalen der Quadrate entspricht, und 9 cm Breite).

Material:

2 Bogen feste Graupappe
(oder Strohpappe)
Klebstoff
Farbe
Aluminiumfolie

Origami-Kranich

Die japanische Papierfaltkunst ist bereits viele Jahrhunderte alt. Daß sie deshalb noch lange nicht langweilig ist, sondern im Gegenteil sehr aufmerksames und genaues Arbeiten erfordert, wirst du schnell beim Falten dieses Vogels bemerken. Du mußt herausfinden, welches Papier sich zum Falten eignet; wir haben hier glattes Geschenkpapier verwendet, das sich gut und glatt falten läßt. Alle Knicke müssen mit dem Fingernagel oder dem Falzbein nachgepreßt werden. Wichtig ist, daß wirklich alle Schritte nacheinander durchgeführt werden. Manchmal muß erst geknickt, dann der Falz wieder geöffnet und in der Gegenrichtung weitergearbeitet werden.

Material:

1 Bogen Geschenkpapier

An Geschenke angehängt, ein festlicher Tisch damit dekoriert – es gibt viele Möglichkeiten, den Origami-Kranich dekorativ aufzustellen

1. Einen quadratischen Bogen Papier ausschneiden.

2. Über die Diagonale umlegen und anschließend falzen.

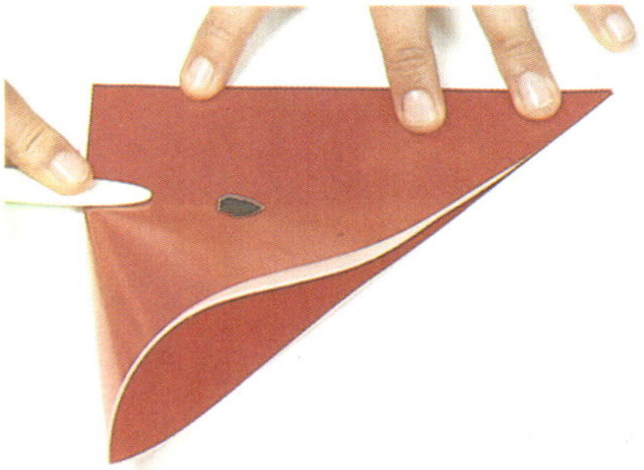

3. Nochmals halbieren und den Knick mit dem Falzbein nacharbeiten.

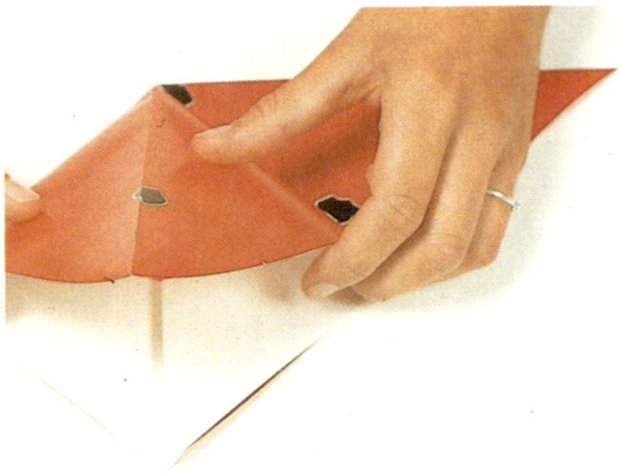

4. Das obere Dreieck ausstülpen und zu einem Quadrat falzen.

7. Linke Ecke genauso falten. Obere Spitze nach unten knicken und wieder zurückbiegen.

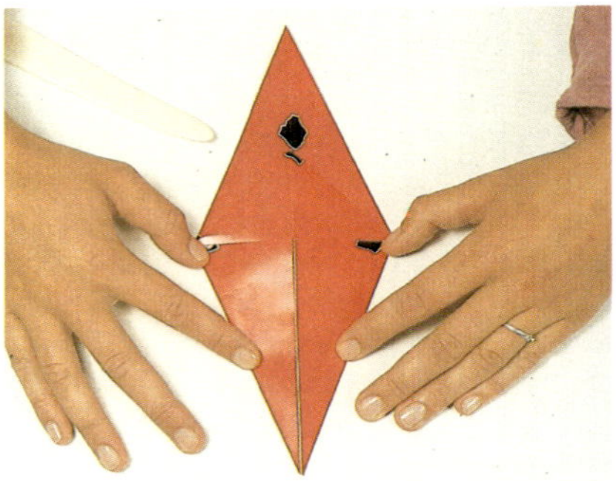

10. Wenden; das andere Quadrat liegt jetzt oben. Schritte 6–9 wiederholen.

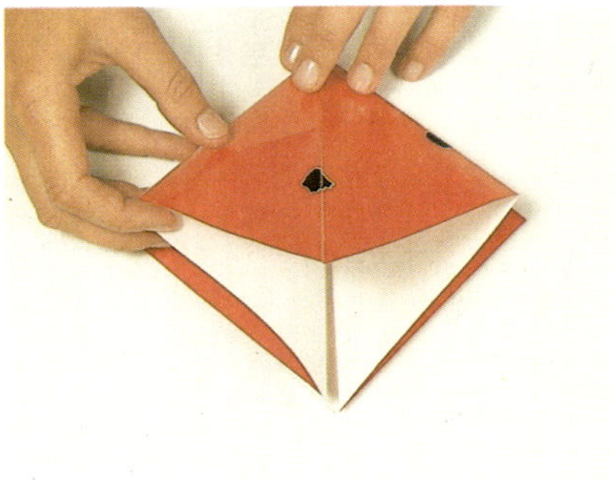

5. Umdrehen und das 2. Quadrat genauso knicken.

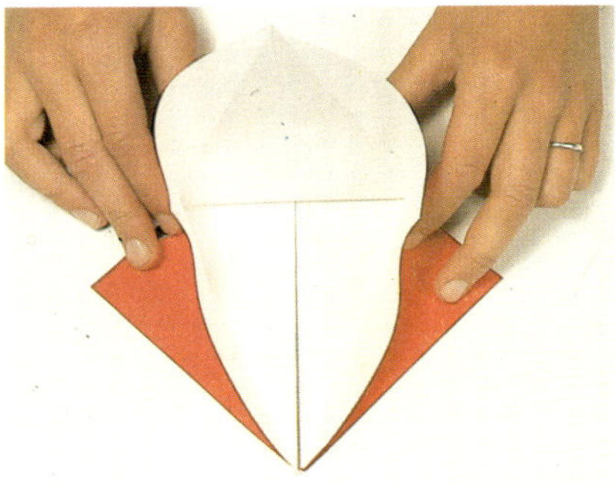

8. Auch die in Bild 6 und 7 eingefalzten Ecken wieder auffalten. Die untere Spitze des Quadrates hochziehen.

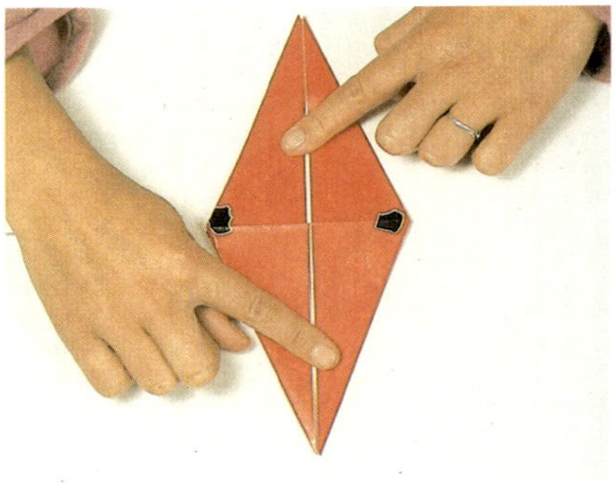

11. Es ist wirklich wichtig, alle Kanten fest anzudrücken.

6. Rechte Ecke zur Mitte falten.

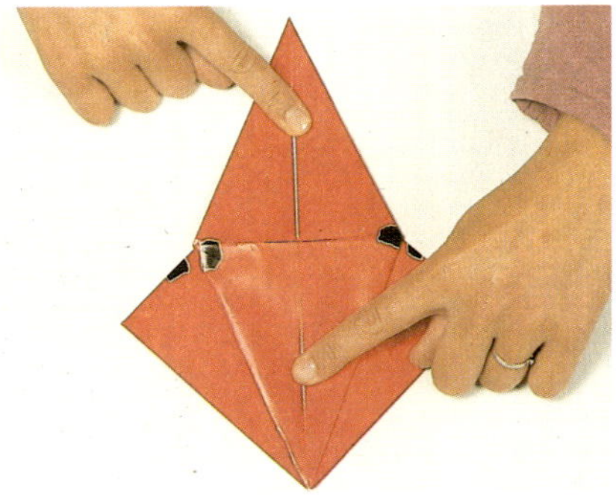

9. Die Spitze weiter über die Querfalte hochziehen und an den vorgefalzten Kanten entlang einschlagen und alles flachstreichen.

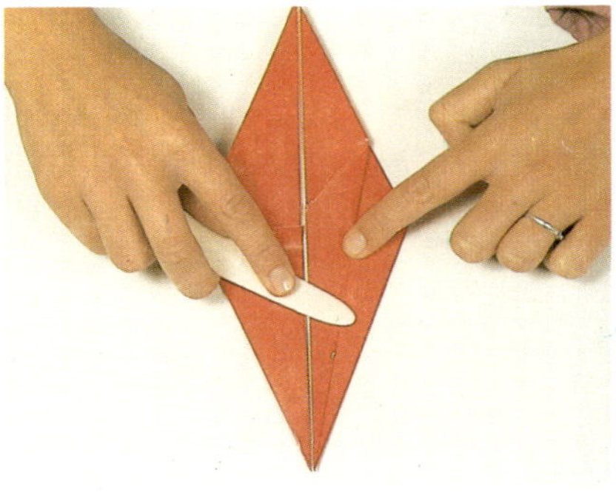

12. Rechte Ecke zur Mitte falten. Die untere Spitze sorgfältig mit dem Falzbein anpressen.

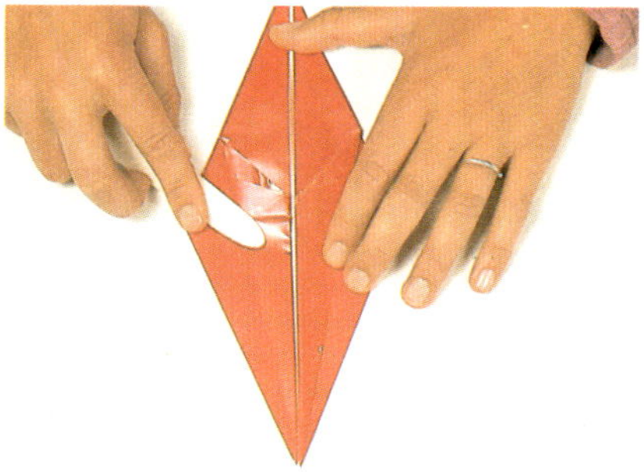

13. Linke Ecke genauso falzen.

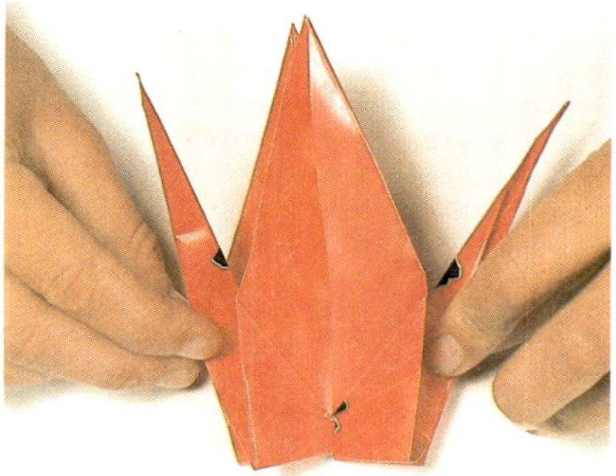

16. Die andere Hälfte auf die gleiche Art einfalten.

18. Unten, am Mittelpunkt aller Falzkanten, ist ein kleines Loch entstanden, hier wird der Körper aufgeblasen.

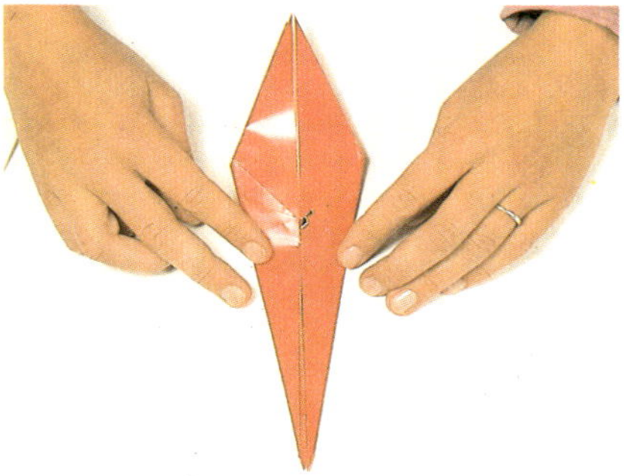

14. Wenden und die Schritte 12 und 13 wiederholen.

17. Nun zwischen Daumen und Mittelfinger mit dem Zeigefinger den Kopf einfalten.

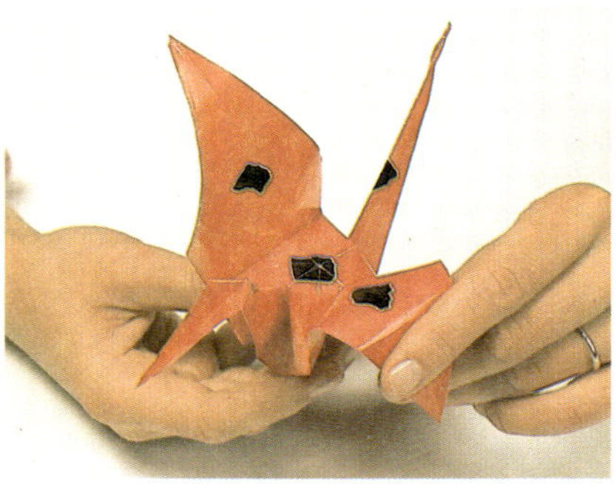

19. Dann die Flügel über dem Finger rundbiegen.

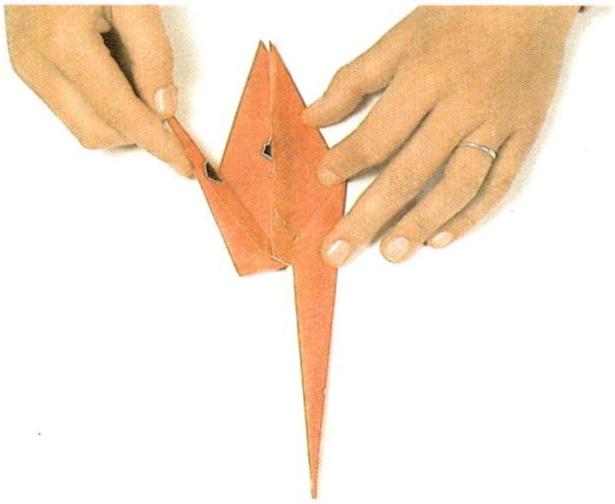

15. Mit einer Hand eine Hälfte festhalten, mit der anderen Hand die andere Hälfte auffalten, die untere Spitze zur Seite ziehen, in der Mitte umknikken und in die obere Hälfte einknicken (siehe auch Foto 16).

Buntes Marmorpapier

Du brauchst jetzt nicht mehr in die Geschenkboutique zu gehen, um zu diesem besonderen Papier zu kommen. Nun stellen wir es uns selbst her. Dein ganz persönliches Papier gibt einen fabelhaften Einband für Bücher und Schachteln ab. Die Effekte bestimmst du! Viele der Vorschläge auf den vorhergehenden Seiten lassen sich mit diesem Marmorpapier ebenfalls verwirklichen.

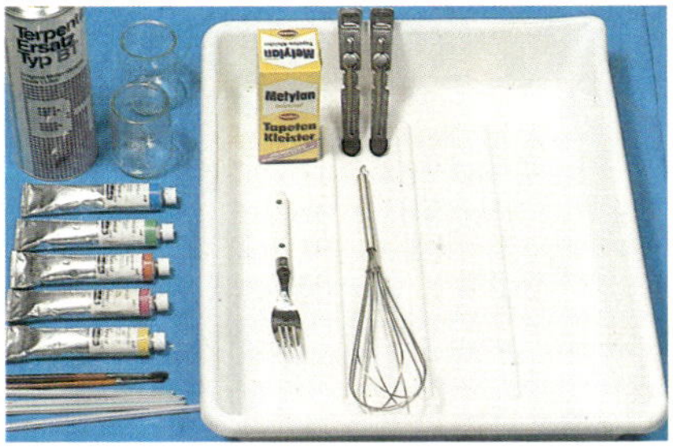

Material:
Ölfarbe in den Grundtönen
Terpentinersatz (zum Verdünnen der Ölfarbe)
mehrere Bogen Papier
Tapetenkleister
Wasser

Arbeitsgeräte:
Fotowanne (oder flache Schale)
Gabel
Strohhalme
Pinsel
Schneebesen
Gläser für die verdünnte Ölfarbe
Zeitungspapier
Müllbeutel
Gummihandschuhe

Tip:
Um dir Ärger mit Flecken zu ersparen, lege unter den Arbeitsplatz eine Plastikfolie und trage beim Arbeiten Gummihandschuhe.

1. Dünnen Kleister anrühren, circa 1 Teelöffel auf 1 Liter Wasser.

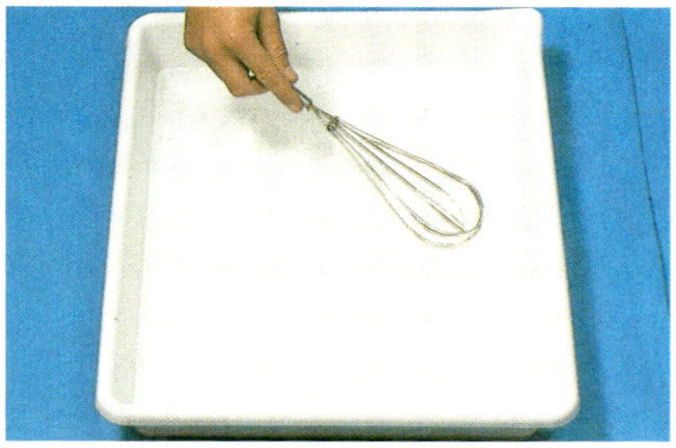

2. Gut durchschlagen und 20 Minuten quellen lassen.

3. Mit dem Strohhalm verdünnte Ölfarbe auf die Oberfläche tropfen.

4. Die Ölfarbe läßt sich auch mit einem Pinsel auf den Kleister auftragen.

5. Dicke Farbklumpen mit der Pinselspitze auseinanderziehen.

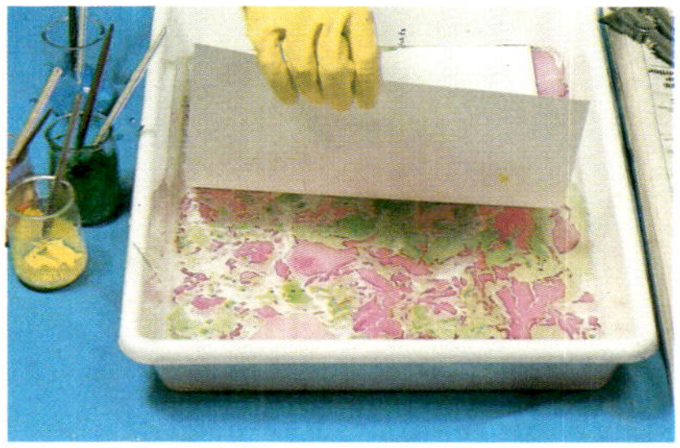

6. Jetzt einen Bogen Papier langsam ›abrollen‹.

7. Das Blatt mit beiden Händen in einer Richtung hochziehen.
Diese beiden Arbeitsschritte verhindern, daß sich Luftblasen zwischen Papier und Kleisterfläche bilden; das Papier ist jetzt vollständig eingefärbt. Danach das Blatt kurz mit Wasser abspülen; keine Angst, dein Muster bleibt erhalten.

8. Auf zurechtgelegtem Zeitungspapier zum Trocknen auslegen.

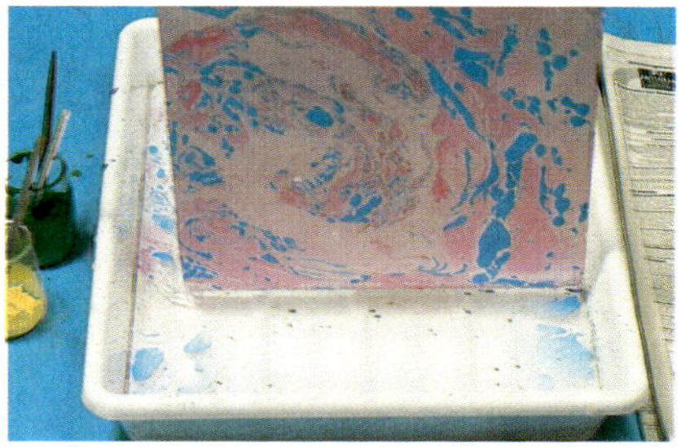

9. Für einen neuen Bogen den gleichen Vorgang wiederholen.

10. Es lassen sich auch mit einer Gabel schöne Muster erzeugen.

11. Die getrockneten Marmorpapiere von der Rückseite her glattbügeln.

Einband aus Marmorpapier

Alte Käseschachteln, leere Schuhkartons, Bilderrahmen, langweilige Hefte – sie alle können durch einen Einband mit Marmorpapier zu einem schmukken Aufbewahrungsort liebenswerter Andenken werden.

Wird Pappe nur auf einer Seite beklebt, so wird sie sich durch die einseitige Befeuchtung krümmen. Die Pappe muß also auch von der anderen Seite beklebt werden, d. h., sie wird gegenkaschiert (mit Papier in der gleichen Stärke wie das Bezugspapier).

Material:
mehrere Bogen Marmorpapier
Papier für Gegenkaschierung
Leim
leere Schachteln

1. Den Schuhkarton vermessen, die Maße auf Marmorpapier übertragen.

2. Schneide alles rundherum mit doppelter Randbreite zu.

3. Marmorpapier von der Mitte nach außen mit Leim einstreichen.

4. Schachteldeckel auf eingeleimtem Papier ausrichten.

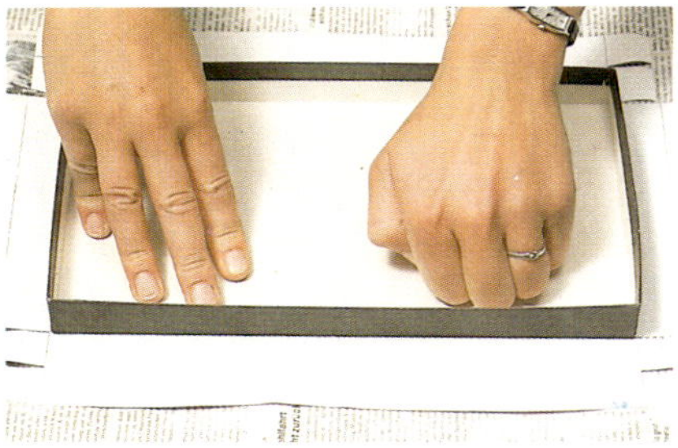

5. Nun mit den Fingerknöcheln fest andrücken.

6. Einen Längsrand hochziehen und mit dem Falzbein andrücken.

7. Rand nach innen umschlagen und mit dem Falzbein fest anpressen.

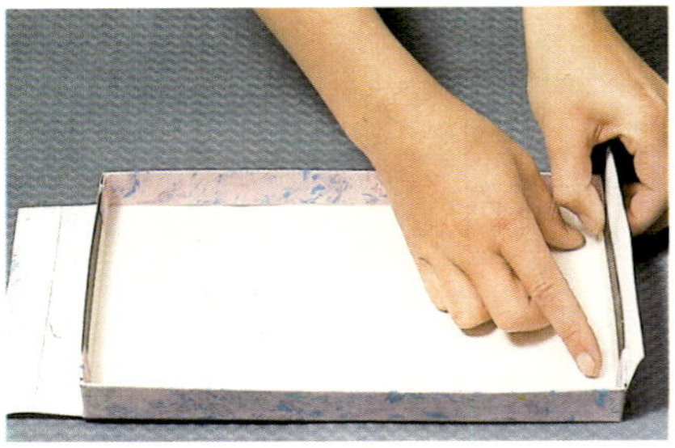

8. Den gleichen Vorgang auf der gegenüberliegenden Seite wiederholen. Erst dann die Breitseiten des Kartonrandes umkleben.

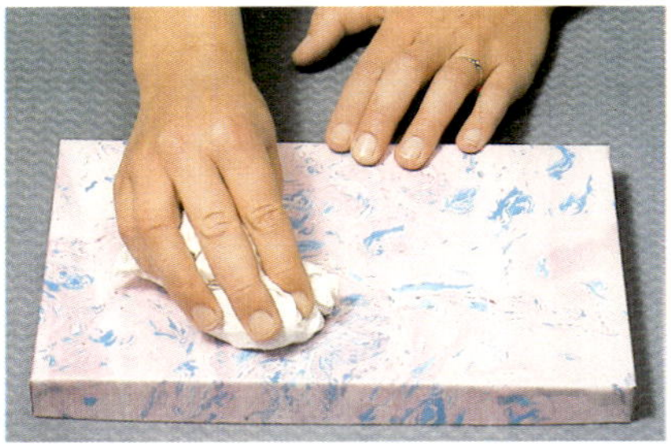

9. Das Marmorpapier mit einem Tuch glattstreichen.

10. Für die Kaschierung ein passendes Blatt mit Leim bestreichen.

11. In den Deckelrücken einlegen und festpressen.

12. Der Bezug des unteren Schachtelteils wird ähnlich hergestellt.

Hübsche Geschenkschachteln mit Marmorpapier bezogen

Fotoalbum

Ein selbstgebasteltes Fotoalbum, mit einem Einband aus Marmorpapier aus der eigenen Werkstatt bezogen, ist ein wertvolles Geschenk für deine besten Freunde! Oder – ein schöner Aufbewahrungsort für deine Babyfotos.

Material:
1 Bogen Graupappe (DIN A3, 0,2 cm dick)
2 Bogen Marmorpapier
Leim

Bucheinband

1. Für einen Buchdeckel 2 Rechtecke (28 x 17 cm und 2 x 17 cm für den Binderücken) auf das Marmorpapier auflegen (Abstand: 0,2 cm). Als Kaschierrand rundherum 2 cm, am Rücken 4 cm zugeben.

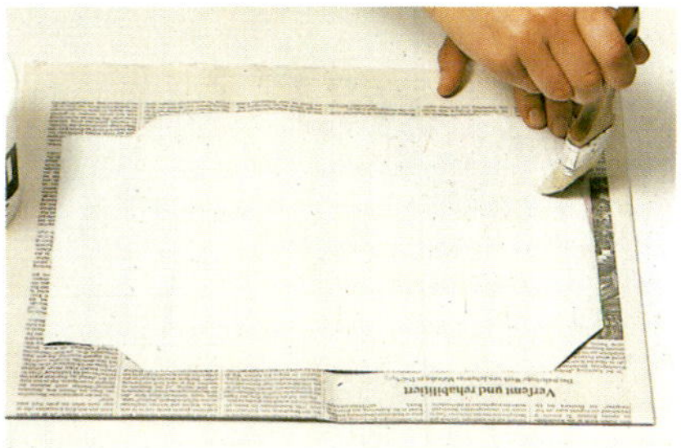

2. Von der Mitte aus gleichmäßig nach außen einleimen, damit sich das Papier nicht wellt.

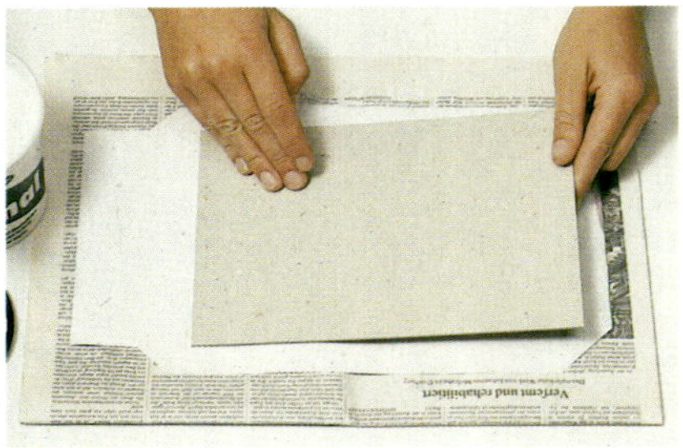

3. Anschließend drückst du die große Pappe vorsichtig an einer Kante auf das eingeleimte Papier auf, richtest sie aus und drückst sie fest an.

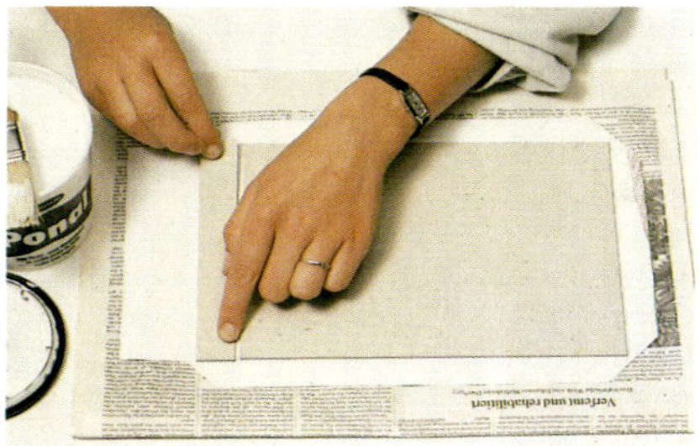

4. Den Binderücken mit 0,2 cm Abstand neben den Buchdeckel kleben.

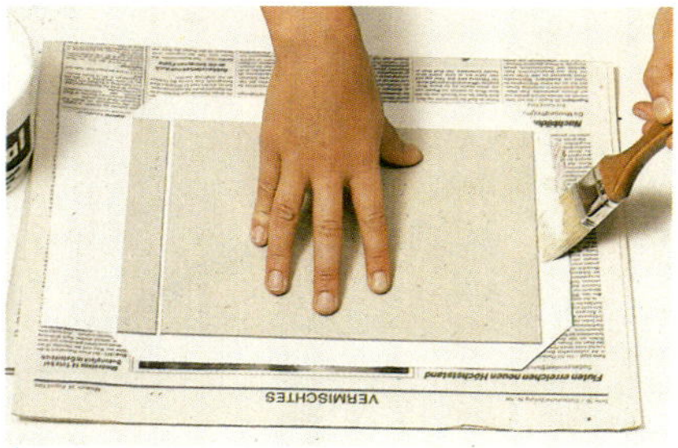

5. Die Ränder nochmals mit Leim bestreichen, falls sie schon zu trocken sein sollten.

6. Zuerst werden die einander gegenüberliegenden langen Ränder angeklebt. Die Ränder des Marmorpapieres auf die Pappe umlegen. Das Papier besonders an den Kanten fest andrücken. Mit dem Falzbein das Papier faltenfrei anpressen.

7. Die Ecken besonders sorgfältig verarbeiten: Bevor der schmale Rand umgelegt wird, werden sie zunächst mit dem Falzbein eingekerbt und gut angedrückt.

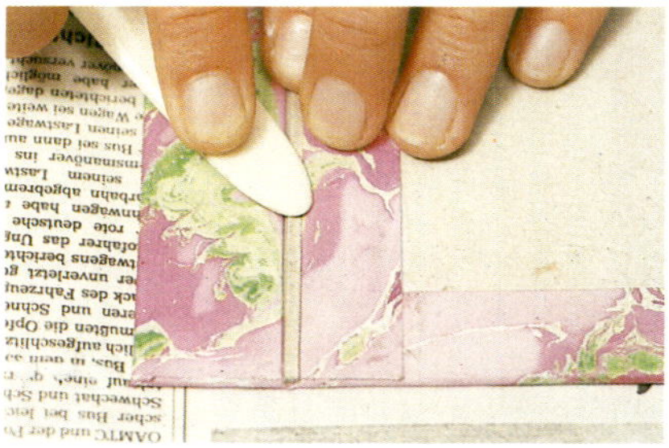

8. Sofort, nachdem der breite Rand um den Rücken geklebt ist, drückt man einen schmalen Pappstreifen (0,2 x 17 cm) in die Ritze ein.

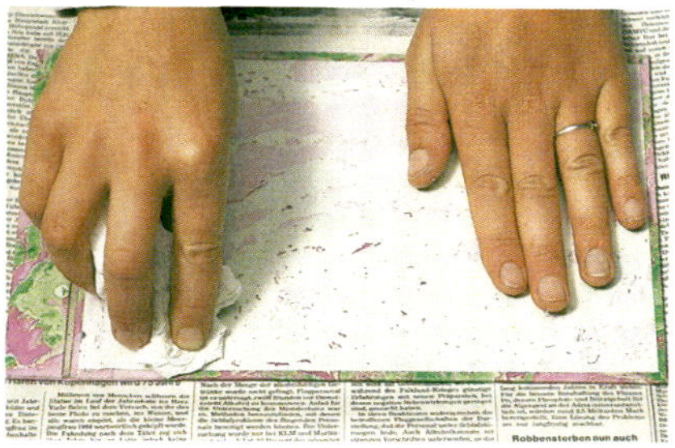

9. Das Papier für die Innenseite des Deckels (Gegenkaschierung) schneidet man ringsum 0,5 cm kleiner aus.

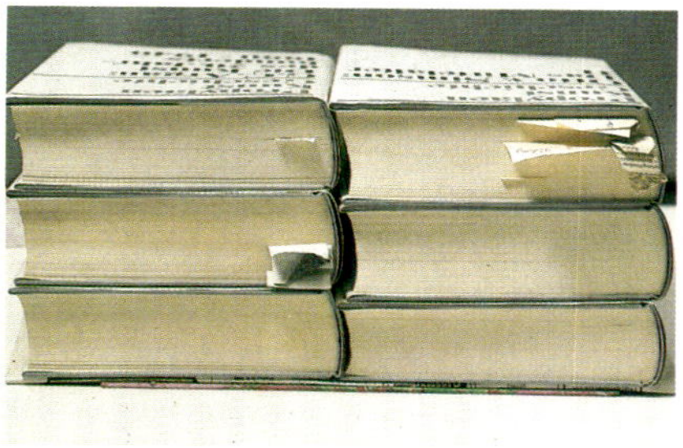

10. Beide Buchdeckel an der Außen- und Innenseite sorgfältig mit einem weichen Papiertuch abreiben, um zu dick aufgetragenen Leim zu entfernen. Anschließend die Deckel ca. 24 Stunden pressen.

11. Die 2 Pappstreifen aus den getrockneten Buchdeckeln entfernen. Die Buchdeckel sind fertig.

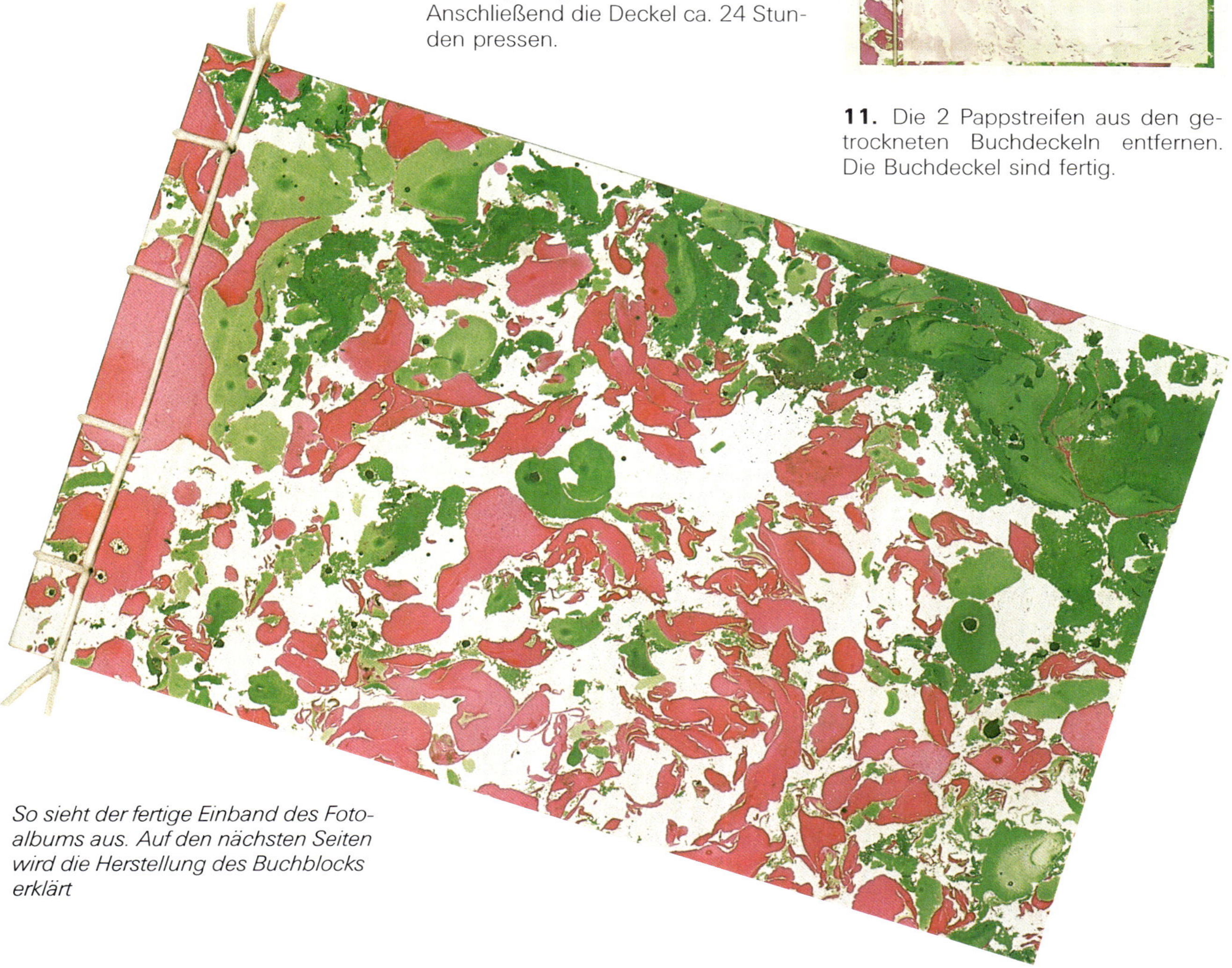

So sieht der fertige Einband des Fotoalbums aus. Auf den nächsten Seiten wird die Herstellung des Buchblocks erklärt

Buchblock

Um dein selbstgefertigtes Fotoalbum von einem gekauften gut unterscheiden zu können, werden die Innenseiten mit der Hand gerissen – das verstärkt die handwerkliche Note des Buches. Dazu mußt du zuerst die Laufrichtung des Kartons feststellen, da sich die Seiten nur in dieser Richtung gerade reißen lassen (die längeren Kanten der Albumblätter sollten in dieser Richtung gerissen werden).
Wir haben uns für einen offenen Bucheinband mit einer Kordelschnürung entschlossen. Diese Art des Einbandes ist besonders stabil und haltbar.

Material:
9 Bogen farbiger Karton (DIN A3)
Kordel (Baumwolle, 200 cm lang)
doppelseitiges Klebeband

Arbeitsgeräte:
2 Stahlstifte oder dicke Nägel
Papiermesser
Locher
Stahlineal oder -dreieck

16. 2 Klebestreifen auf die Arbeitsplatte kleben, damit man 2 Kartonstreifen (17 cm lang) parallel nebeneinander auf dem Tisch befestigen kann (ca. 0,2 cm Abstand).

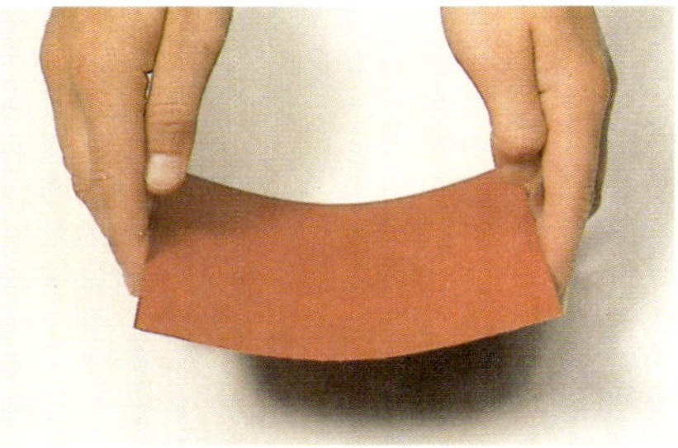

12. Test für die Laufrichtung: Der Karton setzt den Händen beim Biegen spürbaren Widerstand entgegen. Die Laufrichtung befindet sich also in der anderen Richtung.

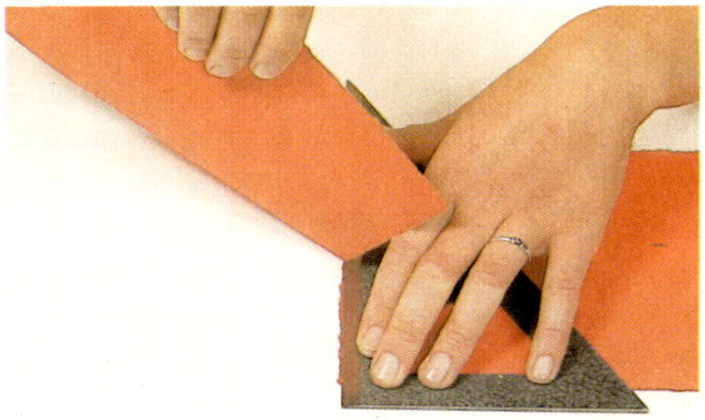

14. 18 Blätter mit den Maßen 27 x 16 cm auf farbigen Karton aufzeichnen (Biegerichtung beachten) und mit Hilfe eines angelegten Stahllineals vorsichtig abreißen.

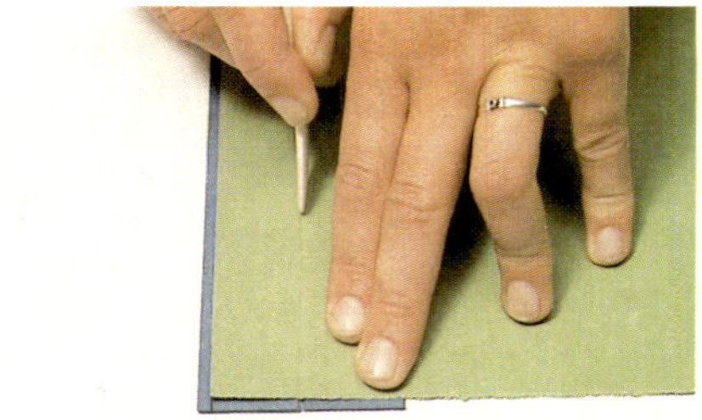

17. Einen Seitenbogen mit der Schmalseite bündig auflegen und mit der Spitze des Falzbeins den Bogen einrillen (damit sich die Seiten später beim Aufschlagen des Albums alle an der gleichen Stelle knicken).

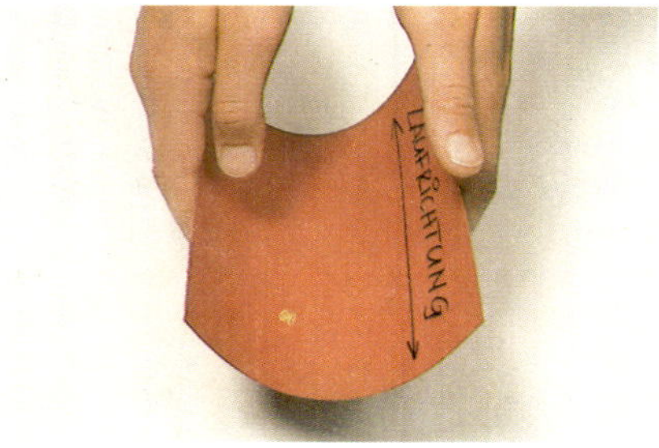

13. Der Karton läßt sich gut biegen: Die Laufrichtung befindet sich in der Biegerichtung.

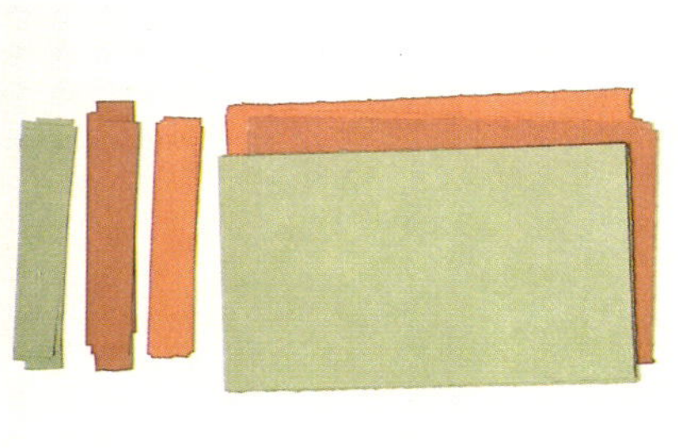

15. Die gleiche Anzahl schmaler Streifen (2,5 x 16 cm) mit dem Papiermesser ausschneiden. Sie werden später am Rücken zwischen die Seiten gelegt und verhindern, daß das Buch an der Vorderkante aufsteht.

18. Loche dann die Albumseiten und Streifen. Durch die Löcher wird später die Bindekordel geführt.

19. Achte auf den gleichmäßigen Abstand der Löcher. Am besten probierst du es vorher an einigen Teststreifen aus.

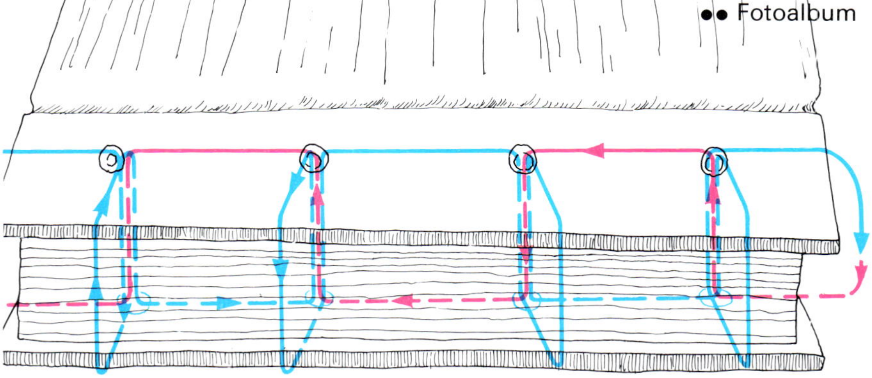

22. Die fertig bezogenen und gelochten Buchdeckel oben und unten anlegen. Die Kordel wird nach der vorgegebenen Zeichnung eingezogen. Vorher die Kordelenden mit Kleber am Ausfransen hindern; so läßt sich das versteifte Ende besser durch die Löcher führen.

20. Nun die Seiten und gleichfarbige Streifen übereinanderlegen.

23. Die Kordelenden am Schluß verknoten.

24. So sieht schließlich die Bindung des Albums aus.

21. Wenn du sie mit Hilfe von 2 Stahlstiften fixierst, liegen alle Seiten bündig übereinander.

Ein Buchblock läßt sich nicht nur mit farbigem Karton, sondern auch mit weißem Zeichenpapier herstellen – dein persönliches Skizzenbuch

Schreibtisch-diener

Wellpappe ist das meist gebrauchte Verpackungsmaterial, das wir kennen. Es wird vollständig aus Altpapier hergestellt. Einseitig kaschierte Wellpappe besteht aus 2 Papierbahnen, wobei auf 1 glatte Bahn eine 2. Bahn in Wellen aufgeklebt ist. Für uns ist dieser Werkstoff überall zu bekommen, und ... er kostet nichts. Hier haben wir aus Wellpappe einen Schreibtischdiener hergestellt, in dem du auf deiner Arbeitsplatte deine Schreib- und Malutensilien unterbringen kannst. Auf S. 86 wird Wellpappe für eine Kerzengußform verwendet. Aber auch die Partykugel auf S. 48 läßt sich aus Wellpappe herstellen.

Material:

einseitig kaschierte Wellpappe
Zeichenkarton
Graupappe (für den Boden)
Leim, Farbe
Teesieb und Zahnbürste

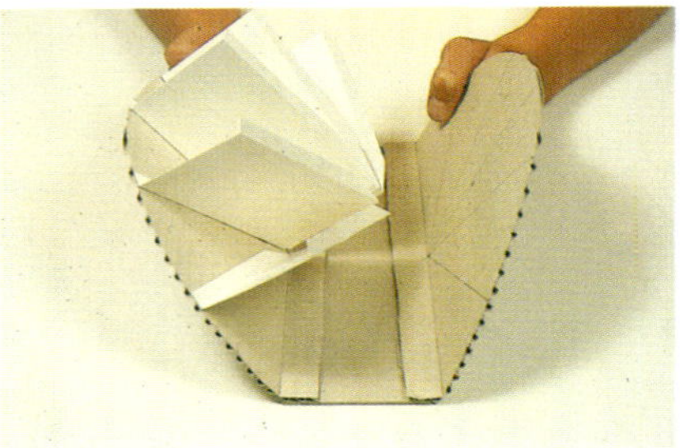

4. Die 5 Klebelaschen mit Leim bestreichen, beide Seitenteile vorsichtig nach innen klappen ...

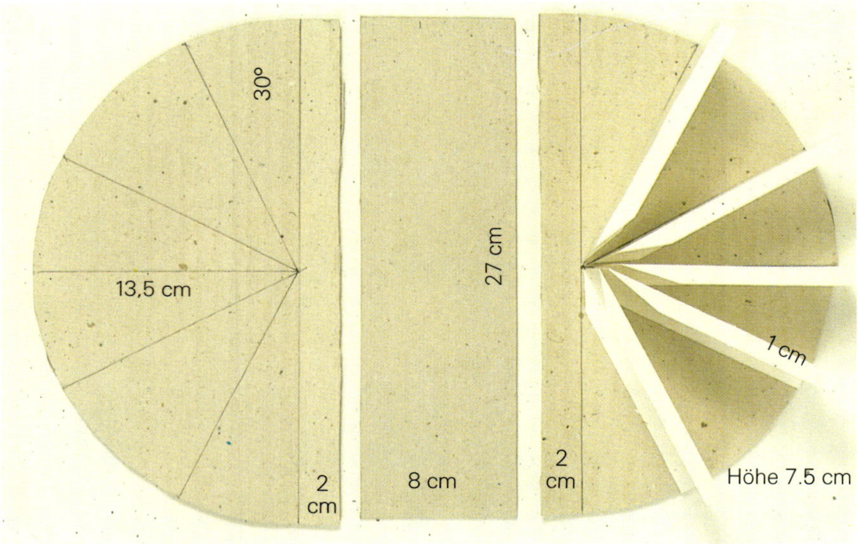

1. Die Teile nach den angegebenen Maßen ausschneiden, die Falze für die Klebekanten der 5 Innenfächer leicht anritzen, falten und einseitig aufkleben.

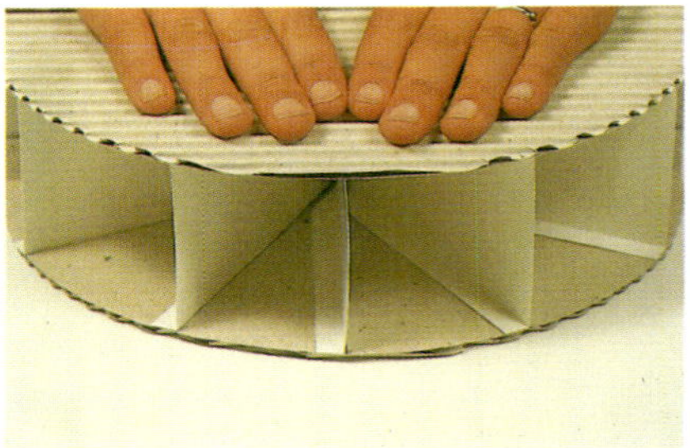

5. ... und miteinander verkleben; andrücken und warten, bis der Leim getrocknet ist.

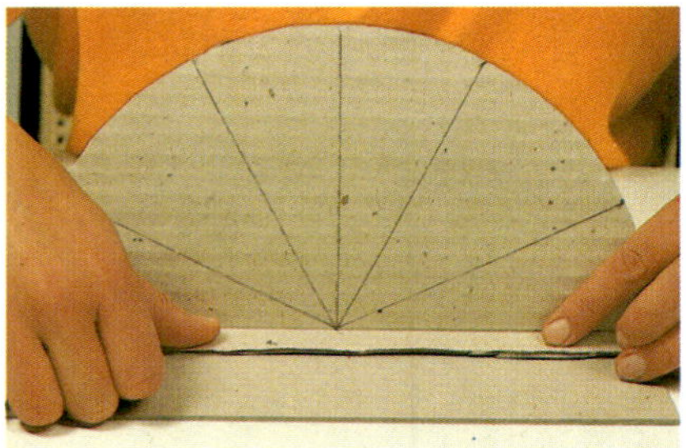

2. Das andere Seitenteil auf die Bodenplatte aufkleben.

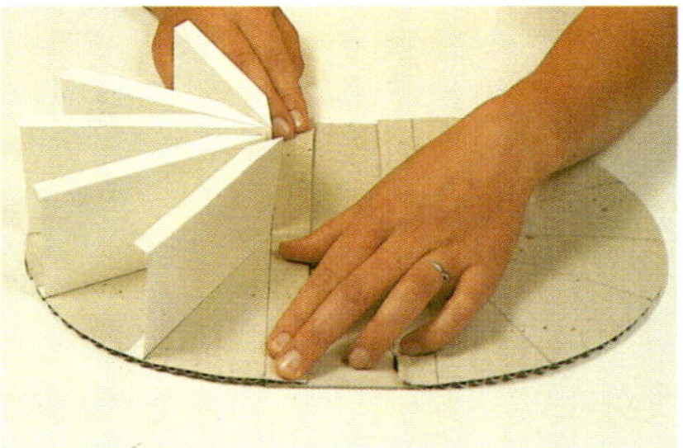

3. Jetzt das Seitenteil mit den Innenfächern ankleben.

6. Mit Farbe bemalen.

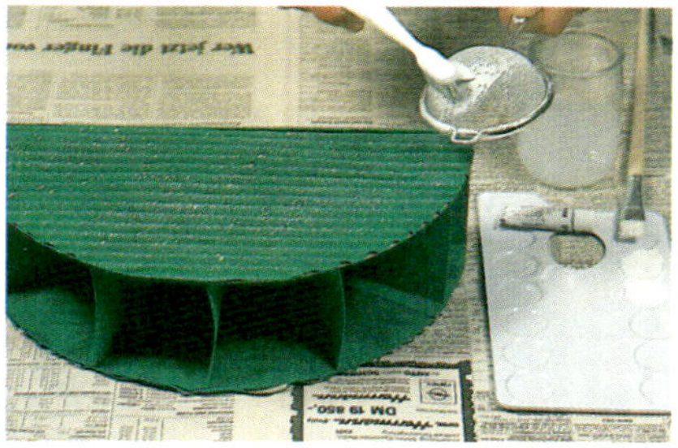

7. Die Bemalung des Schreibtischdieners kann mit der Spritztechnik noch verfeinert werden. Hierzu brauchst du nur ein altes Teesieb und eine ausgediente Zahnbürste.

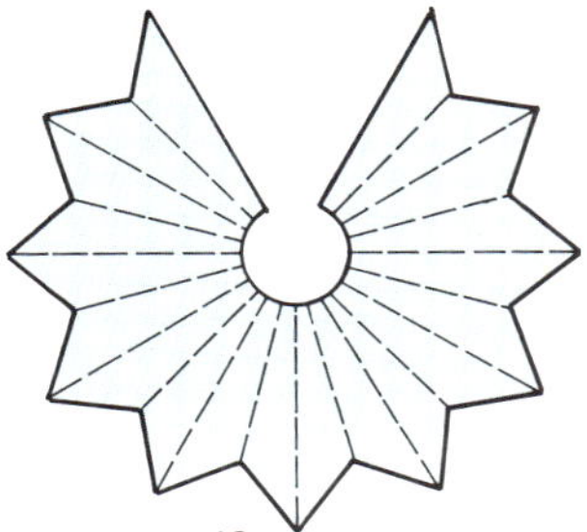

18 cm ⌀

8. Für den Zierfächer mußt du diese Zeichnung auf einen festeren Karton übertragen. Alle gestrichelten Linien anritzen und den Karton zu einem Fächer falten.

9. Für die Spritztechnik kannst du auch einfach einen alten Borstenpinsel benutzen.

Damit schaffst du ›Ordnung‹ auf deinem Schreibtisch; alle Utensilien können übersichtlich in die Fächer einsortiert werden

Die Puppenkopfparade: Der Phantasie sind keine Grenzen gesetzt, denn mit dem Werkstoff Pappmaché kannst du beinahe alles gestalten, was du dir vorstellst

Handpuppenköpfe

Pappmaché ist nichts anderes als ein Papierbrei, wie er zur Papierherstellung (S. 30 f.) verwendet wird. Damit die Papiermasse nach dem Trocknen ihre plastische Form behält, wird dem Papierbrei Kleister zugegeben. Mit der Pappmaché-Masse können einfache und ausgefallene Figuren und Formen gestaltet werden. Aus diesem Material hergestellte Handpuppenköpfe sind viel leichter als ihre Verwandten aus Holz oder Ton. Mit ihnen kannst du mühelos spielen, ohne daß die Hände ermüden... versuche das mal mit Puppenköpfen aus Ton.

Material:
Zeitungspapier
Tapetenkleister
weiße Dispersionsfarbe
Farbkasten
Wasser
Bindfaden

Arbeitsgeräte:
Plastikwanne
leere Flasche
Schneebesen oder Gabel
Schleifpapier
Pinsel
Klarlack

1. Kleisterpulver (2 Eßlöffel pro Liter) in die Wanne mit Wasser geben. 2–3 Minuten mit dem Schneebesen schlagen und ca. 20 Minuten quellen lassen; dann nochmals verrühren.

2. Aus einem Zeitungsbogen eine Papierkugel auf dem Flaschenhals formen. Die Kugel mit einem Bindfaden am Flaschenhals festbinden.

3. Zeitungspapier in viele kleine Streifen reißen und in den Kleister tauchen. Das Papier weich werden lassen und die Streifen anschließend auf der Papierkugel festkleben.

4. Nase, Mund und Ohren mit gut durchgeweichtem Kleisterpapier formen und am Kopf an der gewünschten Stelle anbringen.

5. Eine Halskrause formen, überflüssiges Papier wegschneiden. Pappmaché trocknet am schnellsten bei Wärme (an der Sonne, auf der Heizung, oder auch im Backofen bei 50° Celsius).

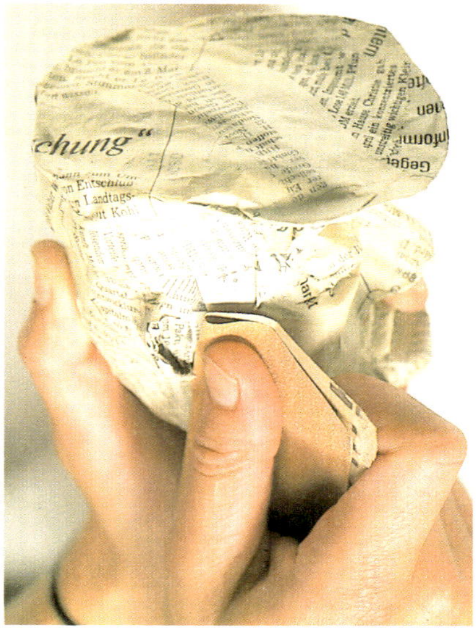

6. Mit Schleifpapier die unebenen Stellen am Kopf glätten.

7. Vor der endgültigen Bemalung den Kopf mit weißer Dispersionsfarbe grundieren. Die Grundierung steigert die Farbintensität und hilft dir, Farbe zu sparen. Den fertig bemalten Puppenkopf mit Klarlack überziehen.

Dämon aus Pappmaché

Wenn du einmal mit offenen Augen durchs Haus gehst, wirst du viele Hohlformen entdecken, die sich zur Gestaltung von Papiermasken eignen.

1. Eine ausgediente Pfanne dient als Grundform.

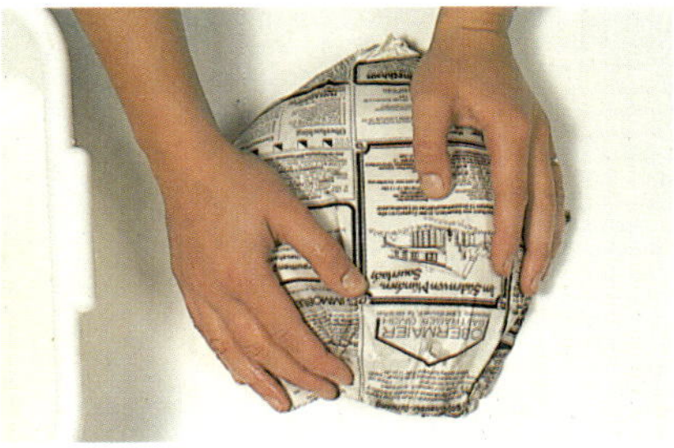

2. Mit Zeitungspapier umwickeln, damit die Maske nicht an der Pfanne festklebt. Dann Kleisterpapier auflegen.

3. Die Maske im halbtrockenen Zustand von der Grundform abnehmen. Die Augenlöcher herausschneiden, die Ränder mit Kleister verstreichen.

Nach dem Grundieren wird die Maske bemalt. Der Phantasie bei der weiteren Dekoration sind keine Grenzen gesetzt

Kerzenständer aus Pappmaché

Haushaltsgegenstände wie Schüsseln, Töpfe, Kuchenformen, aber auch Becher oder PVC-Schalen aus der Gefriertruhe stellen gute Grundformen für Objekte aus Pappmaché dar. Dem fertigen Gegenstand sieht man nach der endgültigen Verarbeitung, also nach dem Bemalen und Lackieren, meist nicht mehr an, welches die Grundform war. Für die beiden Kerzenständer haben wir ein Kuchenblech und eine Kartoffelquetsche genommen... alles billig auf dem Flohmarkt erworben.

Die Grundform des rechten Kerzenständers bildete eine Kartoffelpresse

1. Toilettenpapierrolle, Küchenrolle, 2 Stück Pappe und 1 Kuchenform bilden das Grundgerüst.

2. Die Formen gleichmäßig mit Kleisterpapier bekleben. Sobald das Papier trocken ist, den Kerzenständer von der Kuchenform lösen und auch die Hohlform mit Kleisterpapier füllen.

3. Vor dem Bemalen die Rohform mit Dispersionsfarbe bestreichen.

Pappmaché-Zoo

Wie bei Alice im Wunderland – die bunten Tiere aus Pappmaché. Mit Hilfe von Maschendraht kannst du gigantische Figuren aus Pappmaché herstellen. Aus dem Geflecht bildest du das notwendige Stützkorsett. Gleichzeitig ist das Drahtgeflecht aber leicht zu verformen, so daß du gestalterische Höhenflüge schnell in die Tat umsetzen kannst.

Material:

Maschendraht (120 cm hoch)
Zeitungspapier
Kleister
Dispersionsfarben
Klarlack

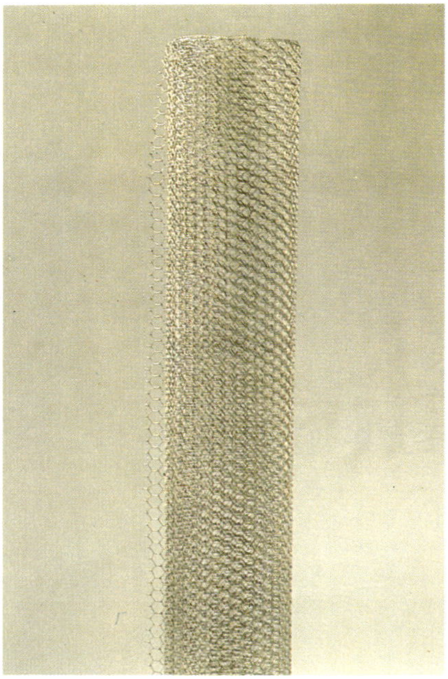

Arbeitsgeräte:

Arbeitshandschuhe
Blechschere

1. Stücke aus Maschendraht mit der Blechschere herausschneiden. Unbedingt Arbeitshandschuhe tragen (und ein altes Hemd anziehen), da sich die vielen Drahtenden überall festhängen, und du dich verletzen könntest.

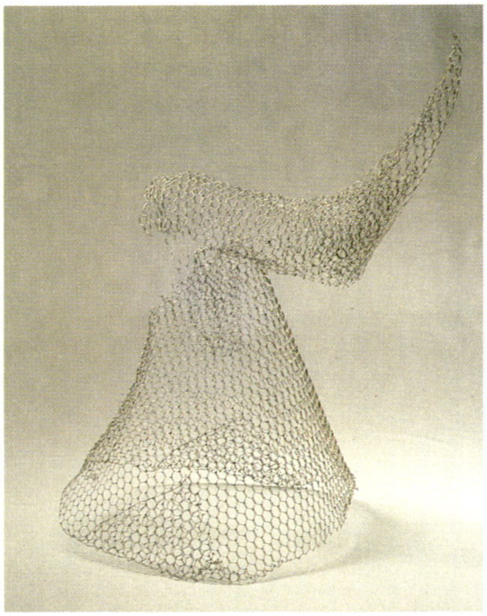

2. Den Rumpf biegen und die Maschenenden so miteinander verflechten, daß er in der gewünschten Form stehenbleibt. Spitze Drahtteile alle nach innen biegen, da sonst das Kleisterpapier einreißt.

3. Nun werden die weiteren Teile am Kopf ausgeformt: Ohren, Augen, vielleicht noch ein Nasenhöcker. Die Drahtballen gut mit dem Rumpf verbinden, sie sollten nicht wackeln.

4. Jetzt das Drahtgerüst des Nasenbärs auf seine Standfestigkeit prüfen.

5. Den Kleister wie auf S. 62 beschrieben ansetzen. Viele Zeitungsstreifen reißen. Die ersten Streifen nur mit Kleister einreiben – sie durchweichen dann nicht so schnell und reißen weniger leicht, wenn sie auf das Drahtgerüst aufgelegt werden.

7. Für diese großen Tiere benötigst du mehr Papier als die Wochenendausgabe einer Tageszeitung.

8. Einen Grundanstrich aus weißer Dispersionsfarbe auftragen, bemalen und lackieren, damit das Tier auch mal einen kleinen Sprühregen im Garten verträgt.

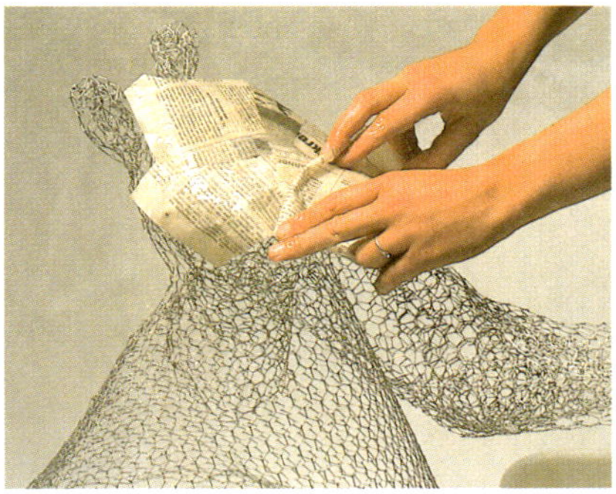

6. Drahtgerüst von oben nach unten mit mehreren Schichten Kleisterpapier bekleben.

Drachenbau

Es muß nicht unbedingt Herbst sein, um am blauen Himmel immer ausgefallenere Drachen bewundern zu können. Drachen steigen zu lassen, ist in den letzten Jahren zum immer beliebter werdenden Freizeitsport geworden. Und der Fachmann baut sich seine Drachen natürlich selbst. Vor allem, weil es heute das tolle, papierähnliche Material Tyvek gibt, das aber viel reißfester als Papier ist. Der erste mißglückte Startversuch führt also nicht dazu, daß dein Drachen wieder in der Werkstatt landet, wie das früher der Fall war. Wir zeigen 3 gebräuchliche Drachentypen, die du dir für verschiedene Windverhältnisse bauen kannst. Die Ausführung stammt von dem Münchener Drachenbauspezialisten Michael Geßner.

Was ist Tyvek (sprich: Teiwek)? Tyvek ist ein Polyester-Vlies, aus dem sonst Briefumschläge, Filter oder auch Maleranzüge hergestellt werden. Du bekommst Tyvek im Drachenladen. Tyvek kannst du mit der Schere schneiden oder mit einem kleinen Lötkolben trennen. Dadurch werden die Schneidekanten verschweißt, sie können dann nicht mehr ausfransen.

Holz- und Plastikstäbe gibt es in vielen Stärken in jedem Drachen- oder Bastelladen.

Drachenschnur wird aus Polyester gedreht; sie gibt es in vielen frechen Farben. Eine Drachenschnur darf maximal 100 m lang sein, nicht länger! (Das ist gesetzliche Vorschrift!)

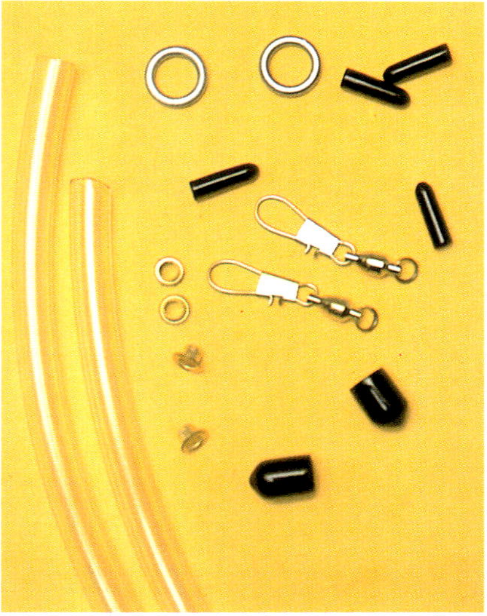

Zubehörteile: Plastikkappen für die Stabenden, Nieten, Karabiner, Plastikschläuche für Steckverbindungen.

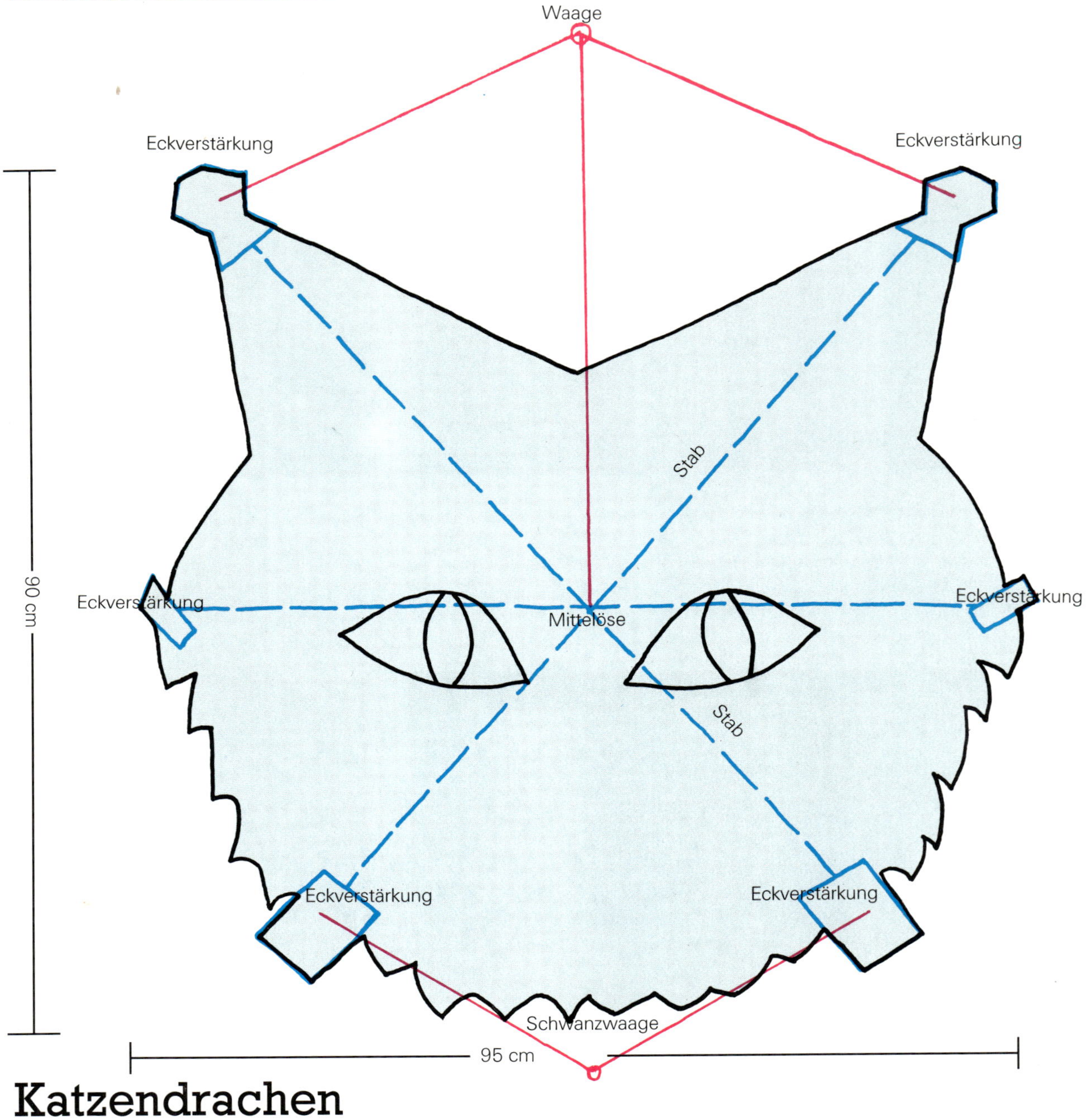

Katzendrachen

Der Katzendrachen ist einfach zu bauen, denn das Gestell besteht nur aus 3 Stangen. Er ist leicht zu starten und fliegt schon bei leichtem bis mittelstarkem Wind. Sein Flugverhalten ist stabil; bestimmt fällt er zwischen allen Drachen durch sein Aussehen auf!

Arbeitsgeräte:
Elektrolötkolben
Spitzer
Gartenschere
Ledernadel

Material:

schwarzes Tyvek (160 x 150 cm)
etwas gelbes Tyvek
Karton oder festes Packpapier
Raminrundholz (210 cm lang, 0,6 cm ∅)
2 Plastikkappen (Innen ∅ 0,6 cm)
1 Metallring (Schlüsselring)
1 Wirbelkarabiner
1 Niet
Silberstift
Drachenleine (50 m)
Klebstoff (Pattex)
Klebeband

3. Dann die Eckverstärkungen für die Stäbe nach der Schablone ausschneiden.

1. Fertige nach der Skizze links eine Schablone an. Die Mittelöse ist wichtig für die Verspannung.

4. Verstärkungen auf die Rückseite des Drachens kleben. Dann die Augen aufkleben.

6. Die Bartenden 2x ineinanderfalten, so daß wieder eine geschlossene Tasche entsteht.

Die Verstärkungen

2. Die Schablone auf schwarzes Tyvek legen und mit einem kleinen Lötkolben ausschneiden. Die Augen werden in einer anderen Farbe ausgeschnitten.

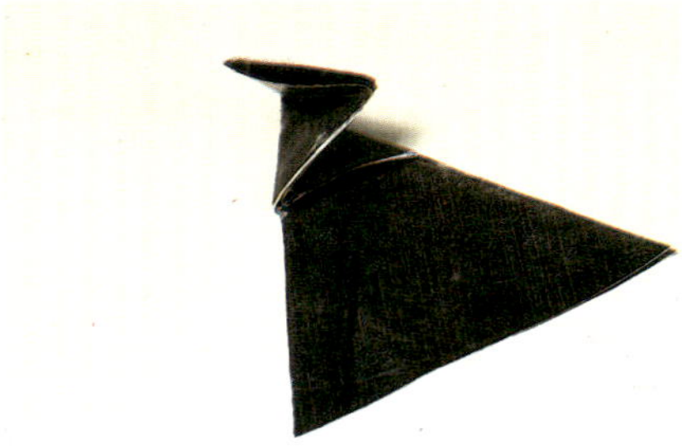

5. Alle Ecken für die Stäbe müssen wegen der Belastung verstärkt werden. So werden die Ohrenverstärkungen geknickt. (Siehe auch Stecktaschen des Lenkdrachens.)

7. Die Seitentaschen (sie werden 1x umgeschlagen). Alle Verstärkungen werden zuerst geklebt und dann geheftet. Wichtig ist, daß eine Einstecktasche für die Stäbe offenbleibt.

Die Stäbe

8. Die Stäbe einpassen. Länge anzeichnen und mit einer Gartenschere oder Säge abschneiden.

9. Mit einem Spitzer leicht anspitzen und in ihre Taschen stecken.

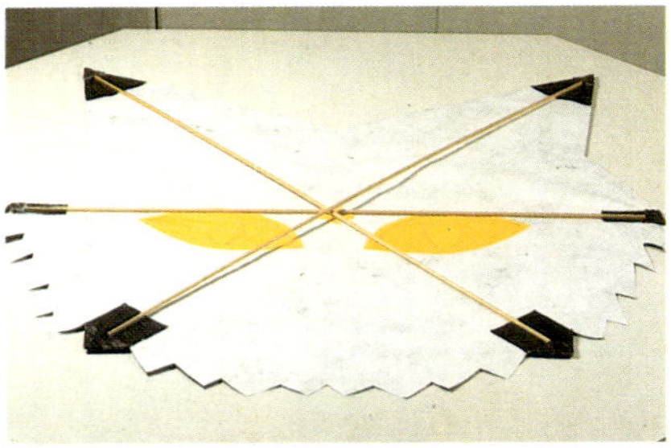

10. Die Stäbe sind unterschiedlich lang: Der Querstab ist kürzer als die Diagonalstäbe. Unter dem Schnittpunkt der Stäbe die Mittelöse mit einem Niet sichern.

Die Waage

11. Die Drachenschnur mit einer Ledernadel ungefähr 2 cm von der Spitze des Ohres 2x durchziehen, verknoten und mit Klebstoff sichern.

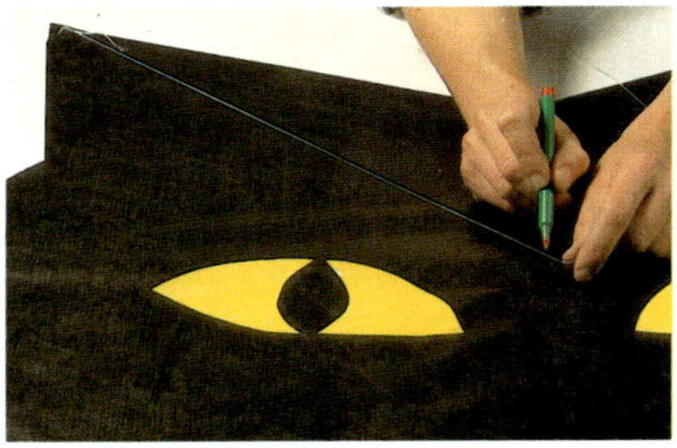

12. Den Faden (ca. 60 cm) zur Mittelöse spannen, eine 2 cm lange Schlaufe binden, zum 2. Ohr weiterführen.

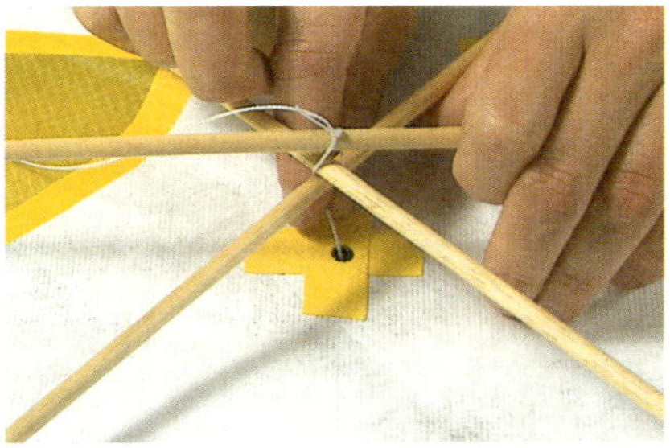

13. Die Mittelschnur ist ca. 70 cm lang. Um die 3 Stäbe eine Schlaufe anbringen und die Leine durch die Mittelöse zur Vorderseite durchfädeln. An dieser Leine 45 cm abmessen und markieren. Genau an dieser Stelle eine 2. Schlaufe anbringen.

14. Die 2 Waageschnüre (die Waage an den Ohren ist durchlaufend) mit einem Buchtknoten am Ring verbinden.

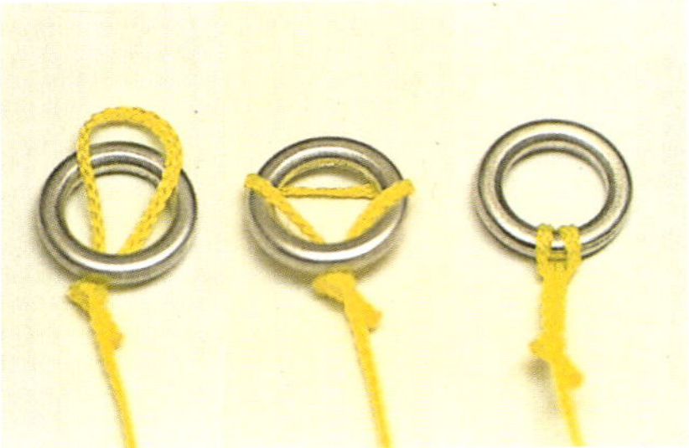

15. So einfach ist ein Buchtknoten.

Der Schwanz

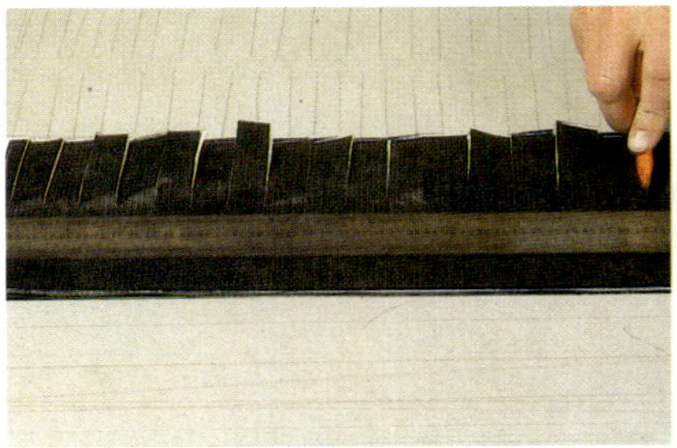

16. Aus einem Stück Tyvek (60 cm x 150 cm) vier 15 cm breite Streifen zurechtschneiden, diese aufeinanderlegen, in der Längsrichtung falten und ein Lineal auflegen. Mit dem Messer im 1-cm-Abstand von der angelegten Linealkante nach außen schneiden.

17. Am Ende einer 6 m langen Drachenleine eine Schlaufe binden, diese auf den Tisch heften und mit Klebeband nach und nach auf dem Schwanz befestigen.

18. Den Bart mit dem Silberstift malen.

Die Schwanzwaage

19. An einer der Bartverstärkungen einen 100 cm langen Faden innen verknoten, von dieser Ecke aus ca. 40 cm abmessen, eine Schlaufe knoten, zur anderen Ecke (wieder 40 cm) ziehen und verknoten.

Der Drachen ist startbereit. Dazu mußt du ca. 20 m Drachenschnur abwickeln. Du kannst den Drachen zwar vom Boden aus starten, aber besser ist, ein Helfer hält ihn zum Starten in den Wind. Halte die Schnur fest, laufe ein paar Schritte gegen den Wind – und schon fliegt der Drachen

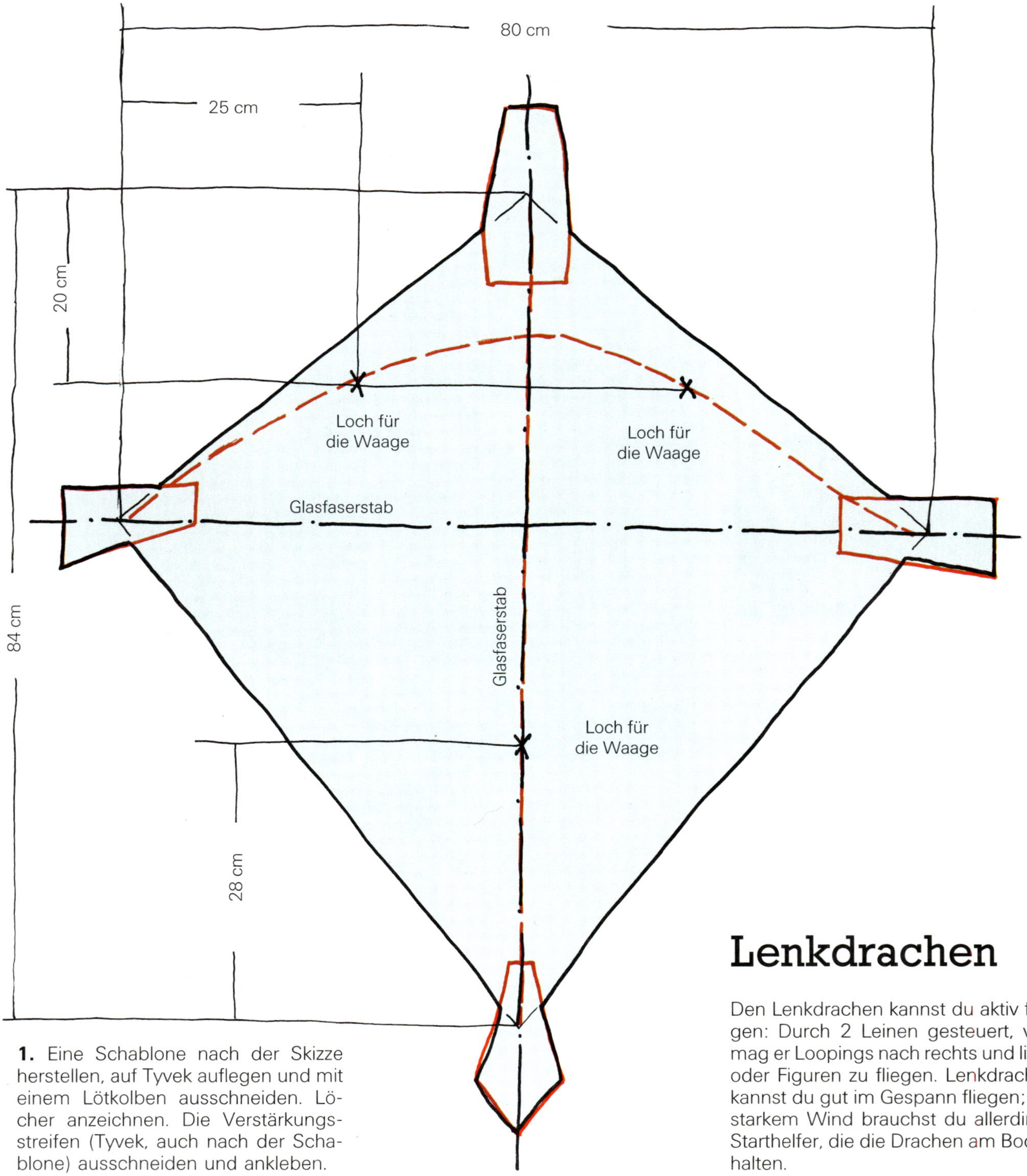

Lenkdrachen

Den Lenkdrachen kannst du aktiv fliegen: Durch 2 Leinen gesteuert, vermag er Loopings nach rechts und links oder Figuren zu fliegen. Lenkdrachen kannst du gut im Gespann fliegen; bei starkem Wind brauchst du allerdings Starthelfer, die die Drachen am Boden halten.

1. Eine Schablone nach der Skizze herstellen, auf Tyvek auflegen und mit einem Lötkolben ausschneiden. Löcher anzeichnen. Die Verstärkungsstreifen (Tyvek, auch nach der Schablone) ausschneiden und ankleben.

Eckverstärkungen

2. Dann auf den Verstärkungen die Außenlinien des Drachens kennzeichnen. Das geht am besten mit einem Filzstift.

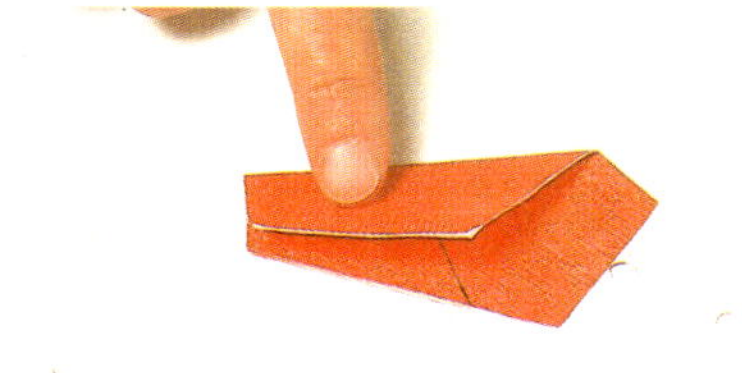

3. Die untere Spitze: Zunächst mußt du die Verstärkungen 1x durch Falten halbieren.

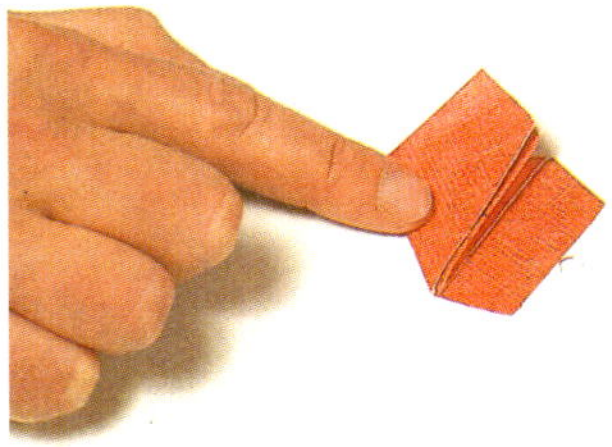

4. Nochmals halbieren.

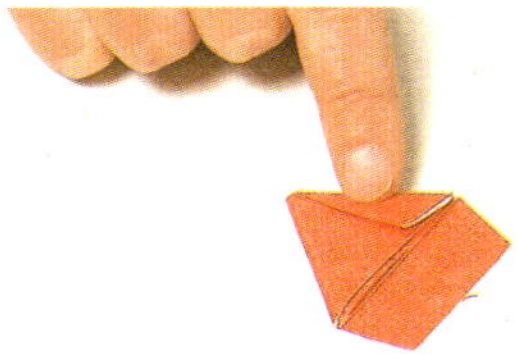

5. Die letzte Ecke zurückschlagen.

6. Die Seitentaschen: Die Seitenverstärkungen umfalten.

7. Fertige Seitentasche.

8. Die obere Spitze: Die Verstärkung so umknicken, daß die Knickkante eine Verlängerung der rechten Seitenkante ergibt.

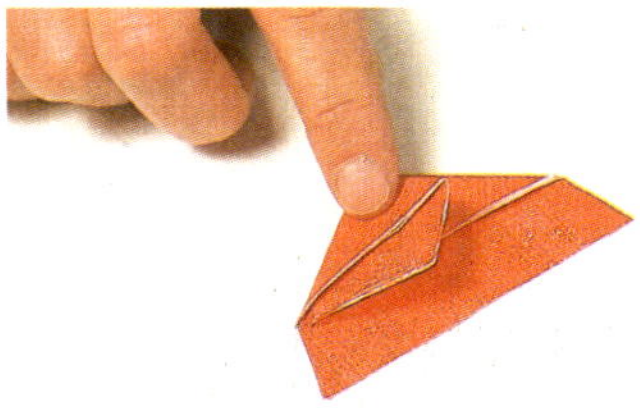

9. Die andere Kante einfalten. Die Knickkanten bilden die Verlängerung der Seitenkanten des Drachens.

10. Überstehendes Tyvek wegschneiden. Die Stabtasche zusammenkleben.

Material und Arbeitsgeräte:

Tyvek (80 x 150 cm)
Glasfaserstab (200 cm lang, 0,3 cm ⌀)
4 Plastikkappen (Innen ⌀ 0,3 cm)
3 Ösen
1 Lochzange
Drachenleine (2 x 50 m lang, 0,08 cm ⌀)
Lötkolben
Bügelsäge

Das Gerüst

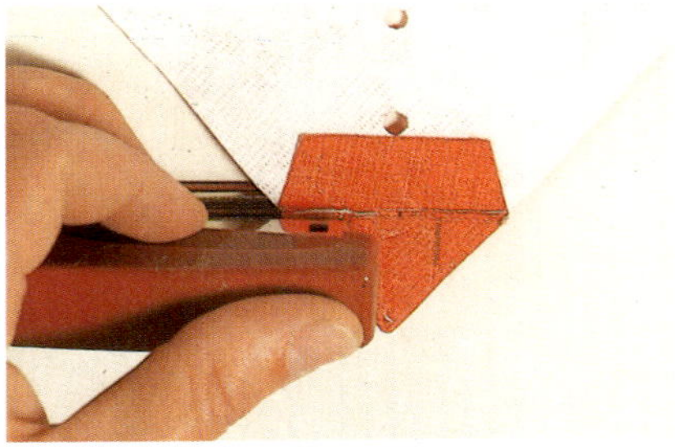

11. Damit die Stäbe in den Taschen besser halten, werden diese zusammengeheftet: Die obere und untere Tasche jeweils links und rechts heften. Beide Seiten jeweils 1x heften; eine zur Spitze offene Tasche entsteht.

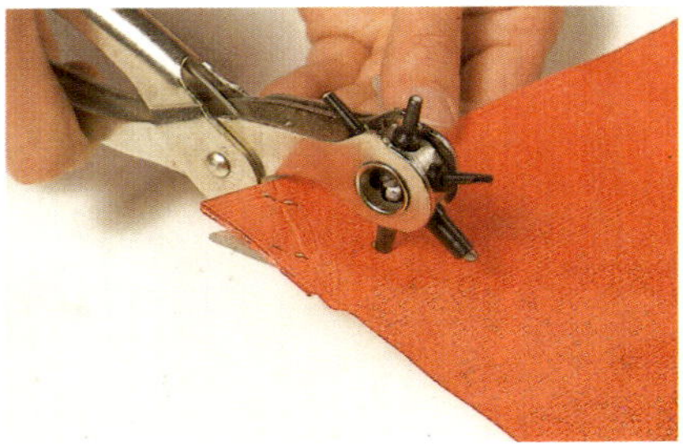

12. An der unteren Spitze 2 Löcher (siehe auch oberes Foto) ausstanzen. Auf der Rückseite mit einer doppelten Lage Gewebeband verstärken und mit der Lochzange nachlochen.

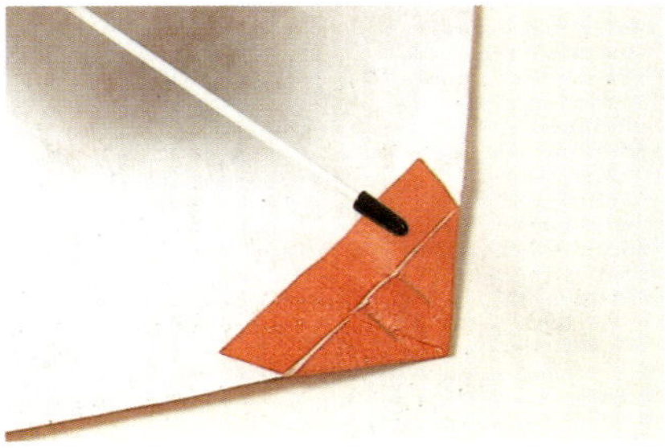

13. Auf den Stab kommt eine Plastikkappe; den Stab in die untere Tasche stecken.

14. Die Länge des Drachens am Stab anzeichnen. Der Stab darf sich ruhig ein bißchen durchbiegen. Mit einer Bügelsäge absägen. Den Glasfaserstaub möglichst nicht einatmen.

15. Den Stab wie auf dem Foto durch die beiden unteren Löcher stecken. Die Löcher für die Waage (Position siehe Zeichnung) zunächst auf der Rückseite mit Klebeband verstärken und dann vernieten (siehe auch Foto unten).

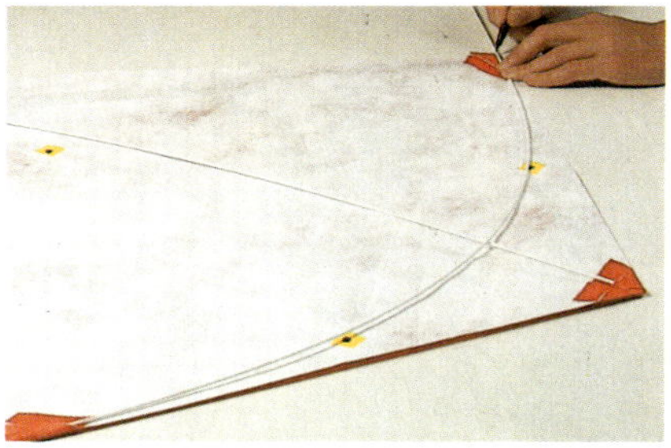

16. Die Querstange. Den Stab mit der Plastikkappe in eine Tasche stecken. So anlegen, daß er sich über die beiden Ösenlöcher wölbt.

Die Waage

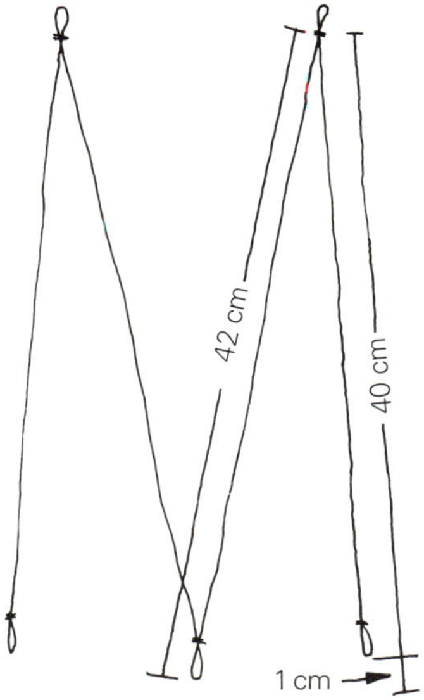

17. Baue die Waage nach der Zeichnung. Du brauchst 200 cm Drachenleine (0,08 cm ∅). Die Schlaufen sollen jeweils 2 cm lang werden. (Die unteren Schlaufen zählen zur Längenangabe; durch sie werden die Gerüststäbe gesteckt.) Zum Einbau der Waage die mittlere untere Schlaufe in die untere Öse stecken. Die beiden Endschlaufen rechts und links oben durch die Ösen fädeln. An die beiden oberen Schlaufen werden die Lenkschnüre geknotet.

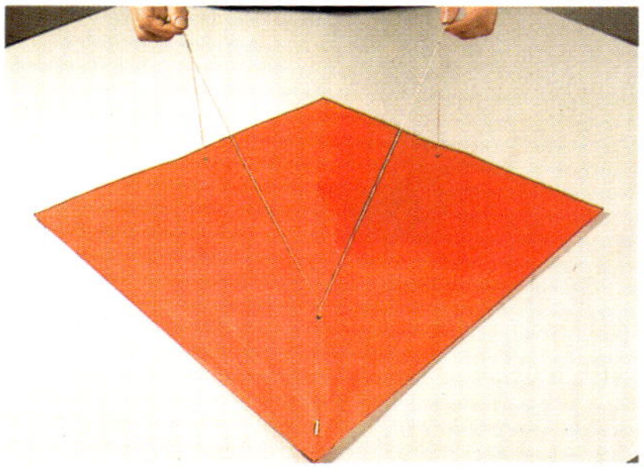

18. Auf der Rückseite wird der Querstab durch die beiden Endschlaufen und der Mittelstab durch die mittlere Schlaufe gesteckt.

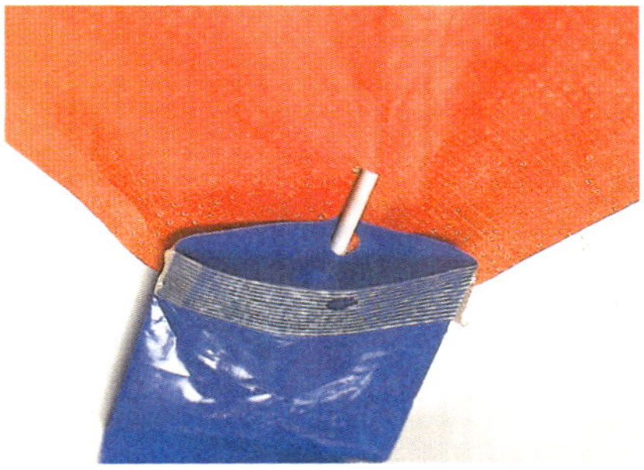

19. Den Schlauchschwanz an dem Längsstab, wie auf dem Foto zu sehen, befestigen.

Der Lenkdrachen in Startposition. Hier kannst du ganz deutlich die doppelte Aufhängung und die 2 Drachenschnüre erkennen. Wenn du an der rechten Schnur ziehst, fliegt der Drachen eine Rechtskurve. Aber er kann auch Loopings fliegen oder mit dem Schlauchschwanz Figuren an den Himmel zeichnen

Kastendrachen

Dieser Drachen ist nicht ganz einfach zu bauen. Wichtig ist der richtige Einbau der Stangen. Die Fotos zeigen dir die Reihenfolge des Zusammenbaus. Der Start gelingt immer, der Drachen braucht nur auf den Boden gestellt zu werden. Zum Start benötigt er mittelstarken Wind. Ist er dann oben, fliegt er ganz ruhig und läßt sich leicht führen.

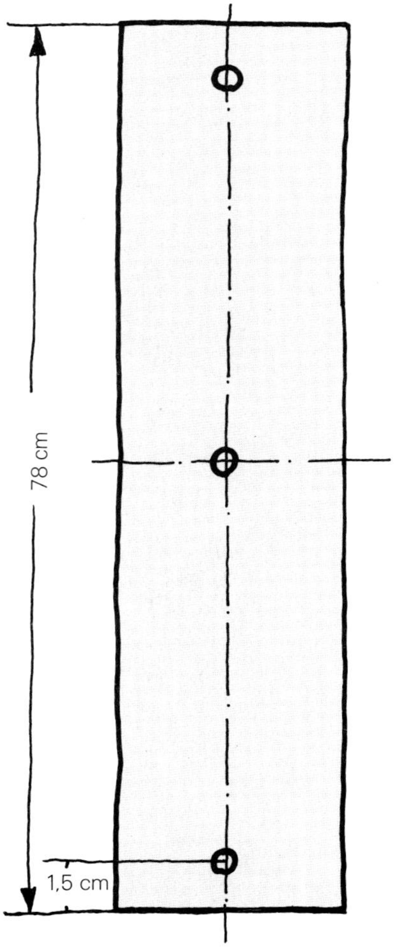

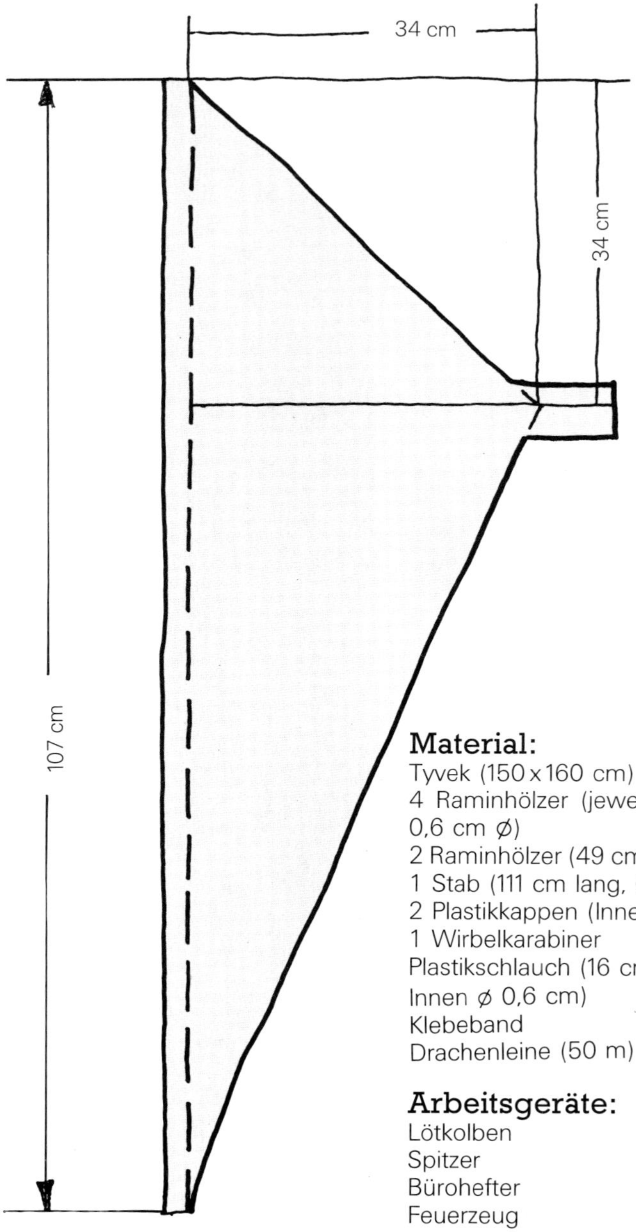

Material:

Tyvek (150 x 160 cm)
4 Raminhölzer (jeweils 110 cm lang, 0,6 cm ∅)
2 Raminhölzer (49 cm lang, 0,6 cm ∅)
1 Stab (111 cm lang, 0,8 cm ∅)
2 Plastikkappen (Innen ∅ 0,8 cm)
1 Wirbelkarabiner
Plastikschlauch (16 cm lang, Innen ∅ 0,6 cm)
Klebeband
Drachenleine (50 m)

Arbeitsgeräte:

Lötkolben
Spitzer
Bürohefter
Feuerzeug
Lineal
Bleistift
Gartenschere

Der Kastendrachen im aufgebauten Zustand von hinten, um die Klebestellen und Verspannungen zu zeigen

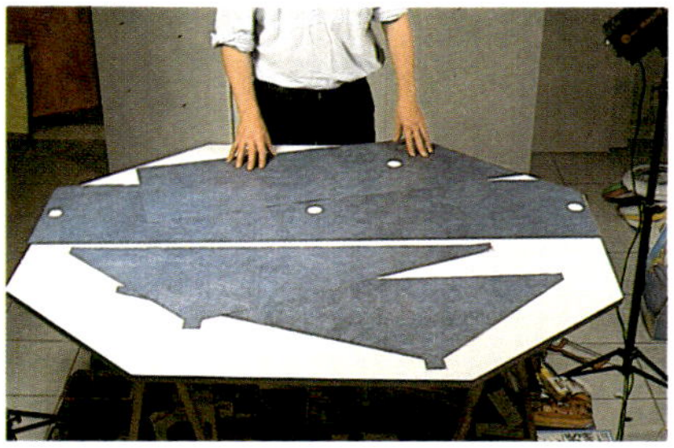

1. Schablone nach den Zeichnungen anfertigen, auf das Drachenpapier legen und jedes Teil 2x ausschneiden. Bei farbigem Drachenpapier mußt du für die Flügel die Schablone einmal wenden, sonst hast du einen bunten und einen weißen Flügel.

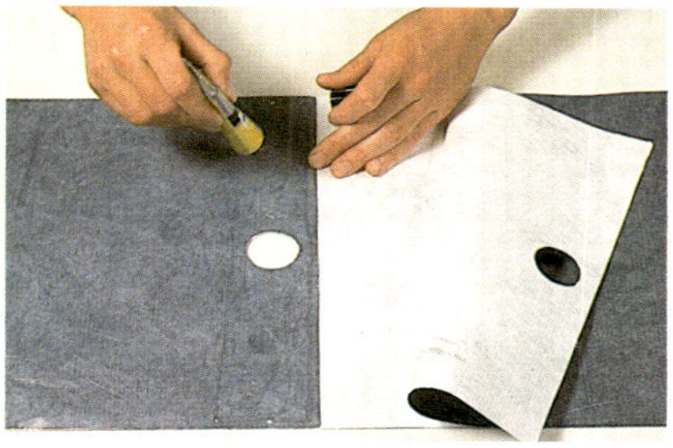

2. Die Löcher für die Gerüstverbindungen ausschneiden (4 cm ∅), und die linke und rechte Seite in die Mitte klappen, so daß die beiden äußeren Löcher über dem Mittelloch liegen. Die Knickkanten nachfalzen, die übereinanderliegenden Enden verkleben.

3. An den Flügeln zuerst die Zugabestreifen (Klebekanten) kennzeichnen. Dazu von der Längskante aus 2 cm nach innen messen und eine Hilfslinie ziehen. Die Kastenteile werden an der angezeichneten Linie des Flügels angeklebt (siehe auch unten).

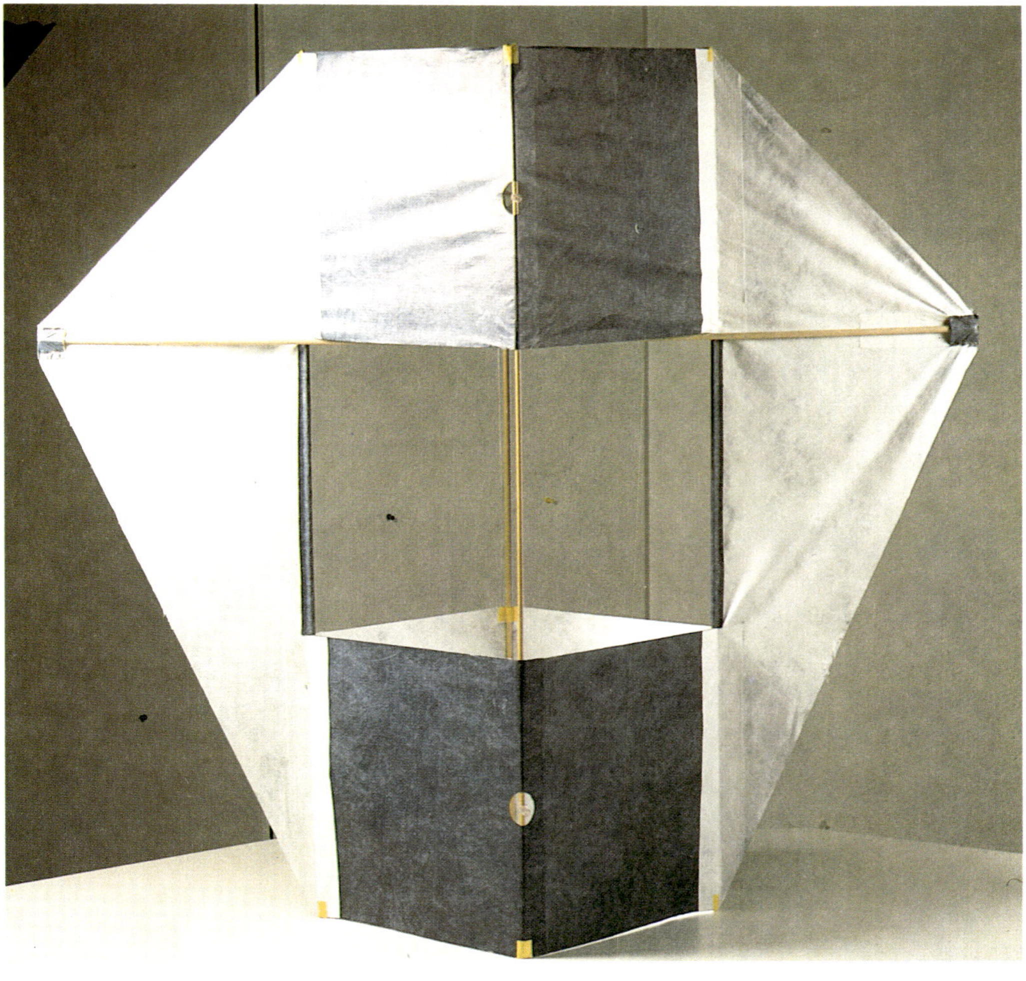

Die Verstärkungen

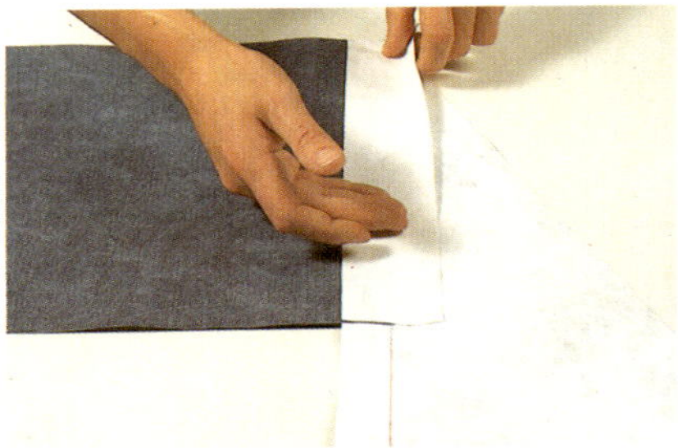

4. Jede Klebestelle zwischen den Flügeln und den Kästen wird durch ca. 6 cm breite Verstärkungsstreifen (Reste von Tyvek) in der Breite eines Kastens verstärkt.

5. Die Verstärkungsstreifen aufkleben und das überstehende Streifendreieck wegschneiden.

6. Auch die Laschen an den Flügelenden (Position siehe Zeichnung) ebenfalls mit zwei 4 cm breiten und ca. 20 cm langen Streifen überkleben (im Foto links und rechts).

Das Gerüst

7. Die genaue Länge der vier 110-cm-Stäbe in Längsrichtung durch Auflegen auf den Drachen feststellen und absägen. 2 Stäbe werden an den Flügelinnenkanten befestigt.

8. Das Kastenteil aufklappen und ein 4 cm langes Klebeband, das bis zur Hälfte aufgeschnitten ist, wie auf dem Foto, von außen aufkleben und nach innen umklappen. Jetzt die Stange einsetzen und ankleben.

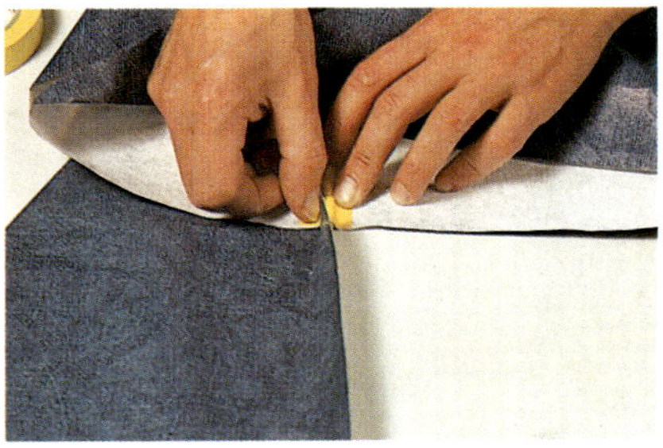

9. Mit einem 2. Klebeband den Stab innen am Kasten verkleben.

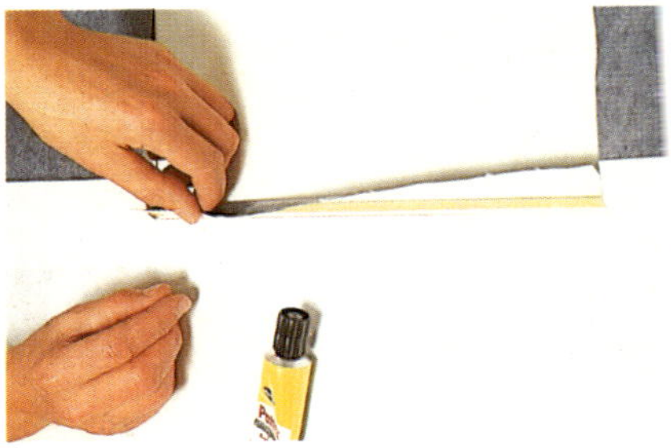

10. In der Mitte des Flügels steht noch ein Stück Zugabestreifen über (siehe Schritt 3), das jetzt um den Stab geklebt wird.

11. Die Laschen an den Flügelenden umknicken und mit dem Bürohefter festheften.

12. Auf den 111 cm langen Stab eine Plastikkappe stecken und diesen in der Tasche fixieren.

13. Vom Plastikschlauch (Innen ⌀ 0,6 cm) 4 Abschnitte in der Länge von je 4 cm abschneiden.

14. Diese Abschnitte in der Mitte knicken und beide Enden des Knickes abschneiden.

15. Auf die beiden übrigen Stangen jeweils 2 Schlauchstücke durch die Schlauchschlitze bis auf die gleiche Höhe der großen Löcher im Kasten schieben.

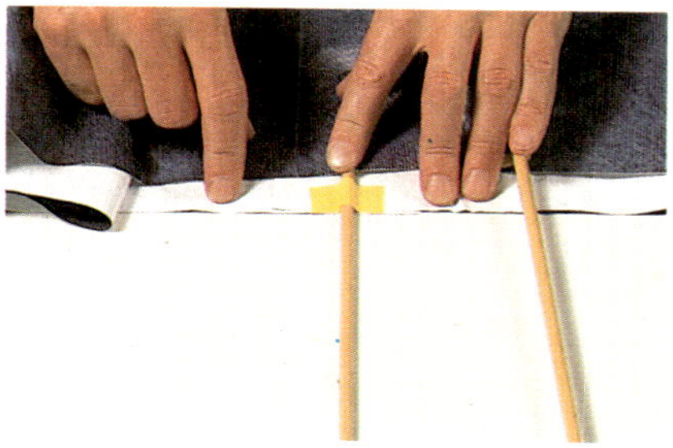

16. 8 Klebestreifen zurechtschneiden; die beiden Stangen jeweils an den inneren und äußeren Rändern des Kastenteils festkleben.

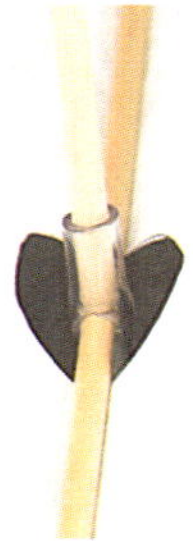

17. Die 49 cm langen Querstreben oben und unten in die Schlauchenden stecken.

18. Dann den 111-cm-Flügelquerstab so in seine Tasche einpassen, daß er sich leicht wölbt. Stimmt dein Kastenaufbau mit dem auf dem Foto überein?

Die Aufhängung

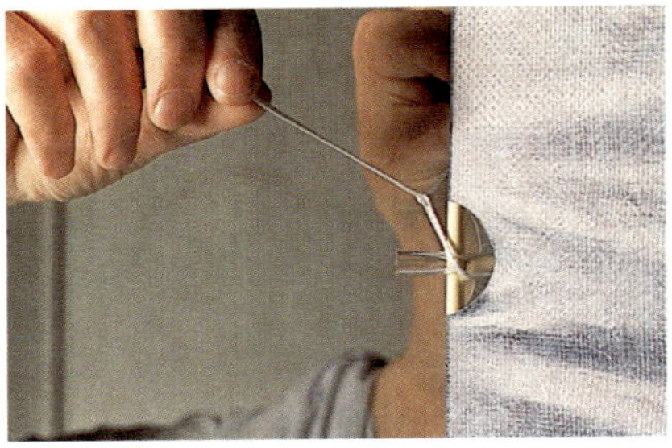

19. Für die Aufhängung etwas Drachenschnur an die Kreuzverbindung von Stab und Plastikrohr knoten.

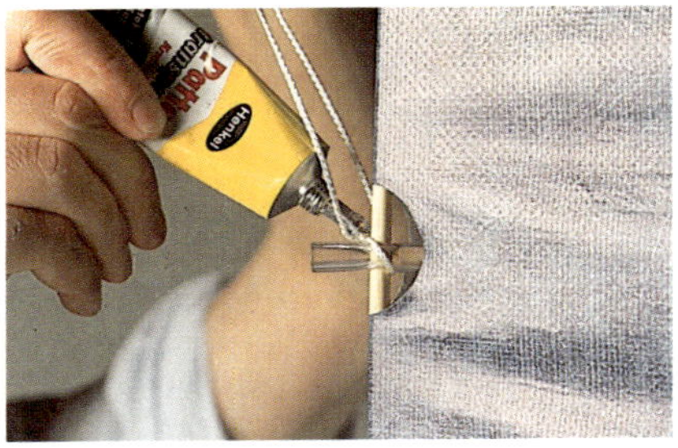

20. Damit sich der Knoten auch bei starker Beanspruchung nicht löst, wird er zusätzlich mit Kleber festgeklebt.

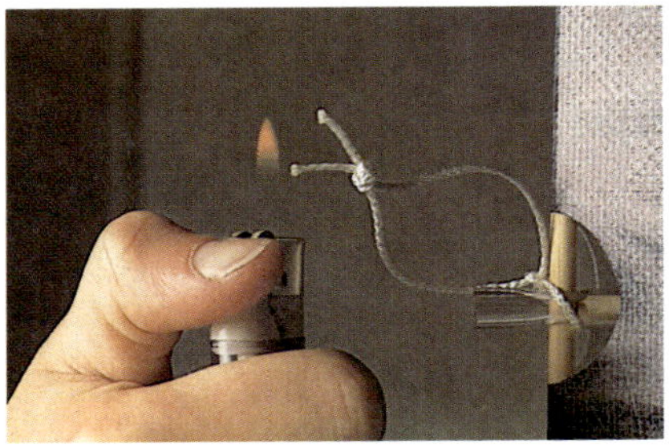

21. Die beiden überstehenden Enden verknoten und die Schnurenden anschließend mit Hilfe eines Feuerzeuges verschmelzen.

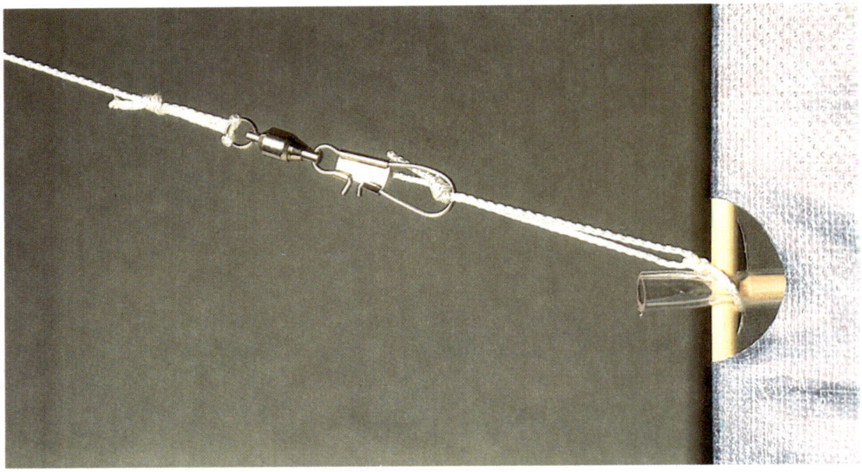

22. In diese Schlaufe die Drachenleine mit einem Wirbelkarabiner hängen. Mit dem Karabiner läßt sich die Drachenschnur einfacher an den Drachen einhängen. Umständliches Knoten entfällt.

Auch diese Kastendrachen sind selbstgebaut. In einigen Städten gibt es Gruppen, die sich mit Drachenbau beschäftigen. Frage im Drachenbauladen oder im Bastelgeschäft nach. Dort gibt es auch Informationen darüber, wo und wann Drachenfeste stattfinden. Natürlich bringt jedermann dorthin seinen schönsten und besten Drachen mit!

Der Zusammenbau hat geklappt. Nun muß der Kastendrachen seine Flugeigenschaften beweisen

Wachs

Natürlich denkst du bei Wachs zuerst an Kerzen. Kerzen schmücken Festtafeln und ihr Licht verbreitet eine warme und festliche Stimmung.
Doch Wachs ist ein sehr vielseitig verwendbarer Werkstoff – ob als Trennmittel bei der Herstellung von Gummibärchen, als Rinde am Käse oder als Politur auf Autos und Bodenbelägen.
Das Kerzengießen ist ein uraltes Handwerk. Versuche es einmal, es ist gar nicht so schwer, Kerzen selbst herzustellen.

Diese Kerzen sind nicht nur schön zur Weihnachtszeit. Sie eignen sich auch für Gartenparties und Geburtstagsfeten

Kerzen selber machen

Um Kerzen selbst herstellen zu können, bedarf es nur wenig Aufwand und Material: Billige weiße oder farbige Kerzen aus dem Supermarkt werden eingeschmolzen und in entsprechende Hohlformen gegossen. Besorgen mußt du Stearin (zum Härten), Farbe und Dochte.

Material:
Kerzenwachs in Blöcken oder Kerzen aus dem Supermarkt
1 Block Stearin
Kerzenfarben
50 cm Kerzendocht
Blechreste
Toilettenpapierrollen
Wellpappe
Drahtreste
Knetgummi

Arbeitsgeräte:
Leere Konservenbüchsen
Eimer mit Sand

Die Formen vorbereiten

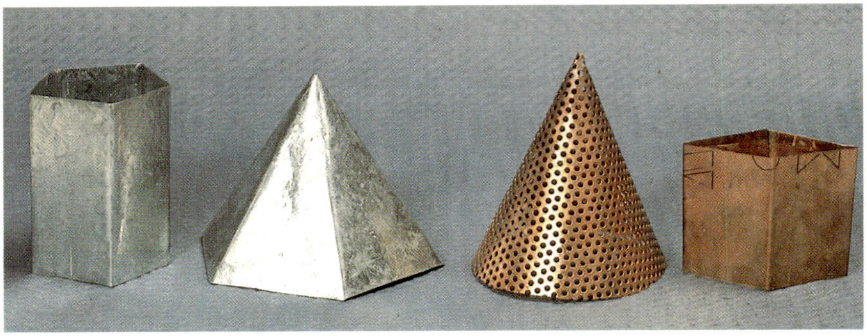

1. Die Mantelformen der Kerzen sind schnell aus ein paar Blechresten gebogen.

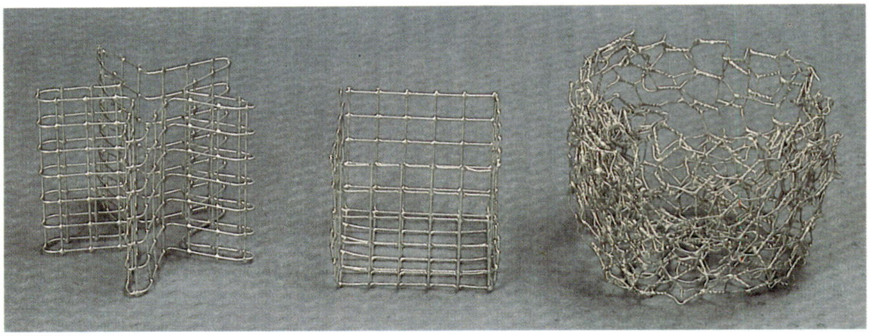

2. Aus Drahtresten lassen sich unregelmäßige Formen biegen. Sie müssen dann vor dem Gießen in Aluminiumfolie eingewickelt werden.

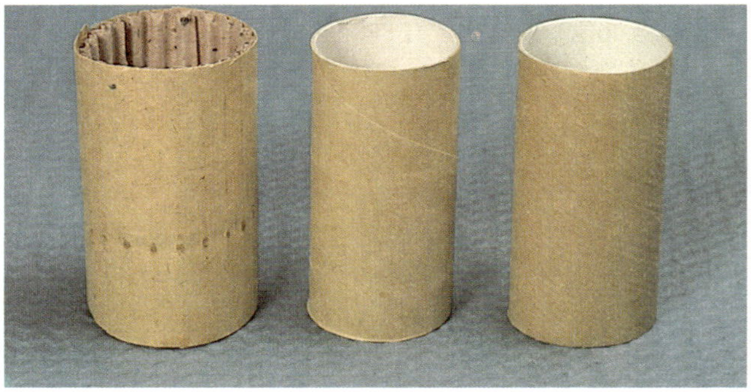

3. Mit Wellpappe bekommt die Kerze eine ausgefallene Außenfassade. Auf die auf dem Foto abgebildeten Papprollen ist normalerweise Toiletten- oder Küchenpapier gewickelt.

Das Kerzengießen

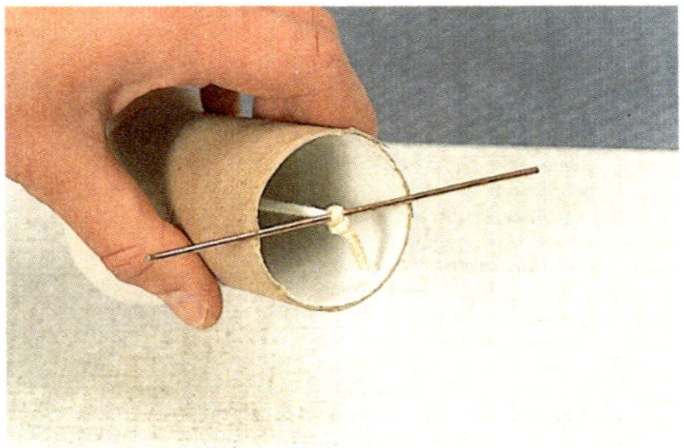

4. Achtung: beim Docht gibt es ein ›oben‹ und ein ›unten‹ (falsch eingezogen brennt der Docht nicht; den Knoten an einem Stück Draht befestigen).

5. Am Kerzenboden ein Stück Pappe mit dem Dochtende verknoten. Der Knetgummiring sorgt dafür, daß die Kerze geradestehen kann.

6. Die Metallformen werden zum Ausgießen umgedreht in eine Schüssel mit Sand gesteckt.

7. In einer großen Dose im Wasserbad (rechts) Kerzenwachs, hier weiße Kerzen aus dem Sonderangebot im Supermarkt, zum Schmelzen bringen.

8. In kleinen Dosen die Farbstücke zum Schmelzen bringen. In der 4. Dose wird Stearin gelöst.

9. Geschmolzenes Stearin (ein kleines Blöckchen genügt) auf die Farbe gießen. In dem Stearin lösen sich die Farbpartikel.

10. Alle Farben dieser Kerzen sind aus den 3 Grundfarben gemischt (dazu gießt du einfach die Grundfarben in einer Dose zusammen).

11. Weißes Wachs je nach dem gewünschten Farbton hinzugießen. So erzielst du kräftige oder ganz zarte Farbtöne.

12. Eine kleine Lage Wachs in die Metallform füllen und kalt werden lassen, so daß die Form dicht ist. Erst anschließend flüssiges weiteres Wachs nachgießen.

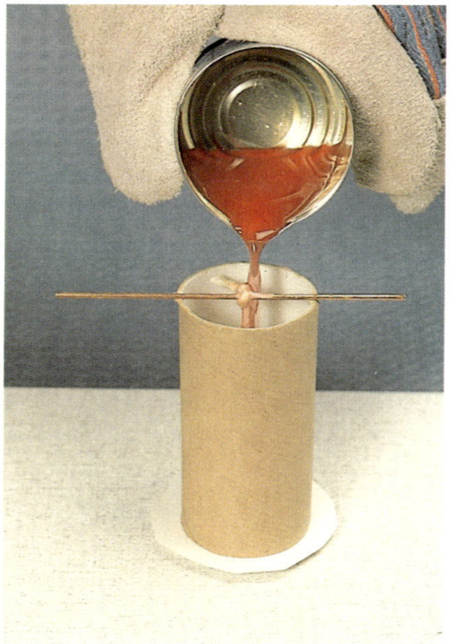

13. Wenn eine Wachslage an ihrer Oberfläche fest ist, die nächste farbige Lage darübergießen.

14. Der Wachsboden ist fest – die nächste Schicht Wachs kann nach und nach dazugegeben werden.

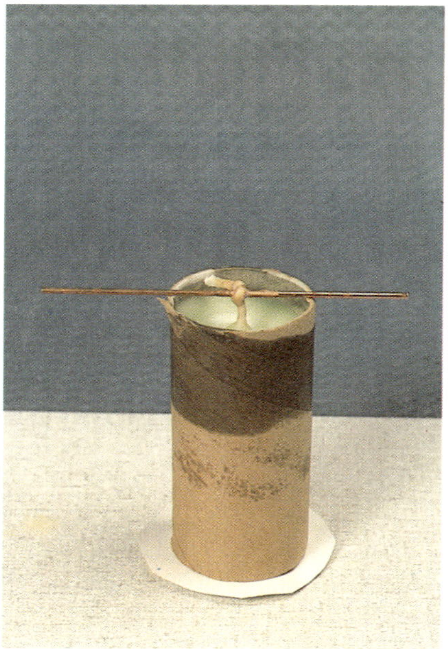

15. Das Wachs muß ganz fest sein, wenn du die Kerze aus ihrer Form holen willst. An der Rolle erkennst du gut die verschiedenen Gießphasen.

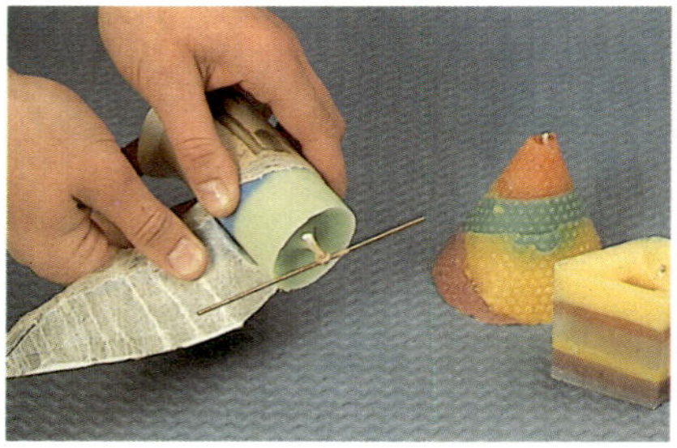

16. Die Kerze aus der Papprolle herausschälen. Das sollte ganz leicht gehen. Die Metallformen werden ein wenig gedrückt – schon löst sich die neue Kerze.

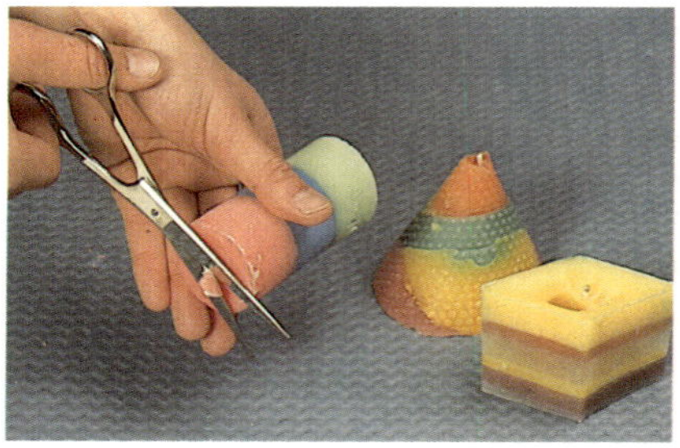

17. Die Dochtknoten abschneiden, damit die Kerzen eine gute Standfläche haben. Der Docht sitzt fest in der Wachsmasse.

18. Du kannst zwar planen, wie sich die einzelnen Farbschichten verteilen, aber das Ergebnis sieht dann doch meistens ganz anders aus. Den passenden Kerzenständer dazu findest du auf S. 65.

Die beiden Kerzen in der Mitte wurden zwischen 2 Gießvorgängen in eine andere Position gelegt. Dadurch verläuft ihre Wachsschicht kreuz und quer

Bei diesen Kerzen mußt du nach dem Abkühlen des Wachses die Alufolie vorsichtig ablösen. Solche Kerzen kannst du in keinem Geschäft kaufen

Gips und Stein

Gips, Speckstein und Leichtbeton (Ytong) stellen wegen ihrer Leichtigkeit und Weichheit beliebte Bildhauermaterialien dar. Diese Werkstoffe sind billig und unkompliziert zu be- und verarbeiten. Da fast alle Gegenstände aus diesen Stoffen aus einer bestimmten Form durch Abtragen ›herausgeholt‹ werden, mußt du dir vor Beginn der Arbeit immer genau überlegen, was aus dem Gips- oder Ytongblock werden kann oder soll.

Der Wal links sieht aus, als sei er aus einem Marmorblock herausgehauen. Das Ausgangsmaterial ist aber Speckstein. Mit Gipsbinden aus der Apotheke lassen sich ›phantastische‹ Masken für den Fasching zaubern

Gipsschnitt

Zwei Arbeitstechniken mit Gips: Gießen und Abtragen mit Schnitzmessern. Die auf diese Weise entstandenen Druckrollen ergeben, mit verdünntem Holzleim bestrichen, ein Ornamentnegativ, mit dem du Verzierungen in weichen Ton eindrücken kannst.

1. Plastikflasche mit angerührtem Gips vollgießen und trocknen lassen (die Trockendauer hängt von der Stärke der Flasche ab). Dann die Flasche aufschneiden und entfernen.

2. Die trockene Gipsrolle mit einer Bügelsäge in der gewünschten Breite absägen. Die Oberfläche sollte nicht beschädigt werden.

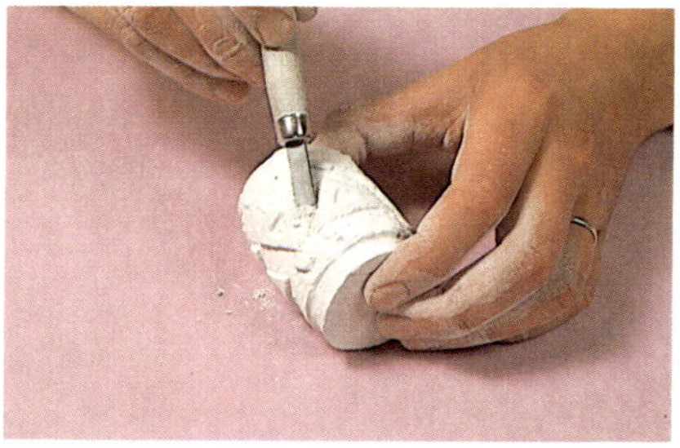

3. Mit Schnitzwerkzeugen Ornamente in die Rolle schnitzen.

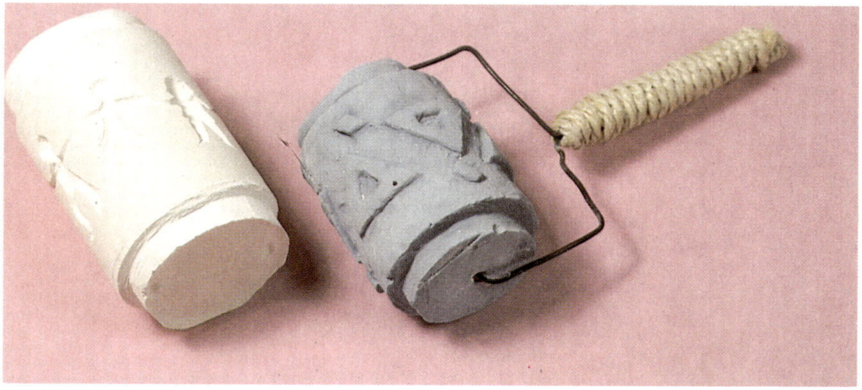

4. Anschließend aus Draht und Paketschnur einen Griff herstellen.

Gips ansetzen

1. Einen Becher zur Hälfte mit Wasser füllen und dann langsam Gips durch die Finger rieseln lassen (dies verhindert eine Klumpenbildung).

2. Gipspulver zugeben, bis ein kleiner Berg über der Wasseroberfläche steht. Den Gips eine Zeitlang setzen lassen.

3. Jetzt kann der Gipsbrei langsam zu einer geschmeidigen Masse verrührt werden.

Spielerei mit Gipswürfeln

Mit Gipswürfeln kannst du phantasievolle Gebilde, Gebäude oder Statuen errichten. Die Bausteine für unser Beispiel haben wir mit einer Eiswürfelform aus dem Kühlschrank hergestellt, die mit Gips ausgegossen wurde.

Arbeitsgeräte:
Eiswürfelform
Fixativspritze

1. Die Eiswürfelform innen mit Speiseöl bestreichen.

2. Angerührte Gipsmasse mit einem Spachtel in die Form drücken.

3. Trockene Würfel aus der Form lösen und ein kleines Fundament bilden. Langsam flüssigen Gipsbrei über die Würfel gießen. Mit der anderen Hand schnell neue Gipswürfel nachkleben.

4. Zum Schluß das ganze Gebilde mit einer sogenannten Fixativspritze (im Schreibwarenladen erhältlich) farblich gestalten. Dazu mußt du Wasserfarbe dünnflüssig anrühren und durch das geknickte Rohr blasen.

Bildhauen in Gips

Erstarrter Gips ist ein leicht zu bearbeitendes Bildhauermaterial, bei dem du dich nur um die figürliche Ausgestaltung zu kümmern brauchst. Zur Vorbereitung benötigst du einen Entwurf für deine Plastik, damit du dich nach der geeigneten Gußform für deinen Gipsblock umsehen kannst. Viele Gußformen findest du im Haushalt: Schüsseln, Teller, Plastikdosen aus dem Gefrierschrank, Dosen, Milchpackungen, Papprollen etc.
Auch viele Werkzeuge, die du zum Bearbeiten von Gipsblöcken verwenden kannst, findest du im Haushalt: z. B. Nägel oder Stricknadeln. Selbst Gabeln oder Kaffeelöffel eignen sich als Schabwerkzeuge.

Material und Arbeitsgeräte:

Gips
Holzleim
Teppichmesser
Schleifpapier
Pinsel
Kaffeedose
Blechschere
Feilen
Schnitzmesser

1. Gipsmasse in die Gußform (hier eine Kaffeedose) einfüllen und erstarren lassen. Nach dem Trocknen (2–3 Tage) die Dose mit der Blechschere aufschneiden.

2. Die Form wird mit der Raspel oder Feile zunächst grob abgetragen.

3. Nun die Form mit Schnitzmesser und Feilen herausarbeiten. Gehe dabei vorsichtig vor: Gips bricht leicht!

4. Mit immer feinerem Schleifpapier glattschleifen. Mit wasserverdünntem Leim erhält der Kopf einen ›marmorartigen‹ Glanz.

Die meisten Plastiken, die in Gärten oder Parks aufgestellt sind, werden von den Bildhauern erst in Gips ausgearbeitet und dann erst mit Marmor fertiggestellt

Gipsmasken

Lustige Gipsmasken für eine Faschingsfete in einer Stunde fertig? Das ist möglich mit Gipsbinden, die du in der Apotheke bekommst (die billigere Sorte reicht; die teuren Binden erhärten zwar schneller, dies ist aber oft gar nicht so günstig). Gipsbinden sind nach 5–10 Minuten trocken, deshalb solltest du schon vorher wissen, wie die Maske ungefähr aussehen soll und zügig arbeiten (an schon angetrockneten Gipsbinden halten neu aufgelegte Stücke sehr schlecht).

Material:

2–3 Rollen Gipsbinden
Kartonstreifen
Plastikfolie

Arbeitsgeräte:

Wasserbehälter
Luftballons (verschiedene Formen)
Plastikwanne (mit Papier ausgestopft)
Schere
Messer

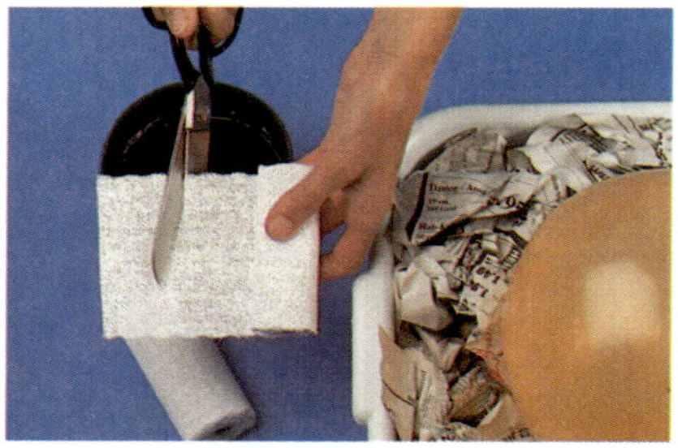

1. Einen aufgeblasenen Luftballon in die mit Papier ausgestopfte Wanne legen, damit er nicht verrutscht. Gipsbinden in Streifen schneiden (größere und kleinere).

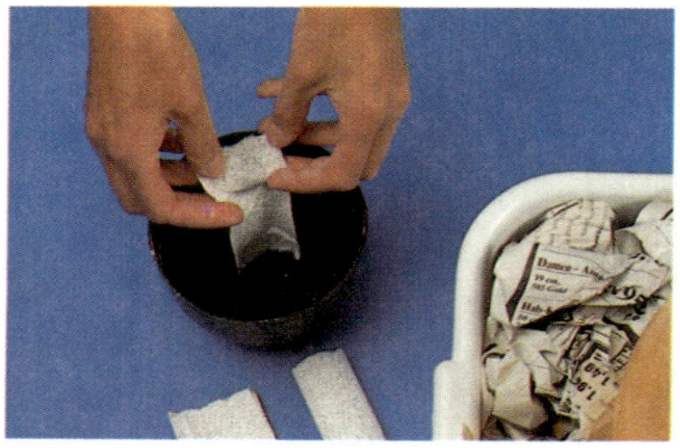

2. Bindenstreifen in Wasser tauchen und am Behälterrand abstreifen.

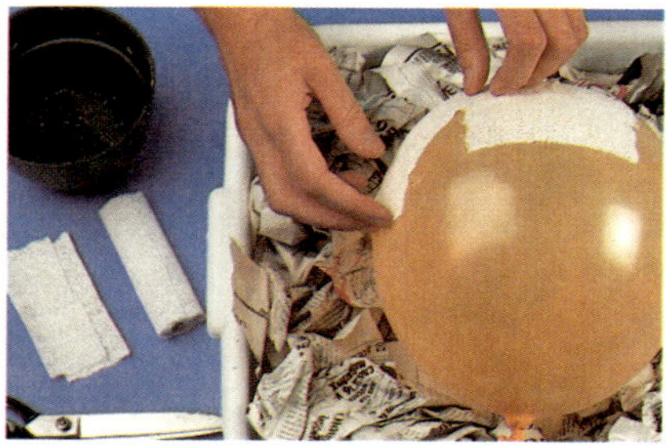

3. Die feuchten Gipsbindenabschnitte zuerst ringförmig um den Ballon legen.

4. Erst dann den Ballon ganz mit Bindenstücken bekleben. (Der Rand muß sehr stabil werden.) Den feuchten Gips der Binden verstreichen, damit die Gewebemuster zugedeckt sind.

5. Aus Kartonstreifen lassen sich Nase, Ohren und Augenbrauen gestalten. Diese mit Hilfe neuer Gipsbinden formen.

6. Mit angenäßten Fingern wird die feuchte Maske zum Schluß so glatt wie möglich gestrichen.

7. Wir haben auf anderen Luftballons weitere Masken ›gezogen‹. Du mußt ausprobieren, wie weit die Maske dein Gesicht bedecken soll (mit Bleistift anzeichnen).

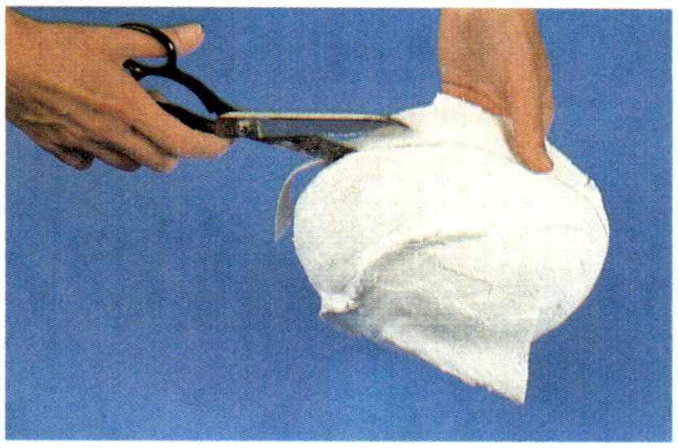

8. Den Rand abschneiden.

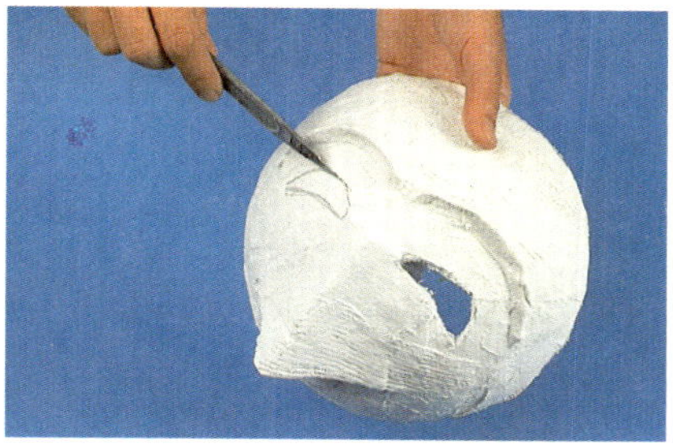

9. Augen und Mund anzeichnen und mit einem scharfen Messer vorsichtig auslösen.

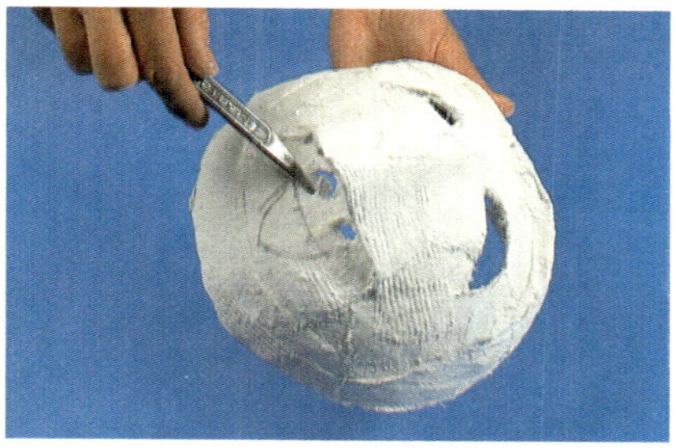

10. Nasenlöcher nicht vergessen.

Diese leicht herzustellenden Masken ›passen‹ auch für deine Gäste zur Geburtstagsparty

Gipsabdruck vom Gesicht

Für die Gipsbüsten berühmter Leute wurde von ihrem Kopf ein Gipsabdruck gemacht und dieser anschließend ausgegossen. Wir verwenden dieses Verfahren, um Masken in genau deiner Gesichtsgröße maßzuschneidern: Dazu wird erst ein Gipsabdruck vom Gesicht gemacht (das Negativ), der wiederum mit Gips ausgegossen wird. Auf diesem Gips-Positiv kannst du mit Ton oder Knetmasse die Gesichtsform verändern. Die eigentliche Maske besteht aus Pappmaché, die vom Positiv abgenommen wird.

Material:

Gipsbinden, Modellgips
Ton (oder Knetmasse)
Karton (mit Papier ausgestopft)
Pappmaché, Fettcreme

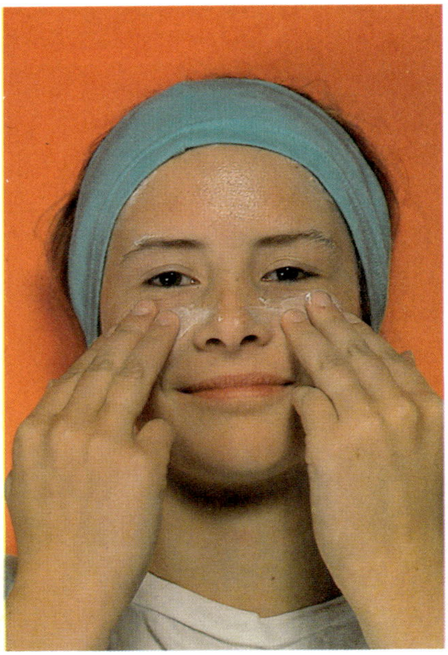

1. Gesicht, vor allem die Augenlider und -brauen, gut mit Fettcreme einschmieren.

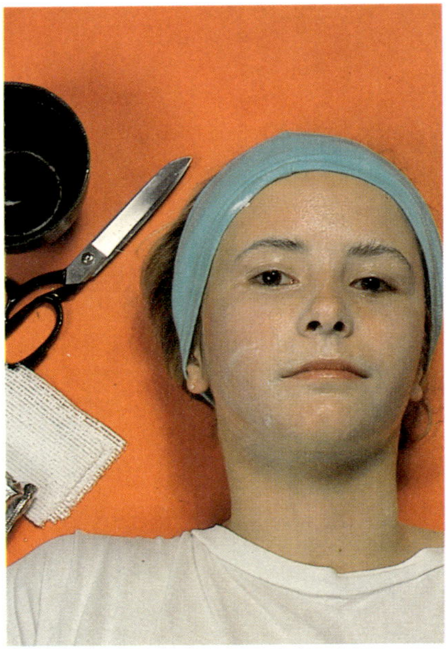

2. Den Haaransatz mit einem Stirnband bedecken; die Haare ganz bedecken, damit sie nicht verkleben.

3. Zurechtgeschnittenes Gipsbindenstück in Wasser tauchen.

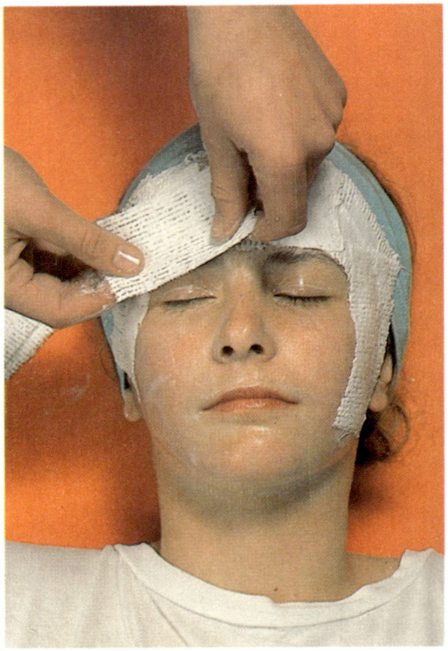

4. Zuerst die flächigen Gesichtsteile mit Bindenstücken abdecken – dann das ganze Gesicht.

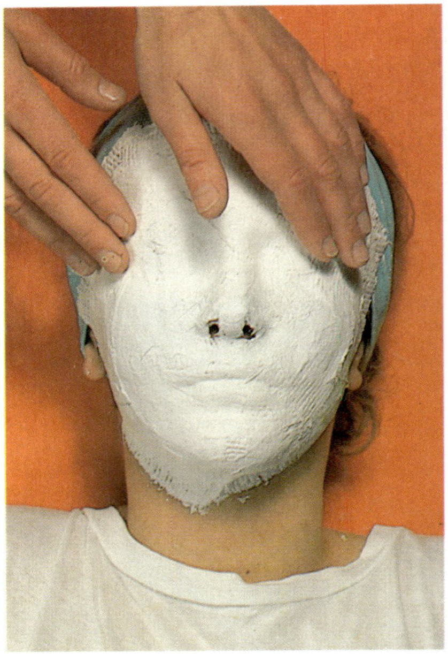

5. Die Konturen nachstreichen, damit sie sich innen scharf abzeichnen. Die Nasenlöcher bleiben offen.

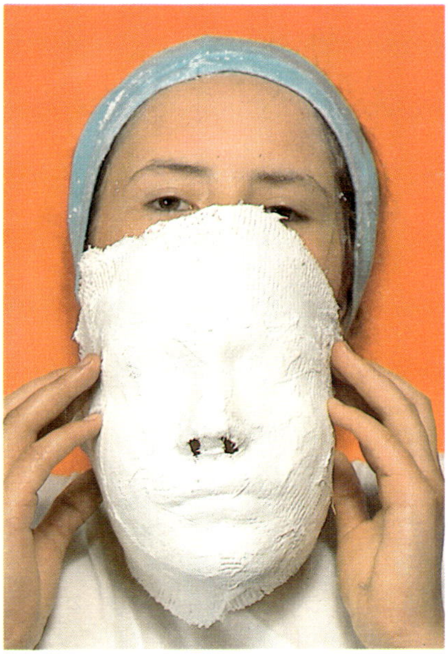

6. Nach 10 Minuten läßt sich mit Hilfe von Grimassen unter dem Gips die Maske vom Gesicht lösen.

7. Trockenen Gipsabdruck in den Karton legen. Die Nasenlöcher zugipsen und die Maske innen eincremen.

8. Flüssigen Gipsbrei in die Gußform gießen.

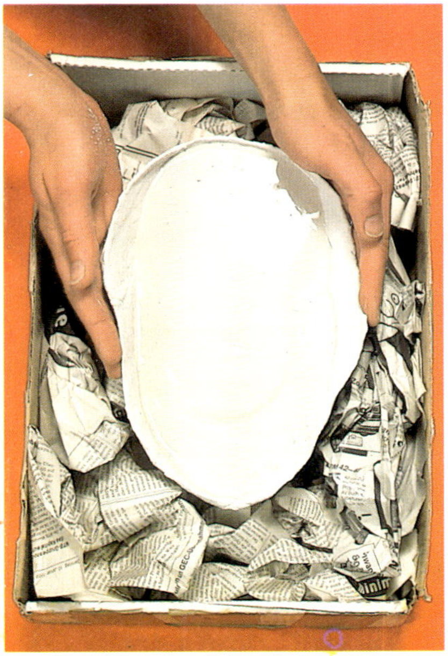

9. Die Maske schütteln, damit alle Luftblasen entweichen.

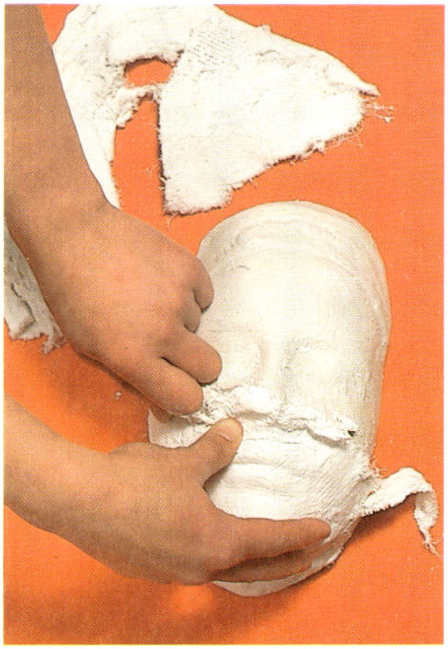

10. Nach 2–3 Tagen ist der Gips durchgetrocknet, und die Gußform läßt sich ablösen.

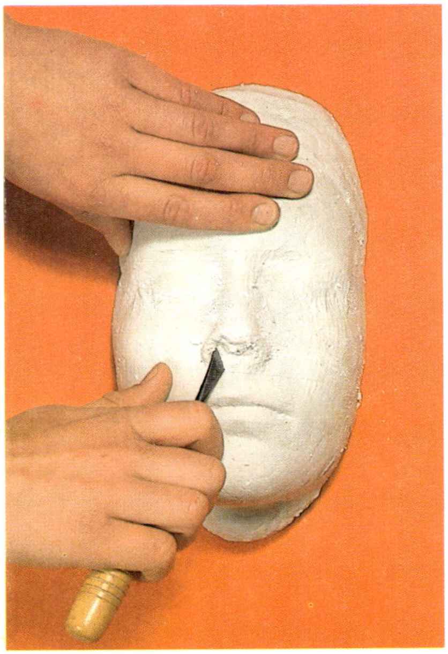

11. Anschließend die Rückstände der Gipsbinden abkratzen.

Gesichtsmaske

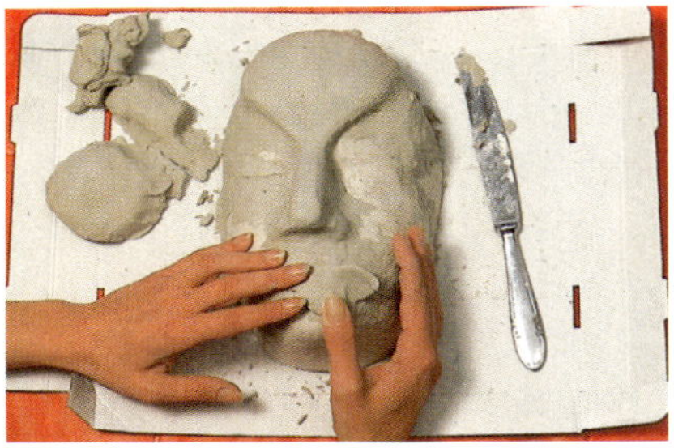

12. Mit Ton oder Knetmasse auf dem Gipsabguß die Maskenform festlegen.

13. Je ebenmäßiger der Tonuntergrund ist, desto glatter wird die Maske, die du dann tragen wirst, innen.

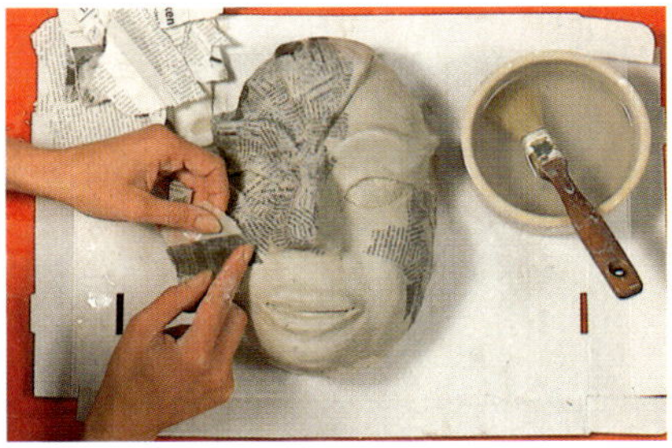

14. Auf den getrockneten Tonuntergrund eine gleichmäßige Schicht Kleisterpapierschnitzel legen.

15. Mehrere Schichten übereinanderlegen. Mit verschiedenfarbigen Papierlagen erkennst du die Schichten.

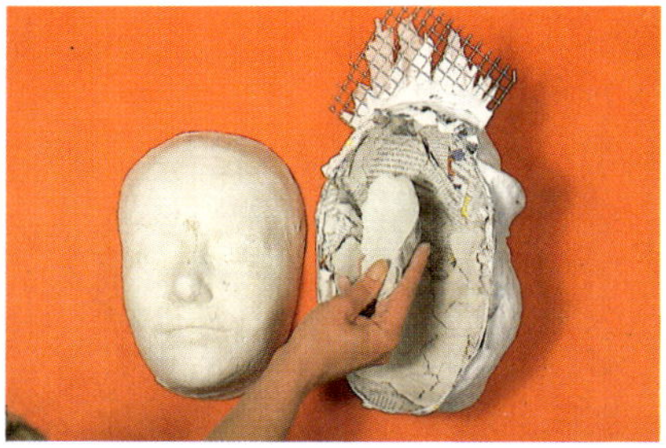

16. Nun Zierrat anbringen (Drahtgeflechte, Stoffe oder Plastikornamente). Das Pappmaché trocknen lassen. Die Gipsmaske läßt sich leicht herauslösen; den Ton mußt du aus der Pappmaché-Maske herausbrechen.

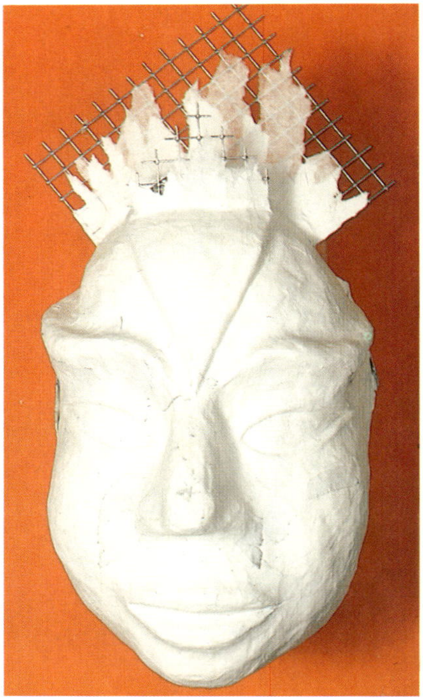

17. Die fast fertige Maske mit weißer Deckfarbe grundieren, dann ist sie leichter zu bemalen.

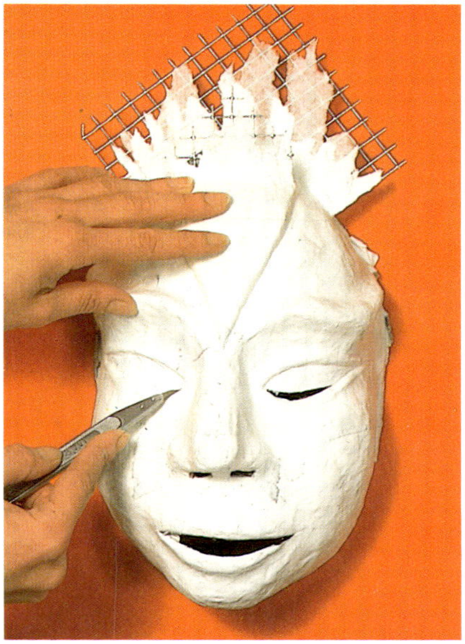

18. Jetzt Augenlöcher und Mundhöhle ausschneiden.

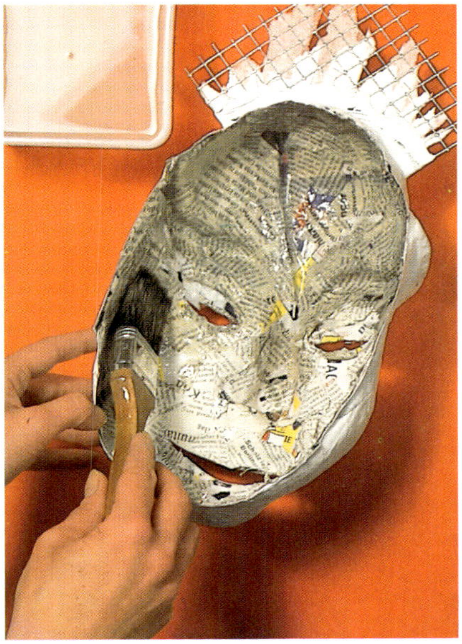

19. Von innen nochmals mit Kleister einschmieren. Die Maske wird dadurch stabiler und haltbarer (so z. B., wenn du unter ihr schwitzen solltest).

Überall auf der Welt tragen Menschen Masken zu den unterschiedlichsten Anlässen: zu Festen, zum Fasching, bei religiösen Anlässen …

Gespensterschloß

Gips war als Baumaterial schon im alten Ägypten bekannt: Steinblöcke wurden damals bereits mit gipshaltigem Mörtel verbunden.
Bei diesem Gespensterschloß machen wir uns die Eigenschaft des Gipses, schnell abzubinden (d. h. fest zu werden), zu eigen.
Die Drahtstruktur unseres Gespensterschlosses ist mit Gipsbinden verkleidet. Dadurch erhält sie den Charakter von echtem Mauerwerk.
Der Gitterdraht sieht zwar schöner als Maschendraht aus, ist aber nicht so einfach wie dieser (vgl. die Pappmaché-Tiere von S. 66 f.) beliebig zu verformen. Dafür erleichtert sein quadratischer Aufbau das Biegen von geometrischen Architekturformen.

Material:

verzinkter Gitterdraht (100 x 50 cm)
einige Nägel
dünner Draht
1 Holzbrett
Gipsbinden

2. Die Drahtformen zu einer Burganlage zusammenstellen. Hier fehlen noch Brüstungen, Balkone . . .

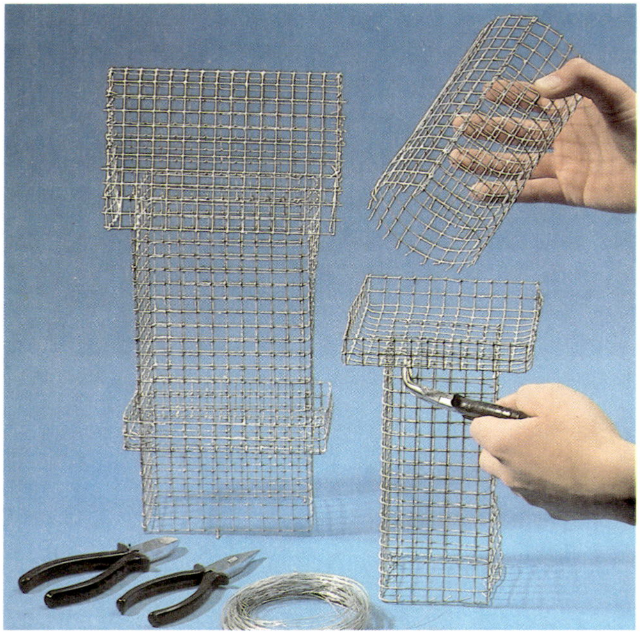

1. Baue das Gerüst für deine Burg aus geometrischen Formen auf: Kegel, Zylinder, Quader, Pyramiden. Die Formen werden mit dünnem Draht verbunden.

3. Die Einzelteile auf einem Holzbrett mit kleinen Nägeln festnageln und mit Gipsbinden überziehen.

Briefbeschwerer

Eine kraftgeballte Faust für alle wichtigen Schriftstücke! Der Briefbeschwerer ist ein vollplastischer Abguß einer Hand aus einem Stück. Mit der gleichen Methode läßt sich auch Stück für Stück ein ganzer Körper gießen.

Material: Gipsbinden
Modellgips
Fettcreme
Öl

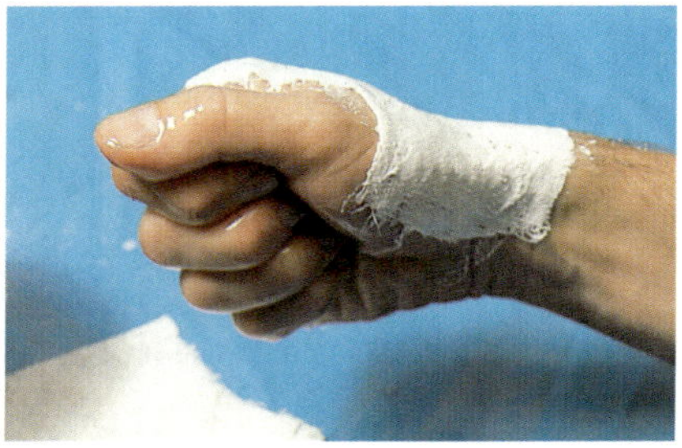

1. Hand gut einfetten und mit feuchten Gipsbinden bekleben.

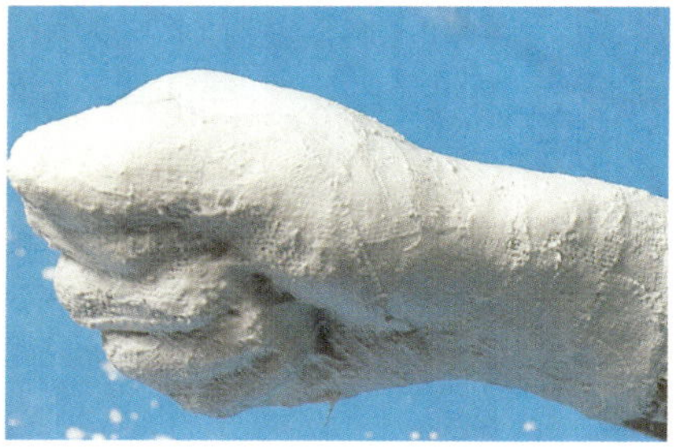

2. Das äußere Aussehen ist unwichtig. Hauptsache, die Gipswände sind stabil.

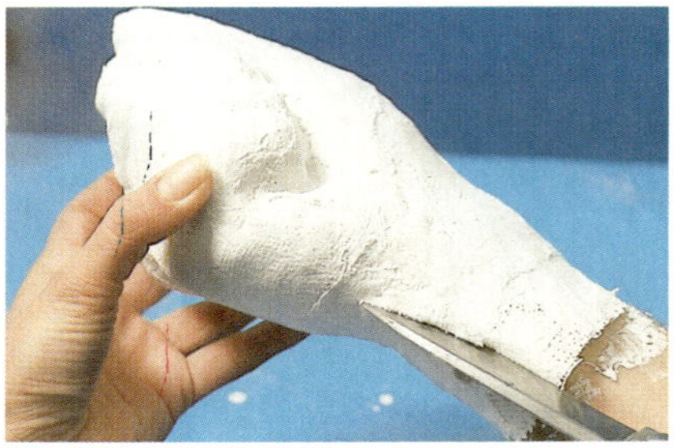

3. Vorsichtig mit der Schere an beiden Seiten aufschneiden.

4. Den leeren Gipsabdruck an den Schnittstellen wieder zugipsen und mit Öl ausschwenken.

5. Gipsbrei einfüllen, dabei die Faust schwenken, damit der Gips in alle Ekken läuft.

6. Die trockene Faust aus dem Gips schälen.

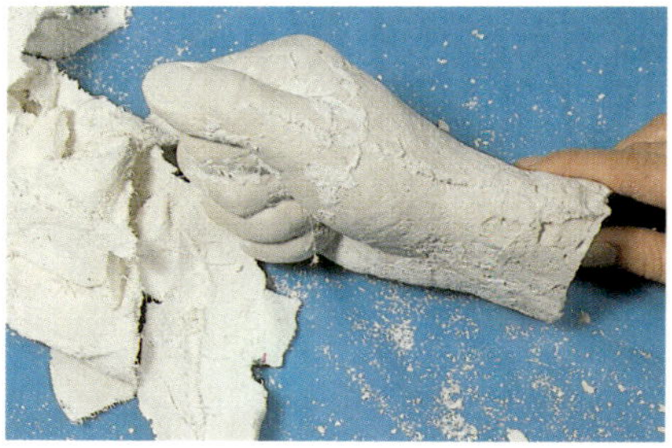

7. Gipsbindenreste abkratzen und die Faust bemalen.

Brunnenanlage

Dieser Brunnen ist aus Leichtbetonblöcken (Ytong) hergestellt. Die großen Blöcke, die du im Heim- und Handwerkerbedarf erhältst, sind trotz ihrer Größe sehr leicht, da sie viel Luft enthalten. Ytong-Blöcke werden nach einem schwedischen Patent hergestellt. Grundstoffe sind Bimsstein, Lavaschlacke, Quarzsand und Kalk, die ganz fein gemahlen werden. Mit Zusatzstoffen wie Aluminiumpulver (als Treibmittel) und Wasser zu einem Brei vermischt, wird die Masse dann zu großen Blöcken gegossen. Durch chemische Prozesse entwickeln sich Gase, die die Blöcke porös werden lassen. Die großen Blöcke werden in handliche Steine und Platten gesägt und in großen Kammern unter Dampf gehärtet.
Durch seine großporige Beschaffenheit läßt sich dieser Werkstoff leicht abtragen und ist einfach zu bearbeiten – du kannst ihn schon mit dem Fingernagel einritzen. Zur Bearbeitung reichen ausgediente Werkzeuge, stumpfe Sägen und Raspeln völlig aus (verwende keine neuen Werkzeuge, da diese bei der Arbeit trotz der porösen Struktur von Ytong leicht abstumpfen können).

Material:
3 Blöcke Ytong (49 x 30 x 25 cm)
1 Kupferrohr (40 cm lang, 1,2 cm ⌀)
1 Packung Fliesenkleber
1 Packung Fugenweiß
verschiedenfarbige Kacheln
1 Abflußstutzen (Campingausrüstung)
1 Schlauch (Innen ⌀ 1,2 cm; Zuleitung)
1 Schlauch (Innen ⌀ 1,8 cm; Abfluß)

Arbeitsgeräte:
Arbeitshandschuhe
Fuchsschwanz
verschiedene Raspeln
Stechbeitel
Hohleisen
Schleifpapier (in verschiedenen Körnungen)
Handbohrer und Bohrer (1,2 cm ⌀)
Hammer
Spachtel

Der Brunnenkopf

1. Entwurf zeichnen und auf die Ytong-Blöcke übertragen. Die Zeichnung mit einem Kratzwerkzeug, z. B. einem Schraubenzieher, nachritzen, da diese sonst schnell abkrümelt. Große Ytong-Stücke lassen sich leicht mit dem Fuchsschwanz absägen.

2. Erst senkrecht in den Block einsägen, den Block dann aufrichten und weitersägen. Schon ist ein großer Brocken entfernt.

3. Die Grundform mit einer groben Raspel verfeinern.

4. Je feiner die Details, desto feiner das Werkzeug.

5. Achtung: allzufeine Strukturen und Ornamente vermeiden – Ytong bricht leicht.

6. Mit dem Stechbeitel vorsichtig die Kanten bearbeiten (nicht zuviel Material auf einmal wegnehmen).

7. Bei aller Vorsicht, es läßt sich nicht verhindern: Ein Stück ist abgebrochen. Willst du es erhalten, kann es mit Fliesenkleber wieder angeklebt werden.

8. Das abgesprungene Teil mit Fliesenkleber (der auch noch zum Ankleben der Mosaiksteinchen gebraucht wird) bestreichen.

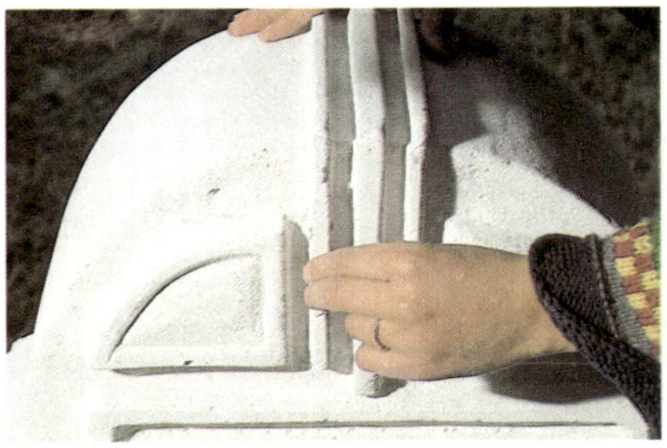

9. Fest andrücken und einige Minuten festhalten. Trocknen lassen.

Das Wasserbecken

10. Die Beckenform (sie entspricht der Kopfform) auf den Block zeichnen.

11. Große Teile mit der Säge abtrennen und raspeln.

12. Beckenform mit einem Hohleisen ausstemmen.

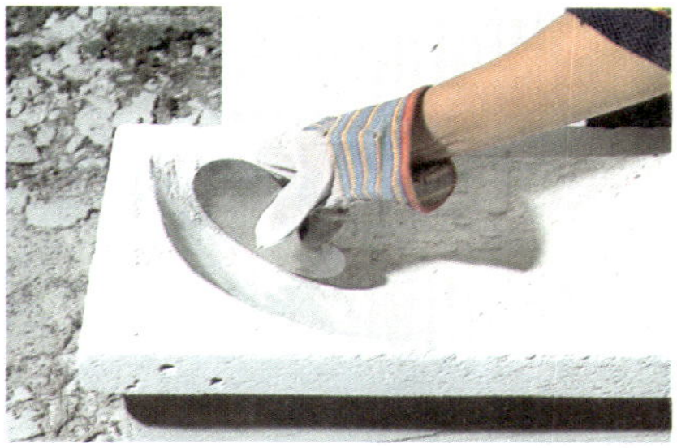

13. Die Rundung mit einem scharfen, abgerundeten Metallstück (Ziehklinge) nachbearbeiten und mit grobem Schleifpapier, so gut es geht, glattschmirgeln.

14. Mit mit dem Bohrer das Abflußloch bohren und mit einer Rundraspel erweitern (Schlauchdicke!).

Der Wasserspeier

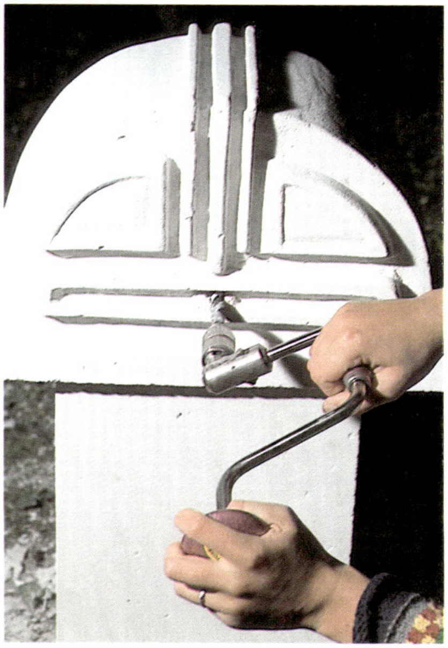

15. Das Wasserrohrloch mit einem langen Bohrer (1,2 cm ∅) bohren.

16. Auch mit dem Kupferrohr selbst kann gebohrt werden.

17. Dazu das Kupferrohr in den Handbohrer einspannen und an die Spitze des Rohres eine Krone feilen (das geht bei Kupfer recht einfach). Ytong ist so weich, daß du das Rohr auch mit der Hand durch den Stein drehen kannst.

Das Mosaik

18. Fliesen mit dem Hammer über einer Wanne zerschlagen. Bitte unbedingt Arbeitshandschuhe anziehen, die Fliesen splittern!

19. Etwas Fliesenkleber (beachte die Anweisung auf der Packung) ansetzen und nur einen kleinen Beckenabschnitt damit bespachteln (der Fliesenkleber trocknet nicht so schnell aus, wenn du das Becken vorher gut mit Wasser einfeuchtest. Du hast dann genügend Zeit, die Mosaiksteinchen so auszuwählen, wie sie am besten zueinander passen).

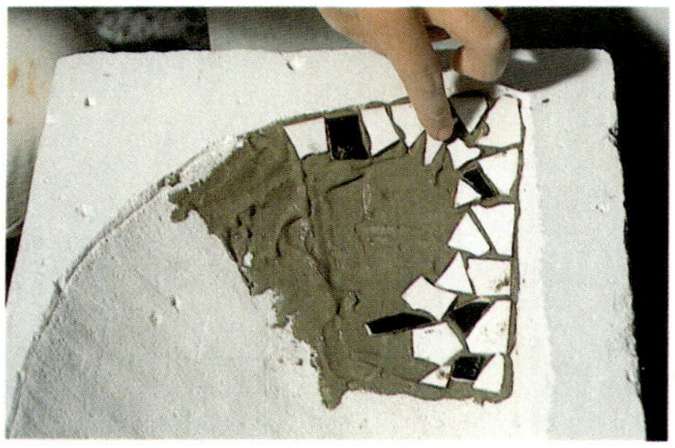

20. Anschließend die Mosaiksteinchen einpassen.

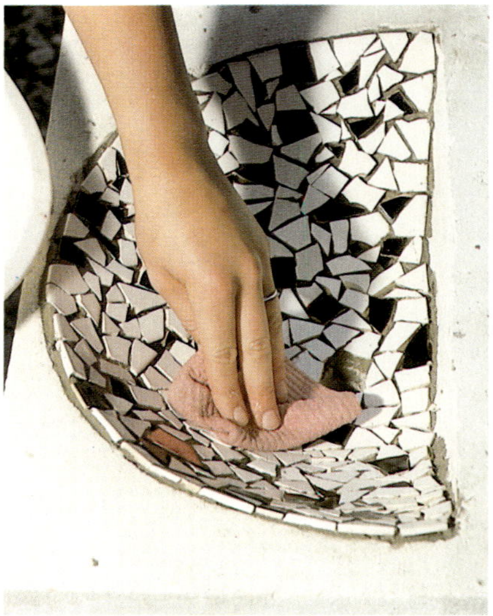

21. Überflüssigen Fliesenkleber mit einem feuchten Lappen wegwischen.

22. Den Abflußstutzen mit dem aufgesetzten Schlauch einpassen, aber noch nicht andrücken. Fugenweiß (wie auf der Packung beschrieben anmischen) mit einem weichen Spachtel über sämtliche Fugen verteilen. Erst dann den Stutzen fest an seinen Platz drücken. Fugenweiß trocknen lassen und das Becken mit einem Lappen auswischen.

Um den Brunnen funktionsfähig zu machen, benötigst du noch eine kleine Wasserpumpe, die du zwischen den Wasserlauf am Kopf und den Ablauf einbaust. Hierbei läßt du dir am besten von den Eltern helfen

Speckstein-figuren

Woher der Stein seinen Namen hat, wirst du feststellen, sobald du ihn berührst – er fühlt sich ›fettig‹ an. Speckstein läßt sich fast genauso leicht bearbeiten wie ein gegossener Gipsblock. Auch die Werkzeuge sind die gleichen. Wenn Speckstein sorgfältig geschliffen und poliert wird, sieht er aus wie Marmor.
Laß dich von den Steinformen anregen, die du im Bastelgeschäft vorfindest. Am besten ist es, wenn du in dem Gesteinsbrocken schon diejenige Figur erkennen kannst, die du später aus ihm ›herausholen‹ möchtest. Aber auf alle Fälle muß deine Form dem Material angepaßt werden, d. h., sie muß geschlossen bleiben und darf keine weit ausladenden Teilformen haben.

Der Hinterkopf dieses ›Zerknirschten‹ läßt Rückschlüsse auf die Ursprungsform zu: einen Quader. Das Beispiel zeigt, daß nicht unbedingt alle Seiten eines Steins bearbeitet werden müssen

Arbeitsgeräte:

Schnittwerkzeuge
Raspeln
Schleifpapier (in verschiedenen Körnungen)
Leinöl

1. So fanden wir den Specksteinbrokken im Geschäft. Es war klar, dies würde ein Wal werden.

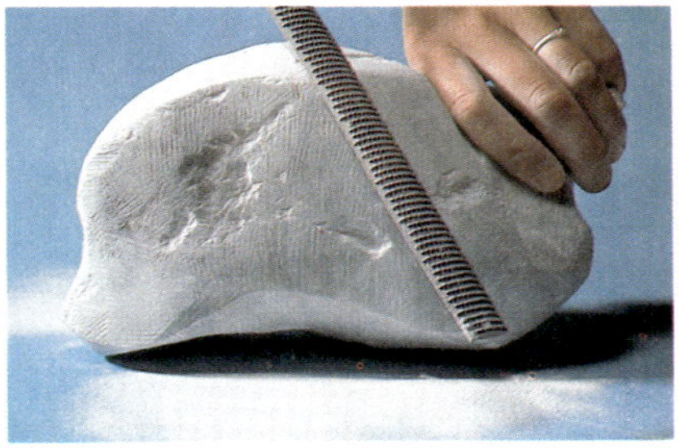

2. Die Form mit einer groben Raspel herausarbeiten. Den Stein immer wieder von allen Seiten betrachten, bevor weiteres Material abgetragen wird.

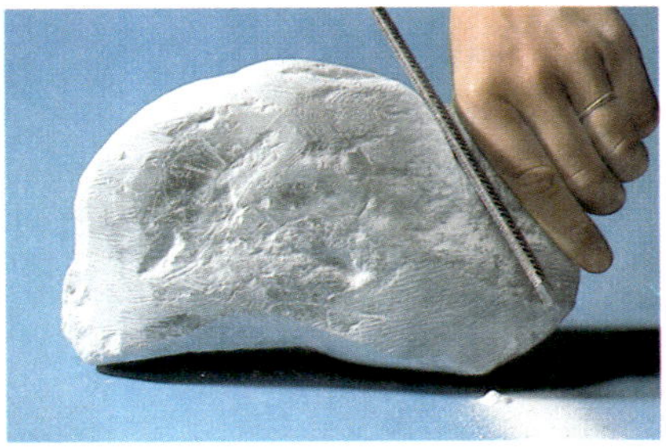

3. Vorsichtig feilen, Stückchen können leicht abbrechen.

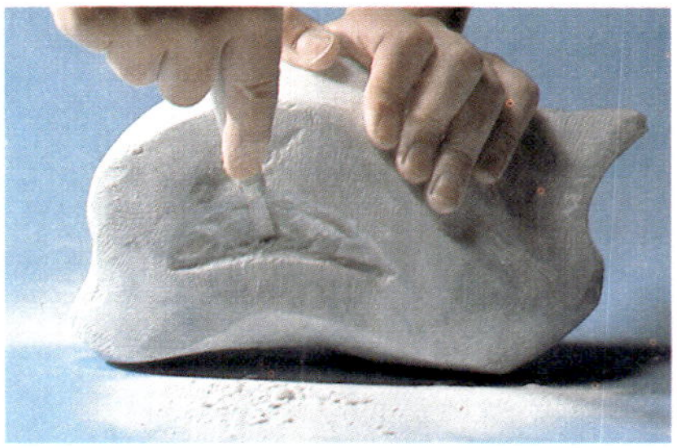

4. Scharfe Konturen lassen sich mit Schnitzmessern ausschneiden.

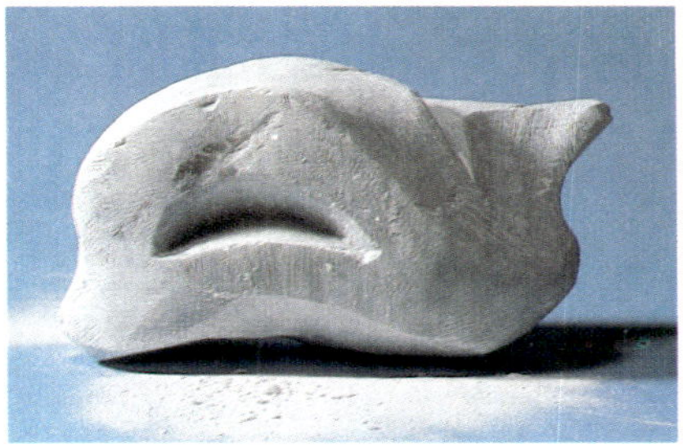

5. Erst jetzt beginnt die mühsame Schleifarbeit.

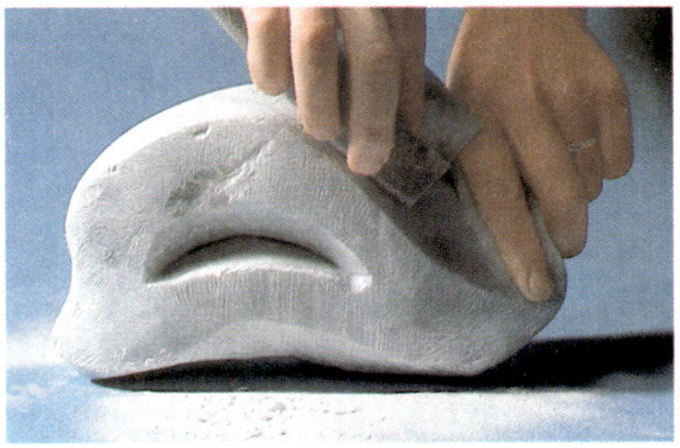

6. Zuerst die Struktur mit gröberem Metallschleifpapier (60er Korn) abschmirgeln. Im Anschluß daran immer feineres Schleifpapier verwenden (200er Korn).

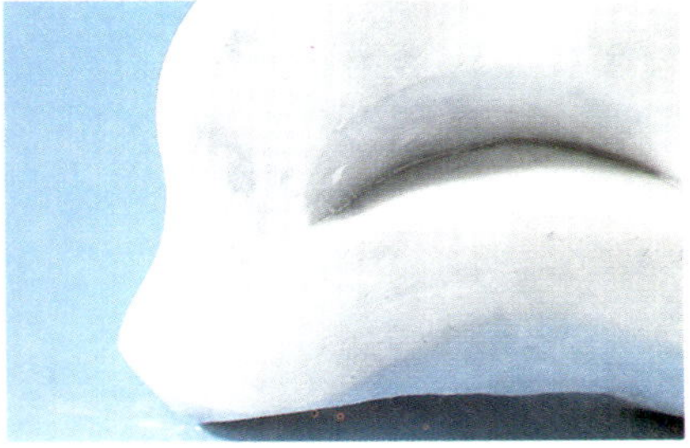

7. Für die ganz feine Politur das Schleifpapier anfeuchten. Den verschmierten Staub einfach abwaschen.

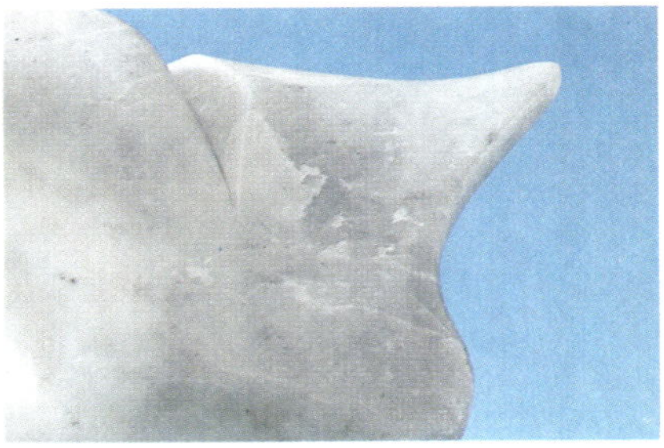

8. Das fertige Werkstück zum Schluß mit Leinöl imprägnieren.

Stoffe und Fäden

Stoffe und Fäden gehören zu den ältesten vom Menschen hergestellten Werkstoffen und verdienen allein deshalb besondere Beachtung.
Aber, kein anderer Werkstoff wird heute so stark industriell weiterverarbeitet wie Stoff. Viele Menschen versuchen daher, die alten Techniken zu erhalten und zu pflegen (z. B. Stricken).
So alt wie die Kunst der Textilgestaltung ist, so viele Möglichkeiten der Verarbeitung von Textilien gibt es auch. Wir wollen daher nur ein paar Anregungen geben, mit Stoffen und Fäden zu gestalten und einige Techniken anbieten, die auch Jungen Spaß machen.

Dieses Kissen ist aus vielen Stoffbändern gewebt. Weben ist eine der ältesten textilen Techniken, die wir kennen. Das Mobile (oben) ist aus Stoffresten hergestellt

Bilder mit Nadel und Faden

Daß sich nur mit Nadel und Faden spannende Bilder herstellen lassen, zeigen die 4 Abbildungen auf der gegenüberliegenden Seite. Diese Vorschläge stellen nur einige Möglichkeiten dar, mit der gleichen Grundidee Bilder zu komponieren. Du brauchst dazu scharfe Augen und einen Sinn für Proportionen.
Die Stoffbilder können auf Keilrahmen gespannt werden. Diese Holzrahmen bekommst du im Fachhandel für Zeichenbedarf in unterschiedlichen Größen. Die Rahmenleisten kannst du auf die von dir benötigte Größe zurechtsägen und verkeilen. Wie, das wird dir im Laden gezeigt.

Material:
schwarzer Baumwollstoff
2 Rollen Knopflochgarn
(in kontrastreichen Farben)

Arbeitsgeräte:
Nadel
Schere

1. Mit langen Stichen legt man das grüne Garn so oft parallel nebeneinander, daß ein breiter Streifen entsteht. Achtung: Der Faden muß die richtige Spannung haben; also nicht zu stramm anziehen, aber auch nicht zu locker lassen.

2. Nun wird es etwas knifflig. Mit dem roten Garn verfährt man ähnlich, aber in anderer Richtung. Dabei werden dann die Farben auf verschiedene Art miteinander verwebt.

Diese 4 dekorativen Muster entstehen nicht willkürlich. Du solltest dir schon genau überlegen, wie die Fäden laufen sollen. Das Prinzip ist immer dasselbe: Fäden werden aufgenommen bzw. übergangen (einzeln oder in Gruppen)

Rupfenbilder

Diese Bilder verlangen von dir etwas mehr ›Know-how‹, was den Umgang mit der Nadel angeht. Weil aber der Faden, mit dem du arbeitest, sehr dick ist, hast du viel schneller ein Erfolgserlebnis.

Dieses Bild wird mit einem einzigen Stich – dem Knötchenstich – aufgebaut. Die Bildstruktur ergibt sich aus der Größe der Knötchen

Material:

Rupfen (Jute)
Paketschnüre (in verschiedenen Stärken)
Schere
Stopfnadel mit einem großen Öhr
Stricknadeln
Nähgarn

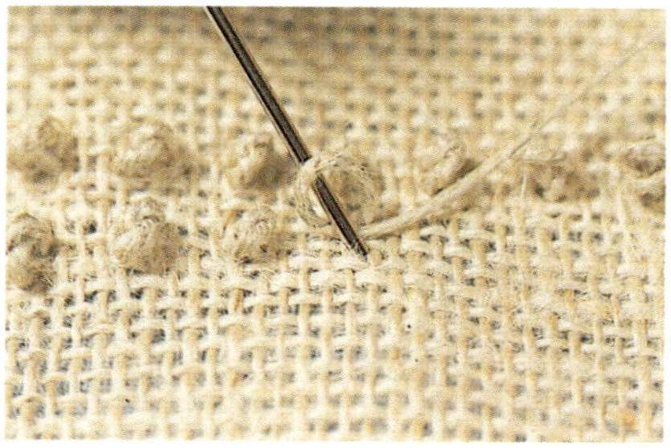

1. Für kleine Knötchen: von unten nach oben und wieder zurückstechen, den Faden aber nicht ganz anziehen. Wieder nach oben, durch die Schlinge nach unten stechen und anziehen.

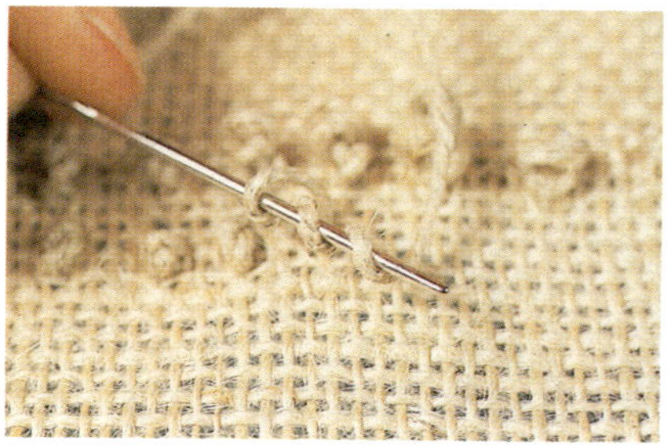

2. Für größere Knötchen mußt du die Nadel nach dem Ausstich mehrmals mit dem Faden an der Spitze umwickeln, und zwar dicht am Stoff.

3. Knapp daneben wieder einstechen.

4. Nach unten durchziehen.

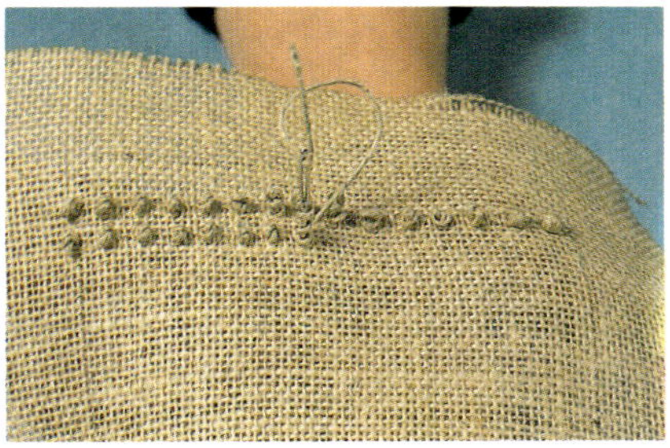

5. Die Knötchengröße verändern.

Große Effekte mit einfachen Methoden. Die Technik ist verblüffend leicht zu lernen

6. Die Rupfenbilder werden mit einem Tacker auf dem Holzrahmen befestigt. Einen Keilrahmen wie auf dem Foto bekommst du im Fachhandel für Künstlerbedarf.

1. Das ganze Geheimnis besteht darin, Paketschnüre mit einer Nadel um verschieden dicke Stricknadeln zu schlingen.

2. Wenn du nicht genügend unterschiedlich dicke Stricknadeln findest, tun es auch 2 nebeneinandergelegte Stöckchen. Nach Beendigung der Reihe die Stöckchen herausziehen.

Auch diese Ponyfransen lassen sich leicht aus Paketschnüren herstellen

1. Mit einem einfachen Heftstich mehrere Reihen verschieden großer Schlingen dicht nebeneinandernähen; dabei immer 2 Rupfenfäden mit der Nadel aufnehmen.

2. Die Schlingen in der Mitte mit der Schere aufschneiden.

3. Fäden auseinanderdrücken. Falls sie, wie auf dem Foto, zu stark gebogen bleiben, über heißen Wasserdampf halten. Dadurch hängen sie sich aus.

Gleichlange Schnüre in verschiedenen Stärken werden mit farblich passendem Nähgarn auf den Rupfen genäht.

Für die Fadenwiese eine Bildfläche markieren. Mit der Nadel Fäden (Paketschnüre) einziehen: von oben nach unten, in einigem Abstand wieder nach oben durchstechen. Die Fäden ca. 1,5 cm über dem Stoff abschneiden und einfach stehenlassen. Die ›Wiese‹ von oben nach unten dichter werden lassen.

Die Technik für das Bild rechts ist ähnlich der der Ponyfransen links oben. Dieses Mal werden die Schlingen jedoch viel kleiner gemacht und nicht aufgeschnitten. So kann man viel dichtere Reihen solcher Schlingstiche nebeneinandersetzen. Durch verschieden hohe Schlingenreihen ergibt sich ein interessantes Relief.

Jede Tasche wird anders aussehen, je nachdem, welche Stoffreste du verarbeiten kannst. Hier haben wir einen alten Vorhangstoff wiederverwendet

Bunte Webtasche

Weben ist die faszinierende Handwerkerkunst, aus einzelnen, losen Fäden (Kett- und Schußfäden) einen stabilen Stoff herzustellen.
Weben kannst du mit vielen Materialien: Bast, Stroh und Garnen. Viele Garne werden aus Pflanzenfasern wie Flachs, Jute und Baumwolle oder aus tierischen Fasern wie Schafwolle, Kamelhaar oder Naturseide gesponnen.
Die Webtasche besteht aus zerschnittenen Stoffresten. Durch die Breite der Stoffstreifen geht der Webvorgang schneller als mit dünnem Garn voran.

Material:

Baumwollstoff (ca. 200 x 90 cm)
Baumwollschnur (ca. 50 g)

Arbeitsgeräte:

Keilrahmen im Format der Tasche
Nägel
Hammer
Webnadel (oder lange Stopfnadel)
Grober Kamm (Dauerwellenkamm)

Der Webrahmen

1. Keilrahmen zusammenstecken.

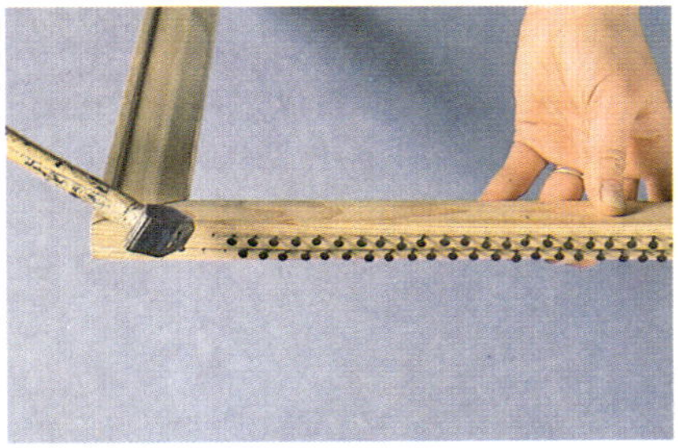

2. An beiden Stirnseiten eine Doppelreihe Nägel versetzt und im gleichen Abstand einschlagen, die ca. 0,5 cm herausstehen.

3. Den Keilrahmen mit Baumwollschnur gleichmäßig bespannen (Kettfäden für ein Taschenteil).

Das Weben

4. Stoff in ca. 3 cm breite Streifen schneiden (sie dienen als Schußfäden). Die Spitzen anschrägen.

5. Mit der Nadel jeden 2. Kettfaden aufnehmen und wie beim Stopfen den Streifen einziehen.

6. Den Stoff in einem kleinen Bogen durch die Kettfäden führen, damit die Gewebekante gleichmäßig wird.

7. Nach jeder Reihe den Stoff mit einem Kamm anschlagen. In den nächsten Reihen immer versetzt die untenliegenden Fäden aufnehmen.

8. Fertiges Webstück aus dem Rahmen herausschneiden und die 2. Taschenhälfte genauso weben.

9. Damit die Stoffstreifen sich nicht lockern, müssen die Enden der Kettfäden dicht am Gewebe zusammengeknotet werden. Die überstehenden Enden bis auf 1 cm abschneiden.

10. Die beiden fertigen Taschenhälften am Außenrand an 3 Seiten zusammennähen.

11. Mit einer großen Nadel und fester Baumwollschnur geht es einfach.

12. Für das Umhängeband brauchst du 3 doppelte Stoffstreifen.

13. Aus ihnen flicht man einen langen Zopf, die Enden werden verknotet.

14. Den Zopf an die Tasche nähen.

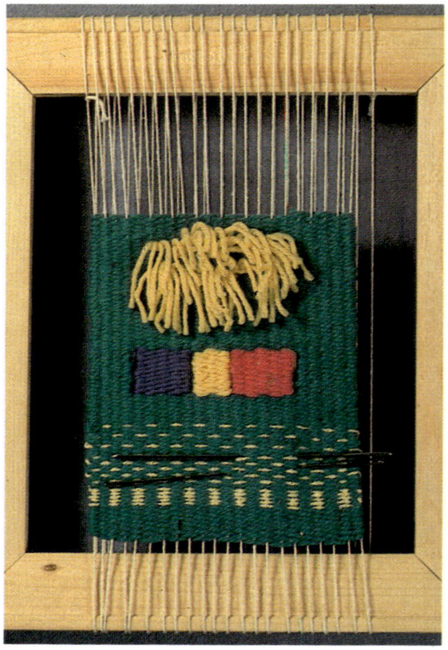

Eine Variante mit Wolle: Hier wurden in der Mitte Fäden eingezogen.

Hier entsteht eine federartige Struktur durch ein Nahtband, das aus dem Gewebe zusätzlich heraussteht.

Kissenbezug aus Bändern

Ein Kissenbezug aus Bändern mit der Hand weben: Einfacher und schneller kannst du wirklich keine Stoffe in dieser Größe herstellen. Ein Kissenbezug, ein Taschenstoff, eine Decke, alles was man aus Stoff machen kann, ist auf diese Art leicht zu weben.

1. Genügend lange Bänder an einer Seite des Kartons feststecken.

3. Fertigen Webstoff vom Karton lösen, auf zurechtgeschnittenen Baumwollstoff stecken und festheften.

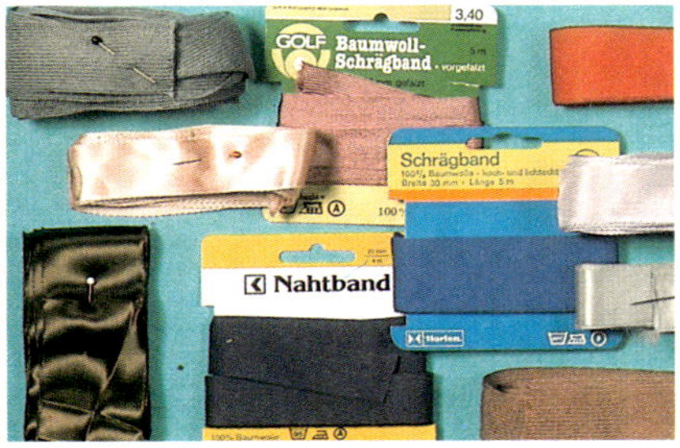

Material und Arbeitsgeräte:

1 Kissen
Naht- und Schrägbänder
Baumwollstoff
Nähgarn
1 Bogen Karton
Stecknadeln, Schere
Nähmaschine

2. Eine ausreichende Anzahl Querbänder zurechtschneiden und mit den Längsstreifen verweben. Dabei alles dicht zusammenschieben.

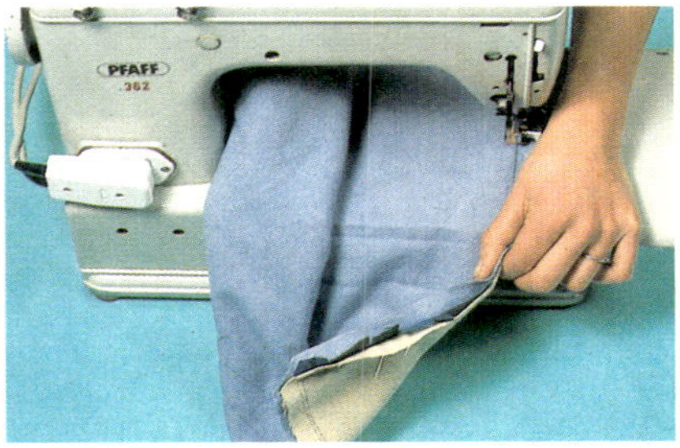

4. Ein 2. Stück Stoff für die Kissenrückseite auf die Gewebe heften und an 3 Seiten zusammennähen.

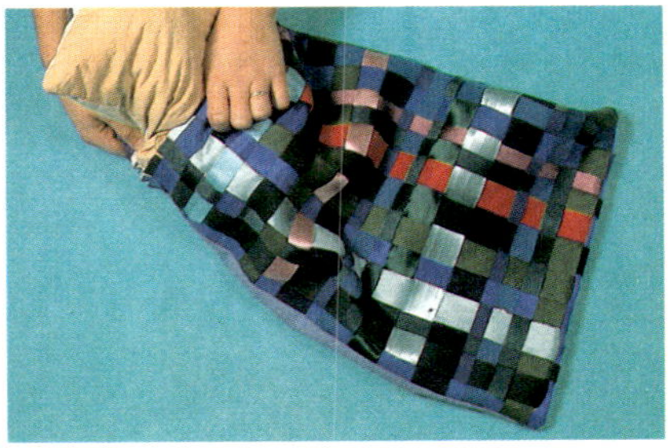

5. Kissenbezug wenden, mit einem Kissen (oder mit Watteline) füllen und die Öffnung sauber mit der Hand zusammennähen.

Mit Naht- oder Schrägbändern, die hier zum Weben des Kissens verwendet wurden, versäubert man sonst Stoffkanten oder verstärkt Stoffeinschläge, z. B. am Hosenbein

Riesenmobile aus Stoffsegeln

Es geht natürlich auch kleiner, aber erst in wirklich großer Ausführung entfaltet es einen vollen Segelcharakter. Für solch ein Mobile (in unserem Beispiel 70 cm groß) brauchst du nur etwas Peddigrohr, ein paar Stoffreste, die du im Kaufhaus am Restetisch preisgünstig kaufen kannst, und schon kann es losgehen.

Material:

verschiedene Stoffreste
Peddigrohr
naturfarbener Bast
stabiles Garn
dünner Draht

Arbeitsgeräte:

Schere
Nadeln
Stecknadeln
Schneiderkreide
Zange

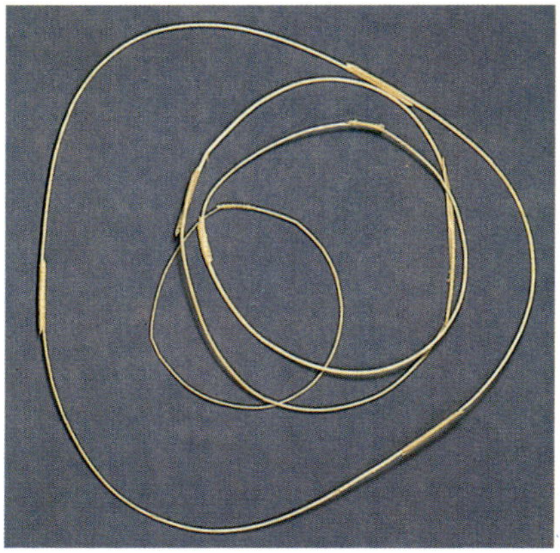

1. Aus Peddigrohr verschiedene Ringe formen, die Enden mit Bast verbinden. Der größte Ring dient als Haltering; dieser Ring wird nicht mit Stoff bespannt.

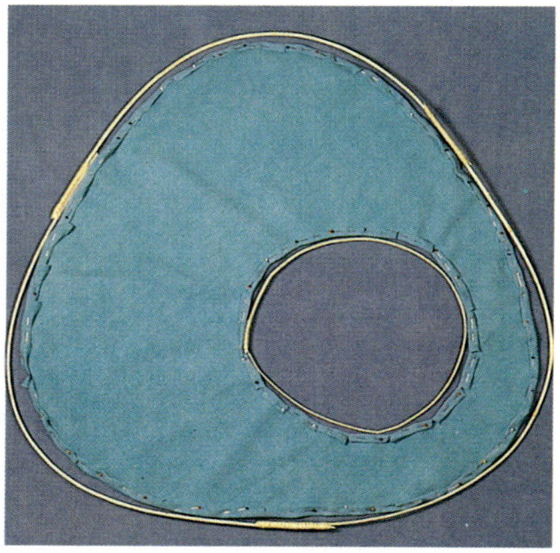

2. Alle anderen Ringe auf die Stoffe legen und mit Schneiderkreide die Umrisse nachfahren. Stoffe ausschneiden und gegen Ausfransen sichern (mit der Maschine oder von Hand). Bei einem Loch mußt du die Stoffkante vor dem Umschlagen in regelmäßigen Abständen ca. 0,5 cm tief einschneiden, damit du enge Rundungen erreichst.

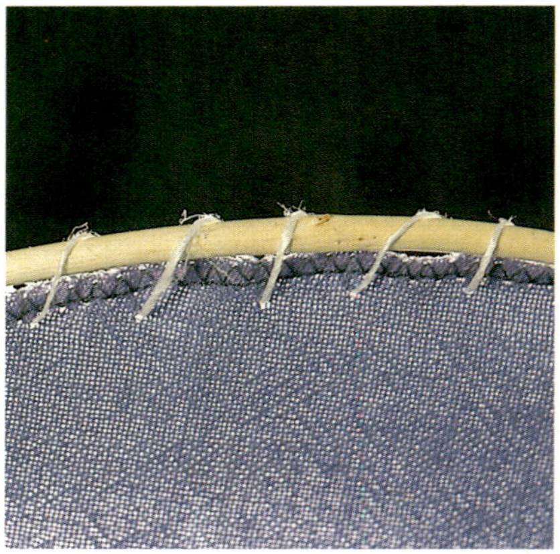

3. Mit einem einfachen Schlingstich und stabilem Garn werden die Stoffteile mit der Hand an die Peddigrohrringe genäht.

4. Die verschiedenen Stoffsegel miteinander ausbalancieren und mit Draht an dem großen Haltering befestigen.

5. So werden die Stoffsegel an ihrem Haltering mit einer einfachen Drahtschlinge befestigt.

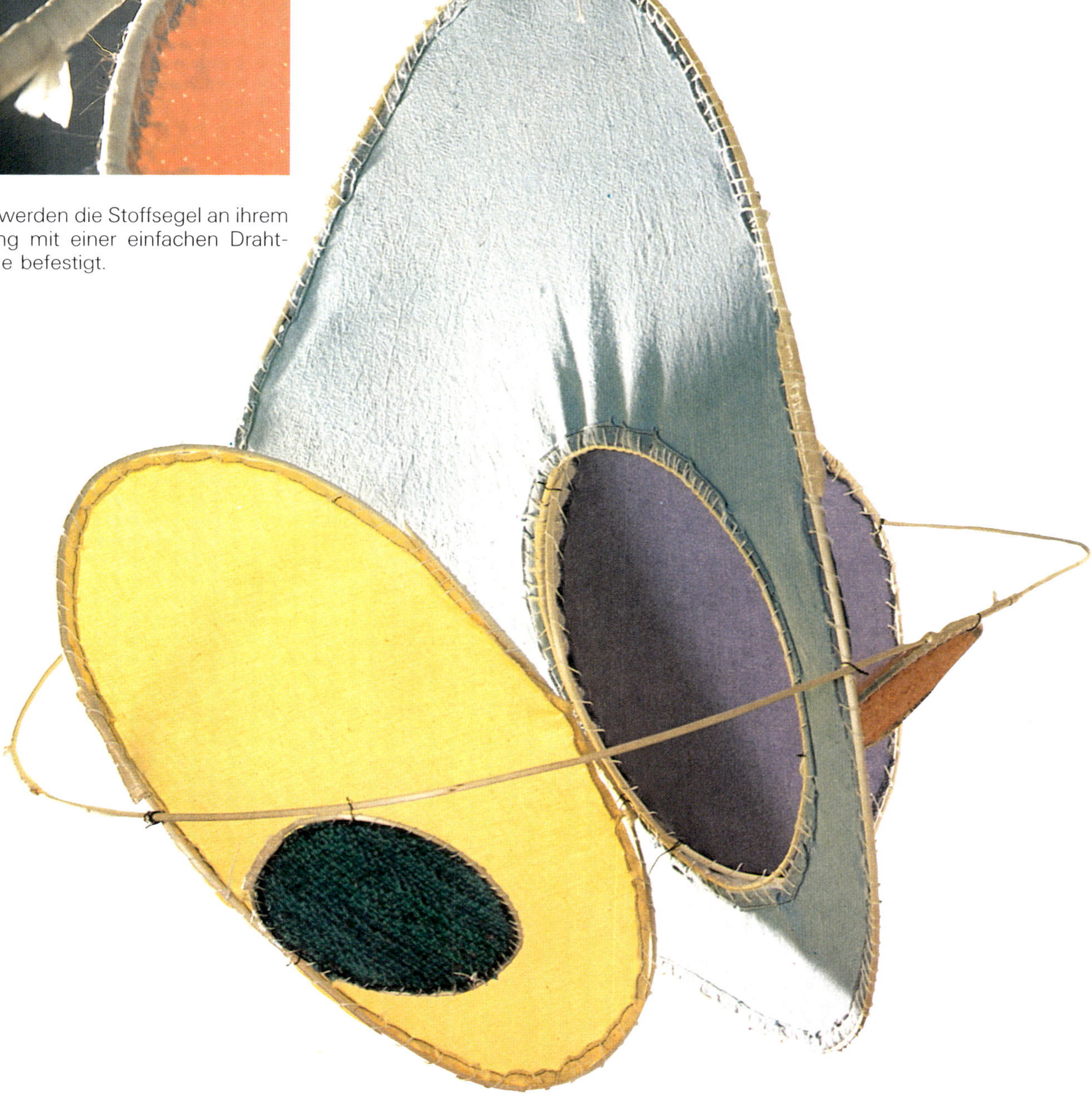

Siebdruck

Siebdruck ist eine tolle Sache! Das wirst du feststellen, wenn du ihn ausprobiert hast.
Schnell lassen sich mit diesem Druckverfahren Stoffe, T-Shirts oder was dir sonst noch einfällt, bedrucken, und, was den besonderen Reiz ausmacht, beliebig vervielfältigen, indem du die Druckschablone mehrmals benutzt.
Zum Siebdrucken brauchst du einen Rahmen mit Auflagebrett. Auf S. 156 wird die Herstellung gezeigt.

Druckschablonen schneidest du mit der Schere oder einem Schneidemesser aus Papier, Karton oder Folien aus.

Material:

T-Shirt
transparenter, dichter Gardinenstoff (oder Gaze) als Sieb
Klebeband
Dispersionsfarbe
Kartonschablone

Arbeitsgeräte:

Siebdruckrahmen
Rakel
Spachtel (oder Rakel)

1. Den Stoff (das Sieb) am Siebdruckrahmen annageln. Noch besser: mit einem Tacker befestigen, falls du einen hast. Der Stoff muß straff gespannt werden, damit er sich beim Drucken nicht verzieht.

2. Wenn du ein T-Shirt bedrucken willst, mußt du ein Stück Karton (hier schwarz) zwischen Vorder- und Rückenteil legen, sonst drückt sich die Farbe unter Umständen bis zum Rükken durch. Die Schablone auflegen.

3. Dort, wo keine Farbe an den Stoff gelangen soll, das Sieb großzügig mit Klebeband abdecken.

4. Genügend Farbe auf den Klebstreifen direkt neben dem Ausschnitt auftragen, bevor du sie mit einem Spachtel oder Rakel von einer Seite zur anderen über die Schablone ziehst.

5. Die Farbe wird so durch das Sieb und die darunterliegende Schablone auf das T-Shirt gedruckt. Nicht hin- und zurückstreichen, sonst wirft sich dein Siebdruckstoff!

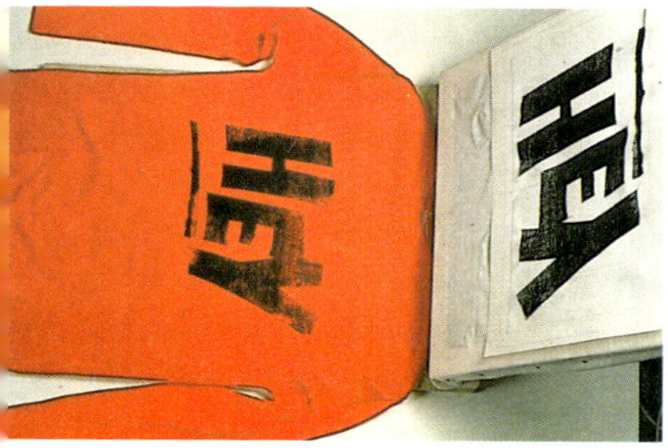

6. Den Siebdruckrahmen hochklappen, und schon hast du das Ergebnis. Die Farbe trocknen lassen.

Zweifarbendruck

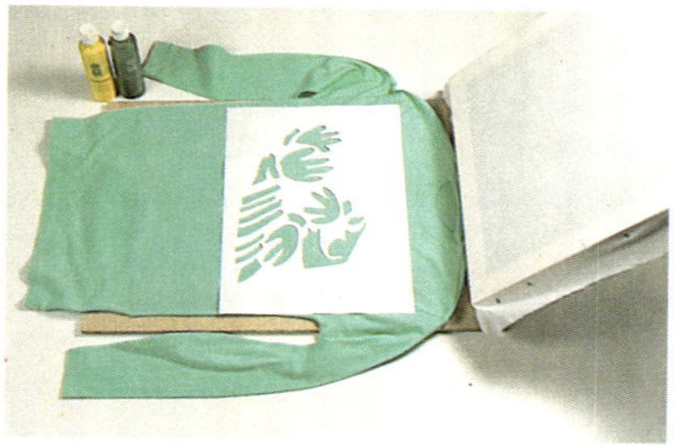

1. Jetzt starten wir einen zweifarbigen Druck mit nur einer neuen Schablone und nur einem Sieb. Die Vorbereitungen stimmen mit den soeben beschriebenen überein.

2. Zuerst wird das Gelb, die hellere Farbe, aufgetragen. Alle ausgeschnittenen Teile der Schablone lassen Gelb durch.

3. Den Gelbdruck anschließend etwas trocknen lassen.

4. Währenddessen überklebt man alle Teile der Schablone, die die 2. Farbe (Grün) nicht durchlassen sollen, auf der Rückseite des Siebes mit Papierschnitzeln. Dann die 2. Farbe auftragen und über die gesamte Schablone ziehen.

5. Das ist der fertige Druck. Wenn die Dispersionsfarbe völlig trocken ist, ist sie wasserfest. Das T-Shirt kann also auch gewaschen werden ... aber am besten mit der Hand. Es wäre doch schade, wenn der Aufdruck nach dem Waschen verschwunden wäre.

Holz

Holz war für die Menschen seit jeher ein beliebter Werkstoff, schon allein deshalb, weil Holz überall wuchs und daher billig zu beziehen war: Werkzeuge, Fahrzeuge, Haushaltsgeräte, Häuser, Schiffe wurden daraus hergestellt. Wald gab es überall, auch in Gegenden, in denen heute kaum noch ein Baum steht, geschweige denn ein Wald. Das flache grüne Weideland ›Holland‹ z. B. hat seinen Namen von seiner ursprünglich dichten Bewaldung: ›Holzland‹. Heutzutage fällt Wald aber nicht nur dem Raubbau durch Menschenhand zum Opfer, sondern auch noch Umweltkrankheiten. Deshalb ist der einst so billige Werkstoff Holz zu einem kostbaren und teuren Material geworden.

Mit Holz lassen sich sehr gut handwerkliche Techniken erlernen, die bei anderen Materialien weiter verwertet werden können. Die Fehler eines Anfängers verzeiht dieser Werkstoff leichter als z. B. Metall, Glas oder Stein, weil er sich ausbessern läßt. Auf den nächsten Seiten findest du Anregungen für Holzarbeiten von leichten bis hin zu ganz schön komplizierten, bei denen du wahrscheinlich die Hilfe deines Werklehrers oder eines Handwerkers benötigen wirst.

Das Backgammon-Spielbrett verlangt schon ein wenig Übung von dir im Umgang mit der Säge. Vielleicht möchtest du aber lieber freier arbeiten: Aus weichem Lindenholz lassen sich schöne Plastiken schnitzen

Spielmaschine

Wie funktioniert eigentlich die Kraftübertragung bei einem Motor, einer Dampfmaschine oder einer Nähmaschine? Das haben wir bei unserem Modell herauszubekommen versucht: In unserer Maschine wird eine Drehbewegung in mehrere senkrechte Auf- und Abbewegungen umgewandelt (die Maschine ist ausbaufähig).

Material:

Sperrholzplatte, 1 Holzleiste
Draht oder Nägel (als Splinte)
Rundhölzer

1. Wir haben 2 gleiche Bodenplatten ausgesägt und für die Pfosten einen Kolben aufgebohrt.

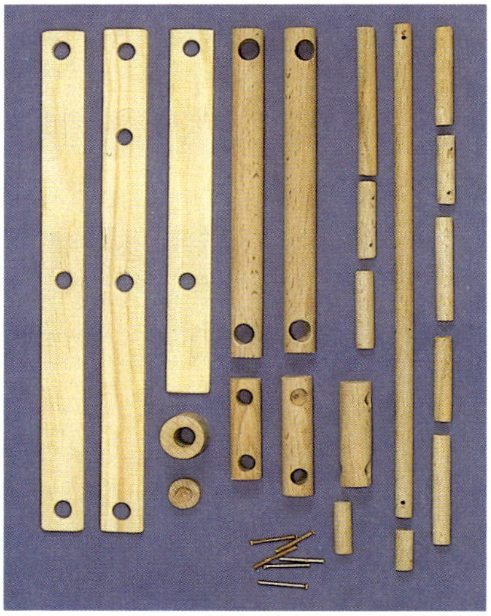

2. Hier zeigen wir die Einzelteile unserer Maschine.

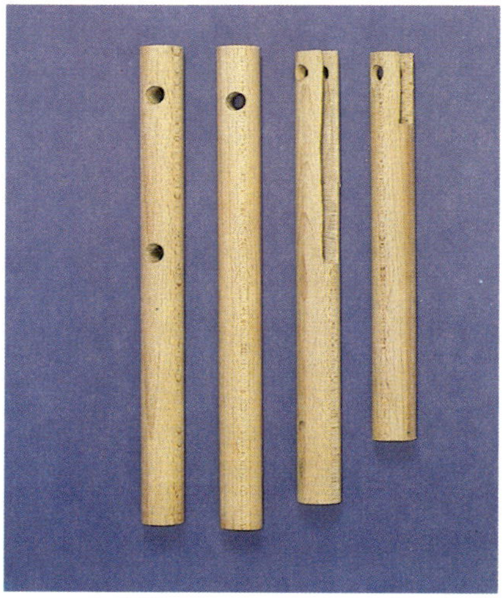

3. Die 2 Maschinenkolben brauchen breite Schlitze (Säge, Stechbeitel); in ihnen bewegen sich die Hebel. Diese Maschine ist nicht aus vorher zurechtgesägten Einzelteilen zusammengebaut worden, sondern Stück für Stück wurde angepaßt, auf die richtige Länge abgesägt oder aufgebohrt. Unsere Anleitung zeigt also nur, wie unsere Maschine entstand. Deine wird anders aussehen!

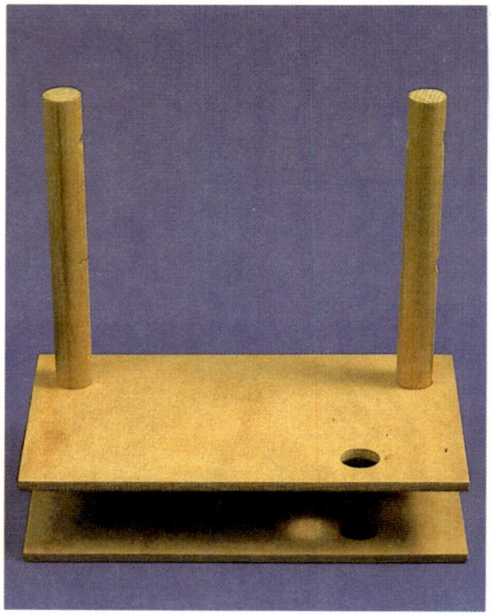

4. Zwischen den Pfosten muß sich die Achse frei drehen können.

5. Ein einfacher Kurbelantrieb setzt die Maschine in Gang. Ein durchbohrtes, beweglich angebrachtes Rundholz sorgt für eine bequeme Handhabung des Griffes.

Ein Ingenieur kann sich die Verhältnisse der Kräfteumwandlung ausrechnen – für dich heißt es: ausprobieren

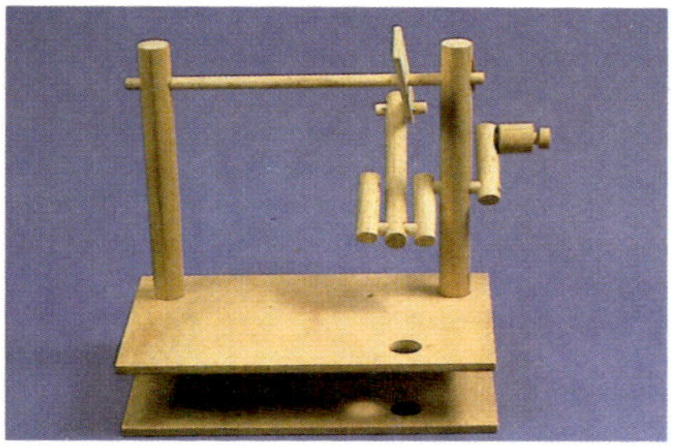

6. Der 1. Hebel wird auf die Achse gesteckt und mit einem Pleuel beweglich mit der Kurbel verbunden.

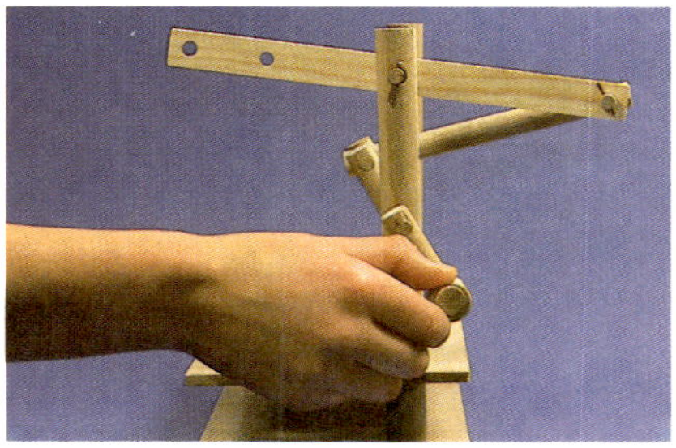

7. Die Kurbelachse kann durch mehrere Pleuel beliebig verlängert werden. Hier das Prinzip von der Seite.

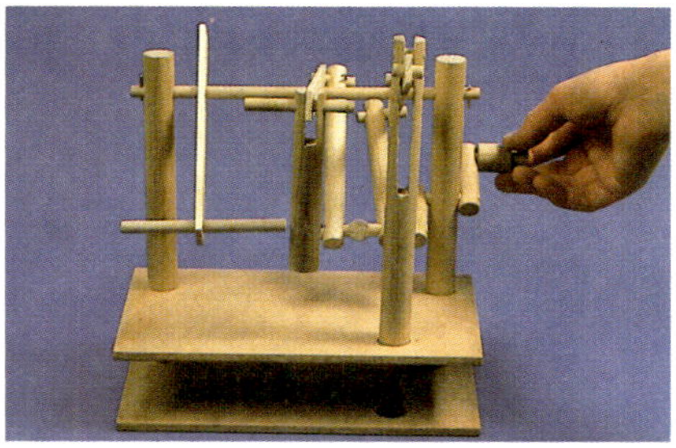

8. Den 2. Hebel an der Achse und mit einer Pleuelkonstruktion anbringen.

Spielstadt aus Holz

Holz läßt sich auf viele Arten bearbeiten (wie auf den folgenden Seiten gezeigt wird). Da ganze Holzstämme schwer brennen, werden sie mit dem Beil oder der Axt gespalten. Diese einfache Trennungsart wollen wir in diesem Beispiel nutzen, um aus Resten von Fichtenholzbrettern mit Stechbeitel und Säge eine große Spielstadt zu bauen.
Deiner Phantasie sind keine Grenzen gesetzt.

1. Den Stechbeitel in Faserrichtung ansetzen, mit dem Hammer leicht einschlagen und ein Stück abspalten.

2. Fertige dir ein großes Sortiment verschieden großer Holzscheite an.

3. Sie lassen sich zu einfachen Gebäudestrukturen zusammenstellen.

4. Mit kleinen Nägeln hast du schnell ein paar Hütten zusammengezimmert.

Werde Drehbuchautor für deinen eigenen Western, indem du die Umgebung und die Figuren erfindest

Schichtholz-schnecke

Unter Schichtholz versteht man mehrere aufeinandergeleimte Holzschichten aus verschiedenen Holzsorten. Die von uns verwendete Multiplexplatte (mehrfach versiegeltes Sperrholz) ist nur ein Ausgangsmaterial unter vielen für Schichtholzarbeiten. Ihre Beschaffenheit kommt der Gestaltung einer Schnecke sehr entgegen.

1. Das Volumen der Figur wird in immer kleiner werdenden Teilformen aus dem Holz ausgesägt (Laub- oder Stichsäge). Vor dem Zusammenleimen werden sie probeweise übereinandergelegt.

2. Zum Verleimen ca. 1 Stunde mit einer Schraubzwinge festpressen. (Achtung: wenn du weiches Holz verleimst, mußt du zwischen das Werkstück und die Backen der Schraubzwinge Holzklötzchen spannen.)

3. Die verleimte Form mit Schnitzmessern, Raspeln und Schleifpapier bearbeiten.

4. Zum Schluß mit Holzwachs einreiben. Wenn du eine weniger treppenartige Tierform gestalten möchtest, brauchst du nur die Teilformen langsamer zu verkleinern oder dünnere Platten zu verwenden.

Dackel aus Holz

Es müssen ja nicht unbedingt die Zaunpfähle aus dem Baumarkt sein, wie wir sie hier für unseren Dackel verwendet haben. Vielleicht hast du ja das Glück, in der Nähe eines Waldes oder einer Holzhandlung zu wohnen – dort fallen immer billige Holzreste ab. (Aber Vorsicht: gestapelte Baumstämme, die im Wald liegen, darfst du nicht einfach mitnehmen) Alles, was du an Holz finden kannst, eignet sich für solche Rohholzplastiken, die du anschließend bunt bemalen kannst.
Unser Vorschlag soll nur zeigen, wie einfach es ist, mit klobigen Holzteilen additiv (d. h. durch Zusammenfügen von Einzelteilen – im Gegensatz zu subtraktiv, dem Wegnehmen von vorhandenem Holzmaterial, z. B. durch Schnitzen, Feilen etc.) zu arbeiten und witzige Figuren, Tiere, Marterpfähle, Totems, was immer dir einfällt, zu bauen. Viele Künstler arbeiten nur in dieser Weise.

Material:
1 Zaunpfahl
Rundholz
Holzdübel
Leim
Vorstreichfarbe
Lack

1. Das sind die zugeschnittenen Holzteile.

2. Je schwerer deine Holzteile sind, um so stärker und länger müssen auch die Verbindungsdübel sein.

3. Den Dackel erst zusammenstecken und die einzelnen Körperteile in die richtige Position drehen, bevor du alles verleimst.

4. Vor dem Bemalen mit Vorstreichfarbe grundieren, sonst zieht zu viel Farbe ein, und gute Farbe ist teuer!

Automobil

Es ist gar nicht so weit hergeholt, ein Traumauto zuerst einmal als Holzmodell zu bauen: In der Kfz-Industrie erarbeiten Modellschreiner die Form eines neuen Automodells zunächst auch aus Holz. Wir sparen uns allerdings die räumliche Ausgestaltung des Autos und bauen nur ein Relief, um es an die Wand zu hängen. Als Ausgangsmaterial benötigst du nur 1 kleines Fichtenholzbrett.

Material:
1 Fichtenholzbrett (ca. 40 x 20 x 2 cm)
Balsaholz (Reste)
Vorstreichfarbe
Lack

Arbeitsgeräte:
Stichsäge
Laubsäge
Lochsäge
Schnitzmesser
Feilen
Schleifpapier

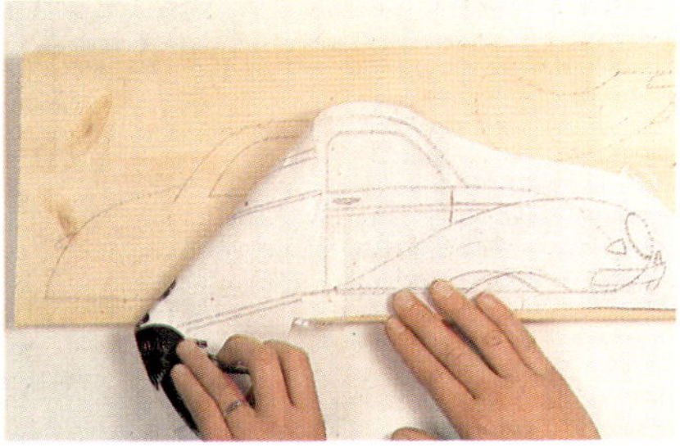

1. Einen Entwurf auf Papier zeichnen und diesen übertragen, indem du die Linien mit einem dünnen Nagel durchstichst und später auf dem Brett mit einem Bleistift nachzeichnest. Du kannst aber auch Pauspapier oder ähnliches verwenden.

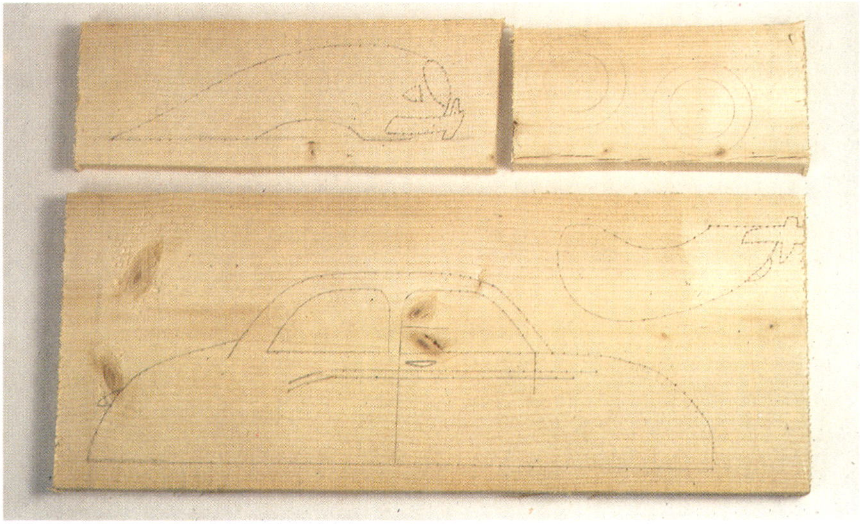

2. Hier sind alle Teile für das Auto aufgezeichnet.

3. Die großen Teile lassen sich gut mit einer Stichsäge aussägen.

5. Die 2 Räder sägt man am schnellsten mit der Lochsäge aus.

7. Die dünnen Rillen mit Schnitzmesser und Stechbeitel ausschneiden.

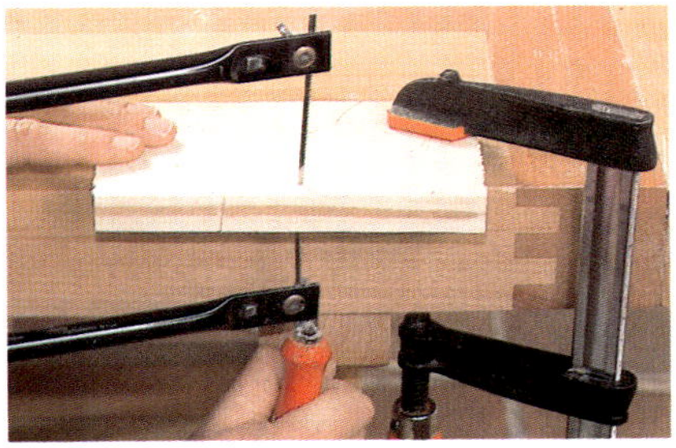

4. Die kleinen Teile sorgfältig mit einer Laubsäge aussägen.

6. Nun kann mit der Feinarbeit begonnen werden.

8. Die Außenrundungen mit Raspeln zurechtfeilen.

9. Die Zierleisten können aus dünnem Balsaholz geschnitten werden. Alle Einzelteile sorgfältig abschleifen und anleimen. Das Automodell wird in tollen Farben angemalt, auf schwarzem Stoff oder Filz befestigt und an die Wand gehängt. So hast du dein ›Traumauto‹ immer vor Augen.

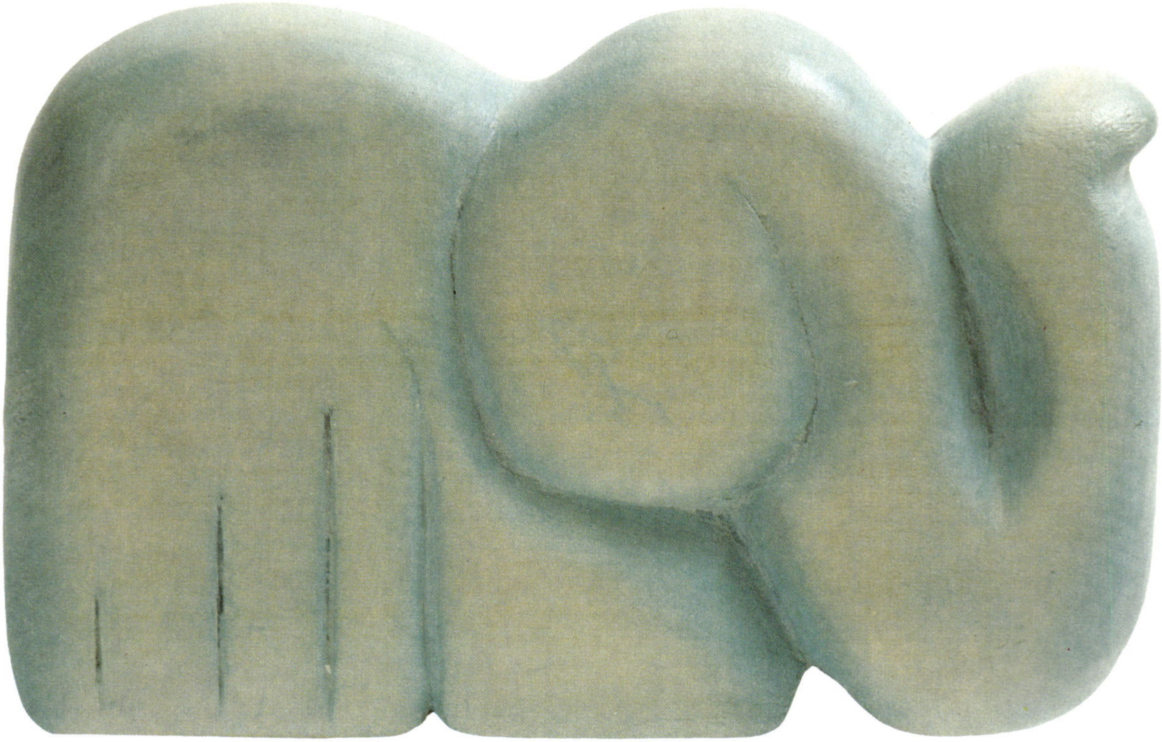

Holzelefant

Schnitzen ist die Urform der Holzbearbeitung. Ein Stück Holz ist das Ausgangsmaterial, dem durch gezieltes Wegnehmen von Holzmasse eine Form gegeben wird. Auf diese Weise können Boote, Gefäße oder, wie in unserem dekorativen Beispiel, Figuren entstehen.
Lindenholz ist bei uns das übliche Schnitzholz, weil es weich und damit gut mit Schnitzwerkzeugen zu bearbeiten ist. Die warme Geschmeidigkeit von bearbeitetem Holz vermittelt nicht nur kleinen Kindern Freude an diesen Spielzeugen.

Die Oberfläche

Vor allem durch das im Handel erhältliche Bienenwachs für Holzpflege (›Antikwachs‹) kannst du den geschmeidigen Charakter von Holz hervorheben. Mit Holzbeize kannst du die Farbe oder den Holzton dieses Werkstückes verändern (siehe auch S. 145). Mit Transparentlack versiegelst du es gegen Feuchtigkeit und Verschmutzung. Dein Werkstück kann allerdings auch nur eingewachst oder mit Transparentlack gestrichen werden. (Ein einmal eingewachstes Stück mußt du erst um einige Millimeter abschleifen, wenn du es noch lackieren willst.)

Material:

1 Stück Lindenholz
verschiedene Schleifpapiere
(Die Körnung des Schleifpapiers bezeichnet die Anzahl der Schleifkörnchen pro Quadratzentimeter. Je mehr Schleifkörnchen auf einem Quadratzentimeter Platz haben, um so kleiner sind sie. Das heißt also: ein Schleifpapier, auf dem 100 steht, ist gröber als eines, auf dem 400 steht.)

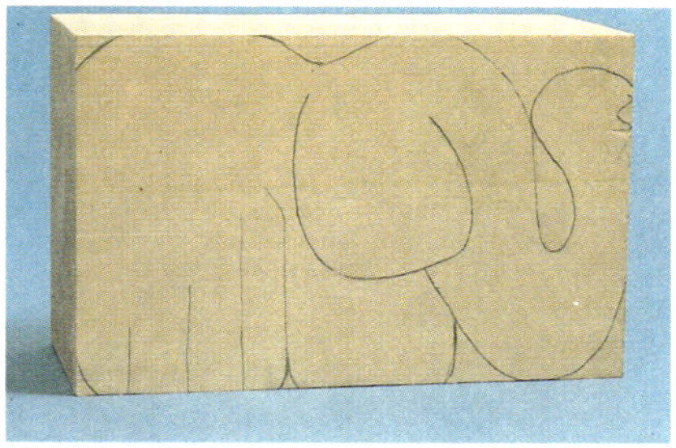

1. Fertige eine Skizze an: Achte darauf, daß der Entwurf formgerecht wird und übertrage ihn auf das Holz.

2. Zuerst mußt du dir genau im klaren darüber sein, welche Teile hervorstehend sein sollen und welche nicht. Vorsicht: was weg ist, ist weg!

3. Die grobe Form mit dem Stechbeitel, Hohleisen und anderen Schnitzwerkzeugen in Faserrichtung des Holzes ›herausholen‹.

4. Die Schnitzspuren der Messer mit Raspeln entfernen und alles gleichmäßig abrunden.

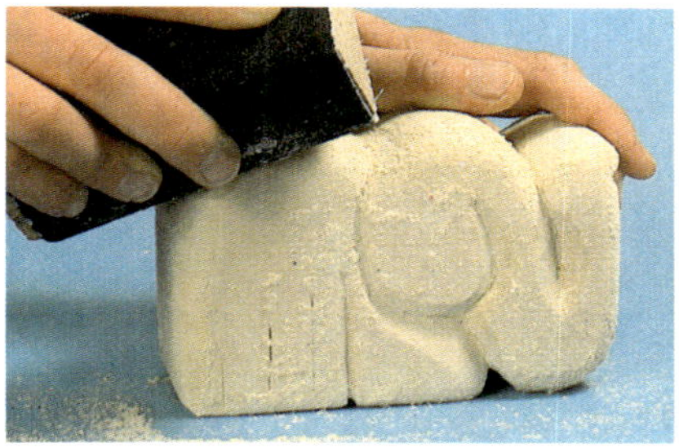

5. Jetzt beginnt die mühevolle Schleifarbeit. Wickle das Papier um ein Holz- oder Korkstück.

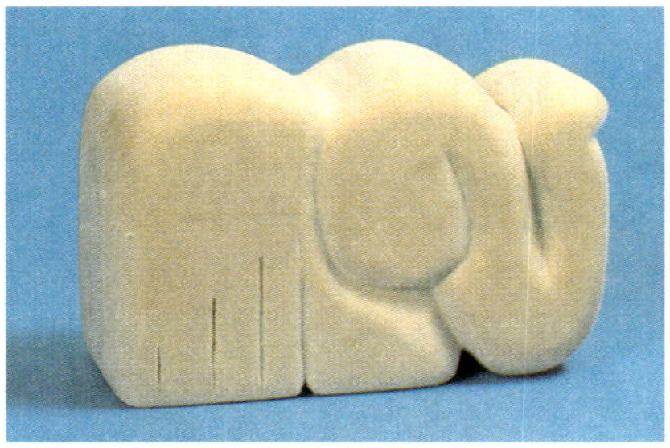

6. Holz kann bis zu äußerster Geschmeidigkeit glattgeschliffen werden. Gehe dabei folgendermaßen vor: Schleife das Werkstück mit immer feiner gekörntem Schleifpapier so glatt, daß du keine rauhen Stellen mehr ertasten kannst.

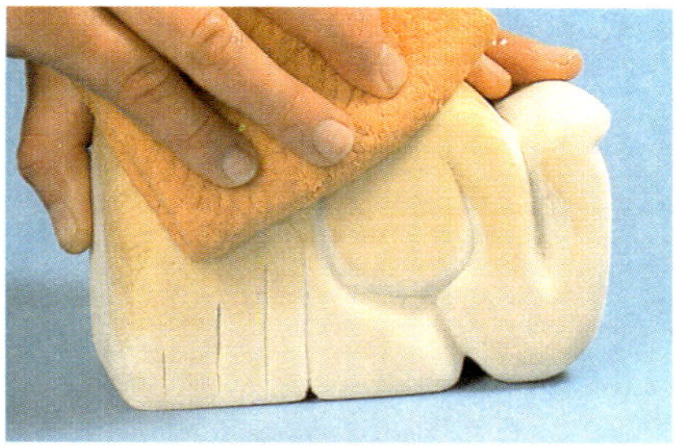

7. Feuchte das glatte Werkstück anschließend an der Oberfläche mit Wasser an.

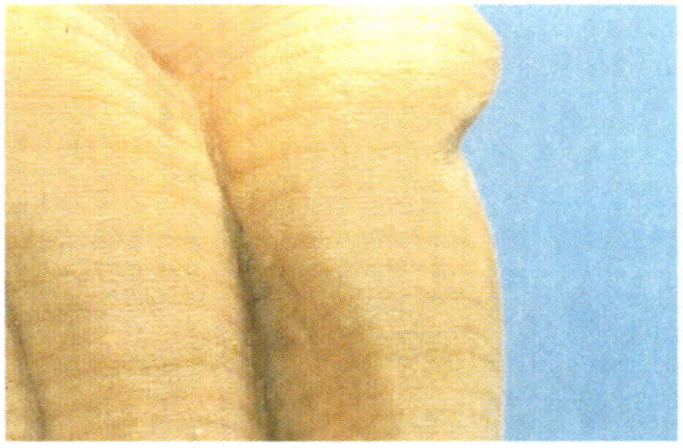

8. Dadurch richten sich wieder zahlreiche Holzfaserteilchen auf, ...

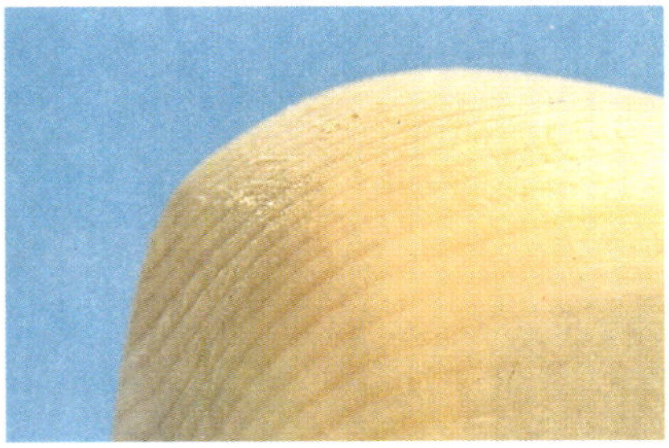

9. ... die sich mit einem feinen Schleifpapier ohne Druckanwendung abschleifen lassen.

Dominosteine

Hergestellt werden sie mit Schnitzwerkzeugen nach einem eigenen Entwurf. Die Arbeit ist nicht so einfach, wie sie vielleicht aussieht, das wirst du schnell feststellen, sobald du deine Schnitzmesser in die Hand nimmst. Wenn du vorher noch nie geschnitzt hast, probiere es zunächst einmal an Holzresten aus. Du wirst bemerken, daß du leichter in Faserrichtung schneiden kannst als gegen sie, und, daß die Fasern weiter ausreißen, als das von dir geplant war.
Wenn du es schaffst, 56 Steine zu schnitzen, kannst du mit ihnen Domino spielen.

Die fertig geschnitzten Steine können von dir gebeizt, gewachst oder lackiert werden

Arbeitsgeräte:
Schnitzmesser in verschiedenen Formen (auch mit Linolschnittmesserchen läßt sich schnitzen)

Lasse dir von einem Schreiner aus Lindenholz Plättchen mit den Maßen 7 x 3,5 cm zurechtschneiden. Schleife diese gründlich ab, bis sie sich glatt und geschmeidig anfühlen. Übertrage deine Entwürfe erst jetzt auf die Steine und schneide sie mit dem Schnitzmesser heraus.

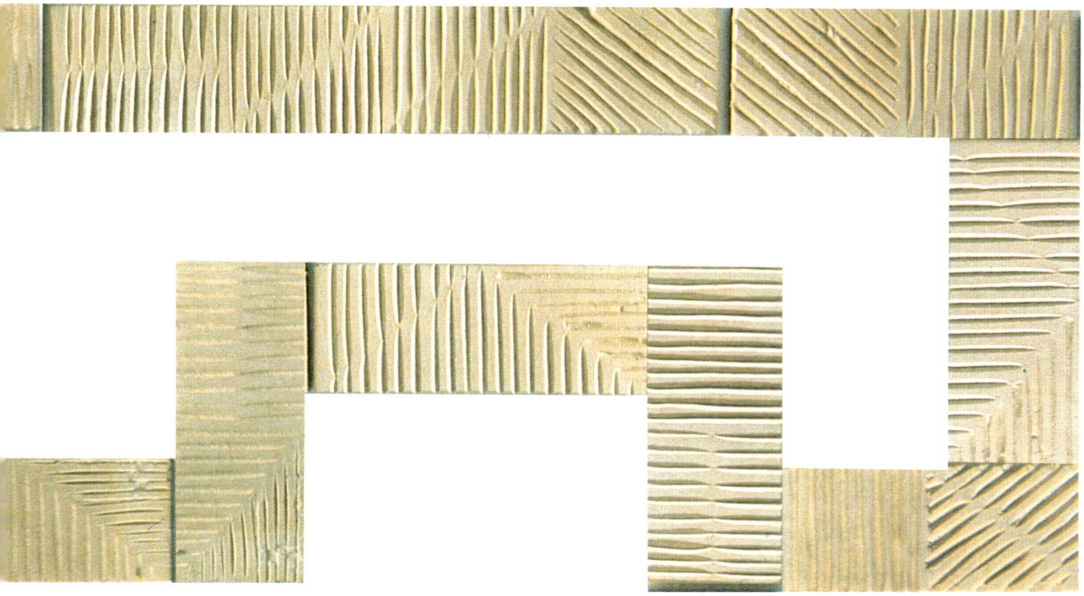

Freundliche Zimmerbar

Diese Werkarbeit schreitet trotz ihrer stattlichen Größe schnell voran, weil ihr Material in seiner Rohform (also ohne geschliffen und poliert zu sein) weiterverarbeitet wird. Wie deine freundliche Zimmerbar genau aussehen soll – dazu hast du bestimmt schon ganz bestimmte Vorstellungen. Unsere Maßangaben sind nur Vorschläge.

Material:

1 Lamellentür (46 x 40 cm)
1 Sperrholzplatte (46 x 40 x 0,4 cm, Rückwand)
2 Fichtenholzbretter (46 x 25 x 2 cm, Rahmen)
3 Fichtenholzbretter (35 x 25 x 2 cm, 2x Rahmen, 1x Regalbrett)
2 Zaunpfähle (45 cm lang)
4 längshalbierte Zaunpfähle (jeweils 45 cm lang)
1 Holzklotz
Rundholzreste (für das Gesicht)
Scharniere
Holzdübel
Nagelstifte

Lustige, knallige Farben unterstreichen den eigenwilligen Charme deiner Zimmerbar

1. Barkasten zusammenleimen (46 und 35 cm lange Fichtenholzbretter).

2. In die Fußhölzer (halbierte Zaunpfähle) jeweils 1 Nut in der Breite eines Zaunpfahles für die Beine sägen (wie du dabei vorgehst, siehe S. 161).

3. Das Loch für den Verbindungsdübel von unten vorbohren (1 cm ∅).

4. Fuß und Bein mit einem Holzdübel (1 cm ∅) miteinander verleimen.

5. So schnell läßt sich mit dem Stechbeitel eine Frisur schneiden.

6. Die Einzelteile des Barkastens mit Ausnahme der Lamellentür verleimen. Bevor du die Beine mit dem Barkasten verdübelst und verleimst, muß an dem Kasten die Tür angeschraubt und das Innenbrett auf Nagelstifte lose aufgelegt werden. Wenn die Tür aufgeht, verlagert das ganze Gestell nämlich seinen Schwerpunkt. Die Beine so anbringen, daß die Bar auch bei geöffneter Tür stabil steht.

Steckspiel

Dieses Spiel ist mit Halma verwandt und hat die gleichen Spielregeln. Auf diese Weise lassen sich noch zahlreiche andere Steckspiele herstellen – die Grundform ist denkbar einfach und billig. Falls du gerne spielst und dich über die hohen Preise für Spiele in den Geschäften wunderst, baue dir dein Spielbrett selbst (siehe auch S. 172 ff.).

Material:

1 Fichtenbrett (40 x 20 x 2 cm)
Dübelholz (100 cm lang, 0,6 cm ⌀)
wasserlösliche Beize

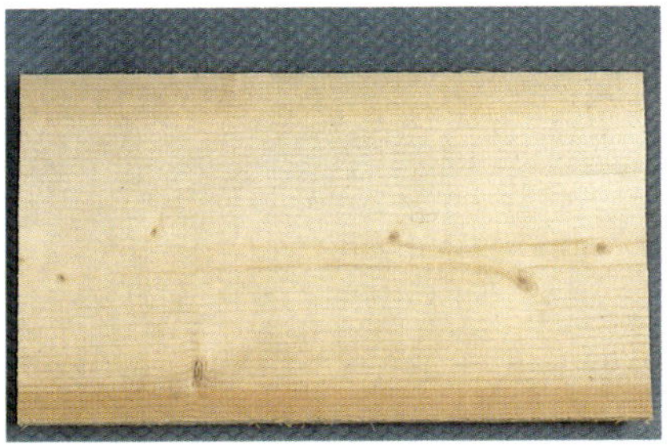

1. Für dieses Spiel benötigst du ein einfaches Fichtenbrett.

2. Auf das Brett eine gleichmäßige Rasterung jeweils im Abstand von 2 cm aufzeichnen und die Bohrstellen markieren. Anschließend Löcher mit einem ⌀-0,6-cm-Bohrer ca. 1 cm tief einbohren. Achte darauf, daß dein Bohrer scharf ist und daß du nicht mit zu hoher Geschwindigkeit bohrst, sonst reißen die Löcher an den Rändern aus.

3. Die Bohrungen mit einem ›Ausreiber‹ verbreitern.

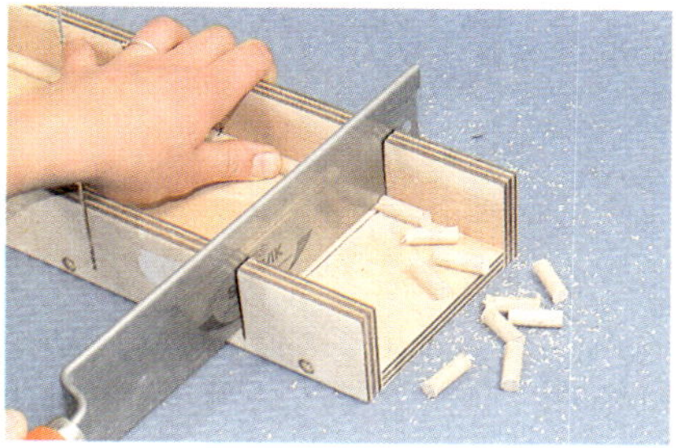

5. Mit der Feinsäge 36 ca. 2 cm lange Spielsteine absägen.

4. Da es Dübelhölzer nur in den Durchmessern der Holzbohrer gibt, mußt du das Dübelholz (0,6 cm ∅) abschleifen (sonst stecken die Spielsteine zu fest in ihren Löchern).

6. Die beiden Enden mit Schleifpapier leicht abschrägen.

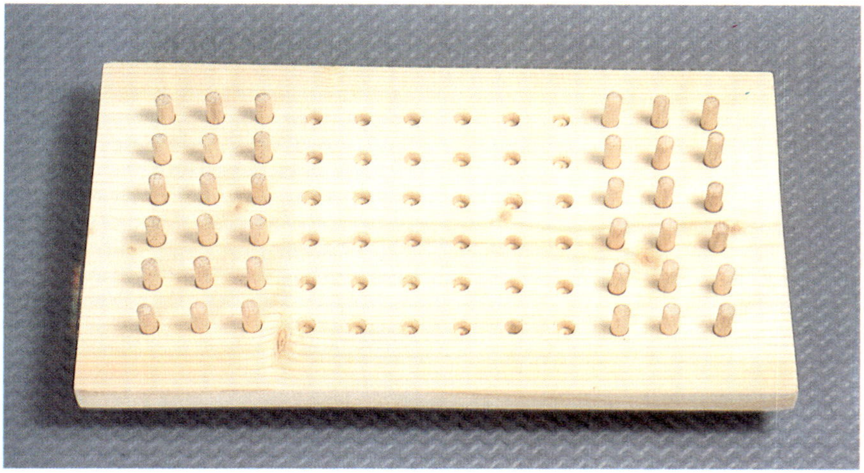

7. Jetzt stellt sich die Frage, wie die Oberfläche des Holzes behandelt werden soll. Wir haben uns für farbige Beize und Einwachsen entschlossen. Achtung: Jede Lackierung verändert den Durchmesser der Steine und Löcher, so daß sie nachher unter Umständen nicht mehr ineinander ›passen‹.

Das Beizen

Die Spielsteine werden gebeizt, indem du sie ganz einfach in farbige Beize tauchst. Wie die Beize angesetzt wird, steht auf der Verpackung. Wir haben hier wasserlösliche Beize verwendet: Das Pulver wird dazu einfach in heißem Wasser gelöst.

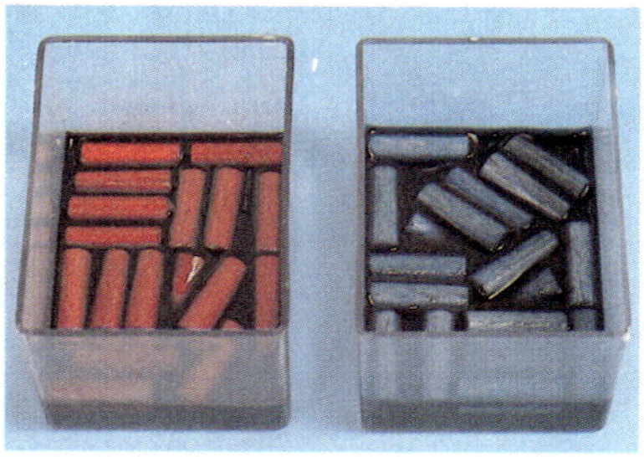

Mit wenig Wasser erzielst du kräftige Farbtöne, mit viel Wasser zarte. Die Beizen lassen sich auch mischen, du mußt ein wenig mit Holzresten experimentieren.

Das Spielbrett mit einem Pinsel beizen und anschließend wachsen.

Zeitungsständer

Heute ist es gar nicht mehr so einfach, das Ausgangsmaterial von Werkstükken festzustellen. Längst ist es wieder in Mode gekommen, Gebrauchsgegenstände mit eigenwilligem Dekor zu bemalen. Unser Zeitungsständer könnte ebensogut auch aus Kunststoff hergestellt sein – nur, wenn du ganz genau hinsiehst, kannst du seine Holzstruktur unter dem Lack erkennen.

Vor dem Bemalen mußt du das Holz gut schleifen. Wenn es ganz glatt werden soll, hilft es, dieses zu befeuchten (siehe auch S. 139). Soll die Farbe besonders gut decken, benötigt das Holz einen doppelten Anstrich.

Material:

3 Sperrholzbretter (40 x 30 x 0,8 cm)
1 Fichtenholzbrett (30 x 10 cm, Stärke beliebig)

1. Die Sperrholzbretter laut Plan aussägen und rundherum glatt schleifen. Aus dem Fichtenholzbrett Füße mit Keilen aussägen und abschleifen.

2. Die Sperrholzwände in die Nuten stecken und verkeilen. Die Keile so lange abschleifen, bis sie passen.

3. So stecken die Keile richtig! Von oben gesehen sollten sie eine Linie mit den Füßen bilden.

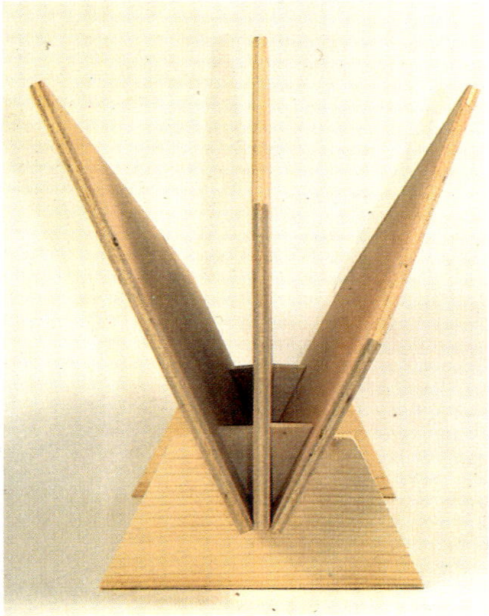

4. In der Seitenansicht sollten die Oberkanten der Keile etwa in gleicher Höhe wie die oberen Fußholzkanten liegen.

5. Erst jetzt werden alle Teile miteinander verleimt, mit Schraubzwingen zusammengepreßt und zum Trocknen aufgestellt. Achte darauf, daß beim Spannen keine Einzelteile verrutschen!

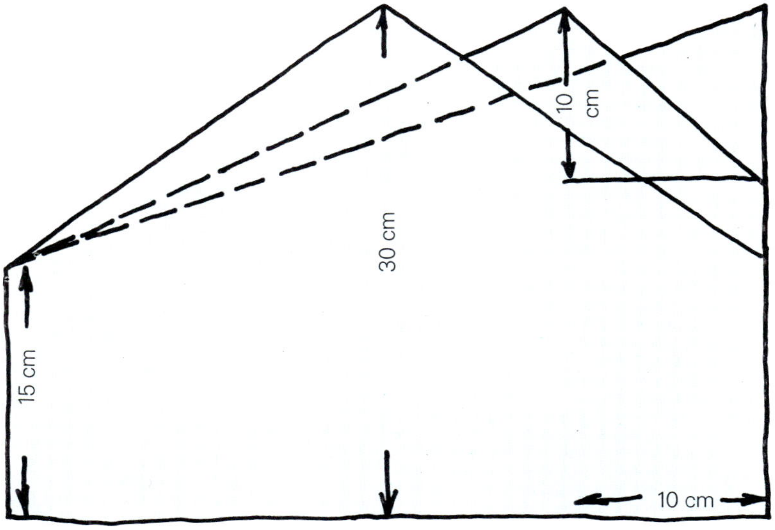

Den Plan auf die 3 Holzbretter übertragen. Die Maße kannst du verändern, nur sollten die Seiten so groß sein, daß Zeitungen und Zeitschriften gehalten werden können.

100
10
70
60
30
90
20
40
80
10
10
20
20
10
10

Flipperautomat

Bald kannst du mit Freunden eine Flippermeisterschaft zu Hause austragen. Wie kompliziert dein Automat ausfällt, hängt von deinen Ideen und von der Spielbrettgröße ab. Wußtest du übrigens, daß man Holz biegen kann?

Material:

1 Fichtenbrett (60 x 40 x 2 cm)
1 Leiste (200 x 5 x 1 cm)
1 Leiste (200 x 3 x 1 cm)
1 Leiste (100 x 3 x 0,5 cm)
Rundhölzer (1 und 2 cm ⌀)
Nägel mit gestauchten Köpfen (4 cm lang), selbstklebende Ziffern

Draht, Gummibänder
kleine Nägelchen

Leisten biegen

1. Die Stellen der 0,5-cm-Leiste, die gebogen werden sollen, über Wasserdampf anfeuchten.

2. Eine Hartholzleiste kann auch in kochendem Wasser biegefähig gemacht werden. Bitte Handschuhe gegen Verbrühungen tragen.

3. Die feuchte Leiste mit geringem Druck um den heißen Topf mit geeignetem Druckmesser biegen. Immer wieder über dem Dampf anfeuchten.

4. Die gebogene Leiste an 3 Punkten mit Hilfe von Schraubzwingen am Rahmen festleimen. Der Rand des Spielfeldes besteht aus auf Gehrung geschnittenen 5 cm breiten Holzleisten, die um das Fichtenbrett geleimt werden (siehe auch S. 157).

Leisten anbringen

5. Die Startrinne sollte etwas breiter sein als der Kugeldurchmesser. In die 3-cm-Leiste eine Reihe kleiner Nägelchen schlagen und deren Köpfe mit einem Seitenschneider abtrennen.

6. Leim auf die markierte Linie (Spielbrett) streichen und die Leiste mit den Stiften daraufschlagen. Bei den anderen Leisten genauso vorgehen.

7. Für das Startholz in die Rahmenleiste ein Loch mit 1 cm ⌀ bohren.

Vertiefungen

8. Die Vertiefungen für die Kugeln mit Hilfe einer Lochsäge mit dem Durchmesser der Kugeln anbohren.

9. Paß auf, daß du nicht zu weit in das Brett bohrst, es sollen keine tiefen Löcher entstehen.

10. Die Löcher mit einem Hohleisen sanft nach innen abrunden. Es sollten keine scharfen Kanten mehr stehenbleiben.

11. Alle Kanten glattschleifen.

Ausstattung

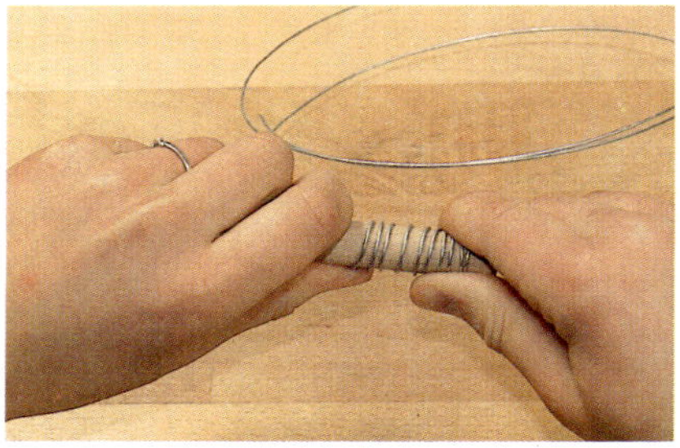

12. Für die Startmechanik einfach eine Feder aus Draht um das Startholz (1-cm-Rundholz) wickeln.

13. Vorne und hinten wird das Startholz mit Rundholzstücken (2 cm ∅) mit mittiger Bohrung gesichert.

14. Ziffern erhältst du im Schreibwarenladen – sie sind selbstklebend. Mit den längeren Nägeln und den Gummibändern setzt du Hindernisse auf die Fläche.

Damit der Spielautomat richtig funktioniert, mußt du ihm eine Neigung geben. (2 Holzklötze am oberen Rand unter das Fichtenbrett leimen!) Unter Umständen mußt du eine kräftigere oder weniger kräftige Feder in den Startmechanismus einbauen, wenn die Kugel zu langsam oder zu schnell läuft ... Sorge nun noch für eine ansprechende Bemalung

Das Holz ist hier nur eingewachst. Der Hocker kann natürlich auch in lustigen Farben angemalt werden, dabei mußt du aber das Kreuz aussparen – die Farbe würde sich abschleifen.

Steckhocker

Der ausgefallene Steckhocker läßt sich, sobald er nicht mehr benötigt wird, mit 2 Handgriffen in 3 flache Teile zerlegen und platzsparend wegräumen. Die Konstruktionsidee mit dem Steckkreuz, die von dem Dießener Schreiner Ulli Hohmann stammt, kann von dir in ihrer Größe natürlich beliebig verändert werden.

Material:

1 Sperrholzplatte (38 x 38 x 2 cm, Sitzfläche)
2 Sperrholzplatten (48 x 38 x 1,5 cm, Stützkreuz)

1. In die beiden Bretter für das Stützkreuz mit der Stich- oder Fuchsschwanzsäge Schlitze einsägen (Bohrer und Stechbeitel dazunehmen). Sie haben die Dicke der Bretter und gehen bis zur Mitte. Oben jeweils beidseitig eine Nut in der Dicke des Sitzflächenbrettes sägen.

2. Nun das Stützkreuz zusammenstecken, die Bretter müssen ›stramm‹ sitzen, sonst wackelt der Hocker.

3. Auf der Rückseite der Sitzfläche die Diagonalen einzeichnen, das Stützkreuz auflegen und die Nuten und die Brettdicke auf den Linien anzeichnen.

4. Mit einem Bohrer ein Loch in das eingezeichnete Kreuz bohren, in das das Sägeblatt der Stichsäge eingesetzt wird.

5. Das Steckkreuz sauber an der Innenseite der aufgezeichneten Linien aussägen.

6. Mit einem Stechbeitel die Ecken sauber ausstemmen, alle Kanten sorgfältig abschleifen.

7. Das sind die 3 Einzelteile des Steckhockers. So kann er platzsparend weggeräumt werden! Mit der gleichen Technik kannst du nun einen Tisch, einen Blumenhocker usw. herstellen.

Stelzen

Ursprünglich wurden Stelzen dazu gebraucht, um große Sumpfgebiete oder flache Gewässer zu überqueren. Hast du schon einmal versucht, auf Stelzen zu laufen – oder hattest du noch nie die Gelegenheit dazu? Hier ist eine Anleitung, wie du dir ganz leicht selbst Stelzen bauen kannst. Das Laufen ist übrigens nicht weiter schwierig, denn die Fußstützen sind ja in der Höhe verstellbar.

Wenn du die Löcher für die Verstellschrauben in das Sperrholz bohrst, mußt du darauf achten, daß noch genügend ›Fleisch‹, hier also Holz, drumherum stehen bleibt, sonst kann die Bohrung durch die Belastung mit deinem Gewicht ausreißen.

Material:

2 Vierkanthölzer (180 x 2,5 x 3 cm)
2 Holzklötze (16 x 8 x 2,5 cm)
4 Sperrholzbrettchen (16 x 16 x 1 cm)
2 Schloßschrauben (50 cm lang, 0,6 cm ⌀) mit Flügelmuttern und Unterlegscheiben)

1. An die Holzklötze jeweils von rechts und von links 1 Sperrholzbrettchen leimen.

2. In die Stangen im Abstand von 5 cm neun 0,6 cm starke Löcher bohren, damit man die Fußstützen in der Höhe verstellen kann.

3. Auf einem Brettchen eine Form aufzeichnen, die abgerundet sein soll, damit man sich nicht verletzen kann.

4. Lege das Stück unbedingt an eines der Vierkanthölzer an und überprüfe den Sitz, bevor du die Umrisse mit der Stichsäge aussägst.

5. Die ausgesägte Form paßgenau auf den 2. Holzklotz auflegen, die Umrisse abtragen und aussägen.

6. Bohre schließlich die Löcher und schleife alles sorgfältig glatt.

7. Die Fußstützen an die Stangen stecken und mit der Schloßschraube, der Unterlegscheibe und der Flügelmutter befestigen.

Siebdruckrahmen

Ein Siebdruckrahmen ist für alle diejenigen nützlich, die ihre eigenen Bildideen vervielfältigen und nicht von den Einfällen der Modeindustrie abhängig sein wollen. (Alle die, die keinen Siebdruckrahmen bauen wollen, finden hier eine Anleitung, wie man einen Bilderrahmen herstellen kann.)
Die Leisten dieses Rahmens werden an den Ecken auf Gehrung zusammengefügt. Jedes Ende einer Seite wird in einem Winkel von 45° abgesägt und dann mit dem 45°-Winkel der anderen Leiste zu einer rechtwinkligen Ecke verbunden. Außerdem wird gezeigt, wie ein Scharnier werkgerecht in Holz versenkt wird.

Material:

1 Grundplatte aus Preßspanholz (65 x 40 x 1,6 cm)
5 Vierkanthölzer:
- 60 x 3 x 3 cm (2 x, Längsseiten)
- 40 x 3 x 3 cm (2 x, Querseiten)
- 42 x 3 x 3 cm (1 x, Scharnierhalter)

2 Scharniere aus Messing
8 Holzplättchen (Furnierstreifen für die Eckverstärkungen)
Leiste oder Sperrholzrest (ca. 0,5 cm dick, Abstandhalter)

Die Gehrung

1. Die 2 langen und die 3 kürzeren Leisten zusammenlegen und die Oberseite mit einem Dreieck kennzeichnen.

2. Auf der gekennzeichneten Leistenseite aller 4 Rahmenleisten an beiden Enden die Holzstärke (mit einer der anderen Leisten) abtragen.

3. Dieses 3-cm-Maß exakt auf alle Leistenseiten umlegen. Am besten nimmst du dazu einen Winkel oder wieder eine der Holzleisten.

4. Die Diagonalen sehr genau auf der Ober- und Unterseite einzeichnen. Die Leistenenden müssen spiegelverkehrt gekennzeichnet sein.

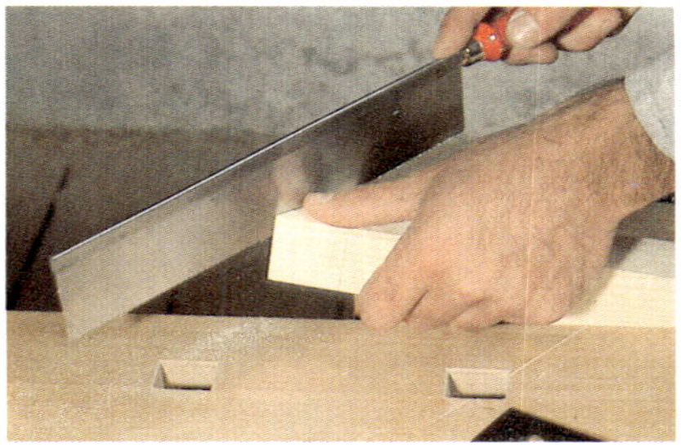

5. Mit einer Feinsäge auf den Diagonalen entlangsägen. Jetzt sind alle Leistenenden mit einem 45°-Winkel abgeschrägt.

6. Die Innenkanten an den zurechtgeschnittenen Hölzern mit Schleifpapier stumpfschleifen (›brechen‹). Das läßt sich nicht mehr so leicht machen, wenn der Rahmen erst einmal zusammengefügt ist.

Zusammenleimen

7. Die Stirnflächen der Leisten mit Leim bestreichen (bei Hirnholz immer kräftig Leim auftragen, weil Hirnholz stark aufnimmt).

8. Zuerst die diagonal gegenüberliegenden Ecken des Rahmens mit einer Gehrungsspannzange festklemmen.

9. 2 Klammern sollten schon an jede Ecke gesetzt werden. Verzieht sich der Rahmen beim Klammern, so kann er, solange der Leim nicht angezogen hat, wieder ausgerichtet werden.

Die Verstärkung

10. Sobald der Leim getrocknet ist, 2 schräge, ca. 2 cm lange Linien auf beiden Seiten an jedem Rahmeneck anzeichnen.

11. Mit der Feinsäge an diesen Stellen die Ecken einsägen.

12. Die Einschnitte ›ordentlich‹ mit Leim bestreichen und ihn dann mit einem Stückchen Furnier in die Rillen drücken.

13. 2 kleine Holzplättchen (Furnier) dazwischenklemmen. Sie sollen die Eckverbindung verstärken.

14. Mit Zwingen zusammenpressen. Es macht nichts, wenn die Furnierstücke zu groß sind.

15. Über Nacht trocknen lassen, damit der Leim richtig abbindet.

16. Die überstehenden Holzstückchen schließlich sorgfältig mit dem Stechbeitel abschneiden.

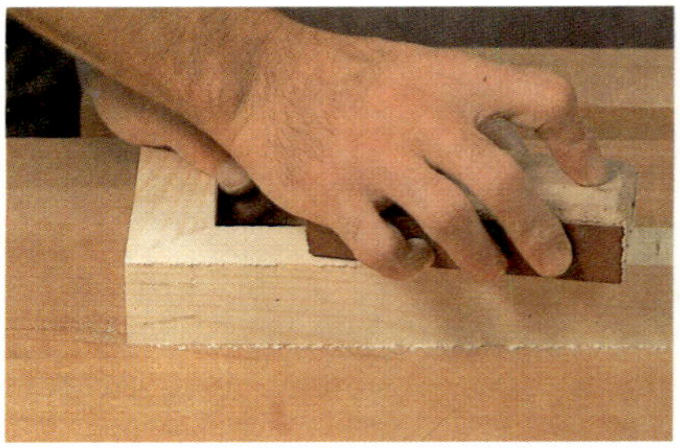

17. Den gesamten Rahmen vorsichtig abschleifen. Am besten verwendet man einen Holz- oder Korkklotz, um den man das Schleifpapier wickelt.

18. Den Scharnierhalter auf der Grundplatte festleimen.

Das Scharnier

19. Zwischen Scharnierhalter und Rahmen ein Leistchen als Abstandshalter legen. Die Scharniere auflegen und anzeichnen.

20. Die Scharniere sollen ›versenkt‹ werden. Dazu erst die aufgezeichneten Linien mit dem Stechbeitel senkrecht nach unten nachschneiden.

21. Erst dann spanweise die Holzmasse entfernen.

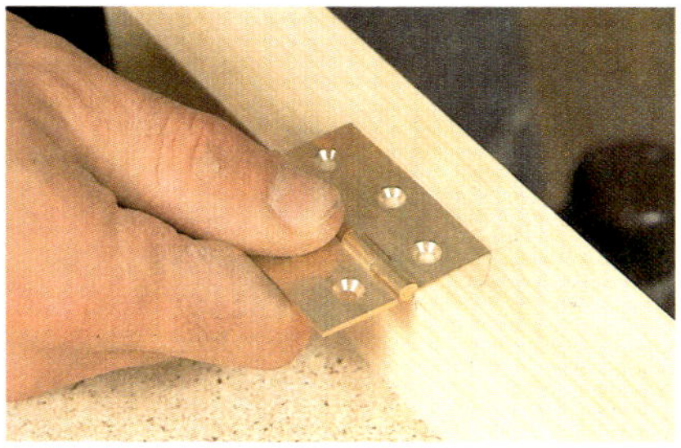

22. Das Scharnier sollte so in das Holz versenkt werden, daß es mit der Holzoberfläche glatt abschließt.

23. Die Schraubenlöcher vorbohren, dann die Scharniere anschrauben.

Die Siebdrucktechnik

Mit dieser Drucktechnik können Textilien, Holz und Kunststoffe bedruckt werden. Das Sieb, meistens ein Nylonstoff, paßt sich an die Oberfläche der zu bedruckenden Gegenstände an. So kannst du etwa auch runde Gegenstände mit einem Aufdruck versehen. Die Technik stammt aus China und ist in Europa vor allem in der Pop-art bekannt geworden.
Auf den Seiten 126 f. bedrucken wir in dieser Technik T-Shirts.

Futterhäuschen

Auch wenn die Winter milder werden – der Boden ist doch oft gefroren und die kleinen Singvögel freuen sich über einen trockenen Futterplatz. Das Dach unseres Häuschens ist aus Peddigrohr geflochten. (Wie du die Gehrungen der dünnen Vierkanthölzer sägst, erfährst du auf S. 157.)
Die Dachbalken werden durch Dübel miteinander verbunden. Holzdübel bekommst du im Baumarkt in vielen Dikken und Längen.

Material:

1 Sperrholzplatte (30 x 30 x 0,8 cm)
4 Vierkantleisten (30 x 1,5 x 1,5 cm)
4 Vierkantleisten (20 x 1,5 x 1,5 cm)
4 Leisten (32 x 2 x 0,5 cm, beidseitig auf Gehrung geschnitten)
1 Vierkantholz (200 x 3 x 3 cm, für den Ständer mit Stützkreuz)
8 Holzdübel (1 cm ⌀)
1 Bund Peddigrohr (ca. 20 Stück, ca. 100 cm lang)

Das Gebälk

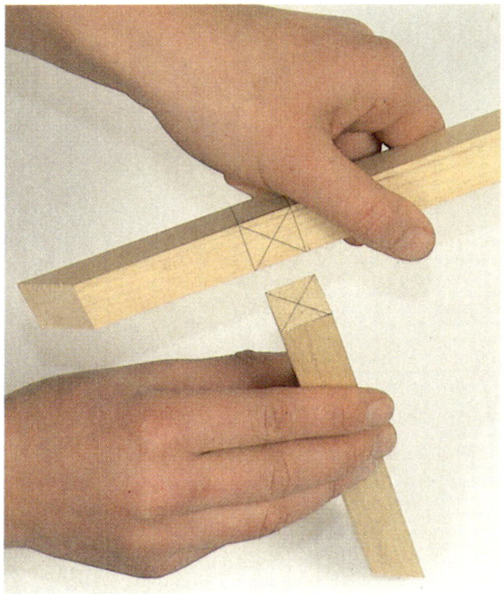

1. Wo die Verbindungsstelle der 4 Dachbalken des Vogelhäuschens mit ihren 4 Trägern genau liegt, mußt du ausprobieren. Markiere die Stellen.

2. Diese Verbindungen werden geleimt und mit Holzdübeln verstärkt.

3. Die Dachspitze aus 2 Balken mit einem eingelegten Holzstück verstärken (siehe auch S. 158).

4. Die beiden anliegenden Balken werden durch 1 Dübel gehalten. Die 1-cm-Bohrung durch die Eckverbindung abtragen.

5. Achte darauf, daß du die Löcher in den Gegenstücken (sie sind dort ja abgeschrägt) genau waagerecht bohrst, sonst paßt der Dübel nicht.

Das Stützkreuz

6. Mit einem Dübelholz die Dachspitze zusammenstecken, alles gut verleimen und nach dem Trocknen (am besten über Nacht) die Spitze rund feilen.

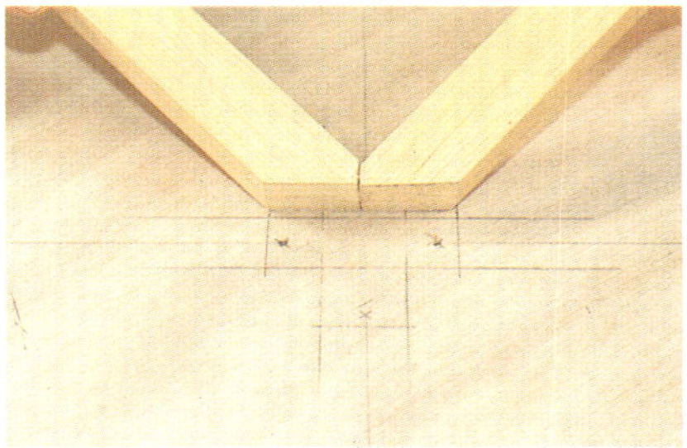

7. An den mit x gekennzeichneten Punkten die Bodenplatte durchbohren (1 cm ⌀), diese Stellen von unten auf die abgeschrägten Aufsatzflächen der Trägerleisten übertragen, aufbohren und mit Dübeln verleimen.

8. Die Platte mit den dünnen Leisten ›einrahmen‹, und das Vogelhäuschen ist im Rohbau fertig. Ist dein Häuschen genauso geworden? Vor dem Bemalen …

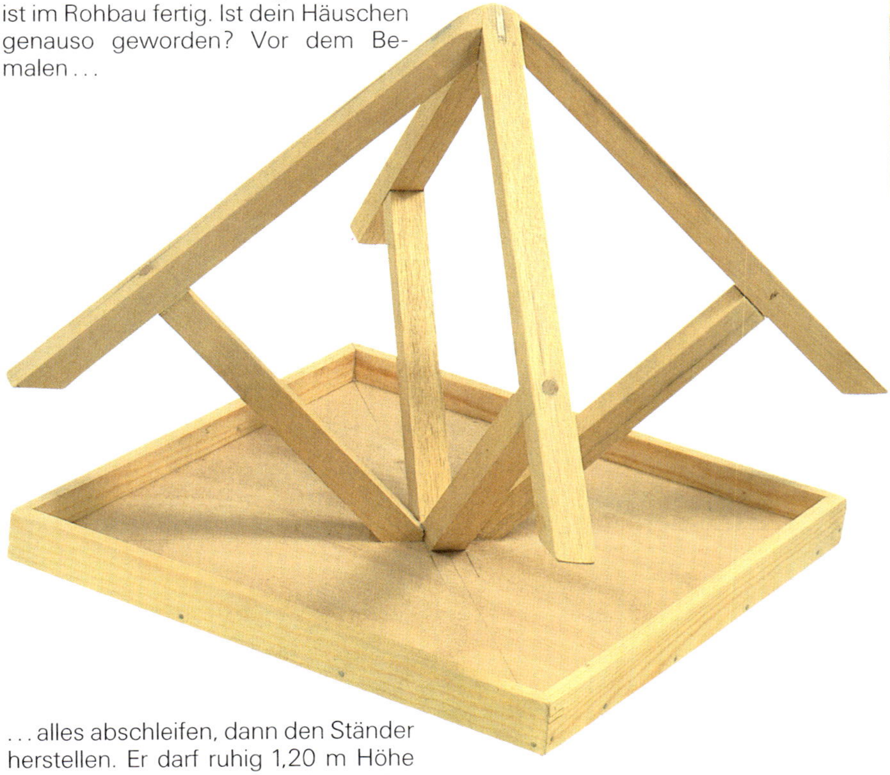

… alles abschleifen, dann den Ständer herstellen. Er darf ruhig 1,20 m Höhe haben. Wird er höher, mußt du das Stützkreuz (hier 40 cm) unbedingt breiter anlegen, sonst kippt das Vogelhäuschen zu leicht um.

9. Die Holzverbindung des Stützkreuzes nennt sich ›Überblattung‹. In der Mitte die Materialstärke der Holzleisten anzeichnen und auf die Seitenfläche ›umlaufen‹ lassen.

10. An diesen Stellen senkrecht bis zur Mitte der Leisten einsägen und die Holzmasse mit dem Stechbeitel ausstemmen.

11. Die beiden Teile lassen sich nun ineinanderstecken. Die Holzverbindung muß ganz ›stramm‹ sitzen.

Die Dachhaube

12. Ein Dübel oder Rundholz verbindet das Stützkreuz mit dem Vierkantholz des Ständers. Ebenso setzt man die Bodenplatte an den Ständer.

13. Alle Teile einleimen, zusammenstecken und anmalen.

14. Einen Drahtring biegen. Mit Kordel oder Bast 11 doppelte Peddigrohrstücke (als Staken) anbinden (ungerade Anzahl!).

15. Auch das Geflecht wird aus Peddigrohrstöcken hergestellt. Man verwendet es hier einzeln.

16. Nach den ersten Runden das Geflecht mit Nägelchen auf den Balken festhalten, damit es beim Weiterflechten nicht verrutscht.

17. Nach ungefähr einem Drittel weitere Peddigrohrstöcke in die Flechten einstecken, damit die Abstände nicht zu groß werden.

18. Zum Schluß die Stabenden mit den senkrechten Staken zusammenflechten: Die Enden auf gleiche Länge kürzen und in das Geflecht einstecken (siehe auch großes Foto).

Ein Blickfang in jedem Garten

Windrad

Das Windrad dreht sich im Wind und läßt seine Propeller sausen. Der althergebrachte Wetterhahn hat wirklich seine Schuldigkeit getan, aber es muß auch nicht unbedingt ein mißtrauischer Wetterfrosch sein, der als Gegengewicht hinter dem Propeller sitzt. Dir fällt selbst bestimmt ein originelles Tier oder Element dafür ein!

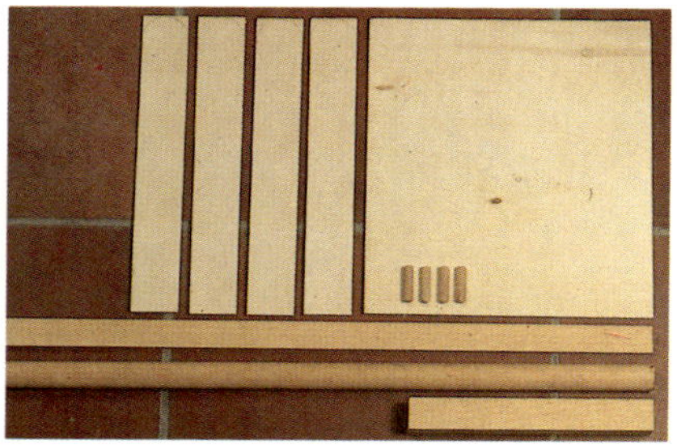

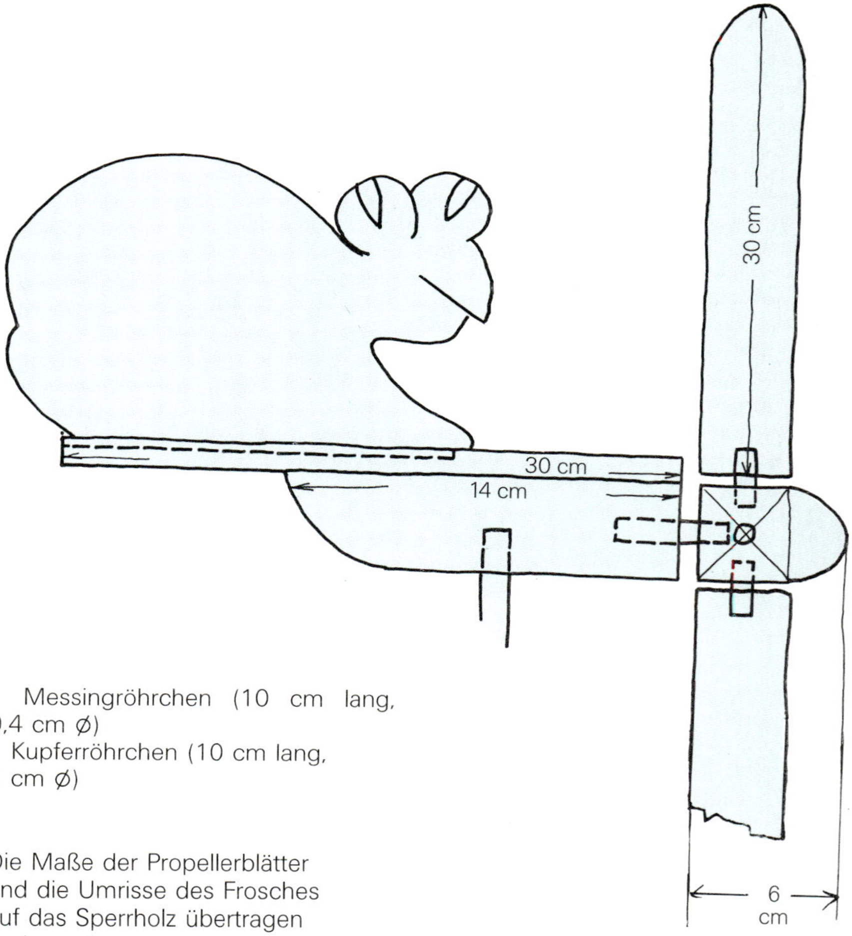

Material:

1 Sperrholzplatte (30 x 30 x 0,4 cm, Frosch)
4 Sperrholzbrettchen (30 x 5 x 0,4 cm, Flügel)
1 Rundholz (180 cm lang, 3 cm ⌀, Ständer)
1 Vierkantholz (20 x 3,5 x 3,5 cm, Kiel)
4 Holzdübel (1 cm ⌀)
1 Leistenrest (ca. 20 cm lang)
1 Messingröhrchen (10 cm lang, 0,4 cm ⌀)
1 Kupferröhrchen (10 cm lang, 1 cm ⌀)

Die Maße der Propellerblätter und die Umrisse des Frosches auf das Sperrholz übertragen und aussägen.

1. An einem Ende des Vierkantholzes die Konstruktionshilfe für die Propellerspitze anzeichnen, ihre Kuppe zurechtfeilen. Erst dann die Kuppe absägen.

2. An den Schnittpunkten der Diagonalen jeweils eine Bohrung mit 1 cm ⌀ und 1 cm Tiefe anbringen. In die flache Stirnholzseite mit einem ⌀-0,4-cm-Bohrer ca. 1,5 cm tief bohren.

3. 4 Holzdübel (1 cm ⌀) bis zur Hälfte aufsägen. Den Schlitz bis zur Stärke der Propellerblätter verbreitern.

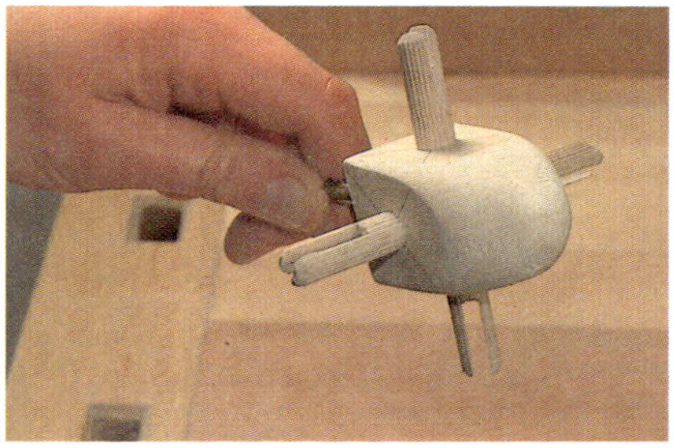

4. Die geschlitzten Dübel sollen in der Propellerspitze verdrehbar bleiben. Sie dürfen aber auch nicht zu locker sitzen. In ihnen werden die Flügelblätter verleimt. Die Unterseite der Spitze sitzt auf dem Messingröhrchen (0,4 cm ∅).

5. Die Propellerspitze steckt mit ihrem Messingröhrchen in einer ca. 8 cm tiefen Bohrung im Stirnholz des Vierkantkiels. Leime ein schmales Brett auf und befestige dort deinen Wetterfrosch.

6. Das Windrad soll sich in seinem Schwerpunkt auf dem Rundholz drehen. Der Schwerpunkt ist der Punkt, an dem alle Gewichte gleichmäßig verteilt sind. Um ihn festzustellen, mußt du das fertige Windrad auf dem Röhrchen (1 cm ∅) so lange ausbalancieren, bis es nicht mehr kippt. Diesen Punkt am Vierkantkiel markieren und eine ca. 1,5 cm tiefe Bohrung (1 cm ∅) anbringen, in die du das Kupferrohr schlägst. In das Rundholz wurde in der Längsrichtung eine ca. 10 cm lange Bohrung (ebenfalls 1 cm ∅) gesetzt. Sie ist das Lager, in dem sich das Windrad in der waagerechten Ebene drehen kann.

Die Propellerblätter lassen sich verstellen: Bei schwachem Wind sollten ihre Flügelflächen gegen den Wind zeigen. Bei einer Propellerstellung der Flügel wie im Foto solltest du dein Windrad bei starkem Wind bergen

G
S
A
Z
Y

Zungentrommel

Die Zungentrommel, ein Schlaginstrument aus Holz, stammt ursprünglich aus Persien.
Auf den 4 verschieden großen Holzzungen lassen sich ursprüngliche Klänge hervorzaubern, und es macht Spaß, sich in diese eigenartige Klangwelt hineinzuvertiefen. Die Zungen sind unterschiedlich groß: Je größer die Zunge, um so tiefer ist der Ton, den du mit einem Schlegel erzeugst. Bei der Holzverarbeitung dieses Instrumentes lernst du die hohe Kunst, eine Schwalbenschwanzverzinkung herzustellen. (Und wenn du keine Zungentrommel bauen möchtest, so brauchst du vielleicht einen Kasten, eine Schublade oder ein Regal...) Mit dieser Handwerkstechnik arbeitest du materialgerecht, die Holzverbindung ist äußerst stabil. Allerdings mußt du sauber arbeiten. Dazu benötigst du, wie bei allen anspruchsvolleren Holzverarbeitungstechniken, scharfe Werkzeuge, sonst verlierst du schnell die Lust an dieser Arbeit.
Bevor du mit dem Anzeichnen der Verbindungen beginnst, werden die Kanten der Bretter gekennzeichnet. So weißt du immer, welches die Oberkante bzw. das linke oder das rechte Brett ist (die Schreiner machen es auch so!).

Material: 2 Fichtenbretter (46 x 25 x 2,2 cm, Längsseiten)
2 Fichtenbretter (28 x 25 x 2,2 cm, Breitseiten)
1 Ahornbrett (46 x 25 x 2 cm, Ahorn verfügt über die beste Klangqualität)

Die Längsseiten

1. Die Oberkanten der zusammengestellten Bretter kennzeichnen.

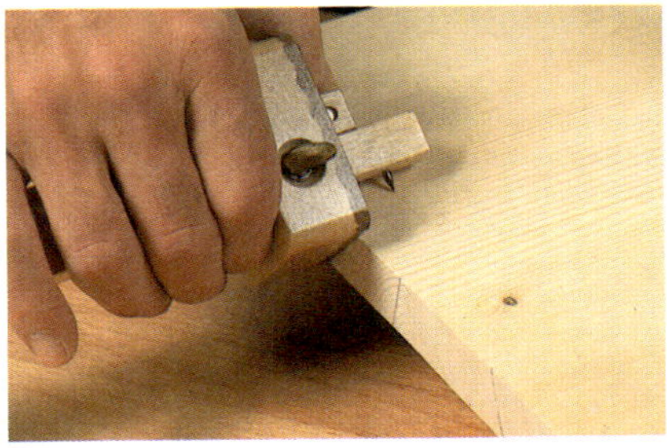

3. Das Streichmaß auf die Holzstärke einstellen, auf der Breitseite anreißen.

2. Auf der Stirnseite der Bretter im Abstand von 5 cm 75°- bzw. 105°-Winkel anzeichnen, je spiegelverkehrt.

4. So sehen die Winkel aus, wenn die 2 Bretter parallel im Schraubstock sitzen.

Die Breitseiten

5. Die Linien vom Stirnholz beidseitig ›umlegen‹, einsägen.

6. Senkrecht nach unten mit dem Stechbeitel das Holz spanweise wegnehmen. Am besten schraffierst du dir vorher alle Flächen, die du bearbeiten mußt. Eine Holzleiste, an der angerissenen Linie entlang festgeklemmt, hilft dir, eine gerade Kante zu bekommen. Mit Hilfe des Längsbrettes kannst du die Zapfen der Breitseiten genau abtragen (siehe Foto 8).

7. An den kürzeren Platten beidseitig die Holzstärke abtragen.

8. Zapfen abtragen, Linien umlegen.

9. Die 8 Ecken der Bretter brauchst du ›nur‹ wegzusägen.

10. In der Mitte zuerst einen Keil senkrecht zur Rißlinie wegstemmen.

11. Dann die Werkarbeit umdrehen und den Vorgang auf der gegenüberliegenden Seite wiederholen. Nun läßt sich die Holzmasse mit ein paar Hammerschlägen auf den Stechbeitel wegschlagen, das Holz reißt nicht aus der Nut aus. Das Restholz wieder vorsichtig wegschneiden.

12. Überprüfe, ob wirklich alle Zapfen richtig ausgesägt sind.

13. Die Schwalbenschwanzverzinkung jetzt schön glatt schleifen.

14. Zusammenstecken: ist die Verzinkung genau, geht das nicht leicht.

15. Darum vorsichtig mit Hammer und Holzklotz zusammenschlagen.

16. Eigentlich kannst du bei dieser Holzverbindung auf Leim verzichten. Da sich aber schlecht gelagertes Holz leicht verzieht, sicherheitshalber doch verleimen. Mit Zwingen und längeren Holzstücken drückst du alles gut zusammen, bis der Leim fest ist.

Der Tondeckel

17. Die Zungenformen anzeichnen, die Enden vorbohren (1 cm ∅).

18. Mit einer Stichsäge aussägen.

19. Die Bohrungen mit einem ›Ausreiber‹ oben weiten.

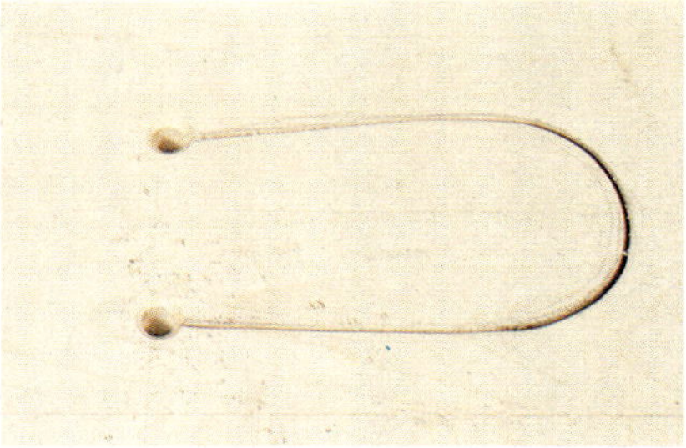

20. Die Kanten der Zungenschlitze so gut es geht abschleifen.

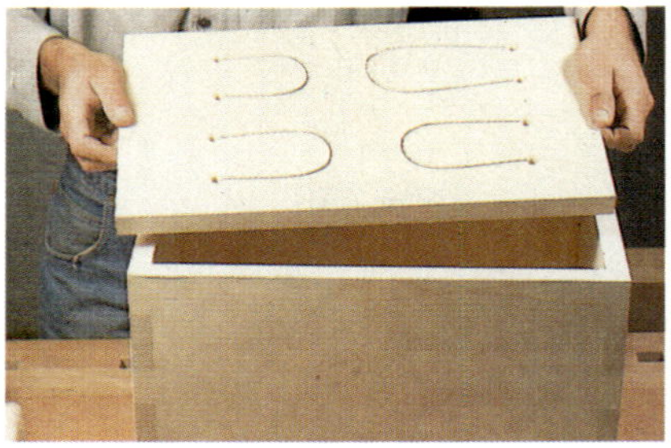

21. Der fertige Tondeckel wird auf seinem Klangkörper nur verleimt.

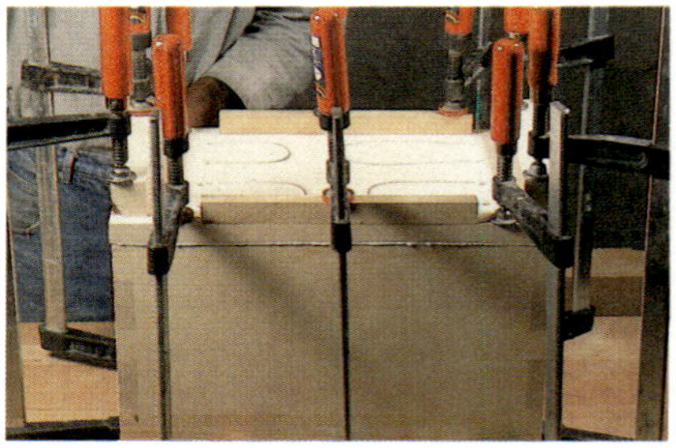

22. Bedenke immer, daß die Schraubzwingen grobe Druckspuren auf deiner Werkarbeit hinterlassen können; besser ist es, Holzleisten zwischen Werkstück und Zwingen zu klemmen.
Die Aussparungen an den beiden Längsseiten des Klangkörpers mit einer Stichsäge aussägen. Sie dienen als Tragegriffe.

Das Ahornbrett (auf dem Materialfoto S. 167, durch die Lagerung dunkel geworden) wird vom Schreiner auf die richtige Dicke gehobelt. Außerdem wird der Schreiner das Brett in der Mitte durchsägen und umgekehrt wieder zusammenleimen. Das Brett ›arbeitet‹ dann weniger, es verzieht sich nicht mehr oder wölbt sich nicht auf, wenn es auf den Kasten geleimt wird

Ratsche

Die Ratsche läßt sich einfach aus Holzresten herstellen. Sie ist ein tolles Rhythmusinstrument, mit dem du richtig ›Krach‹ machen kannst.

Material:
1 Fichtenholzbrettchen (14 x 4 x 2 cm)
1 Rundholz (10 cm lang, 1,6 cm ∅)
1 Rundholz (6 cm lang, 0,6 cm ∅)
Balsaholz (10 x 2 x 0,4 cm)

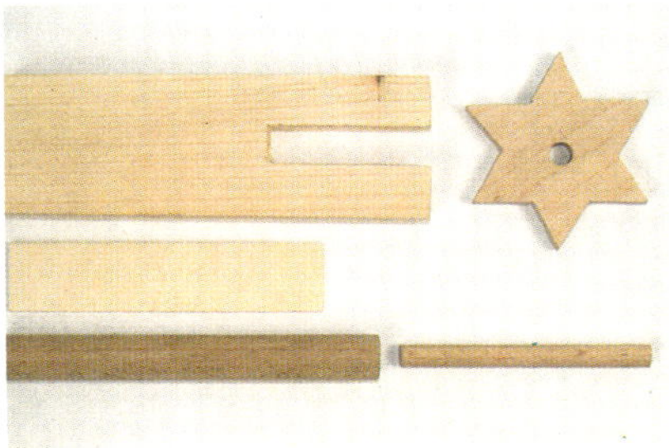

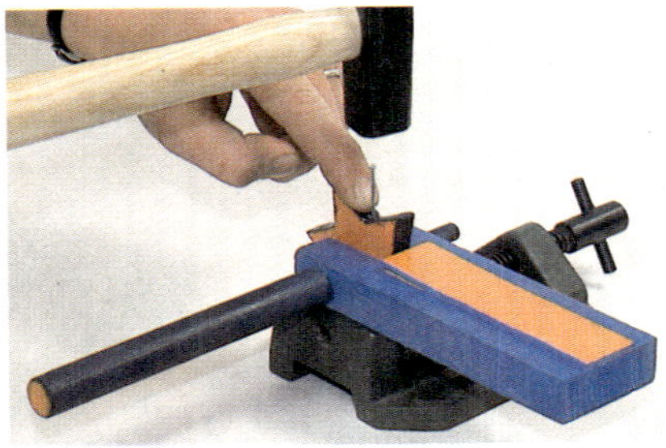

1. Die Einzelteile aussägen, eventuell mit dem Stemmeisen nachhelfen. Das Zahnrad in der Größe an den Schlitz anpassen. Die Balsaholzstreifen so auf dem Fichtenholz festleimen, daß über diesem Schlitz eine bewegliche Schnappe entsteht. Je beweglicher die Schnappe bleibt, um so leichter läßt sich das Zahnrad drehen und um so leiser ist das Ratschengeräusch.

2. Durch das Fichtenholz ein Loch (0,6 cm ∅) bohren, den Rundstab (0,6 cm ∅) etwas hineinstecken, im Schlitz das Zahnrad aufziehen und das Rundholz ganz durchschieben. In den Kopf des Rundholzes (1,6 cm ∅) ein 0,6-cm-Loch bohren. Diese Röhre als Griff auf das dünne Holz stecken. Das Zahnrad mit einem Nagel auf dem Rundholz befestigen.

3. Viele Holzwerkstücke haben wir mit umweltfreundlichen Acrylfarben bemalt. Diese Farbe ist wasserlöslich, der Pinsel läßt sich leicht auswaschen.

Backgammon-Spielbrett

Dieses Spielbrett ist bis auf die Würfel selbst gebaut. Es hört zu den ›guten Dingen, die Weile haben wollen‹ – du brauchst also Zeit und viel Geschick, wenn du solch ein Spiel selbst bauen möchtest.

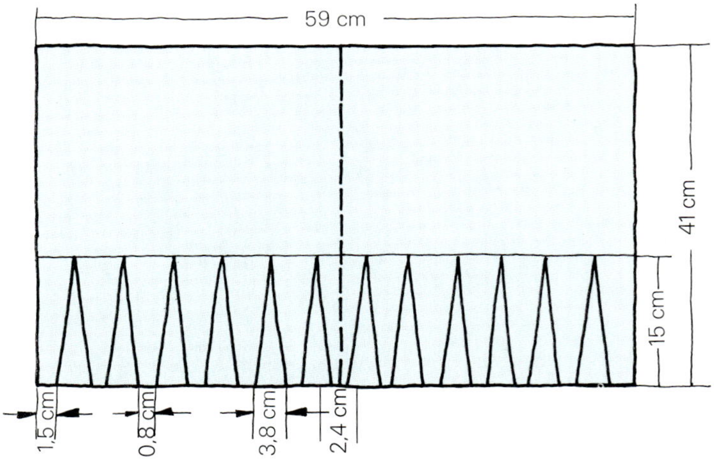

Material:

1 Sperrholzplatte (59 x 41 x 0,8 cm)
1 Spanplatte (59 x 41 x 1,6 cm)
Holzleisten, dunkel (500 x 4 x 0,8 cm, Nuß oder Buche)
Holzleisten, hell (200 x 4 x 0,8 cm, Kiefer oder Fichte)
Holzfurnier (65 x 45 cm)

Das Spielbrett

1. Die Zeichnung (ohne Rahmen) auf die Sperrholzplatte übertragen, die Zacken übertragen und aussägen.

2. Jede Spitze abwechselnd auf die helle und dunkle Leiste aufzeichnen (1 cm Zugabe) und aussägen.

3. Die gleiche Anzahl dunkler und heller Dreiecke ›einpassen‹ (gegengleich).

4. Schleife alle Zackenkanten und lege die ›sauber‹ gesägten nach oben.

Einleimen

5. Alle Zackenränder der Reihe nach reichlich mit Leim einstreichen. Nach dem Einfügen Leimreste entfernen.

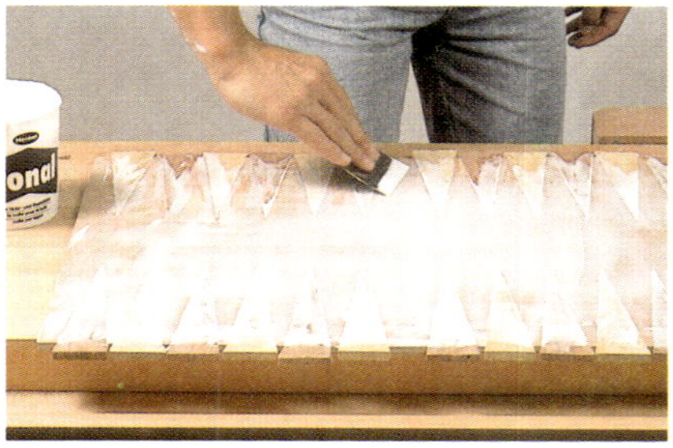

6. Nach dem Trocknen Leim auf die Rückseite des Brettes streichen.

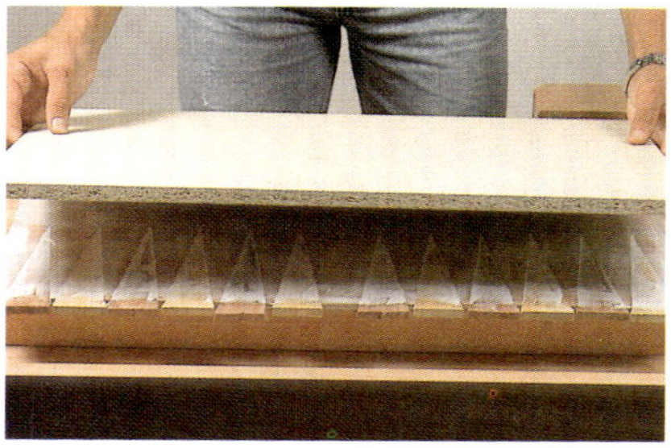

7. Genau bündig die Spanplatte auflegen, die Zugaben der Zacken stehen seitlich heraus.

8. Mit vielen Schraubzwingen zusammenpressen und über Nacht gut trocknen lassen.

Verspachteln

9. Du kannst noch so genau gearbeitet haben, an den Zacken des Spielbrettes werden viele kleine Ritzen zu füllen sein. Mische dir Holzkitt aus Sägemehl und Leim.

10. Streiche ihn mit einem Spachtel in die Ritzen auf der Oberseite und laß alles gut trocknen.

11. Schleife dein Spielbrett anschließend so lange, bis es sich wirklich eben anfühlt. Die außen überstehenden Materialzugaben der Zacken am besten bei einem Schreiner mit der Kreissäge absägen lassen.

Das Gegenfurnier

12. Damit sich das Brett nicht so leicht verzieht und um die Spanplatte von unten zu verkleiden, wird das Spielbrett auf der Unterseite mit Holzfurnier gegenfurniert.

13. Ist die Länge der Furnierblätter auf der Rückseite des Spielbrettes festgelegt, schneide sie mit etwas Zugabe entlang einer Metallschiene ab (Teppichmesser).

14. Das Furnier mit einem Bügeleisen bei mittlerer Hitze aufbügeln. Beachte dabei, daß Furnier sich – ähnlich wie Papier – quer zur Laufrichtung beim Aufbügeln noch ausdehnt (ca. 1 cm). Daher das 2. Furnierblatt zuerst an seiner Anlegekante anbügeln.

15. Jetzt können notfalls noch Korrekturen an den beiden Furnierkanten vorgenommen werden. Mit einem Holzklötzchen fest anreiben.

16. Erst jetzt das 2. Furnierblatt ganz aufbügeln.

17. Die äußeren Furnierkanten bündig mit der Brettkante abschleifen.

18. Schon jetzt das Spielbrett mit Holzwachs einreiben und polieren.

Der Rahmen

19. Die Rahmenleisten auf Gehrung absägen. Die Maße der Innenkanten müssen nachher den Seitenlängen des vorbereiteten Spielbrettes entsprechen.

20. So leimt auch ein Schreiner den Rahmen zusammen: in mehreren Runden Paketschnur um die geleimten Holzleisten spannen. Den herausgepreßten Leim mit einem feuchten Tuch wegwischen.

21. Die Verspannung kann durch Holzkeile noch verstärkt werden.

Die Spielsteine

22. Die Spielsteine mit einer Lochsäge heraussägen.

23. Du benötigst pro Farbe 15 Spielsteine. Die Reste der Holzleisten reichen für eine Schachtel für die Steine.

Der als Mittellinie eingefügte Steg (unten) hat keine spieltechnische Funktion. Du kannst ihn auch weglassen

Notenständer

Umfluchten, Streichmaß, Stechbeitel, Absetzen – das sind die Fachausdrücke, die Uli Hohmann gebrauchte, um uns die Handwerkstechniken zum Bau dieses höhenverstellbaren Notenständers zu erklären (einige dieser Begriffe sind auf den Seiten 254 f. näher erläutert). Auch du wirst ein Fachmann sein, wenn du dieses Prunkstück für dein Zimmer nachgebaut hast. Denn dann kann dir niemand mehr etwas vormachen, was die materialgerechte Holzverarbeitung angeht.

Material Ständer:

2 Leisten (80 x 5,2 x 1,3 cm, Schacht)
2 Leisten (80 x 2,6 x 1,3 cm, Schacht)
4 Leisten (28 x 8 x 2,5 cm, Füße)
1 Leiste (100 x 2,5 x 2,5 cm, Führungsstange), 1 Klötzchen (10 x 4,5 x 2,5 cm, Pultauflage)
1 Rundholz (8 cm lang, 1,6 cm ∅)
1 Schloßschraube (3 cm lang, mit Flügel und Unterlegscheibe)

Material Notenpult:

2 Leisten (47 x 3,2 x 1,3 cm, Rahmen)
3 Leisten (31 x 3,2 x 1,3 cm, Rahmen und Mittelleiste)
4 Leisten (36 x 1,3 x 0,4 cm, Zierleisten)
1 Leiste (48 x 4 x 0,8 cm, Notenblattauflage)
(Das Material beim Schreiner zuschneiden lassen.)

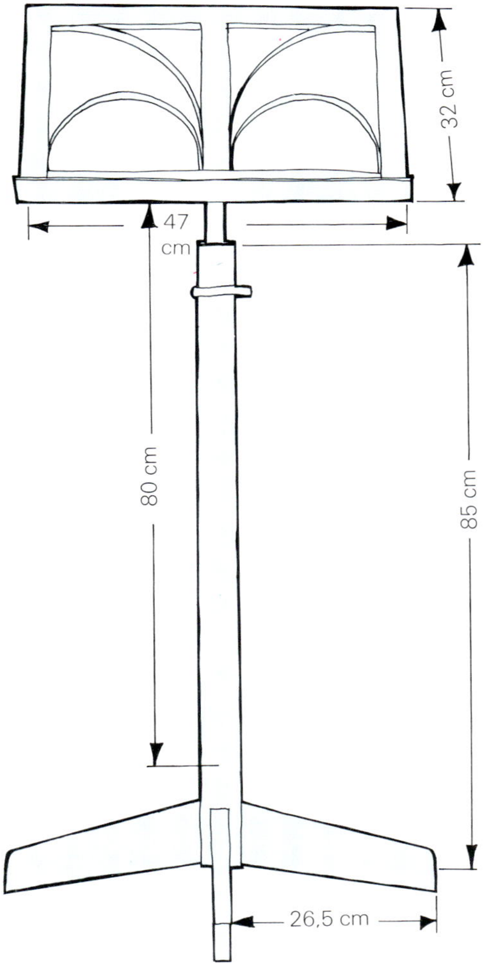

Die Zeichnung enthält die Maße des verstellbaren Notenständers

Der Hohlschacht

1. Die vier 80 cm langen Leisten erst einmal aufeinanderlegen. Du mußt ausprobieren, wie sie am besten zusammenpassen.

2. Ganz dünn einleimen, um zu verhindern, daß später dünne Leimperlen die innere Führung des Hohlschachtes blockieren.

3. Die Teile Stück für Stück festleimen, um ihr Verrutschen zu verhindern (dies könnte den Hohlschacht verengen). Zum Festleimen kleine Holzleisten unterlegen, da die Schraubzwingen sonst Druckstellen auf dem Holz hinterlassen. Falls Leim austritt, mit einem Schwamm entfernen.

4. Nach dem Trocknen über Nacht ausprobieren, ob die Führungsstange gut in ihrem Schacht läuft. (Sonst: etwas abschleifen.)

5. Von der Führungsstange 9 cm abschneiden. Eine der Schachtöffnungen und das Klötzchen mit Leim bestreichen und bündig einfügen.

6. Vom Boden für die Fußansätze 7 cm hochmessen, die Linie umfluchten. Mit dem Streichmaß 1,7 cm parallel zu den Kanten bis zum Boden abtragen. Diese Linie mit den Eckpunkten des eingeleimten Klotzes verbinden. Mit dem Streichmaß am Boden ein Quadrat mit 0,9-cm-Rand anreißen (siehe Foto 21, links).

7. Für den schrägen Schnitt erst einen Schlitz in der Form der späteren Nut ausstemmen, damit die Säge Platz hat. Eine Holzleiste, die du vom Schreiner im 75°-Winkel hast zurechtschneiden lassen, mit einer Schraubzwinge an der senkrechten Rißlinie befestigen; die Säge an dem schrägen Führungsholz anlegen. Für den Schlitz innen neben der Rißkante sägen.

8. Die Schlitze, in die später die Füße eingeschoben werden, mit einem Stechbeitel sorgfältig ausstemmen.

Das Klemmholz

9. Für das Klemmholz 6 cm von oben und 0,6 cm zur Seite abmessen. Diesen Punkt mit einem ⌀-1,5-cm-Bohrer senkrecht durchbohren (Holz anlegen!).

10. So geht die Bohrung auch 0,2 cm in den Innenschacht hinein, so daß man später die Führungsschiene mit dem Rundholz festklemmen kann. Schiebe die Stange jetzt in den Schacht ein.

11. Das Rundholz an einer Seite mit einer Raspel abflachen und durch Abfeilen einpassen.

Eine einfache, aber holzgerechte Lösung: Wenn man das Rundholz mit der flachen Seite nach innen dreht, kann man die Führungsschiene frei bewegen. Dreht man das Hölzchen weiter, klemmt es die Innenstange fest

Der Fuß

12. An den 4 Leisten für die Füße jeweils einen 100°- und einen 80°-Winkel anzeichnen (siehe auch unten).

14. Nun mit der Stichsäge die 4 Füße aussägen.

15. Für glatte Kanten und Flächen alles sorgfältig abraspeln und vorsichtig abschleifen.

16. Die senkrechte Führungsnut an der längeren Schmalseite mit einem Grathobel abtragen. Wenn du keinen Grathobel hast, müssen die Maße der Schlitze im Hohlschacht...

17. ...auf Stirn- und Breitseiten der 4 Leisten für den Fuß übertragen und dann das Holz weggestemmt werden.

13. Das Foto links zeigt, wie die Form aussehen muß.

18. Einpassen der zugeschnittenen Füße an den Hohlschacht. Die Führungsnut der Füße sollte leicht im Schlitz laufen.

21. So sehen die 4 fertigen Füße und das untere Ende des Hohlschachtes vor dem Verleimen aus.

19. Zum ›Absetzen‹ des oberen Fußteils (siehe Schritt 21) die Höhe der Schlitze im Hohlschacht an der Führungsnut des Fußes abtragen.

22. Vor dem Verleimen zuerst probieren, ob die ›Gratverbindung‹ an allen 4 Seiten paßt. Eventuell mußt du etwas nacharbeiten.

24. Die Gratverbindung am besten zusätzlich mit einem Kunststoffhammer zusammenklopfen.

20. Diese 4 Stücke absägen und mit dem Stechbeitel nachschneiden.

23. Streiche erst dann nach und nach die Schlitze reichlich mit Leim ein und schiebe die Leisten hinein.

25. Ausgetretenen Leim mit einem stumpfen, feuchten Pinsel entfernen.

Der Kippmechanismus des Pulthalters

27. An den Innenseiten der Linien vorsichtig mit der Feinsäge entlangsägen. Ein Tip: Am Spiegelbild auf der Säge kannst du sehen, ob du senkrecht sägst.

28. Mit dem Stechbeitel das Innere des Klötzchens sorgfältig ausstemmen. Dann an der Führungsstange (rechts) vom Kopf aus an einer Seite 3 cm abtragen.

26. Stelle dein Streichmaß auf 0,6 cm ein. Reiße nun den Schnittverlauf der Nut auf dem 10 cm langen Klötzchen an. Die Tiefe des Schnittes soll 3 cm betragen.

29. An dieser und der gegenüberliegenden Seite rechts und links mit dem Streichmaß 0,6 cm und von der 3-cm-Markierung aus an den Nachbarseiten 45°-Winkel anzeichnen.

30. An den Linien außen entlang die Führungsstange einsägen und dieses Stück in die Nut des Klötzchens einschieben und anpassen.

31. Beim ›Anpassen‹ wirst du wieder merken, wie wichtig geschliffene Stechbeitel sind. (Ein Tip: Im Werkzeuggeschäft wissen die Verkäufer, wo Schneidewerkzeuge nachgeschliffen werden können.)

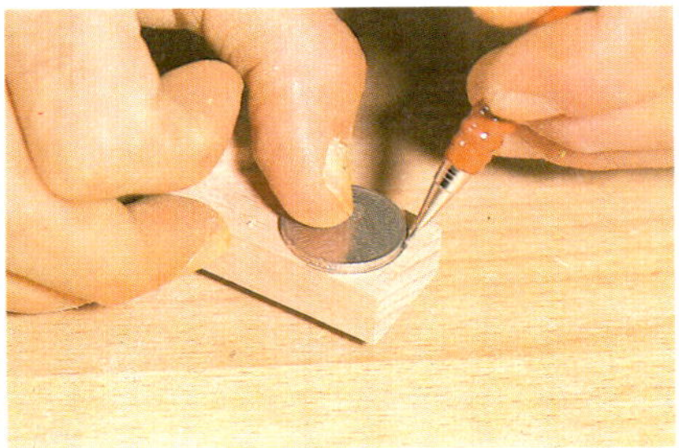

32. Die Rundung an der Spitze der Führungsstange mit einem Geldstück anzeichnen.

33. Die Spitze rund feilen und mit Schleifpapier säubern.

34. Die Führungsstange in ihre Nut stecken und für das Loch (Schloßschraube) die Mitte des Holzklötzchens ausmessen und anzeichnen. Es sollte sich in ca. 3 cm Abstand von der Kante befinden.

35. Den Ansatzpunkt für die Bohrerspitze von Hand mit einem Vorstecher vorlochen.

36. Durch beide Hölzer mit einem ⌀-0,6-cm Bohrer durchbohren. (Bei der Handbohrmaschine mußt du mit ganz wenig Druck arbeiten, sonst reißt die Bohrung aus.)

37. Den Kippmechanismus zusammenschrauben und ihn ganz herunterklappen, damit du siehst, wieviel von dem Holzklötzchen weggeschnitten werden muß. (Das Notenpult soll sich später senkrecht aufstellen lassen). Anzeichnen der Schnittlinien.

38. Mit der Feinsäge das überschüssige Holz absägen und anschließend den ganzen Kippmechanismus gut glattschleifen.

39. Der Pultrahmen wird mit einer Schlitz- und Zapfenverbindung zusammengefügt. Wenn du auch die Zungentrommel gebaut hast, kennst du damit die wichtigsten Prinzipien der ›klassischen‹ Holzverbindungen.

Das Notenpult

40. Die 3 kurzen Leisten nebeneinanderlegen und die Oberseiten mit einem einzigen Dreieck kennzeichnen; so weißt du immer, wie sie zusammengehören. Ebenso mit den beiden Längsleisten verfahren.

41. Mit einem Metermaß die Breite der Leisten an allen 10 Enden in Längsrichtung abtragen. Oder: eine Holzleiste auflegen und ihre Breite mit einer Winkelschiene abtragen.

42. Im Anschluß daran die Linien mit Hilfe eines Lineals um die Leisten umfluchten.

43. Das Streichmaß auf 0,35 cm und anschließend auf 0,35 + 0,6 cm = 0,95 cm einstellen.

44. Diese beiden Maße sowohl an der Stirnholzseite als auch an den Längsseiten anreißen.

45. Für die 4 Schlitze an den beiden langen Leisten innerhalb der Rißkante einsägen.

46. Mit dem Stechbeitel immer erst die untere, schmale Kante senkrecht einstemmen, bevor man das Holz herausarbeitet.

47. An den beiden kurzen, senkrecht verlaufenden Außenleisten des Notenpultes werden Zapfen ausgearbeitet. Aber: diesmal außerhalb der Rißkante sägen.

48. Das Abfallstückchen vorsichtig mit der Feinsäge absägen, weil es leicht abreißt.

49. Mit einem Stechbeitel korrigieren, besonders die Ecken begradigen.

50. Die Mitte der beiden Längsseiten ausmessen.

51. Die Schlitzbreite der Mittelleiste (0,6 cm) mit einem Streichmaß wie auf dem Foto an den inneren Schmalseiten anreißen. Es entsteht ein kleines Rechteck.

52. Beim Ausstemmen zuerst an den langen Innenkanten dieses Rechtecks senkrecht nach unten stechen, bevor das Holz herausgearbeitet wird.

55. Wenn der Schlitz schon etwas tiefer ist, kannst du den Stechbeitel mit einem Holzhammer in das Holz stemmen.

58. Den gut eingeleimten Pultrahmen zusammenstecken.

53. Mit einem schmalen Stechbeitel zunächst ganz vorsichtig in das Holz stemmen, da sonst die Leiste auseinanderbricht.

56. Hier kannst du deutlich erkennen, wozu die aufgezeichneten Dreiecke dienen. (Das untere Brett ist die Notenblatt-Auflage).

54. Diesen Vorgang so lange wiederholen, bis die Schlitztiefe (2 cm) erreicht ist. Mit einem breiten Stechbeitel die Öffnung erweitern.

57. Die Zapfen für die Mittelleiste anreißen und absetzen. Sie müssen vor dem Verleimen gut in ihre Schlitze eingepaßt und an den Enden etwas verkürzt werden.

59. Erst den äußeren Rahmen zusammenstecken, dann die etwas kürzere Mittelleiste einsetzen.

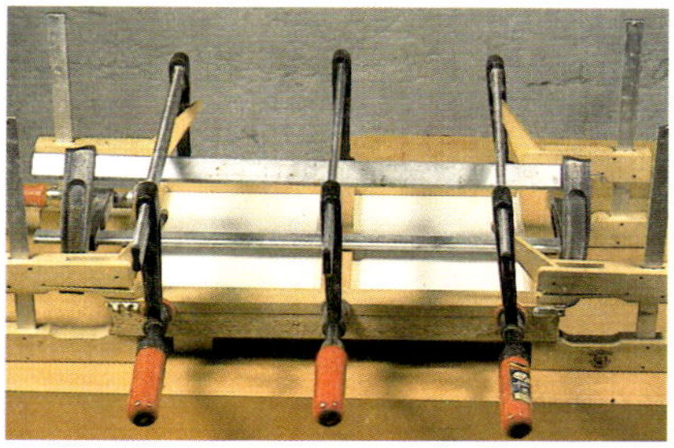

60. Mit vielen Schraubzwingen zusammenpressen, am besten auf einer ebenen Unterlage.

61. Die dünnen Zierleisten (0,4 cm dick) wurden über Nacht ins Wasser gelegt und feucht um einen runden Gegenstand gebogen (vergleiche dazu auch S. 149).

62. Die Leisten werden im Rahmen verleimt.

63. Schließlich wird noch die Notenblattauflage von unten gegen den Rahmen und das gesamte Pult mit seiner Mittelleiste auf das verstellbare Auflageklötzchen geleimt. Die Oberflächen des Notenständers wie auch der Zungentrommel werden nur mit Wachs behandelt (siehe auch S. 139). Dadurch wird das Holz geschützt und die Maserung betont.

Uhrenmodell

Dieses Funktionsmodell einer Uhr (ohne Zeiger und Zifferblatt) läßt sich aufziehen und läuft so lange, bis das Gewicht unten angekommen ist. Es ist nur etwas für Fortgeschrittene und verlangt eine Menge Erfahrung, Köpfchen und Ausdauer von dir. Trotzdem lohnt sich die Mühe ganz bestimmt, denn nachher weißt du sehr viel mehr über mechanische Kraftübertragung, Feinmechanik und konstruktives Werken. (Der Entwurf für dieses Modell stammt von Ernst Walther aus München.)

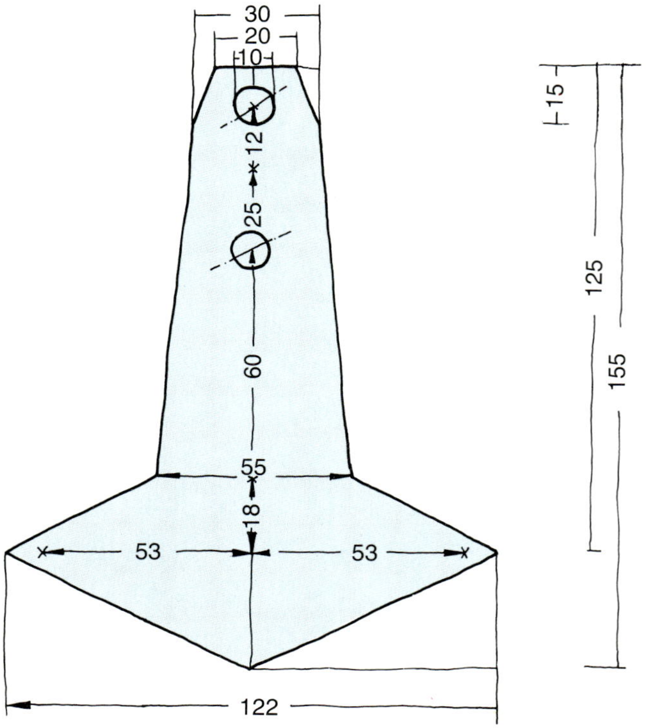

Übertrage die Zeichnungen (Angaben in mm) nach den angegebenen Maßen auf festeres Papier (auf Holz läßt sich nur schlecht radieren) und fertige eine Schablone an. Deren Umrisse lassen sich dann leicht auf Holz übertragen.
Die mit x gekennzeichneten Punkte markieren Bohrungen mit 0,3 cm ∅, die Kreise bezeichnen Bohrungen mit 1 cm ∅. Baue anhand der folgenden Anleitungen die einzelnen Elemente nach. Zum Schluß wird alles zusammengefügt.

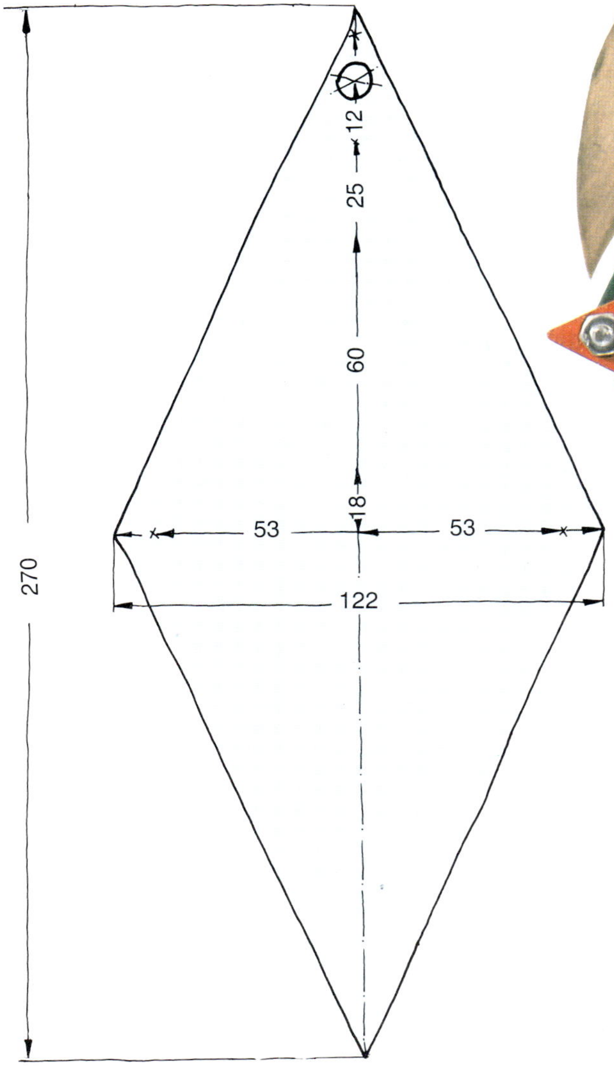

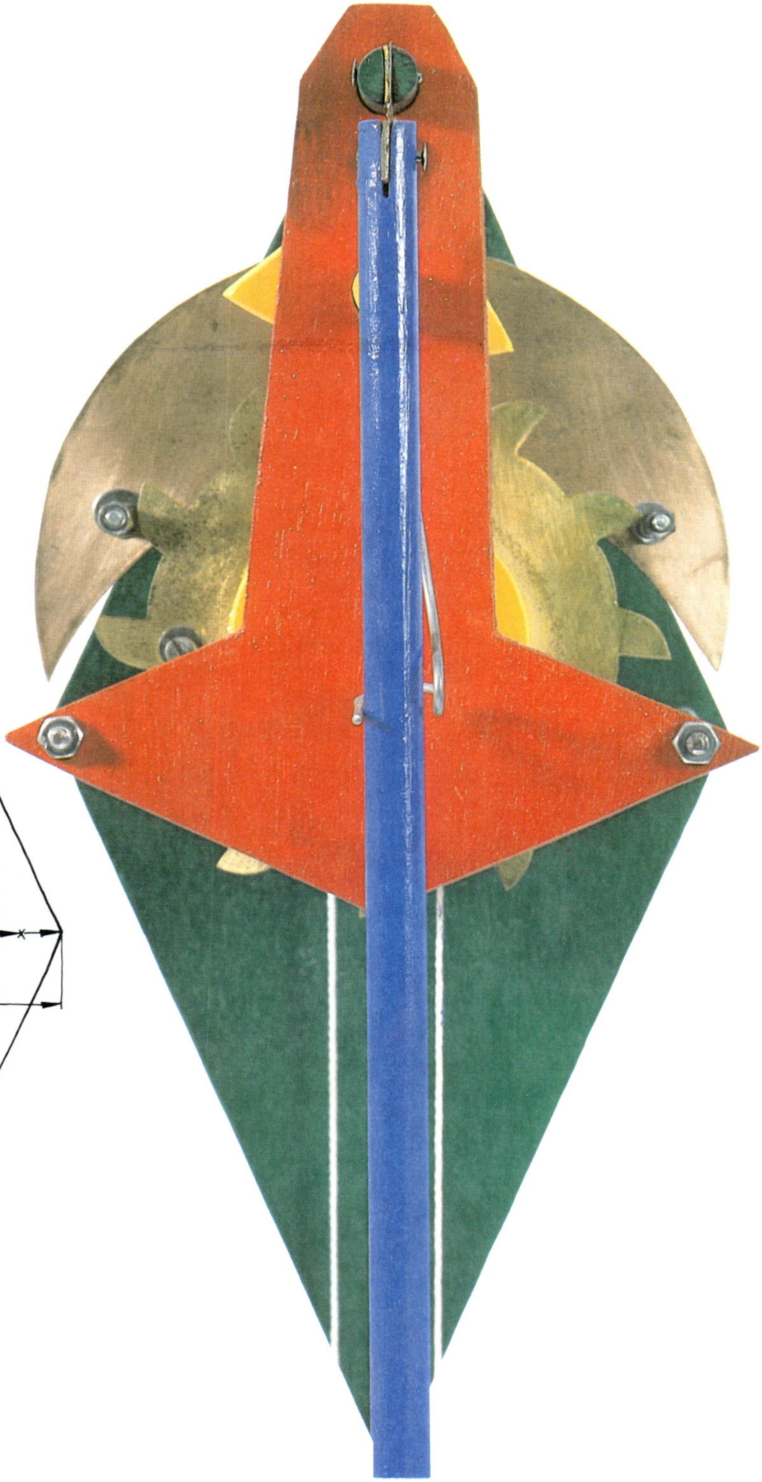

Das Gehäuse

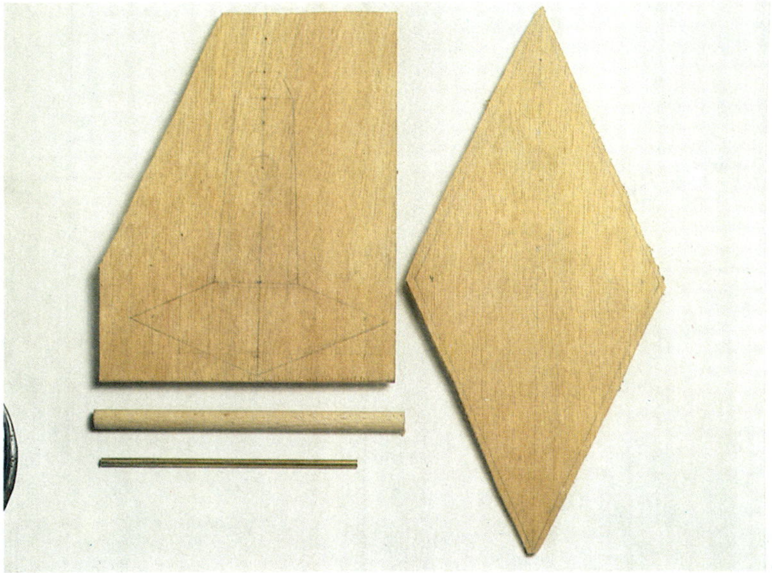

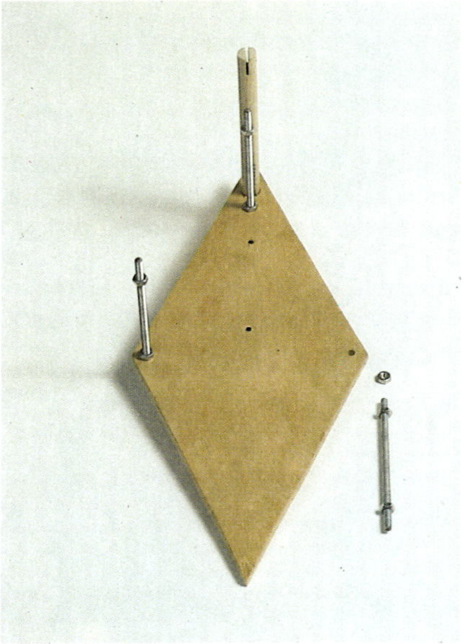

Material:
1 dünnes Sperrholzbrettchen (30 x 25 cm)
1 Rundholzstab (11,5 cm lang, 1 cm ∅)
3 Gewindestangen mit Muttern (8,5 cm lang, 0,3 cm ∅)
1 Messingrohr (5 cm lang, 0,3 cm ∅)

3. In den übrigen Bohrungen die Gewindestangen mit Muttern befestigen, die 3. sitzt jeweils 7 cm darüber.

1. Rückwand: 2 Messingröhrchen in der Länge der Sperrholzstärke absägen und als Achslager in die unteren 2 Bohrungen stecken.

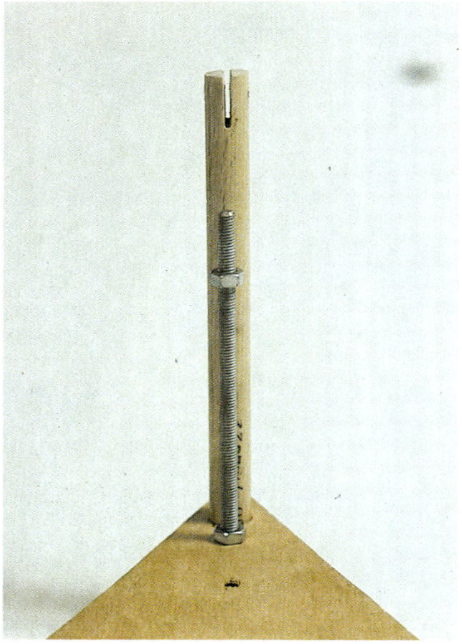

2. Das Rundholz oben in der 1-cm-Bohrung verleimen. Das andere Ende des Rundholzes 1,5 cm weit einsägen.

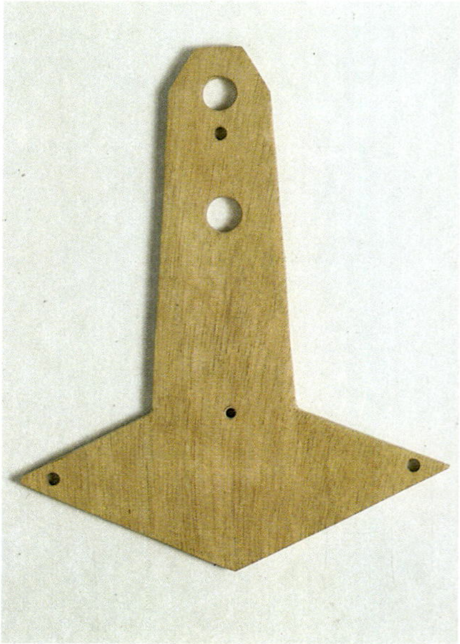

4. Der Gehäusedeckel benötigt nur in der Mitte ein Messingröhrchen als Achslager.

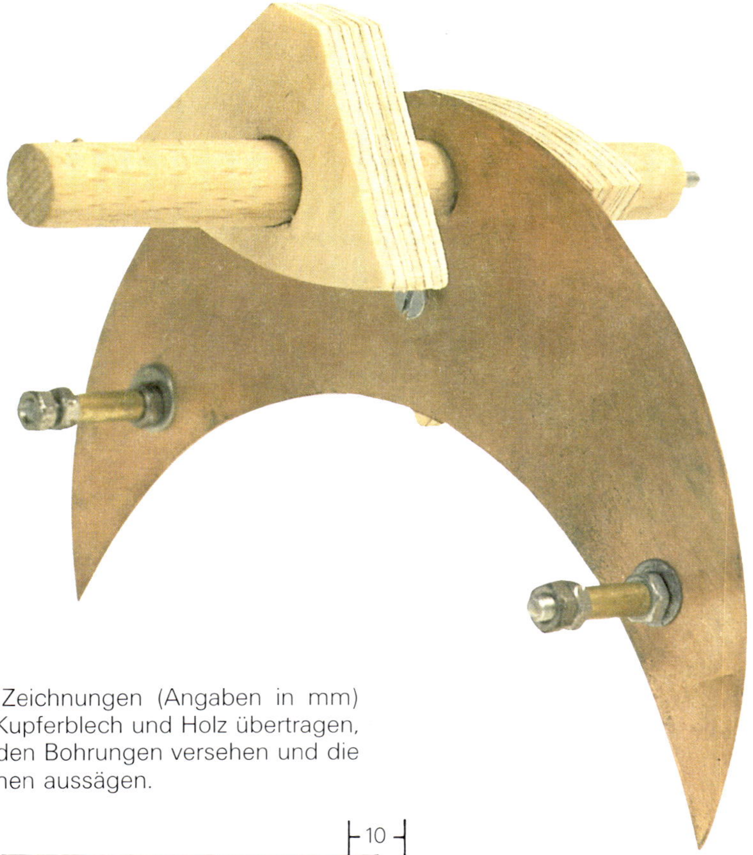

Die Unruh

5. Die Positionen o markieren Bohrungen (0,3 cm ∅). Das kleine Teil unten wird in zweifacher Ausführung benötigt (einmal Spitze absägen). Zeichnung auf Kupferblech übertragen.

Material:

1 Rundholz (9,5 cm lang, 1 cm ∅)
2 Stücke Sperrholz (0,8 cm dick)

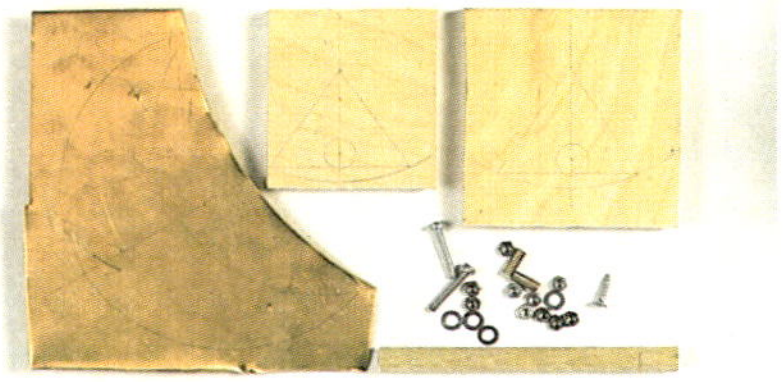

2 Metallschrauben (2 cm lang, 0,2 cm ∅),
10 Muttern, 4 Unterlegscheiben,
2 Messingröhrchen (1,2 cm lang, 0,2 cm ∅), 1 kurze Holzschraube
1 Metallstift (abgesägter Nagel)
1 Kupferblech (13 x 7 cm)

6. Bauteile zusammenstecken. Das Metallteil mit dem spitzen Holzdreieck an der mit x gekennzeichneten Stelle verschrauben. In das hintere Ende des Rundholzes 1 Metallstift einsetzen, der ca. 0,5 cm heraussteht. Auf den Schrauben werden die Messingröhrchen mit 2 gegeneinander verspannten Muttern gehalten.

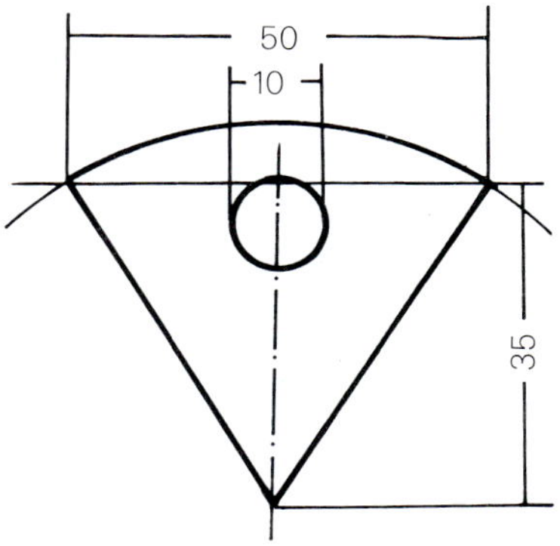

Die Zeichnungen (Angaben in mm) auf Kupferblech und Holz übertragen, mit den Bohrungen versehen und die Formen aussägen.

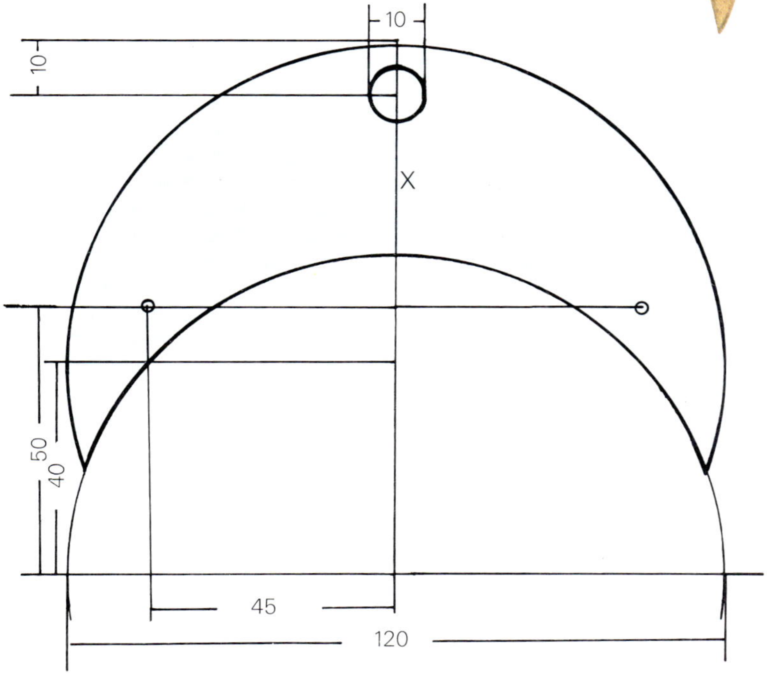

Der Zahnkranz

Material:
Messingblech (11 x 11 cm)
1 Sperrholzplättchen (6 x 6 x 0,8 cm)
1 Rundholzstäbchen (6,5 cm lang, 1 cm ⌀)
2 Metallstifte (Nägel ohne Köpfe)
2 Holzschrauben (0,6 cm lang)
(Die Zeichnung unten – Angaben in mm – reißt du am besten gleich auf dem Metall an.)

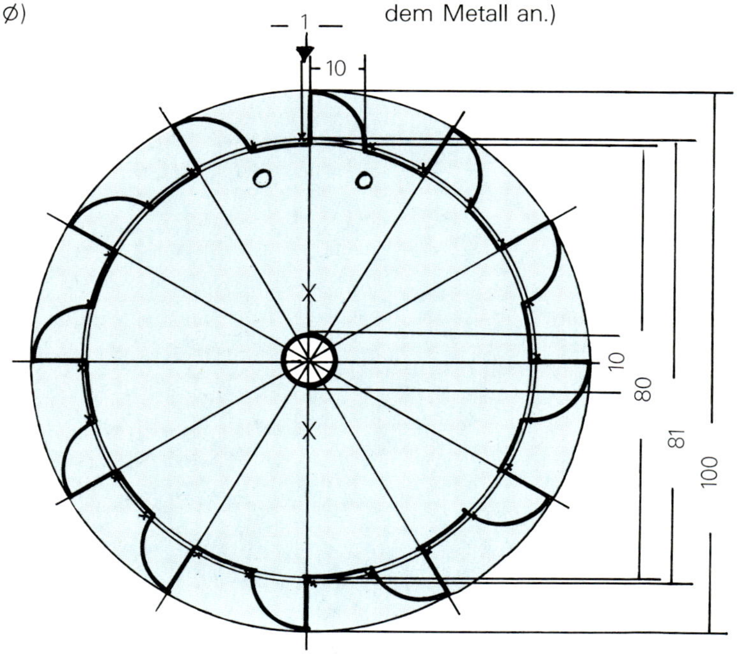

7. Bohre 24 Löcher (1 cm Abstand) auf dem Kreis mit 8,1 cm ⌀. Sie helfen beim Aussägen des Zahnkreises.

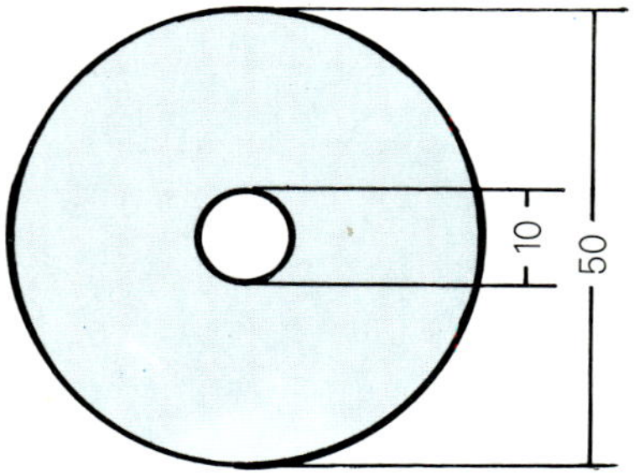

8. Säge eine Sperrholzscheibe aus.

9. Den Zahnkranz mit einer Bügelsäge aussägen und die Kanten rundherum glattfeilen.

10. Anschließend die Teile verschrauben (Position: x). Metallstifte (Nägel) in das Rundholz einsetzen.

Das Aufzugswerk

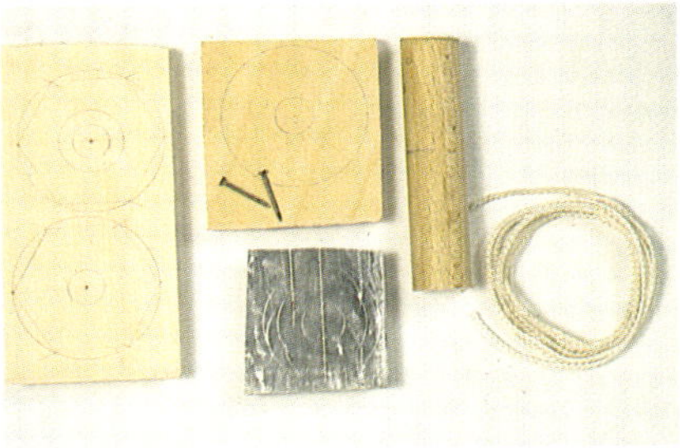

Material:
1 Sperrholzplättchen (4,5 x 4,5 x 0,8 cm)
1 Sperrholz- oder Balsaholzplättchen (8 x 4,5 x 0,2 cm)
1 Rundholzstäbchen (3 cm lang, 1,6 cm ∅)
2 Nägelchen, Metallschrauben, Muttern, Unterlegscheiben, Draht
verzinktes Blech (4 x 4 cm)
Baumwollkordel (ca. 300 cm lang)

11. Am großen Zahnkranz wird eine Blattfeder angebracht (siehe Foto). Sie bremst den kleinen Zahnkranz und verhindert damit das Durchlaufen. Diese Blattfeder besteht aus einem Streifen Blech (3,3 x 0,6 cm), der an dem großen Zahnkranz mit einer Schraube, einer Unterlegscheibe und 2 Muttern befestigt wird. Dagegen drückt eine Drahtfeder, die zwischen Unterlegscheibe und den 2 Muttern angebracht wird.

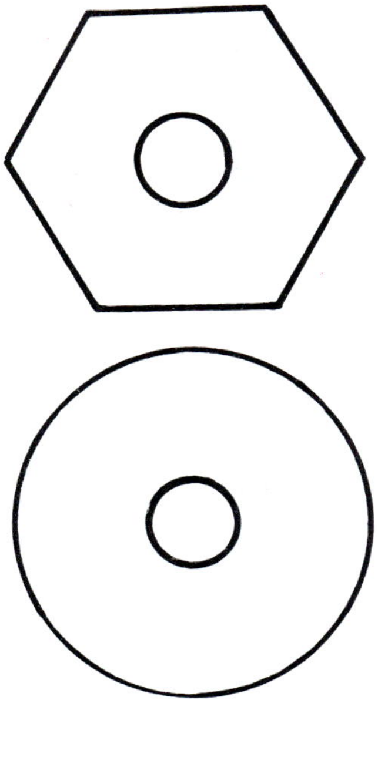

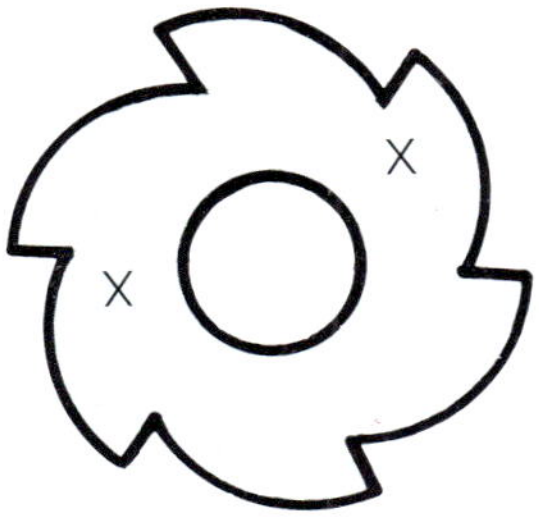

12. Die Teile der Zeichnungen links und oben durchpausen (1 : 1). Das Sechseck 2x aus dem dünnen Holz aussägen, den Kreis 1x aus Sperrholz, den kleinen Zahnkranz aus Blech.

13. Das dicke Rundholz (1,6 cm ∅) und die 3 Holzscheiben ›mittig‹ durchbohren (1 cm ∅), eines der Sechsecke mit 1,6 cm ∅. Die Teile zusammenfügen, den kleinen Zahnkranz mit 2 kleinen Nägeln an der Holzscheibe festhalten und alles verleimen. (Metall vorbohren!) Der Bremsmechanismus der Blattfeder muß später in den kleinen Zahnkranz eingreifen können. Also aufpassen, daß du nichts verkehrt herum anbringst.

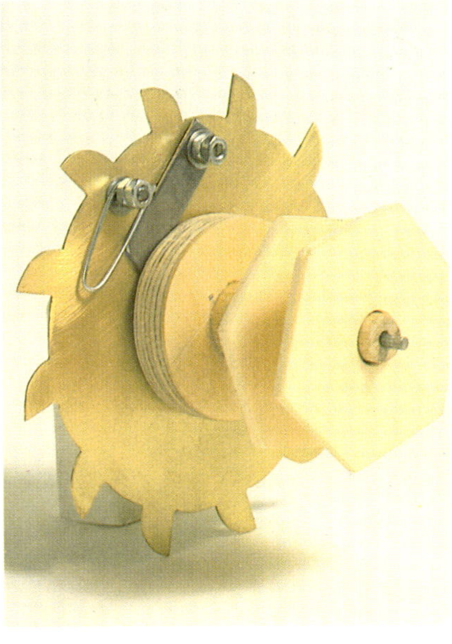

14. Das Aufzugswerk zusammenstecken, die Funktion überprüfen.

Das Pendel

Material:

1 Fichtenholzbrettchen (30 x 20 x 2 cm)
1 Rundholzstab (ca. 65 cm lang, 1 cm ∅, Pendelstange)
1 Stück Messingblech
1 Stück dünnes Kupferblech
2 Nägelchen
1 Ringschraube
Draht (ca. 20 cm lang, 0,15 cm ∅)

15. Die Pendelteile und das Gewicht (untere Zeichnungen, Angaben in mm) auf das Fichtenholz aufzeichnen, aussägen und jeweils aufeinanderleimen.

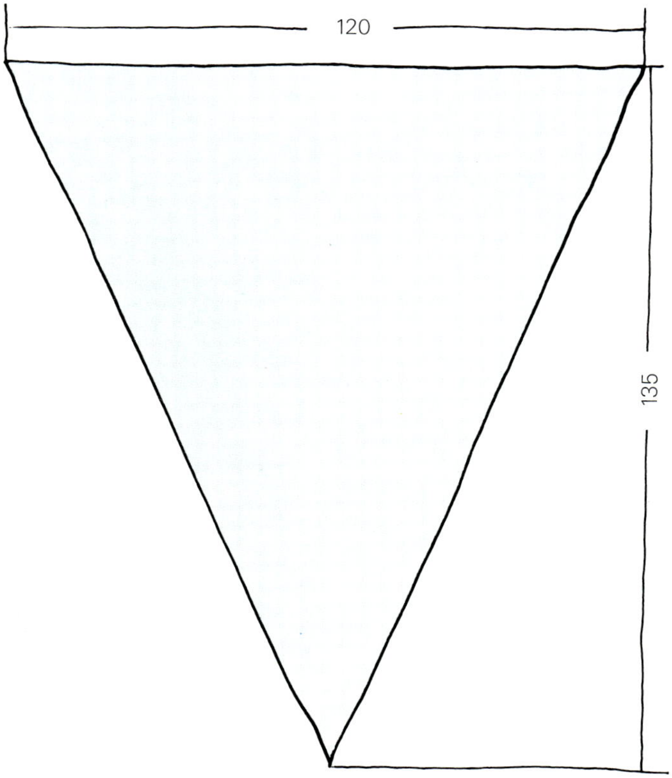

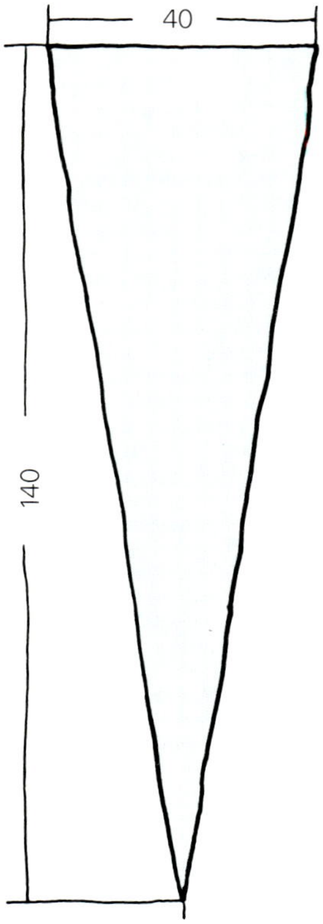

16. In die obere Mitte des Pendels ein Loch für das Rundholz bohren und diese Stange einleimen. Das obere Ende des Rundholzes 1 cm tief von vorne einschlitzen (siehe Schritt 23).

17. Das Gewicht besteht aus 2 aufeinandergeleimten Dreiecken. Drehe eine Ringschraube hinein und binde eine der Schnüre dort an.

18. Dieses kleine Metallteil (hier mehr als doppelt so groß abgebildet) ist das Verbindungsstück zwischen dem Pendel und seiner oberen Aufhängung, die sich nicht bewegt. Das Kupferblech ist weich und verträgt es relativ lange, ständig hin und her gebogen zu werden, ohne abzubrechen. Die Messingquadrate werden auf das Kupferblech gelötet und aufgebohrt. Sie verhindern das Ausreißen des Pendels (immerhin hängt das ganze Pendelgewicht daran).

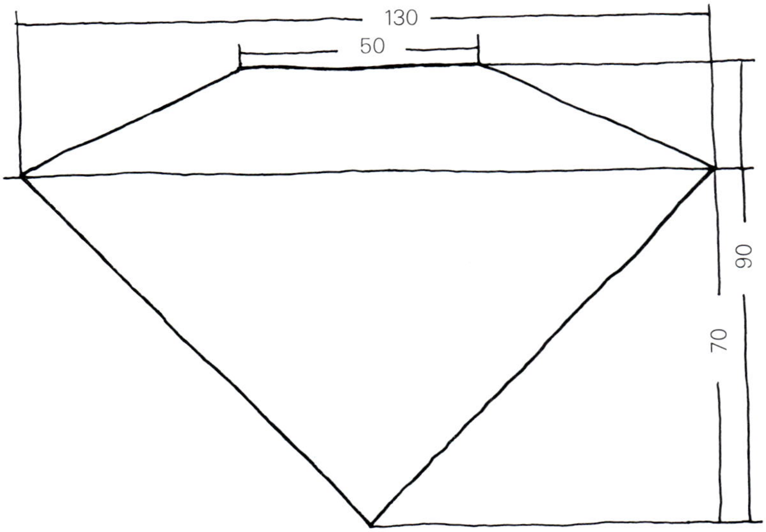

Der Zusammenbau

19. Die Rückwand mit der Pendelaufhängung und den 3 Gewindestangen bildet die Basis.

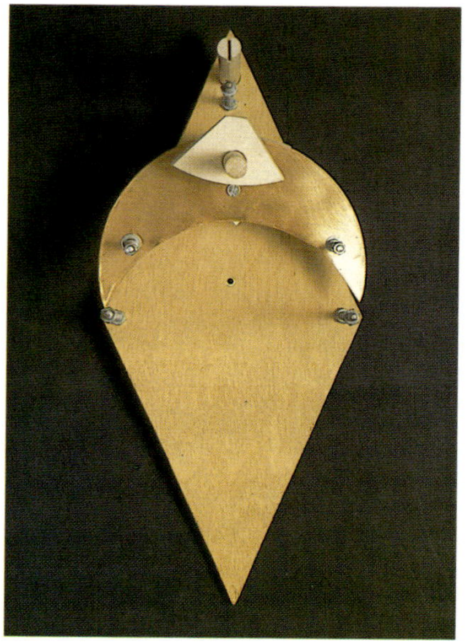

20. Das Unruhteil mit seinem Stahlstift in das obere Achslager (Messing) des Gehäuserückteils stecken. Es muß sich leicht bewegen können.

21. Das Zahnkranzteil mit dem Aufzugswerk in das mittlere Achslager der Rückwand stecken; Unruh ausrichten.

22. Den Gehäusedeckel aufstecken. Das Zahnkranzteil wird in das Mittellager des Gehäusedeckels gesteckt und an den Gewindestangen verschraubt.

23. Die Pendelstange mit dem Metallteil an das obere Rundholz hängen, durch die Stifte sichern.

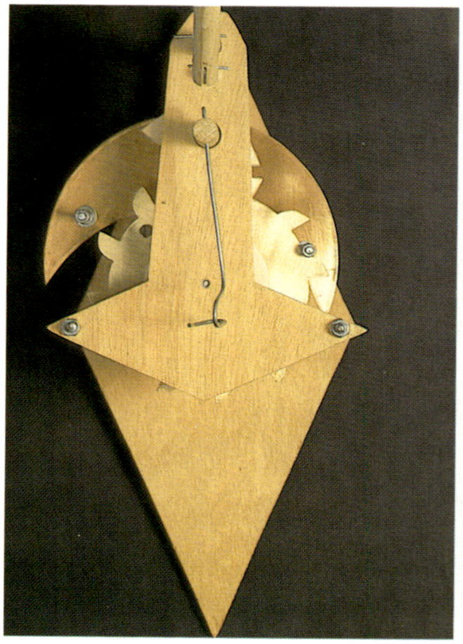

24. Ein Bügel aus Draht (0,15 cm ∅) an der Unruhachse überträgt die Kraft der Pendelbewegung auf die Achse und auf die Unruh (siehe Schritt 25).

25. Die Seitenansicht (hier ohne Pendelstange) zeigt das Prinzip und die Biegung des Drahtbügels.

26. Der Drahtbügel muß bündig am Pendel anliegen, so daß das Holz gut gehalten wird und nicht herausrutschen kann.

27. An einem der beiden Achsenabschnitte wird nun zunächst die Aufzugsschnur (ohne Gewicht) befestigt (nageln, kleben). Achtung: Wenn du auf die Uhr schaust, muß das Seil nach links herabhängen (falls, wie auf den Fotos, die geraden Kanten der Zähne am Zahnkranz rechts liegen). Wickle die Schnur durch Drehen der Achse fast ganz auf.
Die Schnur mit dem Gewicht befestigst du an dem anderen Abschnitt der Achse. Sie muß zur anderen Seite herabhängen.
Aufziehen: Wenn du die linke Schnur nach unten ziehst, wickelt sich diejenige mit dem Gewicht gleichzeitig auf (Foto oben). Das Gewicht zieht nun nach unten, bringt dadurch die Achse in Drehung – das Funktionsmodell kommt in Gang. Es läuft so lange, bis das Gewicht ganz unten hängt. Dann zieht man das Werk erneut auf.

Tip:

Wenn du dir ein Pendelgewicht konstruierst, das an seiner Stange höhenverstellbar ist, kannst du sogar den Takt verändern.
Du kannst natürlich auch ein ganz anderes Gehäuse um die Mechanik bauen. Die wichtigsten Maße, vor allem die der Achslager, solltest du jedoch so belassen.

Bunte Ohrringe

Wer hat nicht schon vor einem dieser Modeschmuckgeschäfte gestanden und sich die Nase an der Schaufensterscheibe plattgedrückt. Seit der Straßschmuck wieder in Mode gekommen ist (und damit der unechte Schmuck), hat es einen richtigen ›Run‹ auf große, dekorative Schmuckstücke aus Plastik, Holz und sonstige Materialien gegeben. Wir zeigen hier, wie du Schmuck, der genau im Trend liegt, selbst anfertigen kannst.

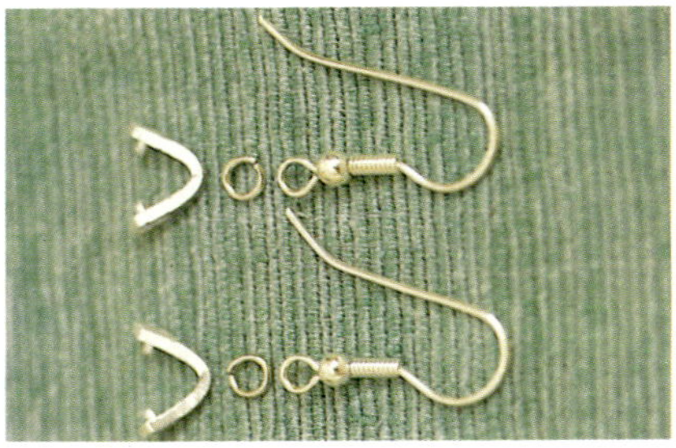

Material und Arbeitsgeräte:

2 Ohrringaufhänger (oben)
Balsaholz (ca. 15 x 15 cm)
schwarzer und weißer Lack
Transparentlack
Deckfarben
1 Streifen Karton (Schablone)
Bleistift
Schere
Laubsäge
Schleifpapier
Pinsel

1. Zeichne ein paar Entwürfe und suche den besten aus. Wenn dir die Ideen fehlen, blättere in Modezeitschriften. Den Entwurf auf festen Karton übertragen und ausschneiden.

2. Mit der Schablone die Umrisse auf Balsaholz übertragen und die Formen mit der Laubsäge aussägen.

3. Schleife die Stücke so lange, bis sie sich geschmeidig und glatt anfühlen. Je glatter die Oberfläche, um so besser wird der Farbauftrag.

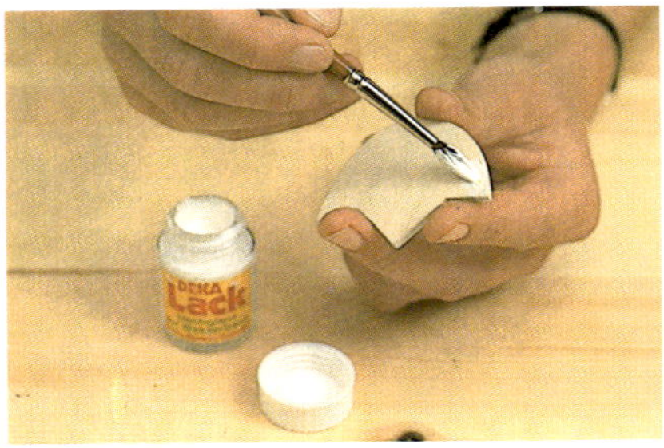

4. Die Vorderseite der Ohrringe mit weißem Lack grundieren und gut trocknen lassen.

5. Auf die weiße Grundierung die Skizze für die Farbgestaltung übertragen und mit Deckfarben ausmalen. Du brauchst eine ruhige Hand für solche filigranen Muster.

6. Die Rückseite der Ohrringe mit schwarzem Lack bemalen.

7. Nun wird der ganze Ohrring zum Schutz mit farblosem Glanzlack bestrichen. Die Farben werden zusätzlich intensiver.

8. Die Anhänger für die Ohrringe lassen sich in das weiche Balsaholz leicht mit der Zange eindrücken.

Jeden Tag einen anderen Ohrschmuck tragen – das ist mit etwas Phantasie leicht zu verwirklichen. Anregungen dazu gibt dir die Abbildung

Holzbrosche

Die Brosche sieht durch ihre Verarbeitung mit Metall schon richtig wertvoll aus. Aber auch hier haben wir nur einfache Materialien verwendet. Das Metall heißt Alpaka (Neusilber). Es hat den Vorteil, daß es aussieht wie Silber, aber nicht schwarz anläuft und keine Schmuddelflecken auf der Kleidung hinterläßt. Außerdem ist es ein billiger Werkstoff. Alpaka kannst du im Goldschmiedeladen kaufen.

Material:

Broschennadeln (Foto rechts unten)
Balsaholz (15 x 15 x 0,3 cm)
Transparentlack
Alpaka (10 x 10 cm)
Filzstifte oder Deckfarbe
etwas Karton (Schablone)
Zweikomponentenkleber

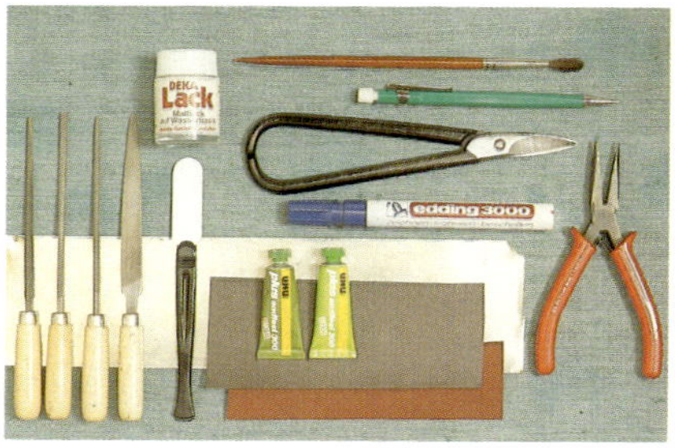

Arbeitsgeräte:

Laubsäge
Blechschere
Schleifpapier
Schere
Pinsel
Bleistift
wischfester Folienstift

1. Entwurf zeichnen, eine Schablone schneiden und die Form mit wischfestem Folienstift auf das Metall übertragen. Dann mit der Blechschere ausschneiden.

2. Anschließend mit Metallschleifpapier und Schlüsselfeilen die Kanten glattschleifen.

3. Das Metall in der Mitte als Klammer für die Holzblende mit der Zange vorsichtig umbiegen.

4. Den Entwurf für die Holzblende in passender Größe auf Balsaholz übertragen und mit der Laubsäge aussägen. Die Form glattschleifen.

5. Das Holz mit Filzstift oder Deckfarbe anmalen und anschließend mit Klarlack überziehen.

6. Die Klebestelle mit Zweikomponentenkleber anmischen und mit einem Spachtel vorsichtig auftragen.

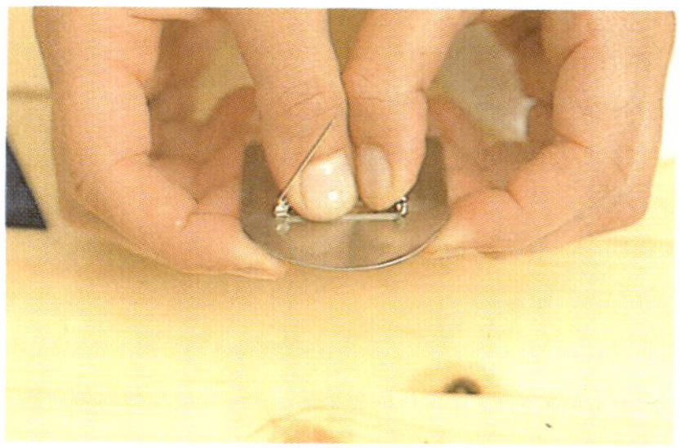

7. Die Broschennadel fest auf die angeschliffene Stelle des Metallteils aufdrücken.

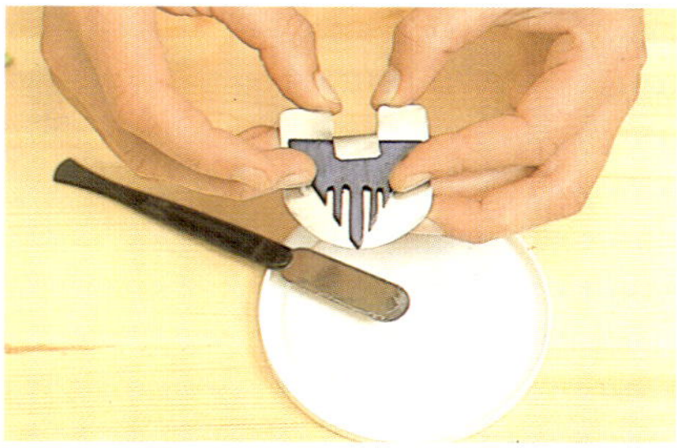

8. Die Holzblende in ihre Klammer legen, den Sitz prüfen und schließlich ankleben.

Wie du siehst, gibt es viele Möglichkeiten, diese Schmuckidee auszugestalten. Sie eignet sich auch für Kettenanhänger

Ton

Ton hat gegenüber vielen anderen plastischen Werkstoffen den Vorteil, daß der Formenvielfalt bei der Gestaltung kaum Grenzen gesetzt sind.
Insbesondere die Möglichkeit, mit Hilfe von Ton sehr große Formen herstellen zu können, hebt diesen Werkstoff unter anderen ›Knetmassen‹ hervor.
Die riesigen Gußformen für Bronzereiterstatuen, wie sie in jeder größeren Stadt stehen, werden alle zunächst in der 1. Verarbeitungsstufe aus Ton hergestellt. Ton ist außerdem ein natürlicher Werkstoff, der, seit es Menschen gibt, immer wieder dazu angeregt hat, ihn in die Hände zu nehmen und zu formen: Gefäße, Gebrauchsgegenstände und Figuren.-
Wir führen auf den nächsten Seiten in die wichtigsten Grundtechniken der Arbeit mit diesem Material ein, die seit Jahrtausenden so gut wie unverändert geblieben sind.
Bevor du mit der Arbeit anfängst, mußt du dich erkundigen, wo du glasieren und brennen kannst. Viele Keramiker übernehmen diese Arbeiten, die du dann allerdings bezahlen mußt.

Das Windlicht (unten nach dem Schrühbrand) entstand in der Streifentechnik; Tasse, Schüssel und Teller wurden auf der Töpferscheibe gedreht – die kleinen Schälchen aus einer Kugel geformt

Tonfiguren

Freies, plastisches Gestalten mit Ton ist eine wichtige Erfahrung für deine Hände, um mit dem Material vertraut zu werden. Versuche einmal, geometrische Körper zu formen. Du wirst schnell merken, daß du schon etwas probieren mußt, bis das so klappt, wie du es dir vorstellst.

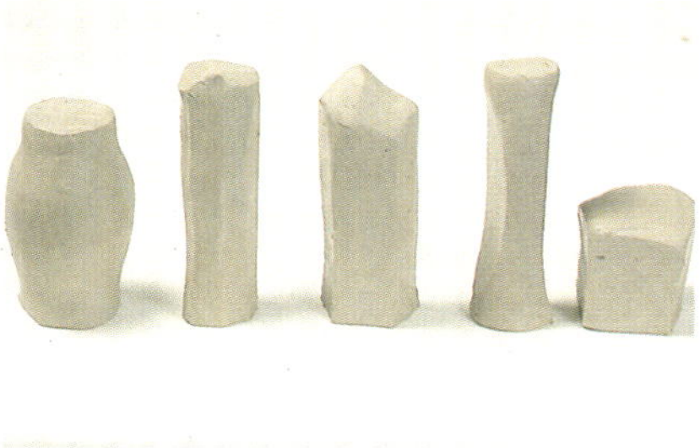

1. Aus geometrischen Formen lassen sich leicht Figuren bilden.

2. Zunächst wird die Kopfform mit den Fingern herausgearbeitet.

3. Die Verbindungsstelle zwischen Kopf und Hut wird erst mit dem Messer aufgerauht und dann mit Schlicker (wäßrigem Tonbrei) bestrichen.

4. Auch der Hut muß unten aufgerauht werden. Den hervortretenden Ton verstreichen.

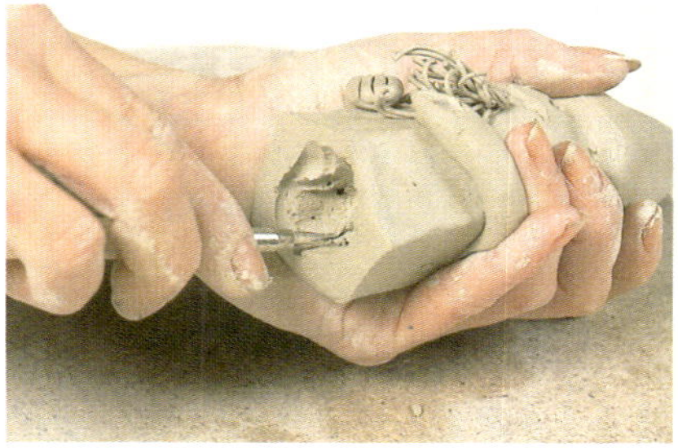

7. Für den Brand die Figur aushöhlen (sie reißt dann nicht so leicht).

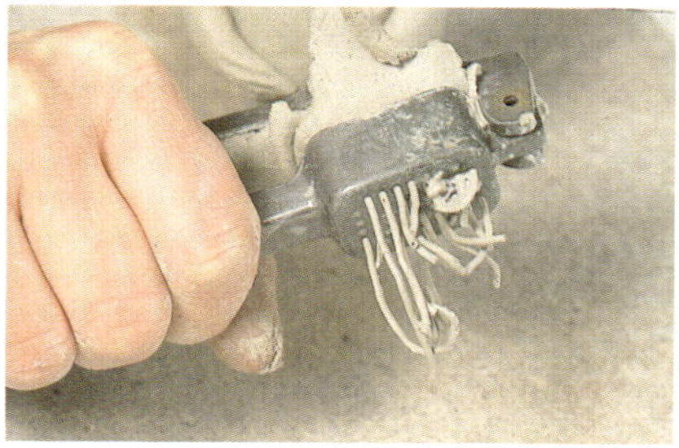

5. Für den ›Bart‹ und die ›Frisur‹ einen Klumpen Ton in eine Knoblauchpresse drücken.

6. Die Knoblauchpresse zusammendrücken – und schon erhältst du Tonspaghettis. Die Figuren werden nicht gebrannt, sondern sie trocknen an der Luft. Du kannst sie danach mit Wasserfarben anmalen.

Tongefäße aus einer Kugel

Ein Gefäß aus einer Kugel zu formen, ist die älteste Tontechnik. Wir haben hier Trinkschälchen modelliert.

Arbeitsgeräte:
Schwämmchen
Modellierhölzer
Küchenmesser
Modellierschlinge

Ton vorbereiten

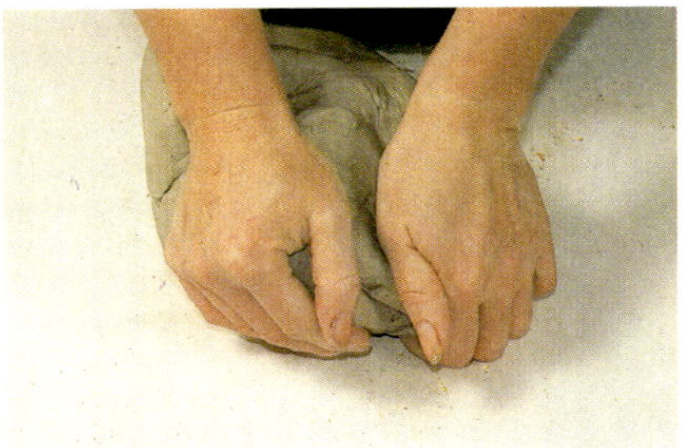

Zum Modellieren und Aufbauen wird der Ton nicht geschlagen, sondern nur geknetet. Wichtig ist, daß der Ton weder zu naß noch zu trocken ist.

Er darf nicht an den Fingern klebenbleiben, aber er darf auch nicht an der Oberfläche rissig werden, wenn er gebogen wird.

1. In der Hand durch stetiges Hin- und Herrollen aus einem kleinen Tonklumpen eine Kugel formen.

2. Mit dem Daumen vorsichtig ein Loch in die Tonkugel drücken. Diese wird durch das Ausformen größer werden.

3. Mit dem Daumendruck die Seitenwände des Gefäßes hochziehen.

4. Den oberen Rand mit einem Messer abschneiden und mit den Fingern nachglätten.

5. Mit einem Schwämmchen so lange über das Gefäß streichen, bis es schön glatt ist.

6. Das Schälchen muß jetzt einige Tage trocknen, bis es gebrannt werden kann.

7. Das sind die fertig gebrannten Schälchen nach dem Schrühbrand bei ca. 800° Celsius. (Glasur siehe S. 213 und S. 217).

Männchen in der Würstchentechnik

Diese Technik gehört zusammen mit der Streifentechnik (S. 210 ff.) zu den bekanntesten Handwerkstechniken in Ton, die für dich als Hobbykeramiker in Frage kommen.
Bei beiden Techniken handelt es sich um Arbeiten, die ohne maschinelle Hilfe ausgeführt werden können, sich aber mit viel Übung bis zur Perfektion steigern lassen.

1. Aus einem kleinen Tonklumpen auf einem Holzbrett ein langes dünnes Würstchen ausrollen. Es sollte überall gleich dick sein.

Das glasierte und fertig gebrannte Würstchenmännchen nimmt sich attraktiv aus

2. Anschließend das Würstchen vorsichtig zu einer Schnecke drehen.

3. Mit dem Messer verstreichen, indem beide Seiten mit dem Messerrücken glattgestrichen werden.

4. Weitere Würstchen ausrollen und in kleiner werdenden Kreisen aufeinanderlegen. Innen verstreichen.

5. Eine kleine Kugel formen und innen mit einer Modellierschlinge aushöhlen.

6. Den Kopf aufsetzen und mit einem Modellierholz das Gesicht ausformen.

7. Zum Brennen muß der Boden der Figur aufgeschnitten werden.

8. Auch diese Figur muß einige Tage ruhen, d. h. antrocknen.

9. Die Würstchen haben den Schrühbrand überstanden. Jetzt muß nur noch glasiert werden.

1. Gekneteten Ton abnehmen und eine gleichmäßige Rolle formen.

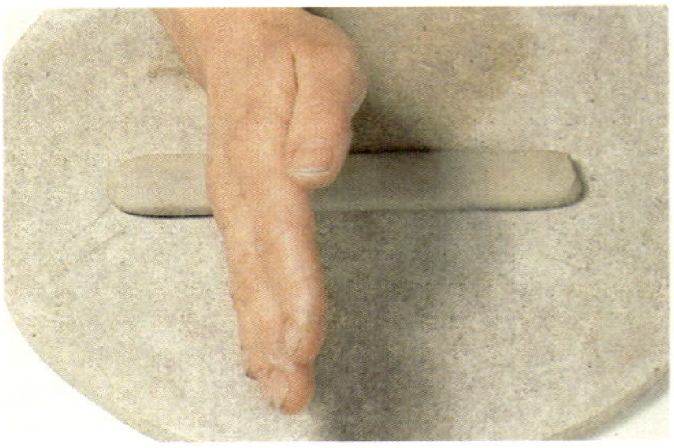

2. Mit dem Handrücken flachklopfen, damit eventuell eingeschlossene Luftbläschen entweichen können.

Windlicht in der Streifentechnik

Große Gefäße, eckige Behälter aus Ton oder Tonplastiken lassen sich in der Streifentechnik relativ leicht herstellen. Die Streifen werden einfach in der gewünschten Größe zugeschnitten. Allerdings mußt du in mehreren Etappen arbeiten. Beachte dabei, daß das Eigengewicht von Ton groß ist: Bevor ein Streifen auf einen anderen gesetzt wird, muß der untere angetrocknet sein. Diese Technik ermöglicht es dir, dünne Wände aufzubauen; wie das Mauerwerk eines Hauses werden die Wände aufeinandergesetzt und mit feuchtem Tonbrei verbunden. Das Windlicht in unserem Beispiel verfügt über eine große Öffnung, durch die ein Teelicht passen soll. Die Fenster dürfen nicht zu groß sein, damit die Kerze vom Wind nicht ausgeblasen wird.

3. Einen Streifen bilden, indem du mit einem Messerrücken oben und unten über die flachgedrückte Rolle streichst.

4. Den Streifen unter einer angelegten Holzleiste gerade abschneiden.

7. Für das Haus brauchst du 4 Seitenwände, 2 Dachplatten und den Boden.

5. 2 Streifen übereinanderlegen und die Kanten mit dem Finger andrücken.

8. Den Rand der Bodenplatte mit dem Messer etwas aufrauhen und anfeuchten.

10. Die nächste Wand aufsetzen, die Ecke mit dem Schwamm anfeuchten und mit dem Messer verstreichen.

6. Mit der Messerspitze Luftblasen aufstechen, anschließend wieder sorgfältig verstreichen.

9. Eine Seitenwand aufsetzen und den Rand der Bodenplatte mit der Seitenwand verspachteln.

11. In die Ecken im Haus werden dünne Tonwürste gedrückt und mit dem feuchten Finger glattgestrichen.

12. Alle Kanten mit dem Messer oder den Fingern nacharbeiten, damit gute und haltbare Verbindungen entstehen.

13. Wenn die Seitenwände lederhart sind (siehe Text rechts), die Oberkante der Seitenwände aufrauhen und anschließend anfeuchten.

14. Etwas Schlicker auftragen.

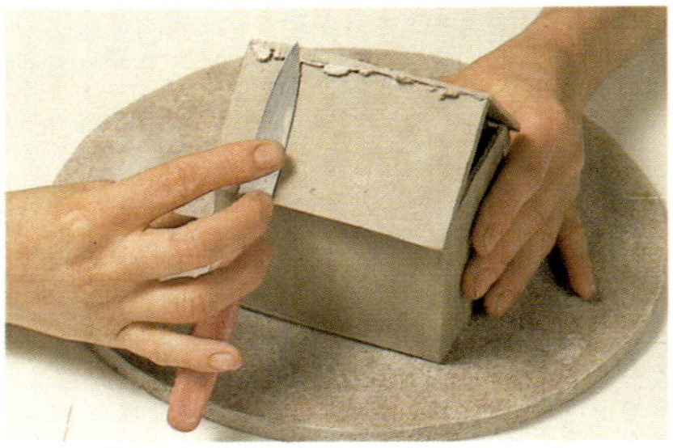

15. Die Dachplatten vorsichtig aufsetzen und verspachteln.

16. Für den Schornstein ein Loch schneiden, Schlicker auftragen.

Was heißt »lederhart«?

Bevor dem Keramikhaus das Dach aufgesetzt wird, müssen die Hauswände ›feuchthart‹ sein. Bei Ton unterscheidet man verschiedene Zustände der Trockenheit, die für die Weiterverarbeitung von Bedeutung sind. ›Feuchthart‹ ist die Bezeichnung für die Tonbeschaffenheit, die Ton nach einigen Stunden Trocknen aufweist. Er ist noch etwas verformbar, aber auch schon wesentlich stabiler als neu geformte Tonstücke. Als ›lederhart‹ wird Ton nach einer Trockenzeit von ca. 24 Stunden bezeichnet. Er ist nun nicht mehr formbar. ›Hart‹ ist der Ton nach einer Trockenzeit von ca. einer Woche. Erst jetzt kann er gebrannt werden.

17. Um den Schornstein ein Tonwürstchen legen und mit dem Modellierholz ganz vorsichtig andrücken, damit die Dachplatte nicht einreißt.

18. Mit dem Messer die Fensteröffnungen und Türen schneiden. Die Tür sollte so groß sein, daß ein Teelicht hindurchpaßt.

19. Zum Schluß den Balkon ansetzen und alles sorgfältig mit einem feuchten Schwamm glätten.

So sieht das Windlicht nach dem 1. Brennen, dem Schrühbrand, aus. Die Verbindungen der Wände sind nicht gerissen oder geplatzt

Das Glasieren

Die Glasur ist der oft glänzende Überzug auf keramischen Gegenständen. Sie bewirkt, daß Gefäße glatter, härter und vor allem dicht werden. Neue Glasuren zu erfinden und auszuprobieren, ist wesentlicher Bestandteil der Arbeit des Keramikers. Fertige Glasuren kannst du im Bastelgeschäft kaufen. Die Tongegenstände können erst glasiert werden, nachdem sie mit einem Schrühbrand gebrannt wurden. Nach dem Schrühbrand hat der Ton seine gebrauchsfertige Haltbarkeit und heißt jetzt ›Scherben‹.

20. Die Bestandteile der Glasur werden in Wasser aufgeschlämmt und in Schüsseln aufbewahrt.

21. Um Tonscherben von innen und außen gleichmäßig zu glasieren, werden sie einfach mit Glasur übergossen. Achte aber darauf, daß wirklich jede Stelle mit Glasur benetzt ist.

22. Auch mit dem Pinsel läßt sich Glasur auftragen.

23. Du kannst die Glasur noch so genau auftragen: Beim Brennen verwischen sich die Konturen.

Ton vorbereiten

Der Ton, mit dem auf der Scheibe gearbeitet wird, muß sorgfältiger vorbereitet werden, als der für die Aufbaukeramik. Er braucht größtmögliche Plastizität – darunter versteht man seine Geschmeidigkeit.

Einen Tonklumpen zuerst ›schlagen‹, damit eingeschlossene Luft entweicht.

Dann mit den Fingern rillen, mit einem Draht durchschneiden und wieder aufeinanderkleben.

Damit der Ton sich gut mischt, wird er bis zu 10 x aufeinandergeklebt.

Tonformen auf der Drehscheibe

Vielleicht hast du einmal Gelegenheit, dich an eine ›echte‹ Töpferscheibe zu setzen und auszuprobieren, was dabei herauskommt. Du wirst überrascht sein, wie schwer es ist, einen Tonklumpen einfach nur in der Mitte zu halten, wenn die Scheibe sich zu drehen beginnt. Nicht umsonst ist das Töpfern ein Lehrberuf, und auch die Lehrlinge benötigen oft bis zu einem halben Jahr, bis es ihnen gelingt, ein einfaches Gefäß hochzuziehen. Wir haben für unsere Fotos der Keramikkünstlerin Irms Duschl bei der Arbeit zugesehen.

Eine Tasse »hochziehen«

1. Einen Tonklumpen abnehmen, in die Mitte der Töpferscheibe legen: der Ton wird auf der Scheibe zentriert.

2. Die rechte Hand reguliert das Anwachsen in die Höhe, die linke Hand formt den Ton aus und dient als Stütze.

3. Die linke Hand drückt den Ton von innen gegen die rechte Hand: die Tasse wird oben weiter.

4. Die obere Kante mit einem Messer abschneiden und dann mit einem Schwämmchen glätten.

5. Die Tasse wird mit einer Drahtschlinge von der langsam rotierenden Drehscheibe abgeschnitten, vorsichtig mit beiden Händen abgehoben und zum Trocknen 2–3 Tage beiseite gestellt. Sie muß lederhart sein, bevor der Henkel angesetzt wird.

Die Schüssel

6. Ein etwas größerer Klumpen Ton wird auf der Töpferscheibe zentriert und ähnlich wie die Tasse weitausladend hochgezogen.

7. So dünn kann Ton auf der Scheibe geformt werden. Die obere Kante wird vorsichtig geglättet.

Das fertig glasierte Geschirr: Eine scheinbar einfache Formgebung, die allerdings viel Übung und Geschick erfordert

Der Teller

8. Mit gleichmäßigem Druck wird der Tonklumpen zum Rand gezogen.

9. Nun mit einem Schwämmchen die Rillen, die beim Drehen durch die Finger entstanden sind, glätten.

10. Die Tellerform muß über Nacht ›feuchthart‹ werden (siehe S. 213), erst dann kann der Ton mit einer Drahtschlinge von der Scheibe gelöst werden (übrigens ist es schwieriger, einen flachen Teller auf der Töpferscheibe zu formen als eine Tasse hochzuziehen).

Der Henkel

11. Die Ansatzstelle wird aufgerauht und mit Schlicker bestrichen.

12. Mit der Hand eine Tonrolle formen und abschneiden.

13. Den Henkel oben fest an die Ansatzstelle drücken.

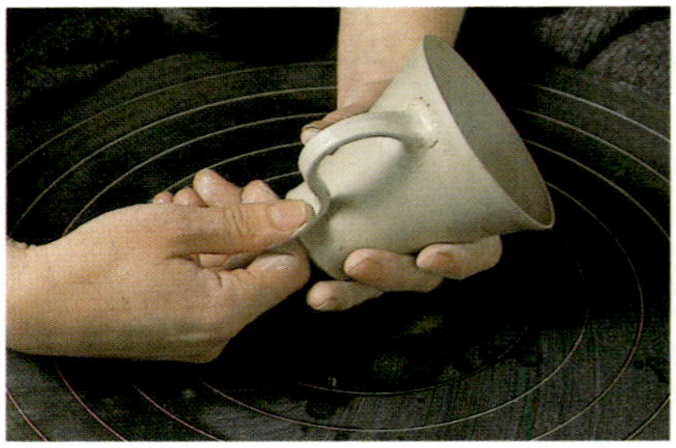

14. Dann wird er mit einem Schwung nach oben ausgestülpt und an seine untere Ansatzstelle geklebt.

15. Nun werden sämtliche Ansatzstellen noch sorgfältig verstrichen. Die Teile bleiben einige Tage stehen, um zu trocknen, bevor sie gebrannt werden.

Das Glasieren

16. Den Teller mit Hilfe einer Schöpfkelle mit Glasur begießen.

17. Die Schüssel erst außen mit der Glasur überziehen, dann noch mit einer 2. Farbe übergießen.

18. In die Tasse Glasur schütten, damit die Farbe wirklich die ganze Oberfläche gleichmäßig bedeckt.

Das Brennen

Um deine Keramik brennen zu lassen, mußt du dir eine Töpferwerkstatt suchen oder in deiner Schule fragen. Auch für das Brennen benötigt man große Erfahrung, denn der Ofen muß langsam angeheizt werden, damit das Brenngut nicht reißt. Und, Glasuren schmelzen bei unterschiedlichen Temperaturen. Hier siehst du das Geschirr nach dem Schrühbrand (800–900° Celsius). Die Teile müssen nun einige Tage auskühlen, ehe sie glasiert werden können.

Im Brennofen stehen hier die nach dem Schrühbrand glasierten Teile. Die Keramikerin wartet immer so lange, bis der Ofen ganz gefüllt ist.

Glas

Glas kann durch Blasen, Gießen, Walzen, Ziehen, Pressen oder Schleudern verformt werden. Für uns als Heimwerker sind diese Verarbeitungstechniken indiskutabel, weil sie nur von Fachleuten in hochspezialisierten Werkstätten durchgeführt werden können. Wir haben nur die Möglichkeit, Flachglas weiterzuverarbeiten. Gekauft wird das Glas in Scheiben im Glashandel. Und das ist ziemlich teuer. Billiger kommt es dagegen, sich dort Glasbruch zu kaufen oder sogar schenken zu lassen.
Die Aufgabe, die dir dieses Material stellt, besteht darin, mit seiner Sprödigkeit zurechtzukommen (es zerspringt leicht) und seine Schärfe niemals zu unterschätzen.

Diesen bunten Glastopf kannst du aus Glasbruch gestalten. Nach der Zeichnung links unten werden die Glasscherben wie bei einem Puzzle zusammengesetzt. Für den Spiegel wurden Kachelstücke und Glasbruch verwendet

Puzzle-Spiegel

Material:
Glasbruch (Scherben)
1 Spiegelkachel
1 Rolle selbstklebendes Kupferband
Lötzinn

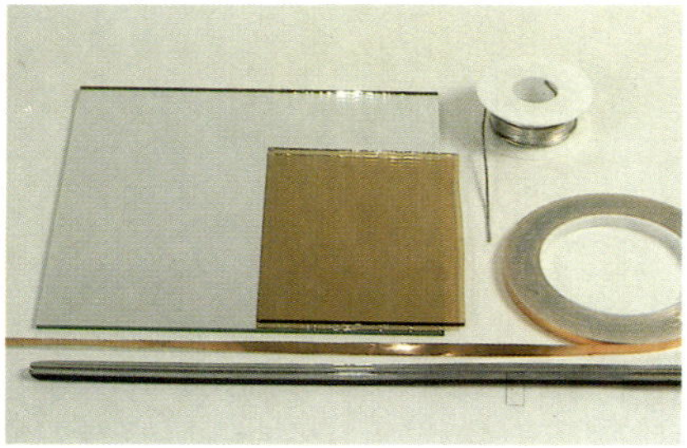

Arbeitsgeräte:

Glasschneider	Holzbrett
Stahllineal	Falzbein
Schere	Nägel
Lötkolben	Hammer

1. Einen Entwurf zeichnen. Die Maße der zu schneidenden Glasstücke festlegen, indem du das Glas auf die Skizze auflegst.

2. Am Stahllineal entlang schneiden. Dazu den Glasschneider senkrecht zur Scheibe ansetzen und mit großem, gleichmäßigem Druck über die Oberfläche ziehen.

3. Glas bricht nur dort, wo es geritzt ist. Mit dem Schneider von unten leicht gegen die angeritzte Schneidelinie klopfen.

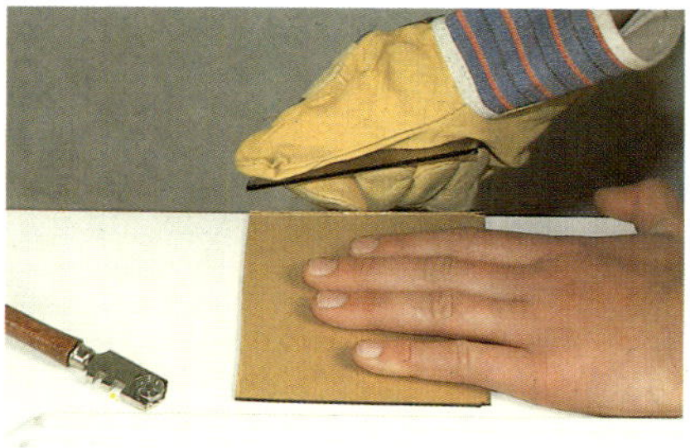

4. Das Glasstück so auf die Tischplatte legen, daß die Schneidelinie genau über der Tischkante verläuft. Den Glasabschnitt abbrechen.

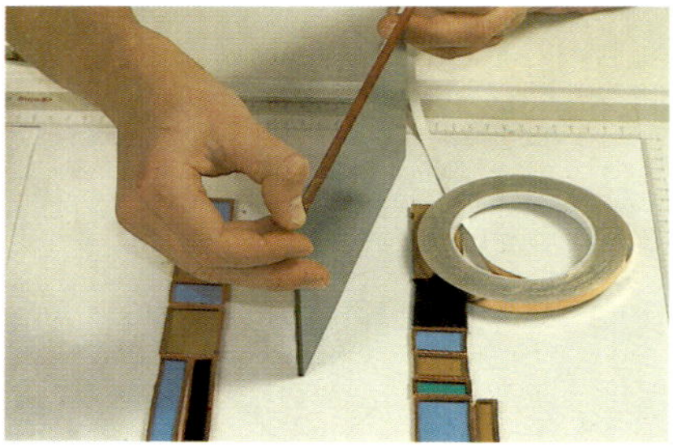

5. Die zurechtgeschnittenen Glasstücke an ihren Kanten mit Kupferklebeband umkleben.

6. Das überstehende Kupferband nach beiden Glasseiten hin umschlagen und fest andrücken. Die Kanten müssen vollständig mit dem Kupferband eingeschlagen sein.

7. Mit dem Falzbein bekommst du genügenden Druck, um das Kupferband fest anzupressen.

8. Die Elemente zusammenfügen und die äußeren Einzelteile mit ein paar Nägeln auf einem Holzbrett festnageln, damit sie beim Löten nicht verrutschen.

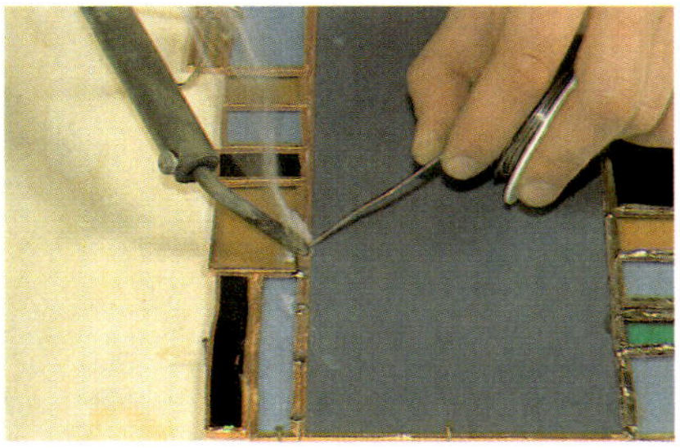

9. Zunächst punktförmig Lötstellen an den Verbindungsstücken der Einzelteile anbringen. Erst dann den Lötzinn über das gesamte Kupferband ziehen (siehe S. 227).

10. Zum Schluß werden die sichtbaren Außenkanten noch mit Lötzinn ›versilbert‹.

Stahl und Chrom sind ›in‹. Durch das Aufsetzen auf ein schönes Aluminiumblech konnte das ›Design‹ des Spiegels dazugewinnen

Jetzt wird's schon fast wie im Jugendstil, und das mit einfachen Badezimmerkacheln. Sie sind leicht zu schneiden und um einiges billiger als Glas

Metall

Metalle haben in der Menschheitsgeschichte eine so große Rolle gespielt, daß sie sogar ganzen Zeitabschnitten ihren Namen gaben: der Bronze- und der Eisenzeit. Es waren die Zeiten, in denen die Menschen lernten, verschiedene Metalle durch Erhitzen miteinander zu verbinden und damit sogenannte ›Legierungen‹ herzustellen.

Wir verwenden für unsere Metallarbeiten – bis auf Kupfer – ebenfalls nur Legierungen. Sie lassen sich biegen, sägen, feilen, bohren, treiben, löten und schweißen. Bis auf das Schweißen wirst du auf den folgenden Seiten alle Techniken kennenlernen.

Und jetzt kommt der Vorteil, daß wir nicht mehr in der Bronzezeit leben, sondern im 20. Jahrhundert: Du brauchst nur ein paar nahegelegene Hausratsammelstellen abzuklappern – überall wirst du Metallreste finden, die du verwerten und weiterverarbeiten kannst.

Die Dampfmaschine links steht unter ›Dampf‹, gleich wird sie davonfahren. Der Lampenschirm der Arbeitslampe unten besteht aus einer Kuchenform

Uhrenobjekt

Manchmal kann man sie in kleinen Kästchen auf dem Flohmarkt erwerben. Oder sie sind beim Opa in der Schublade aufzufinden: alte Wecker, Rädchen und Federn von Uhren, die noch ein richtiges Uhrwerk hatten. Sie lassen sich zusammenlöten und teilweise sogar zusammenstecken. Auf alle Fälle macht es Spaß, etwas aus ihnen zu bauen. Und, jedes Objekt wird anders aussehen, je nachdem, welche ›Bauteile‹ du finden wirst.

Material und Arbeitsgeräte:

Wecker- und Uhrenteile
1 Holzbrettchen
Glasscheiben
Kupferklebeband
Lötkolben und -zinn
Zangen

1. Die Gestaltung des Uhrenobjektes ist natürlich davon abhängig, auf welchen Untergrund es gestellt werden soll oder in welcher Umgebung es dann präsentiert wird. Hier haben wir einige Zahnradachsen in ein Holzbrettchen gesteckt, weitere Zahnräder und die Federn angelötet – bis es fast wie ein Mini-Schlagzeug aussah.

2. Der Glaskasten schützt die Konstruktion vor Verstaubung. Das Prinzip, nach dem du diesen Glaskasten bauen kannst, siehst du auf S. 220 f.

Nagelbilder

Es gibt nur schöne und keine häßlichen Nägel! Wer das bestreiten will, gehe einmal in einen Eisenwarenhandel und sehe sich diese unglaubliche Vielfalt von Nägeln an. Mit großen und kleinen, eckigen und runden Köpfen, mit langen und kurzen Stielen, glänzend oder matt und und und ...
Ein Material, das du in so reichhaltiger Ausfertigung geliefert bekommst, mußt du unbedingt ausnutzen!

1. Es entstehen ganz witzige Bilder, wenn du verschiedene Nägel mit unterschiedlichen Köpfen zu einem Nagelteppich zusammenhämmerst.

2. Wenn der Teppich sehr dicht werden soll, lassen sich die Nägel mit einer Spitzzange leichter festhalten.

Drahtwürfel

Wenn du diesen Spiralwürfel zusammengelötet hast, bist du schon fast ein Experte, und Löten ist bei nahezu allen Metallarbeiten notwendig. Beim Weichlöten verbindest du 2 kleinere Metallteile miteinander, indem du weiches Bindemetall, das Lot, zwischen den beiden zum Schmelzen bringst. Das geschmolzene Bindemetall hält die beiden Metallstücke zusammen. Das Bindemetall, das Lötzinn, besteht jeweils zur Hälfte aus Zinn und Blei.

Diese Legierung schmilzt bei ca. 200° Celsius, einer Temperatur die ein Lötkolben nach einer kurzen Aufheizzeit erreicht. Zum Reinigen der Lötstelle wird Lötfett oder Lötpaste benötigt.

1. Der Würfelrahmen läßt sich bei einer Kantenlänge von 20 cm aus 3 Schweißstangen biegen.

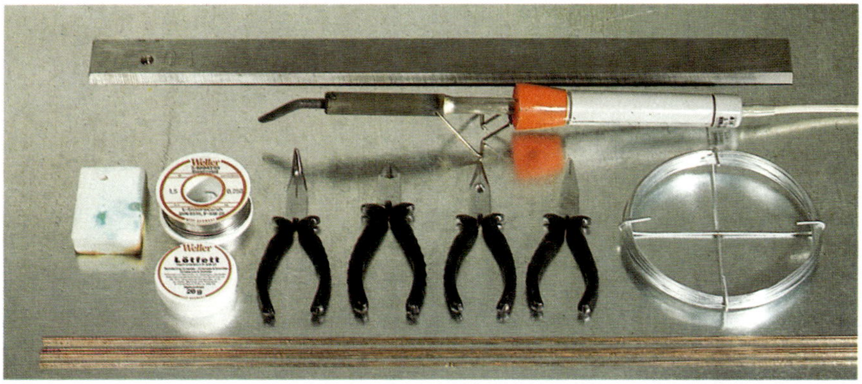

Arbeitsgeräte:

Lötkolben
Salmiakstein (zum Reinigen der Lötkolbenspitze)
Stahllineal
Lötfett
Rundzange
Seitenschneider
Spitzzange
Flachzange
Schleifpapier

Material:

Lötzinn
10 Schweißstangen
(jeweils 100 cm lang)

2. Die Würfelecken (die Lötstellen) mit Schleifpapier gut abschleifen.

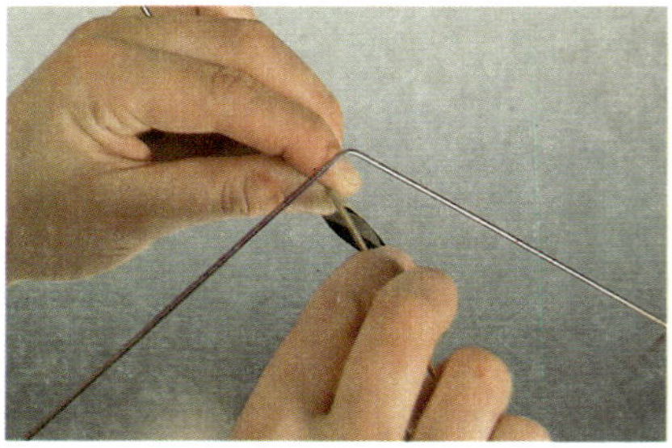

3. So entfernst du Fett und andere Partikel auf der Metalloberfläche, auf der sich sonst nicht löten läßt.

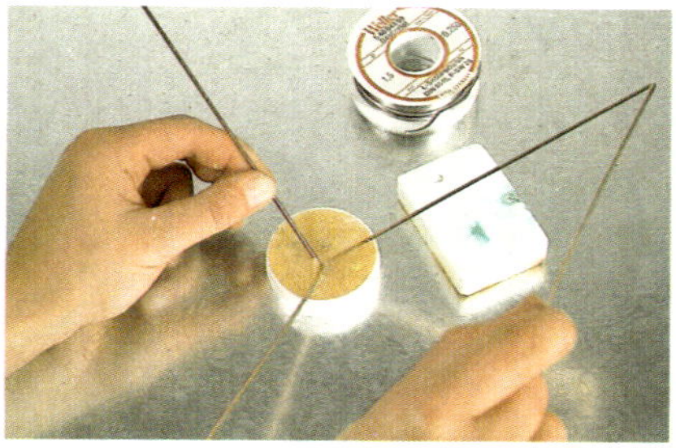

4. Die abgeschliffene Ecke muß nun mit Lötfett bestrichen werden: eintauchen oder mit einem Pinsel auftragen.

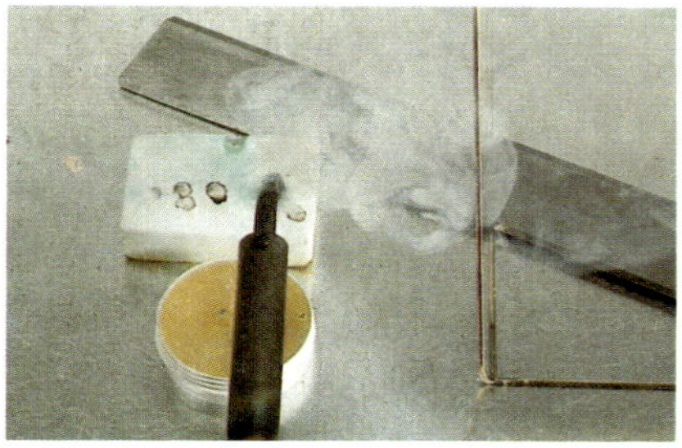

5. Den heißen Lötkolben vor dem Löten auf dem Salmiakstein reinigen.

6. Eine Möglichkeit zu löten: Die linke Hand hält etwas Lötzinn gegen die Lötstelle und der Lötkolben erhitzt es direkt dort.

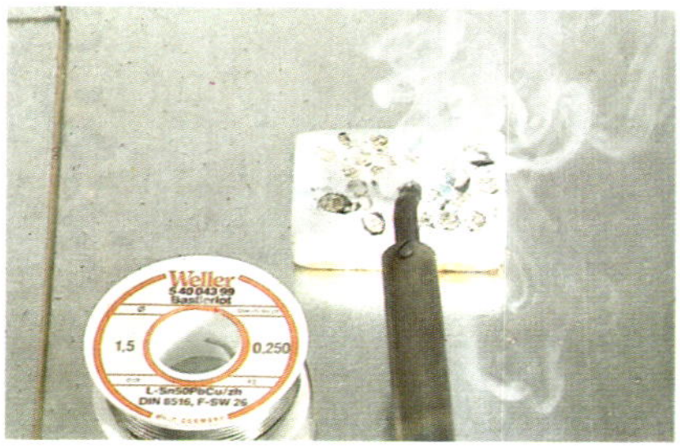

7. Den Lötkolben auf alle Fälle immer wieder reinigen, sonst leitet er die Hitze schlechter.

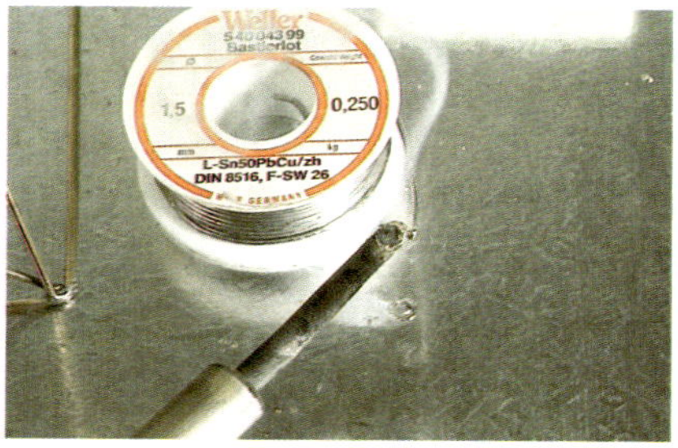

8. Die andere Möglichkeit, zu löten: mit der Lötkolbenspitze einen Tropfen Lötzinn abnehmen.

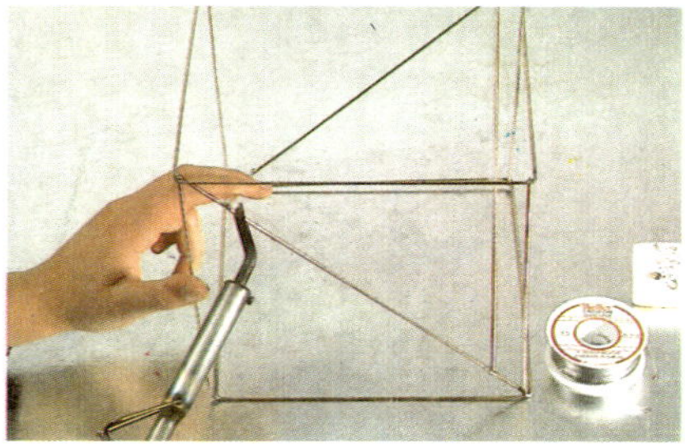

9. So hast du die linke Hand frei, um z. B. Drahtstücke an ihrem Platz zu halten, bis sie verlötet sind.

10. Du benötigst außer dem Würfelrahmen noch 24 Drahtstangen unterschiedlicher Länge, die du durch Anpassen herausfindest. Der längste Stab ist ca. 26 cm, der kürzeste 20 cm lang. Die 4 Diagonalstäbe auf den Würfelaußenflächen sind natürlich länger (28 cm). Und nun mußt du einmal ganz genau hinsehen, um das Bauprinzip zu verstehen. Es ist gar nicht so kompliziert, wie es zuerst aussieht.

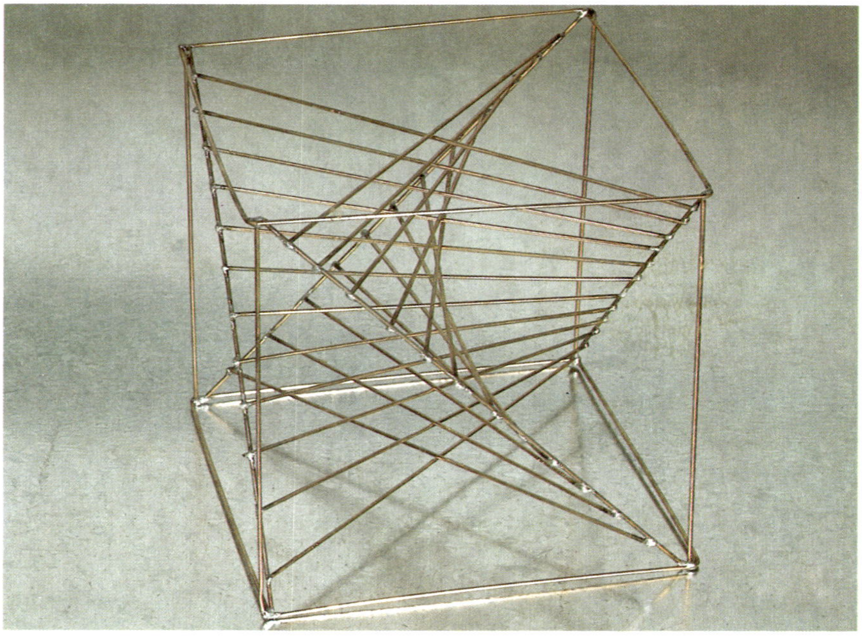

Metallplastik

Auch wenn du keine Möglichkeit hast, Bronze zu gießen oder Eisen zu verschweißen, so mußt du deshalb noch lange nicht darauf verzichten, eine Metallplastik zu bauen.
Mit verschiedenen Blechen und einem Lötkolben läßt sich schon eine Menge bewerkstelligen. Unser Vorschlag ist hierbei nur als eine Anregung gedacht, dir fällt bestimmt noch viel mehr ein.

Material:

verzinktes Eisenblech (Körper)
verschiedene Kupferbleche
(z. B. Lochblech für die Schuhe)
Schweißdraht
Filzstift oder Kreide

Arbeitsgeräte:

Blechschere
Bügelsäge
Lötkolben

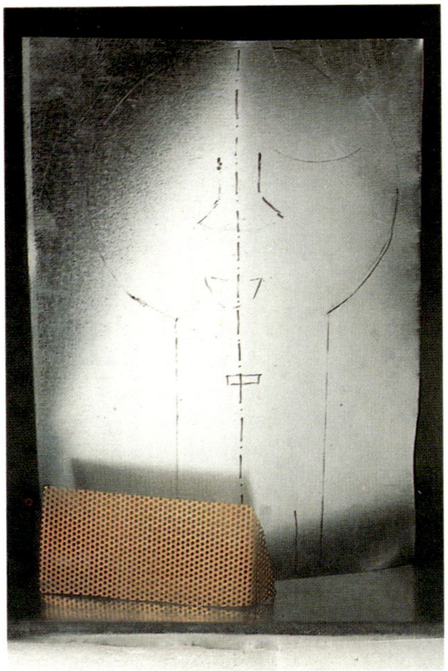

1. Zunächst mußt du einen Entwurf mit einem Filzstift oder Kreide auf das verzinkte Eisenblech zeichnen.

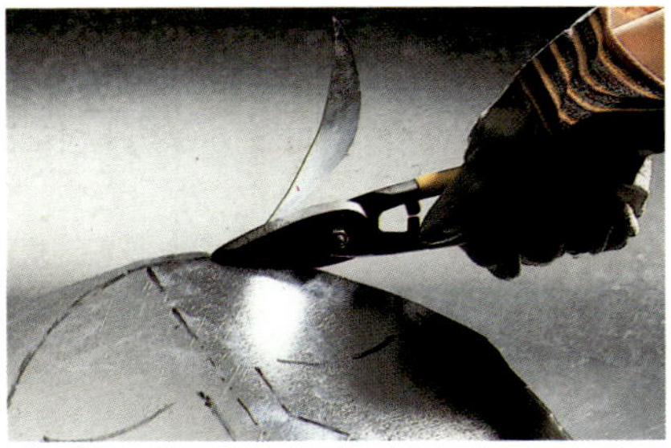

2. Mit der Blechschere ausschneiden. Handschuhe sind bei Schneidearbeiten an Blechen immer angeraten.

3. Eine Ansatzstelle für die Säge in einem geschlossenen Stück Blech erhältst du, indem du ein kleines Loch vorbohrst.

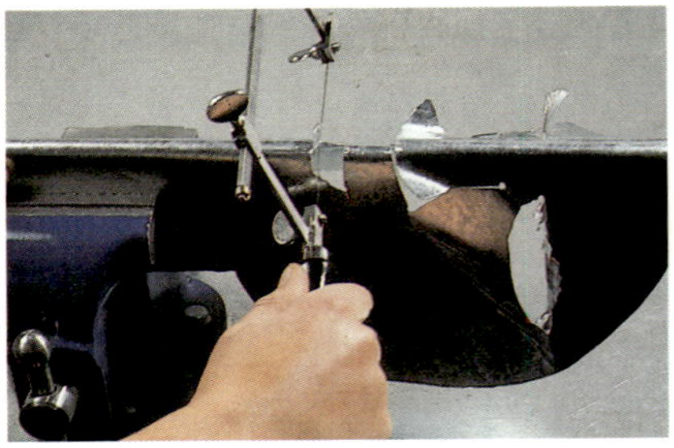

4. Oben und unten im Mundloch einen Schlitz sägen. Die Lippen aus Kupferblech hineinstecken.

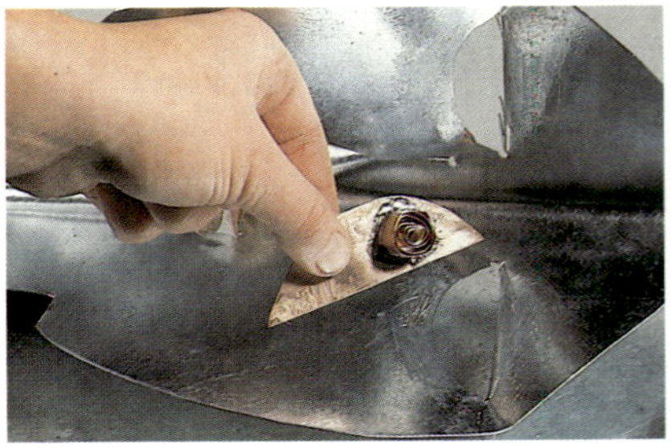

5. Auch die Augen bestehen aus Kupferblech. Auf die Augenform wird eine kleine Spirale gelötet.

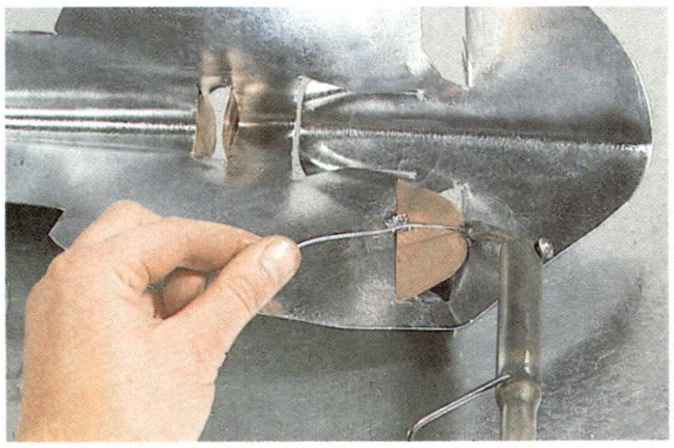

6. Die Augen werden von hinten an die Figur gelötet.

7. Für die Lötarbeiten läßt sich die Figur am besten in einem Schraubstock festhalten.

8. Den unteren Blechstreifen senkrecht einsägen, damit die Schuhe am Körper sitzen.

Tip:
Für diese Metallplastik kannst du alle Reste verwerten, die noch in der Werkstatt herumliegen. Und wenn dir Material fehlt, brauchst du dich nur nach einigen Weißblechdosen umzusehen. Sie lassen sich leicht aufschneiden und geradehämmern (eine große Würstchendose liefert allein 15 x 30 cm Material!).
Wie groß deine Figuren werden, hängt natürlich von der Stärke der Bleche ab, die du auswählst. (Achtung: Dickere Bleche sind schwer zu bearbeiten, bei zu dünnen besteht die Gefahr, daß die Plastik instabil, also wackelig, wird!)

Kerzenleuchter

Wer kennt nicht die riesigen Kronleuchter, die gesellschaftlichen Anlässen erst den richtigen Glanz verleihen. Nur wirkt der reichliche Zierrat, mit dem sie meistens behängt sind, für ein einfaches Zimmer zu überladen.
Wir stellen hier 2 Ausführungen eines rein funktionsgerechten und trotzdem schönen Kerzenleuchters vor. Funktionsgerecht heißt in diesem Fall, daß der Leuchter mehrere Kerzen ›tragen‹ und das herunterlaufende Wachs auffangen können muß.

Material:
(für den kleinen Kerzenleuchter)
1 Rolle verzinkter Draht (0,2 cm ⌀)
verzinktes Blech (15 x 15 cm)
6 Blindniete
Lötzinn

Arbeitsgeräte:
Blechschere
Zange
Lötkolben

1. 6 Kreise mit 5 cm ⌀ und 6 Streifen (5 x 1 cm) auf dem Blech anreißen und mit der Blechschere ausschneiden. Die Ränder feilen.

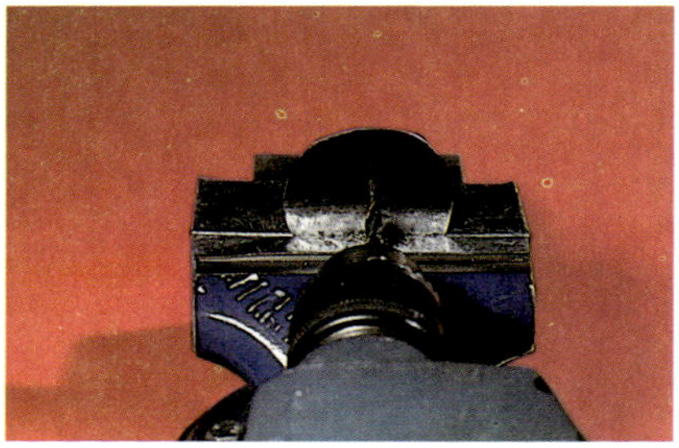

2. In jede Blechscheibe in der Mitte mit der Bohrmaschine oder dem Handbohrer ein Loch bohren (0,3 cm ⌀).

3. Die Blechstreifen rundbiegen und zusammenlöten.

4. Die Nägel aus den Blindnieten ziehen, so daß nur noch die Nietschäfte übrigbleiben. Diese Kapseln anlöten (Verbindungsglieder zwischen dem Wachsteller und den Drahtenden).

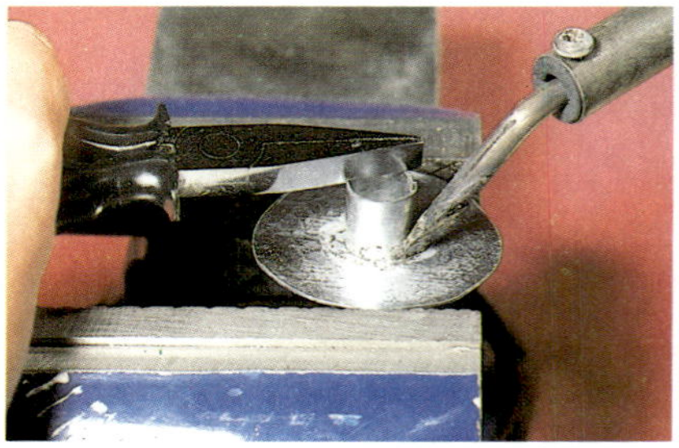

5. Die Kerzenringe in die Mitte der Wachsteller löten.

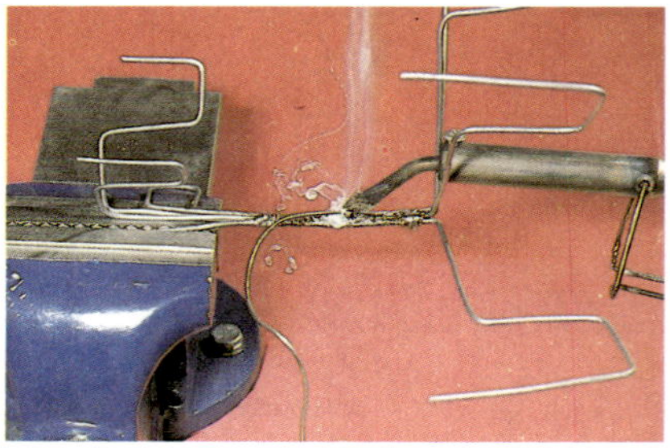

6. Die gebogenen Drahtarme in ihrer gewünschten Position festzulöten, ist eine etwas knifflige Aufgabe.

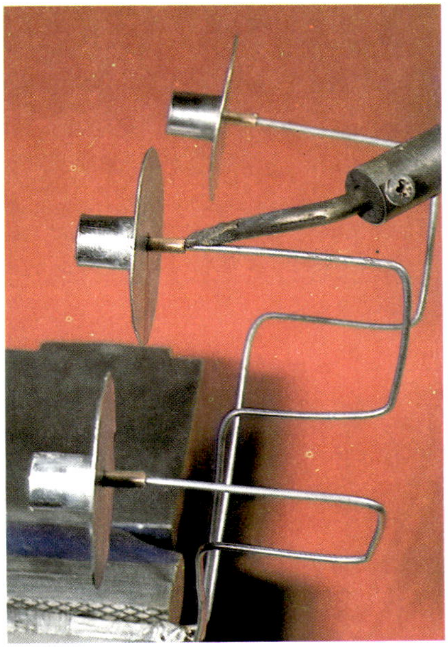

7. Die fertigen Kerzenhalter an die Drahtenden löten.

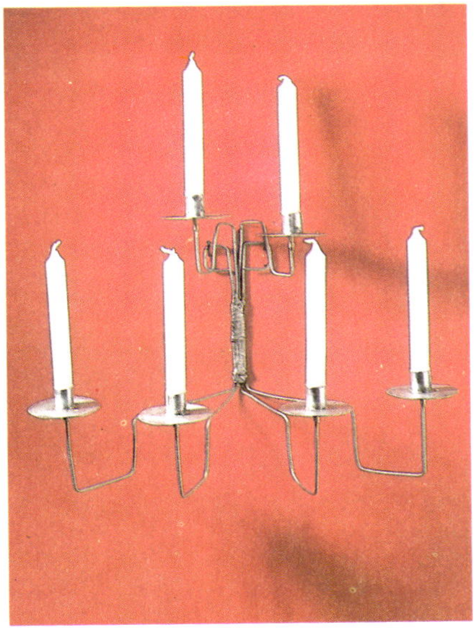

8. Dieser Wandleuchter ist ein schönes Übungsobjekt. Er eignet sich gut als Geschenk.

Für diesen großen Kerzenleuchter mußt du dir schon viel Zeit nehmen. Das Arbeitsprinzip ist das gleiche wie beim Wandleuchter. Du mußt unbedingt darauf achten, daß keine Kerze unter einer anderen steht: Die aufsteigende Hitze der Flamme könnte die darüberliegenden Kerzen zum Schmelzen bringen

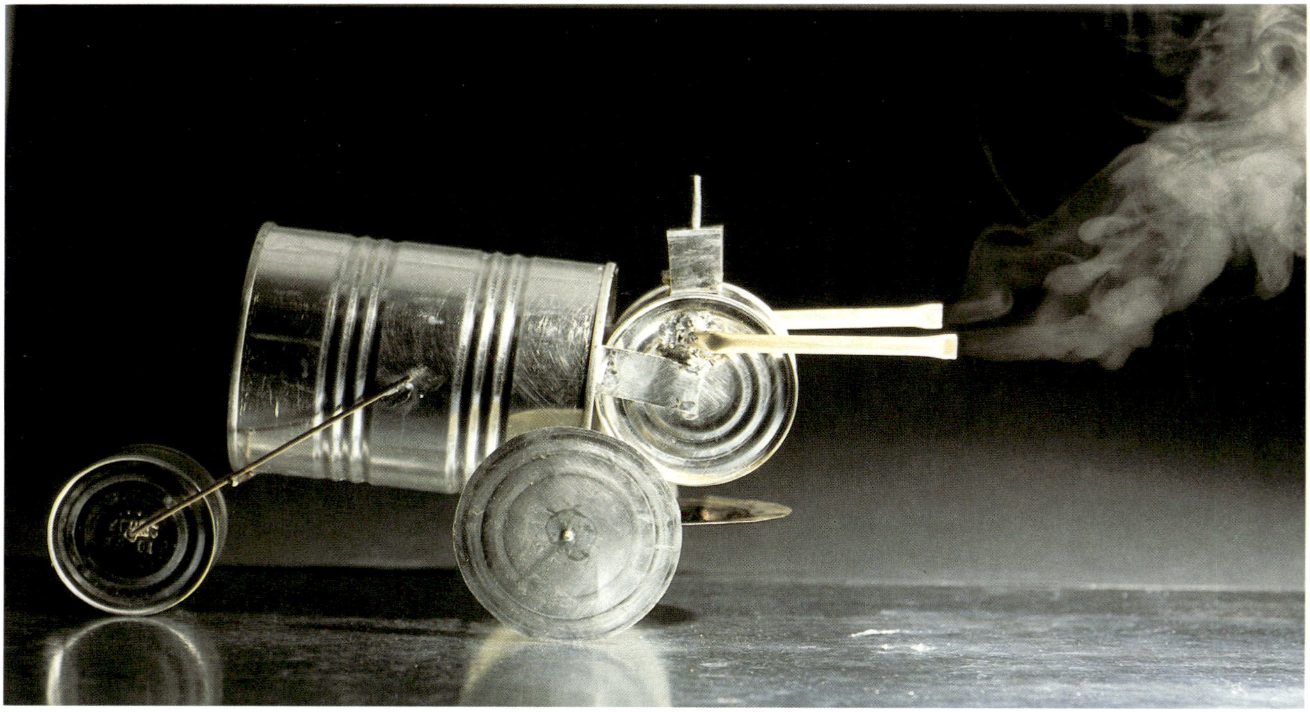

Dampfmaschine

Die ideale Wassermenge muß erst ermittelt werden: Bei zu wenig Wasser gibt es zu wenig Dampf. Bei zu viel wird das Gefährt zu schwer! Hier sind die beiden Esbitwürfel verbrannt, das Wasser kochte und verdampfte ... die Maschine bewegte sich tatsächlich vorwärts

Bis auf die 2 Messingröhrchen findest du das gesamte Zubehör für die Dampfmaschine im Haushalt. Wußtest du, daß die schnöden Dosenerbsen und Dosensuppen eigentlich in ganz tolles Material zum Werken verpackt sind: in Weißblech! Weißblech rostet nicht, weshalb deine Dampfmaschine aus Weißblechdosen auch nicht sofort ihren Glanz verlieren wird, nachdem du sie fertiggebaut und funktionstüchtig gemacht hast.

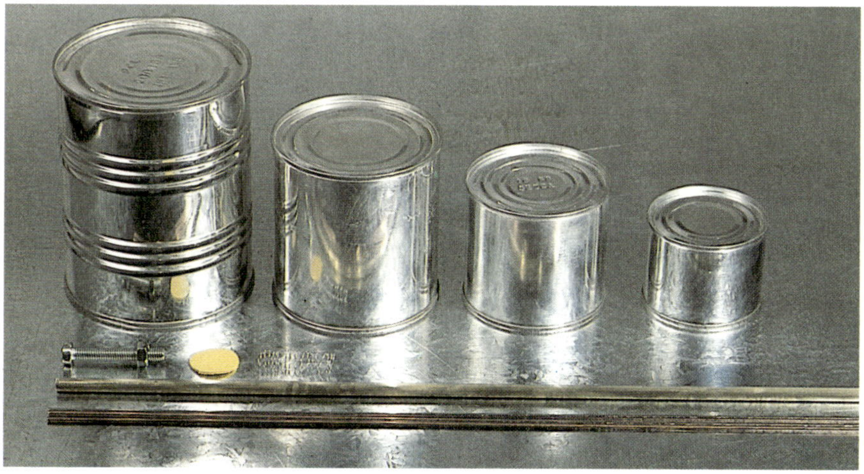

Material:

4 verschieden große Weißblechdosen (Dosenmilch, Gemüse etc.)
1 lange Schraube mit Mutter
1 Unterlegscheibe
feiner Draht
Lederrest
Lötzinn
dünne Messingröhrchen (Rückstoßbügel)
Esbitblöckchen

Arbeitsgeräte:

Hammer
Zange
Rundfeile
1 langer Nagel (5 cm lang, 0,4 cm ⌀)
Blechschere, Lötkolben

1. Mit einem Nagel 2 Löcher in den Mantel der Milchdose (Wassertank) klopfen. Den Inhalt ausleeren.

2. Für die Rückstoßröhrchen auch in Deckel und Boden je 1 Loch bohren. Alle Löcher mit einer Schlüsselrundfeile erweitern.

3. Der ›Wassertank‹ muß dicht gebaut werden, damit der Wasserdampf nur dort austritt, wo er es auch soll: aus den Rückstoßrohren. Um den Wassereinlauf abzudichten, eine Seite der Schraubenmutter und einen Lochrand am Dosenmantel ringsum mit Lötzinn überziehen.

4. Die Mutter mit der Lötseite nach unten auf die Schraube drehen und zum Verlöten fest aufpressen.

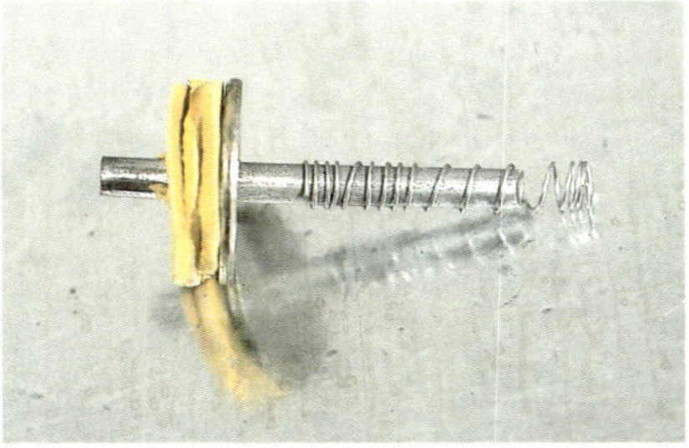

5. Das Überdruckventil wie auf dem Foto herstellen. Die Unterlegscheibe ist an den geköpften Nagel gelötet.

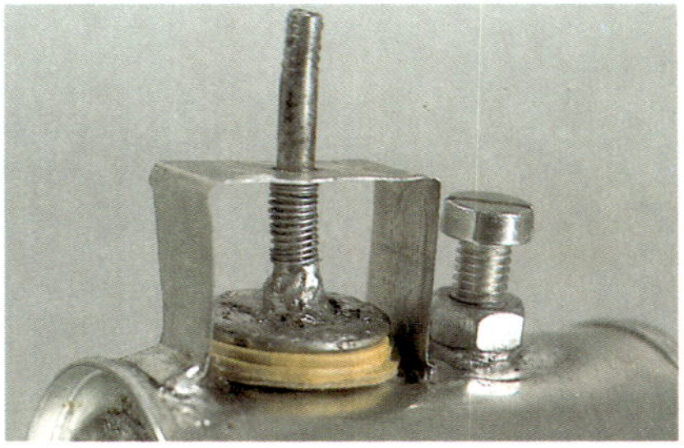

6. Den Ventilbügel aus Dosenblech biegen und über das 2. Loch löten, nachdem du das Ventil in den Bügel gesteckt hast. Überprüfen, ob sich die Schraube leicht raus- und reindrehen läßt, und ob sich die Mutter nicht durch das Löten des Bügels gelöst hat.

7. Die Rückstoßröhrchen leicht biegen und an Deckel und Boden der Dose löten.

8. Karosserie und Fahrgestell (die Achsen müssen sich drehen können) bauen. Den Wasserkessel und die Brennstoffplattform anlöten.

9. Die Dampfmaschine läßt sich mit Esbitwürfeln in Gang setzen. Mit 2 Würfeln kannst du das Feuer unter dem Kessel gerade noch regulieren. Bei 3 Stücken wurde die Hitze bei unseren Versuchen schon so groß, daß sie das Lötzinn aufweichte und den Wasserkessel vom Fahrgestell löste.

Spielereien aus Draht

Konstruktive und gestalterische Arbeiten aus Draht machen Spaß, weil sie einfach auszuführen und außerdem schnell fertig sind.
Die kleine Drahtmaschine rechts beruht auf einem ganz einfachen Prinzip, nach dem sich noch viel größere und kompliziertere Maschinen bauen lassen. Allerdings mußt du dir dann schon einige Gedanken zur Mechanik machen.
Drahtfiguren (unten) und einfache Fahrzeuge (rechts unten) lassen sich ganz einfach mit Hilfe von Zangen herstellen – du mußt einmal ausprobieren, was mit Draht so alles möglich ist.

Dünner Bindedraht ist das Ausgangsmaterial für diese kleine Drahtplastik. Mit den Fingern oder Zangen wird der Draht gebogen; seine Enden stecken in einem kleinen Holzbrettchen

Aus einem Rest Drahtgitter und einigen Stücken Schweißdraht wurde diese Schubkarre gebogen und dann zusammengelötet. Ein schönes Spielzeug

Metallgras

Die Ursprungsform von Werkstoffen kannst du durch Biegen, Sägen, Feilen, Schnitzen verändern. Bei Metallen, dabei insbesondere Kupfer, läßt sich die Oberfläche auch hämmern. Hier haben wir aus dünnem Kupferblech kleine ›Blumen‹ gehämmert und mit Kupfer- und Schweißdraht sowie Kupferblech zu einem bizarren Gewächs zusammengelötet, das, unlackiert, sogar ›grün‹ werden kann (dann nämlich, wenn es oxidiert, sich also mit Sauerstoff verbindet). Unverzinktes Eisenblech dagegen wird braun – es rostet.

Material:

verzinktes Blech (30 x 20 cm)
10–12 Schweißdrahtstangen
dünnes Kupferblech (20 x 20 cm)
1 Fichtenholzbrett (30 x 20 cm)
Lötzinn

1. Aus Kupferblech kleine Quadrate ausschneiden und ›treiben‹.

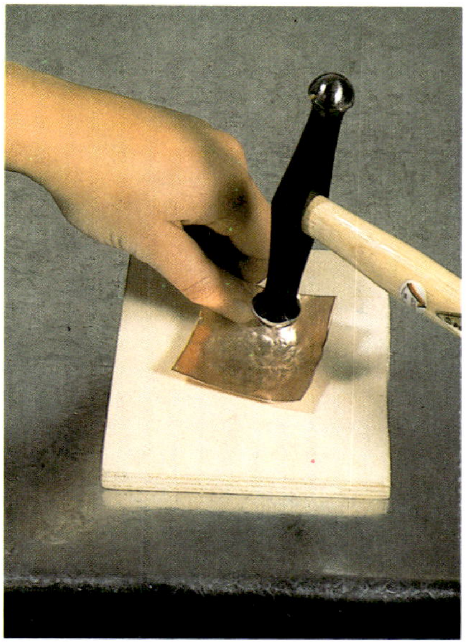

2. Das dünne Kupferblech wellt sich schon nach ein paar Hammerschlägen. Du kannst richtig ›blumige‹ Effekte erzeugen.

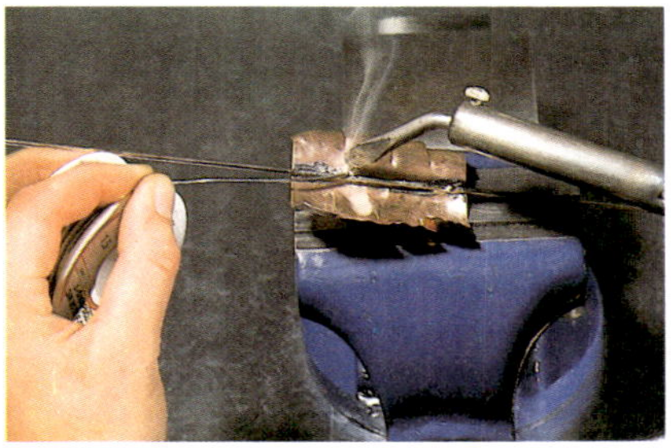

3. Das getriebene Kupferblech an eine Schweißdrahtstange löten.

4. In den Fuß (Herstellung siehe S. 242 f.) die Stangen einstecken.

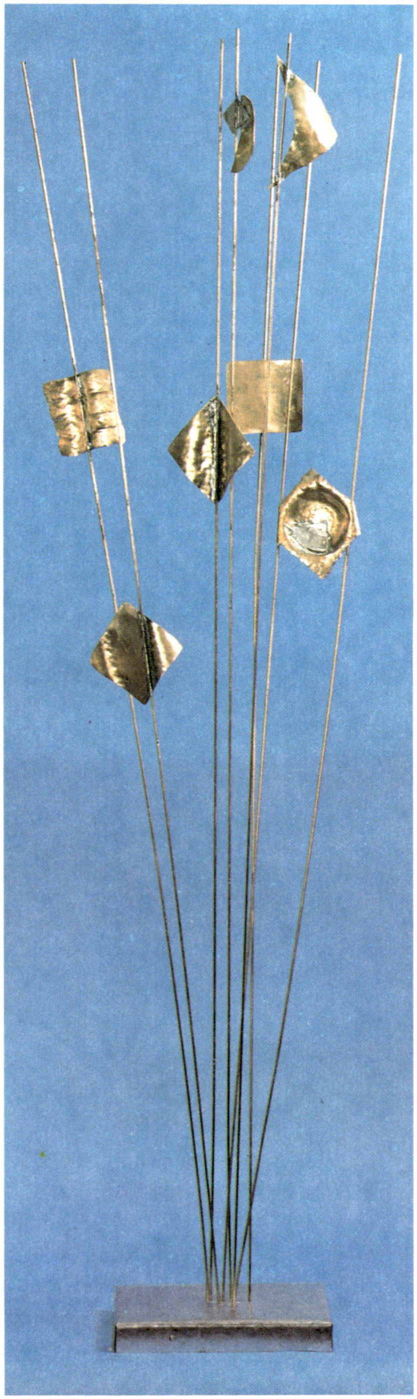

5. Schon 8–10 Stangen ›Kupfergras‹ geben einen netten Strauß ab.

Schatzkästchen

Messing besteht aus einer Legierung von Kupfer und Zink. Mit einem Kupfergehalt von mehr als 63% bekommt dieses Metall die goldene Farbe eines Schmuckkästchens. Und, je höher der Kupfergehalt ist, um so leichter läßt es sich auch verarbeiten: bohren, sägen, hämmern usw.
Dieses Schatzkästchen ist ein Aufbewahrungsort für deine Schätze: Es sieht schon sehr wertvoll aus. Aber du mußt schrauben, schrauben, schrauben... du wirst Weltmeister in dieser Disziplin.

Material:

24 Scharniere (2,5 x 1 cm)
Messingblech (30 x 20 cm)
ca. 100 kurze Schrauben (mit Muttern, 0,3 cm ∅)
Schweißdraht

1. Sechs 10 x 10 cm große Messingquadrate ausschneiden. Die Bohrstellen für die Schrauben anzeichnen.

2. Die angezeichneten Bohrstellen mit einem Körner vorkörnen. (Durch die kleine Einbuchtung hat der Bohrer eine Angriffstelle im Blech.)

3. Das Messingblech in den Schraubstock einspannen. Mit einem Metallbohrer (0,3 cm ∅) vorsichtig bohren.

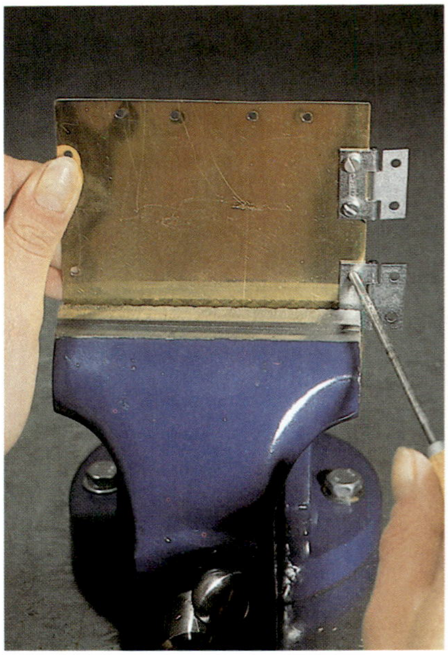

4. Mit einem Schraubenzieher die Scharniere festschrauben.

5. Die Schraubschlitze sollten in eine Richtung zeigen. So würde es auch ein guter Handwerker machen.

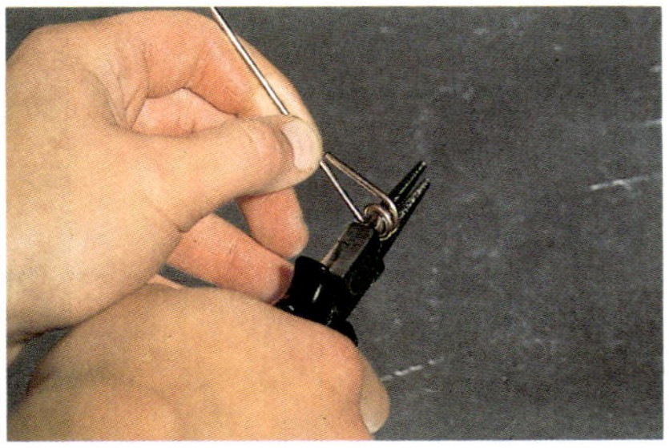

6. Ein 15 cm langes Stück Schweißdraht an einem Ende mit der Rundzange rundbiegen.

7. Bei 6 Scharnieren des Deckels die Stifthalterung mit einem Nagel herausschlagen.

8. Der Draht schließt jetzt das Kästchen. So einfach kann eine Verriegelung hergestellt werden.

Zum Öffnen des Kästchens mußt du den Draht natürlich ganz herausziehen

Stövchen

Unser Stövchen aus Gitterblech sieht sehr massiv aus, dabei sind seine Bauteile 2 einfache Rechtecke aus Eisenblech (von Zeit zu Zeit das Blech abschleifen, da es leicht rostet).
Unsere Anleitung soll nur eine Anregung sein, wie du Gitterblech verarbeiten kannst. Dieses Blechmuster eignet sich auch für Lampenschirme und Tabletts; es ist so stabil, daß daraus auch Regale gebaut werden können.

Material:

2 Streifen Gitterblech (30 x 15 cm, 0,1 cm dick)
1 Stück Messingblech (5 x 5 cm)
4 Schloßschrauben (0,6 cm ⌀) mit Muttern
1 Niet

1. Gitterblech mit der Blechschere abschneiden. Kanten mit der Feile entschärfen.

2. Das Blechstück im Schraubstock zwischen 2 Stahllineale oder Holzleisten klemmen und biegen.

3. Die Knickkanten sollen exakt sein.

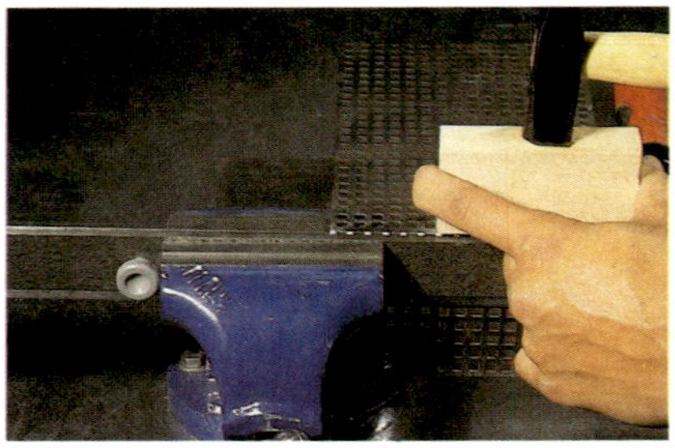

4. Dazu nicht auf das Blech, sondern auf hartes Holz (das nicht splittern darf) hämmern.

5. Die 2. Stövchenhälfte erst dann richtig umbiegen, wenn beide Hälften ineinandergefügt sind.

6. Mit Schrauben von unten sichern.

7. Nun fehlt lediglich noch die Kerzenschale.

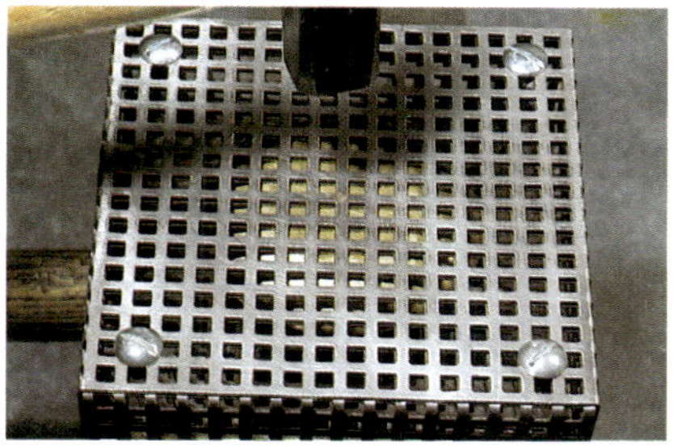

9. Die Messingschale mit einer Niet im Stövchen festklopfen (vorbohren!).

8. Wie man Messing oder Kupfer treibt, siehst du auf S. 235.

10. Auf die Messingschale wird das Teelicht gesetzt.

Das Stövchen verbreitet ein angenehm warmes Licht. Aus dem Schälchen verdampft ätherisches Öl, das im Zimmer einen wohltuenden Geruch verbreitet

Arbeitslampe

Auf dem Dachboden oder auf einem Flohmarkt findest du genug geeignetes Material für unsere Lampen aus Haushaltsgegenständen. Aber es ist wenig wahrscheinlich, daß du genau dieselben Gegenstände wiederfinden wirst; du mußt dann unsere Entwürfe einfach abwandeln. Metallrohre und -stangen sowie Lampenfassungen kannst du dir im nächsten Baumarkt besorgen. Alle Lampen auf den folgenden Seiten setzen die Grundtechniken der Metallverarbeitung voraus.

Material:

1 Backform (Lampenschirm)
4 Schloßschrauben (0,6 cm ∅) mit Muttern
1 flache Aluminiumstange (2,5 cm breit, Länge und Dicke sind meistens genormt)
verzinktes Blech (40 x 30 cm, Standfuß)

Elektrozubehör:

1 Lampenfassung
1 Gewinderöhrchen (1,2 cm ∅) mit Muttern

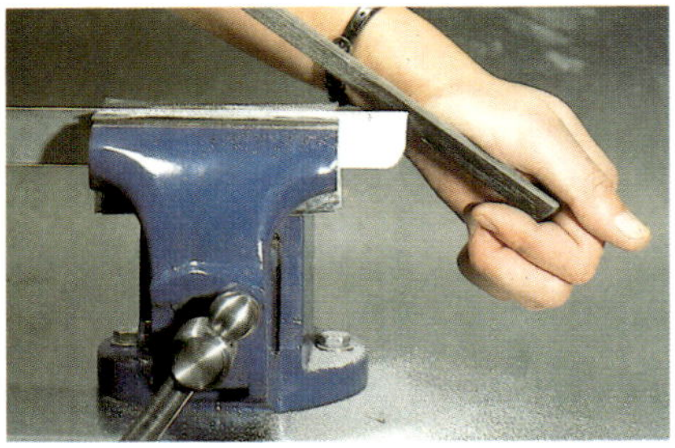

1. Zwei 30 cm lange Aluminiumstangen absägen. An beiden Enden eine Rundung anreißen und die Stangen nebeneinander in den Schraubstock spannen. Die Abrundungen feilen.

2. Für die Schraubenlöcher jeweils 1 Loch vorbohren und mit einer Vierkantschlüsselfeile zurechtfeilen.

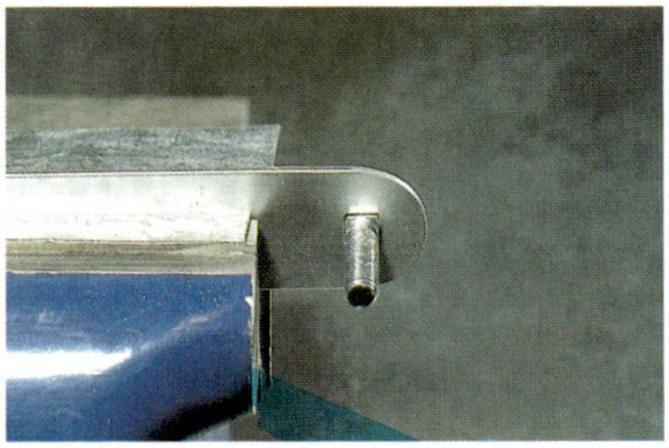

3. So ist die Schraube richtig in das Loch eingepaßt.

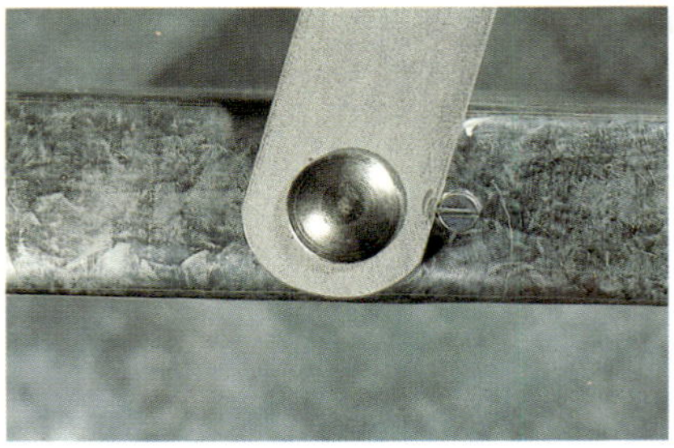

4. Eine kleine Schraube auf jeweils einer Seite des Bodens verhindert das Umkippen der Stangen (wie du den Boden herstellst, siehe S. 242 f.).

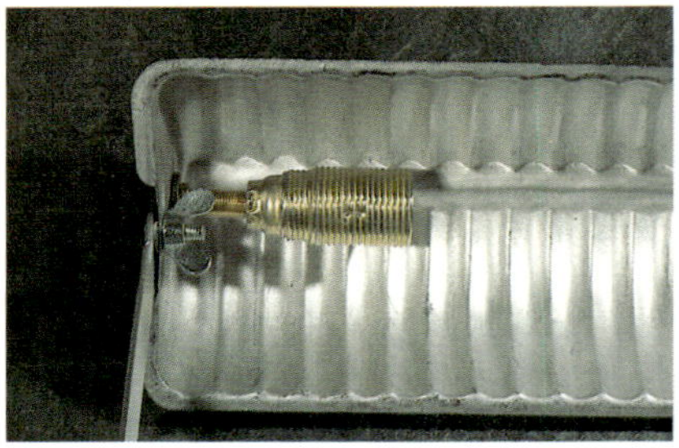

5. In die Backform auf der linken Seite ein Loch (1,2 cm ∅) für das Gewinderöhrchen bohren, dieses einsetzen, mit einer Mutter sichern und die Lampenfassung aufschrauben.

6. Das Gewinderöhrchen wird von außen mit einer Mutter festgehalten. Für die Elektroinstallation gehe in ein Elektrofachgeschäft, oder lasse sie dir von deinen Eltern zeigen.

Leselampe

An dieser Lampe ist wirklich alles selbst gebaut. Ausgangsmaterial sind Zubehörteile, die du im Eisenfachhandel oder beim Spengler findest.

Material und Arbeitsgeräte:

mittelstarkes Kupferblech (40 x 40 cm)
Kupferlochblech (40 x 40 cm)
Kupferrohr (50 cm lang, 1 cm ⌀)
Modellgips
Elektrozubehör
Treibhammer
Blechschere, Flachzange
Schraubenzieher
Aluminiumfolie

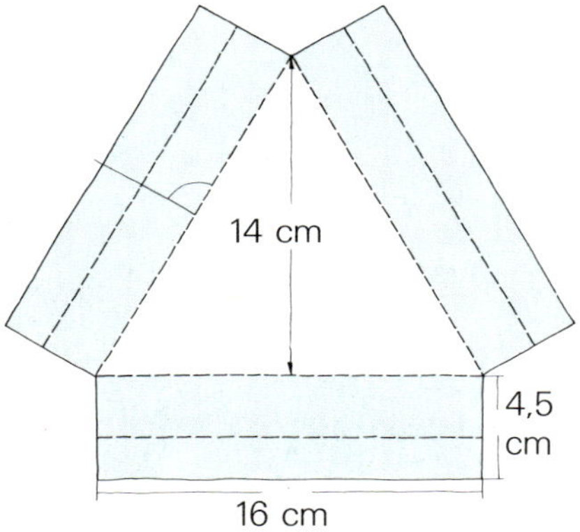

Das Kupfertreiben

1. Einen Kreis auf dem Kupferblech anreißen und mit einer Blechschere ausschneiden. Die Kanten vor dem Treiben glattschleifen.

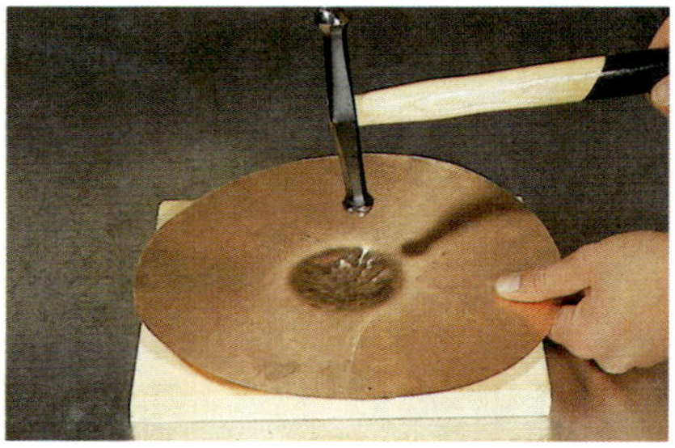

2. Das Kupfer auf ein Holzbrett legen und mit dem dickeren Ballen des Treibhammers das Kupfer treiben. Dazu mit lockerem Handgelenk den Hammer immer auf die gleiche Stelle klopfen, während du die Kupferscheibe langsam weiterdrehst.

3. Im Kupfer bilden sich während des Treibvorganges Spannungen aus. Dann hilft es, das Werkstück zu erhitzen (mit einer Lötflamme oder einem Bunsenbrenner). Die Spannungen können sich so besser verteilen.

4. Mit dem dünneren Ballen des Hammers läßt sich die Struktur der getriebenen Fläche noch verfeinern.

Der Lampenfuß

5. Das Kupferlochblech nach der Zeichnung links ausschneiden. Die gestrichelten Linien kennzeichnen die Knickkanten. Zum Biegen in den Schraubstock spannen.

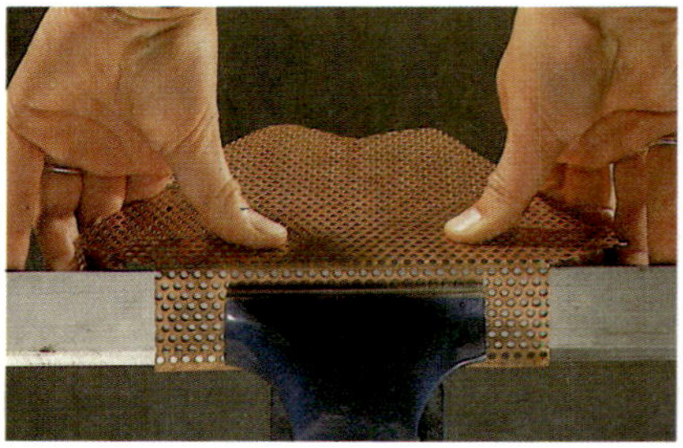

6. Da der Schraubstock nicht breit genug ist, das Blech über der Kante eines dazwischengespannten Stahllineals biegen.

7. Für die unteren Biegungen mußt du die Flachzange zur Hilfe nehmen. Die überstehenden Ecken mit der Blechschere abtrennen.

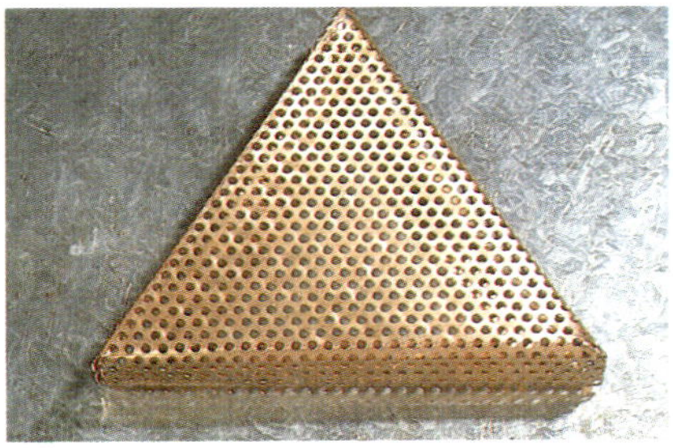

8. So sieht der fertige Lampenfuß aus. Zur Stabilisation wird er später mit Gips ausgegossen. Nun das Kupferrohr (Verbindung zwischen Fuß und Schirm) biegen. Im Röhrchen wird das Kabel geführt.

11. Die Halterung für den Fuß nach dem gleichen Prinzip herstellen.

12. Nun den Lampenfuß mit Gips ausgießen, damit der Lampenschirm kein Übergewicht hat. Zu viel Gips läßt sich leicht wieder wegschneiden.

Es fehlen nur noch die Elektroinstallation und der poppige Anstrich

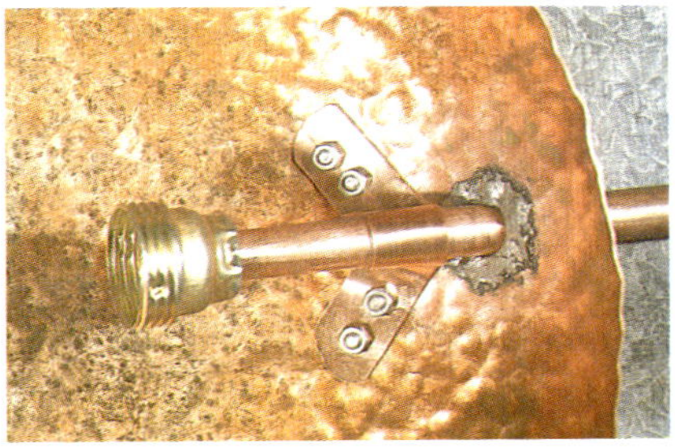

9. Für die Halterung einen 8 cm langen Kupferstreifen zurechtschneiden, jeweils 2x mit einem Ø-0,3-cm-Bohrer durchbohren. Den Kupferblechstreifen um das Rohr biegen, die Bohrstellen am Lampenschirm markieren.

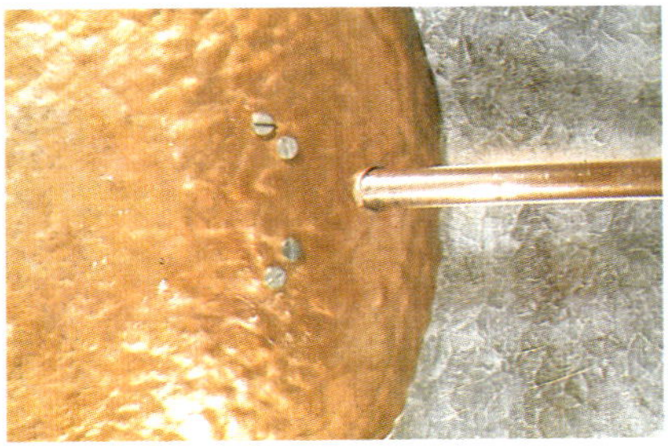

10. An diesen Stellen körnen und anschließend bohren. Beide Teile zusammenschrauben. (In den Fotos 9 und 10 bereits ausgeführt.)

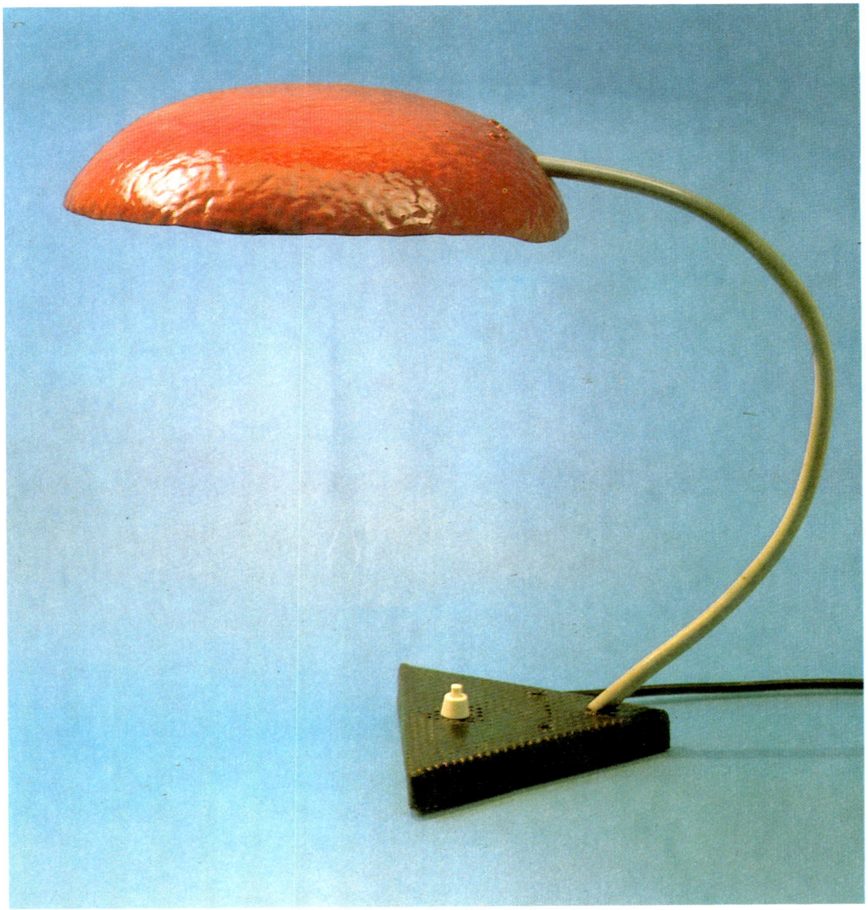

Studioleuchte

Ausgangsmaterial für diese Studioleuchte sind ein alter Heizstrahler und eine Aluminiumschüssel. Es fehlen noch 2 Aluminiumrohrstangen vom Baumarkt, 4 Gewinderöhrchen – und das nötige Zubehör für die Elektroinstallation.

Material:

1 Heizstrahlreflektor
1 Aluminiumschüssel
2 Aluminiumrohre (200 cm lang, Innen ⌀ 1,2 cm)
1 Zinkblechplatte (30 x 30 cm)
Modellgips

Elektrozubehör:

1 Fußschalter
1 Gewinderöhrchen (20 cm lang, 1,2 cm ⌀) mit 6 Muttern
1 Transformator, Elektrokabel
1 Halogenbirne (20 W/12 V)
1 Fassung für Halogenbirnchen

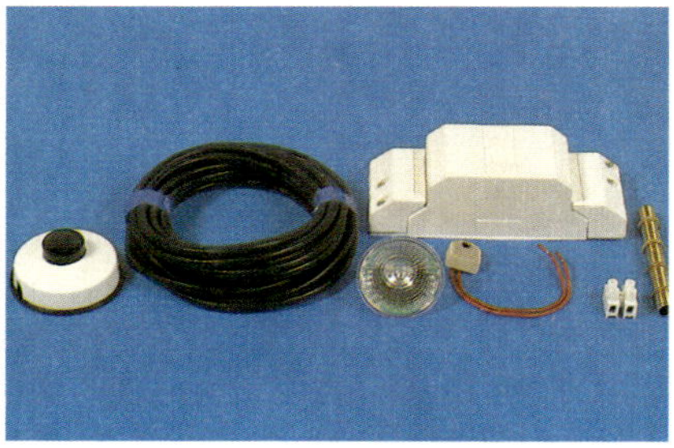

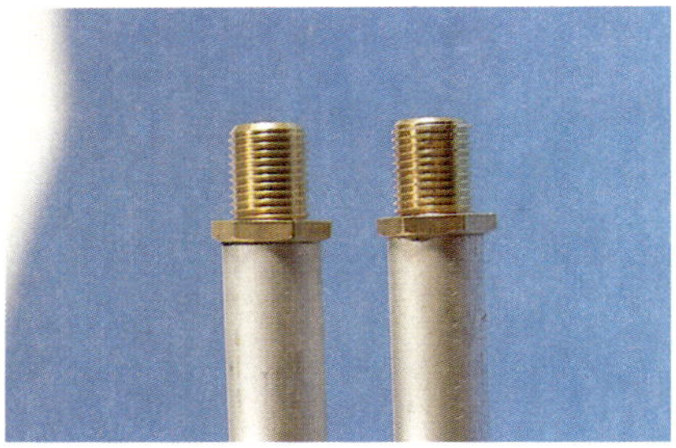

1. Das Gewinderöhrchen in vier 5 cm lange Stücke sägen und in ein Ende der Aluminiumrohre drehen. Das geht einfach, da Aluminium weicher ist als Messing. Mit einer Mutter sichern.

2. Dann das Gewinderöhrchen durch 2 vorgebohrte Löcher in den Reflektor stecken.

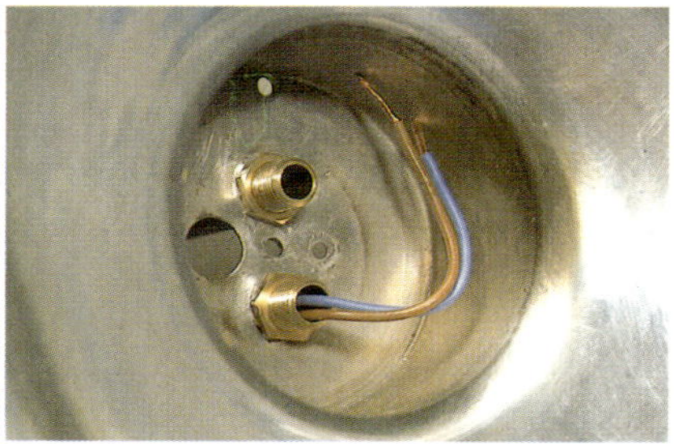

3. Von innen 2 Muttern darüberschrauben – so schnell sitzt der Reflektor auf den Stangen fest. Die Elektrokabel mit einem steifen Draht durch ein Rohr durchziehen.

4. Die Fassung für die Halogenbirne mit einer Schraube befestigen und die Kabel anschließend mit der Lüsterklemme verbinden.

5. Das Halogenbirnchen in die Fassung einsetzen. (Wir haben hier ein Birnchen mit Reflektor verwendet. Ein einfaches Birnchen ohne Reflektor würde ein flächiges Licht erzeugen.)

6. Auch dieser Lampenfuß muß beschwert werden. Dazu erst die Löcher für die Alustangen in der Schüssel ausbohren und die Stangen beim Ausgießen mit Gips stecken lassen.

7. Du hast so gleich die richtigen Öffnungen im trockenen Gips. Der Fuß wird nun von unten mit einer Zinkblechplatte abgedeckt. Sie ist gleichzeitig auch die Montageplatte für den Transformator.

8. Den Transformator (Eingang 220 V, Ausgang 12 V) an die Blechplatte anschrauben.

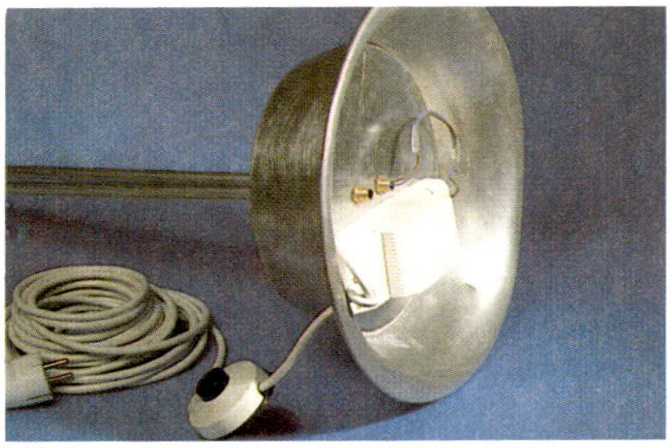

9. Alle Einzelteile zusammenschrauben. Die Elektroinstallation ist auf dem Foto schon fertig, einschließlich Fußschalter, Kabel und Stecker.

10. Vorsicht: Diese Arbeiten sollte nur ein Elektriker vornehmen. Auf jedem Trafo ist ein Schaltbild aufgezeichnet: Bei diesem Trafo liegt der Ausgang für das Halogenlicht bei 4, 5 und 6. Hier brauchen wir 4 und 6 mit 12 V (4 und 5 wären 11,5 V).

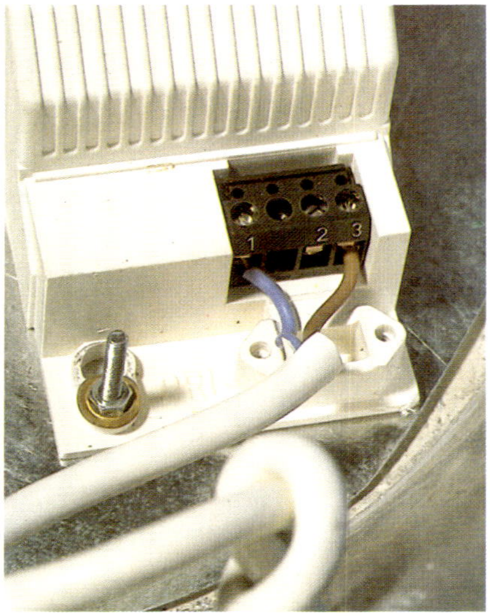

11. Das Schaltbild zeigt den Wechselstrom-Eingang (Klemmen 1 und 3 bei 220 V; 1 und 2 bei 250 V).

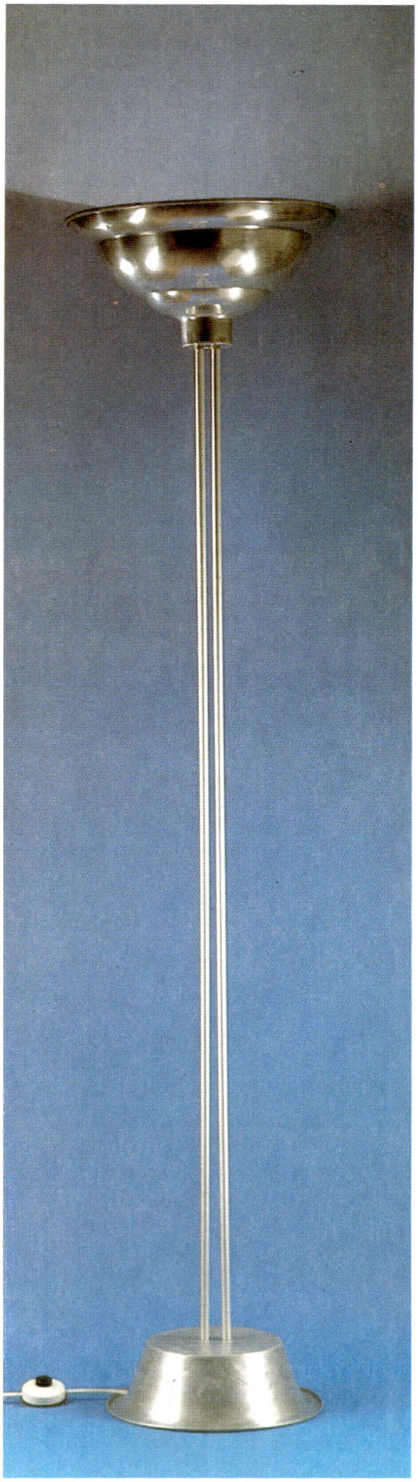

Kunststoff

Die Erfindung von Kunststoffen liegt bereits 150 Jahre zurück, und dennoch ist dieser Werkstoff von Heimwerkern bislang relativ unberücksichtigt geblieben, obwohl sich wirklich tolle Dinge aus ihm herstellen lassen. Allerdings ist Kunststoff ziemlich teuer. ›Acrylglas‹ ist die gebräuchliche Kurzform von ›Polyacrylglas‹. Es ist ein Kunststoff, der seinen Beinamen ›Glas‹ wegen seiner meist transparenten, ›glasklaren‹ Beschaffenheit erhalten hat. Man kann Acrylglas in Form von Platten in verschiedenen Stärken und Farben sowie als Röhren oder Stäbe kaufen. Es läßt sich ganz einfach – wie Holz oder Metall – durch Sägen, Bohren, Feilen und Biegen (durch Hitze) bearbeiten. Dadurch, daß es aussieht wie Glas, aber viel besser zu bearbeiten ist, ergeben sich viele ungeahnte Gestaltungsmöglichkeiten, die sich die modernen Designer zu eigen machen.
Auf den nächsten Seiten stellen wir dir einige Objekte vor, die du mit herkömmlichen Werkzeugen selbst herstellen kannst.

Ein selbstgebautes Federmäppchen (in aufgeklapptem Zustand) eignet sich hervorragend als Aufbewahrungsort für Filzstifte und Zeichengeräte

Acryltablett

Auf diesem Tablett kannst du dein Partygeschirr transportieren. Die Tragestäbe heißen Lisa-Stäbe, d. h. Lichtsammelstäbe: Auftreffendes Licht wird im Stab gesammelt und tritt an den Enden als farbiger, fluoreszierender Lichtstrahl aus.

Material:

Acrylplatte (45 x 40 x 0,5 cm, hier transparent, jedoch in vielen Farben und Mustern erhältlich)
2 Lisa-Stäbe (42 cm lang, 1,5 cm ⌀; Tablettgriffe)
2 Acrylleisten (45 x 5 x 0,5 cm)
Kleber (Acrifix 100 und 107)
Polierwachs

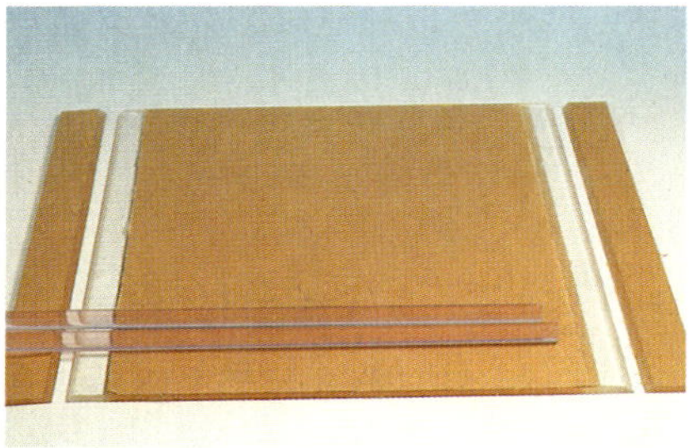

1. Die Längsseiten der Platte und die beiden Leisten auf je einer Längsseite auf Gehrung schneiden lassen.

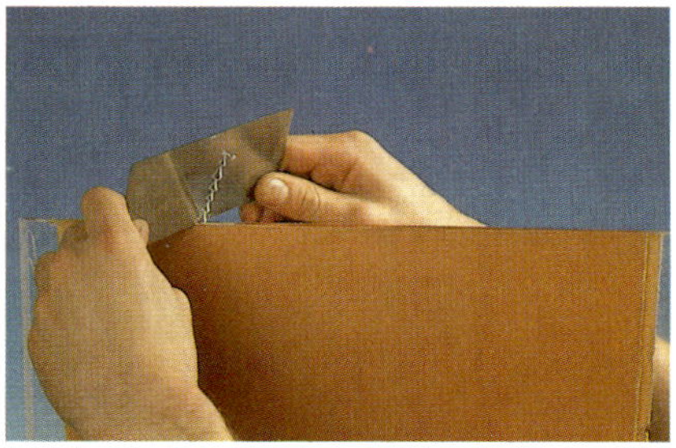

2. Kanten glätten: zuerst mit einem scharfkantigen Metallstück abziehen.

3. Mit Schleifpapier (400er) abschleifen. Die Schutzfolie nicht abziehen.

4. Polierwachs auf eine Polierscheibe (im Baumarkt erhältlich) auftragen.

5. Die Kanten gleichmäßig glattpolieren. Erst jetzt die Schutzfolie abziehen (das verhindert ein Verkratzen).

Bohren

6. Gebohrt wird Acrylglas immer mit einem stumpfen Metallbohrer bei mittlerer Geschwindigkeit. Die Löcher für die Tablettgriffe mit einem ∅-1,5-cm-Bohrer bohren.

Kleben

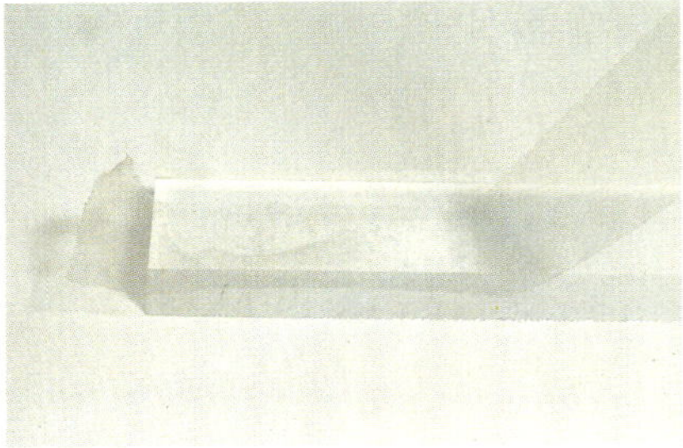

7. Alle Flächen, die nicht verklebt werden, sauber mit Tesaband abkleben.

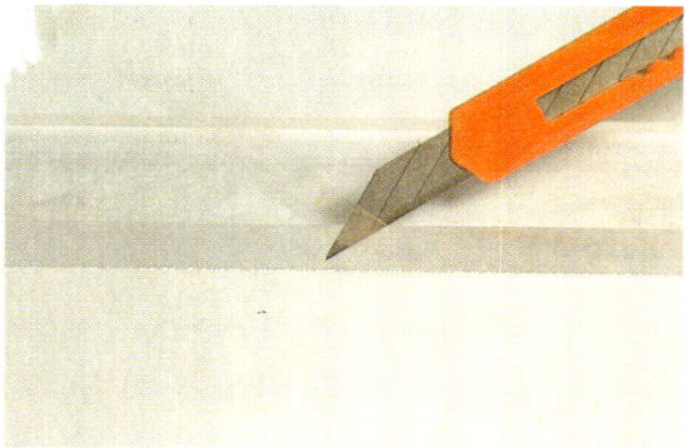

8. Nach dem Abkleben die Tesastreifen an den Kleberändern des Acryls mit einem Papiermesser sauber abschneiden.

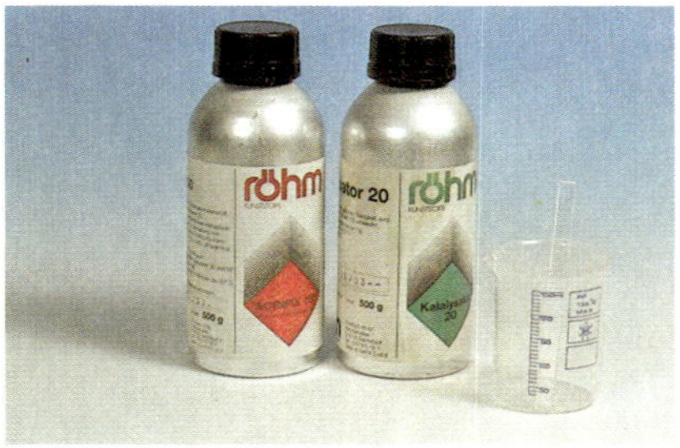

9. Die Seitenteile des Tabletts werden mit dem Spezialkleber Acrifix 100 verbunden.
(Acrifix 100 muß mit einem dazugehörigen Katalysator in einem Meßbecher angemischt werden. Der Kleber benötigt eine halbe Stunde zum Härten. Während des Gebrauchs unbedingt gründlich lüften!)

10. Die Seitenleisten anlegen, den Klebstoff in die Gehrungsrille gießen.

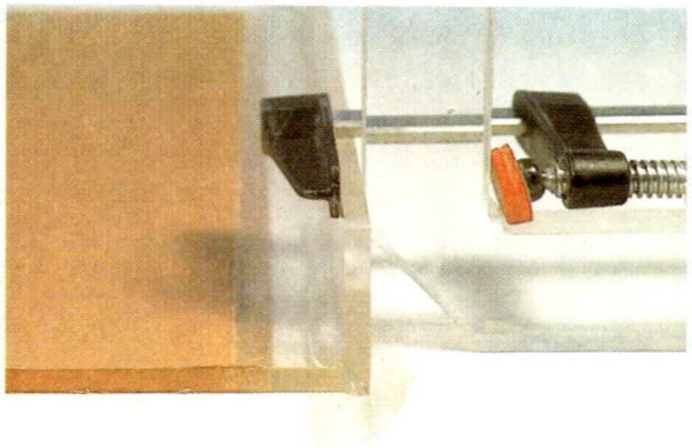

11. Das Seitenteil hochklappen und mit einem Winkel (hier aus Acryl, er kann aber auch aus Holz oder Metall sein) und einer Schraubzwinge festklemmen.

12. Nach ca. einer halben Stunde läßt sich der trockene Kleber mit einem Stechbeitel entfernen. Die Tesastreifen und die Schutzfolien vorsichtig von der Platte abziehen.

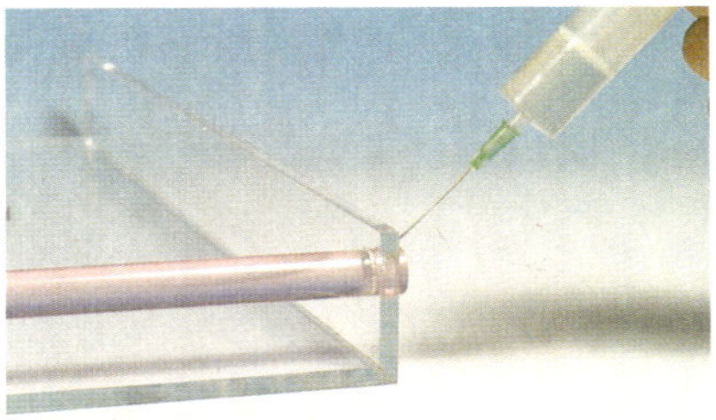

13. Die Lisa-Stäbe einpassen. Mit etwas Acrifix 107 verkleben.

Schreibtisch-zubehör

Du benötigst ca. 0,5 m^2 Acrylglas in verschiedenen Farben oder Oberflächenmustern, um diesen Schreibtisch so fetzig zu ›stylen‹. Damit wirst du zum absoluten ›Trendsetter‹! – Die Zubehörteile, Klemm- und Ordnermechanismus, erhältst du im Schreibwarenhandel (du kannst sie aber auch einfach aus einem alten Klemmbrett oder Ordner ausbauen).

Klemmbrett

Material:
1 Klemmechanismus
1 Acrylplatte (23 x 21 x 0,3 cm)
Stahlstift und Niete

1. Position der Löcher des Klemmechanismus auf die Acrylplatte übertragen und mit einem Bohrer in der Dicke der Niete (normalerweise 0,35 cm ∅) aufbohren. Mit den Nieten, die mit dem Stahlstift zusammengeschlagen werden, den Klemmechanismus auf der Platte befestigen. Das Brett sieht nicht nur toll aus, es ist auch ungemein praktisch.

Aktenordner

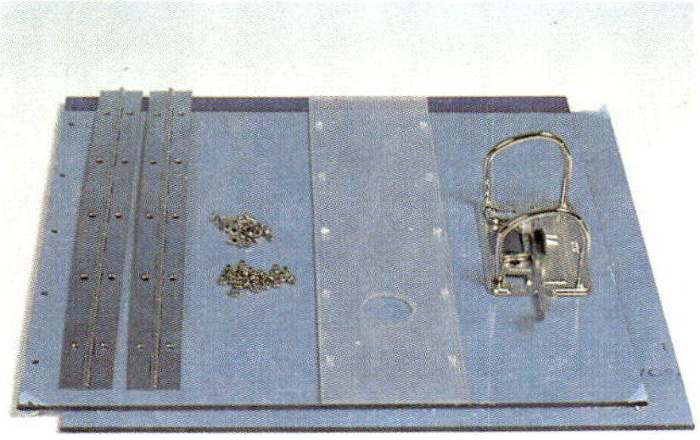

Material: 1 Ordnermechanismus
2 Platten GS-Material (Fachbezeichnung, 31,5 x 30 x 0,3 cm), 1 Acrylplatte (Rest, 30 x 7 x 0,3 cm), Niete

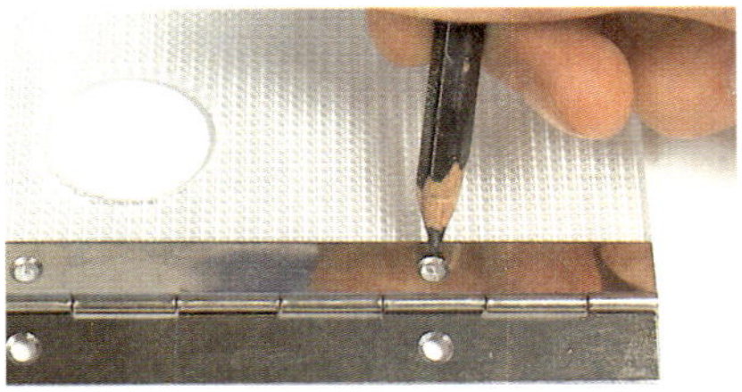

1. Scharniere (2 x, jeweils 30 x 1 cm) am Ordnerrücken anlegen, die Lochstellen anzeichnen. Mit einem Metallbohrer die Löcher (0,35 cm ∅) bohren.

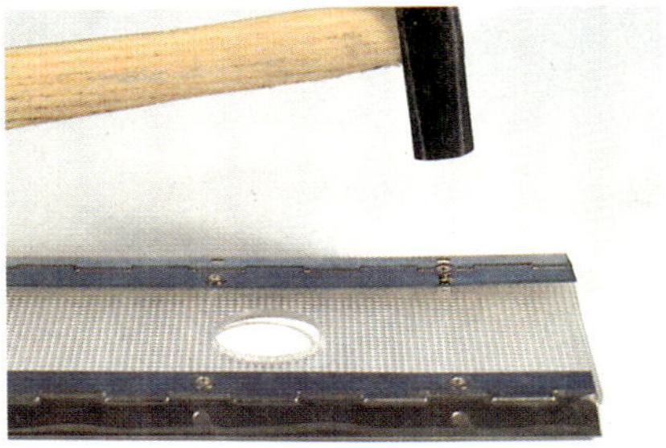

2. Die Scharniere innen am Ordnerrücken mit Nieten festschlagen. Das Griffloch (in Foto 1 bereits vorhanden) mit der Laubsäge aussägen. (Mit einem ∅-0,25-cm-Bohrer vorbohren.)

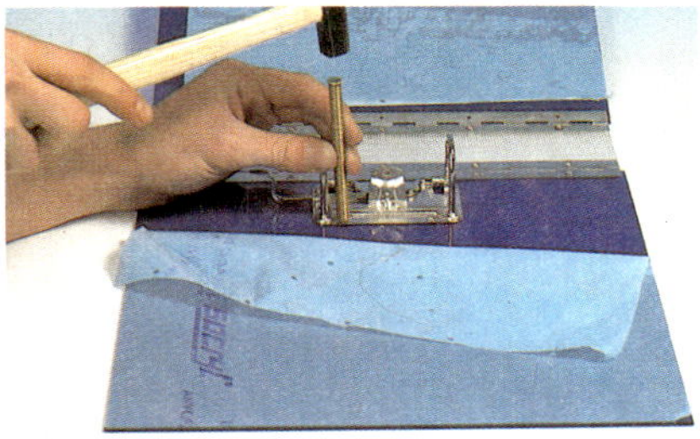

3. Die Mitte des Ordnerrückteils ermitteln, den Mechanismus anlegen, die Löcher abtragen, bohren und festnieten.

4. Die Schutzfolie von den Ordnerdeckeln abziehen, schon ist dein außergewöhnlicher Aktenordner fertig.

Federmäppchen

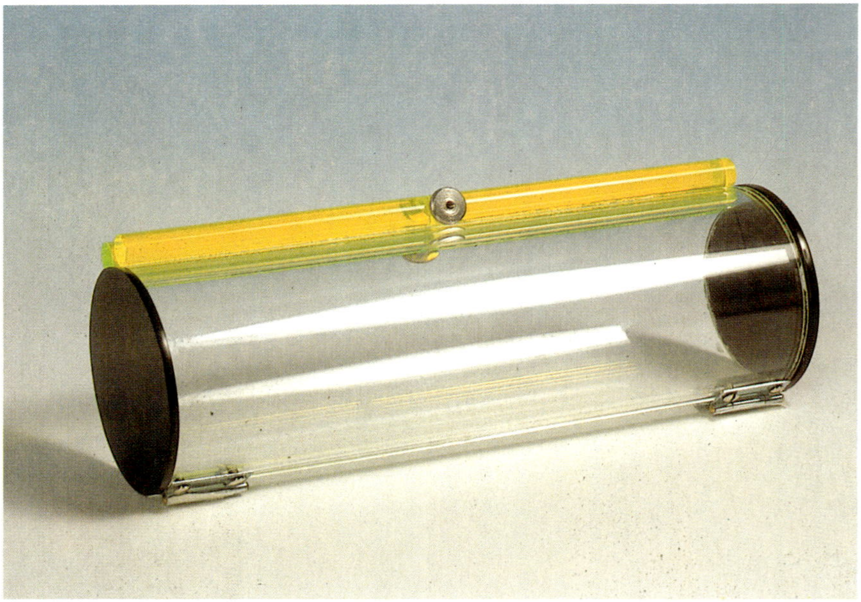

Um dieses Federmäppchen werden dich deine Mitschüler beneiden. Es ist einfach herzustellen – unsere Maßangaben sind nur Vorschläge. Du solltest im Fachhandel für Kunststoffbedarf (Branchenbuch) nach Restbeständen fragen; du wirst eine erstaunliche Vielfalt an Größen, Mustern und auch Durchmessern finden.

Material und Arbeitsgeräte:

1 Acrylglasrohr (transparent, halbiert; 20 x 5 x 0,3 cm, 7 cm ∅)
1 schwarzer Plexiglasstreifen (30 x 5 x 0,3 cm)
2 Lisa-Stäbe (jeweils 20 cm lang, 0,7 cm ∅)
2 Scharniere mit Gewindeschrauben (0,3 cm ∅)

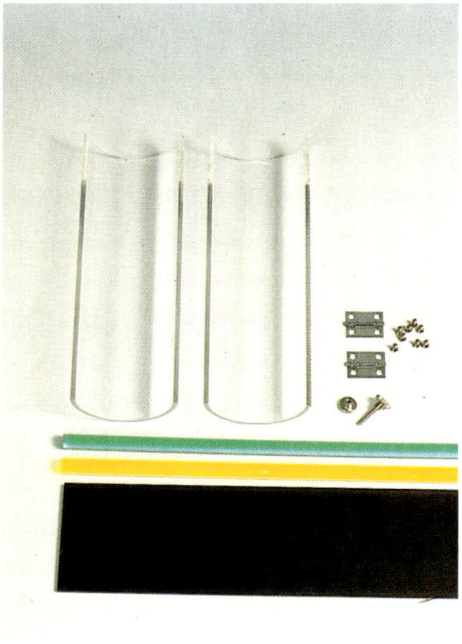

1 Verschlußschraube
Gewindeschneider (0,3 cm ∅)
Schleifpapier (400er Korn)
Acrifix 107 (Acrifix 107 ist ein Schnellkleber, der, in Laborspritzen gefüllt, ganz dünn auf Klebeflächen aufgetragen wird. Er hat die Eigenschaft, zu verklebende Kunststoffoberflächen anzulösen und zu verbinden.)

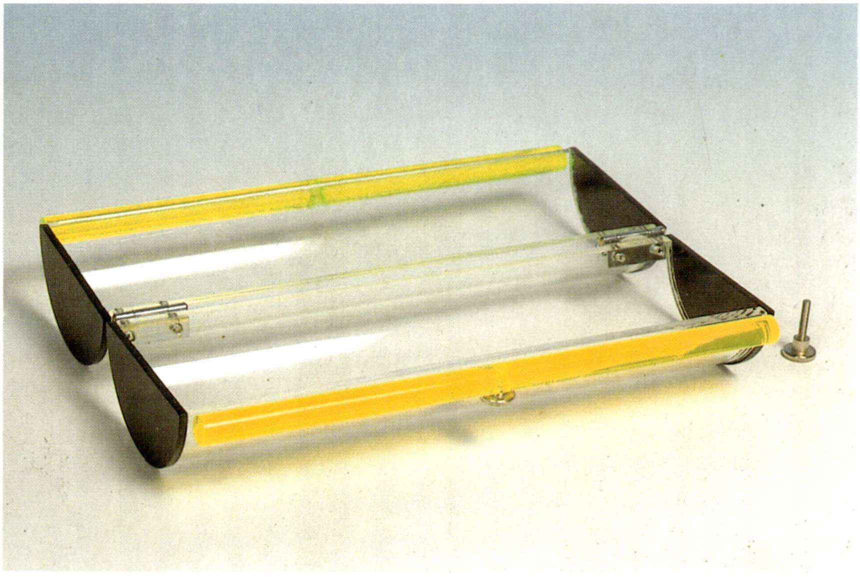

Ob geschlossen oder offen, dieses Federmäppchen ist ein gutes Beispiel, wie mit Kunststoffen gestaltet werden kann

1. Den Halbkreis des Rohres 4x auf dem schwarzen Acrylglasstreifen abtragen. Mit einer Laubsäge aussägen.

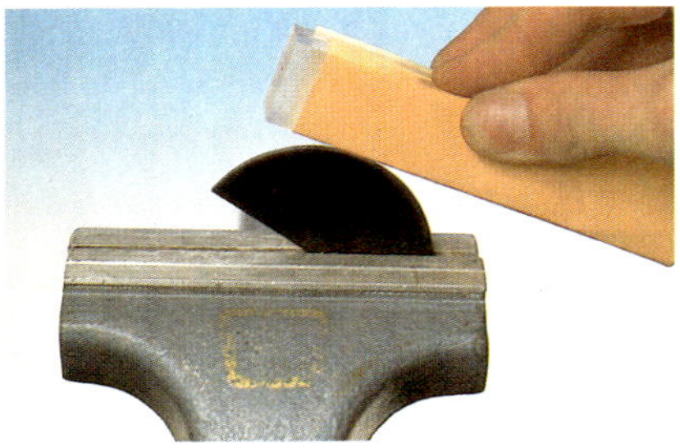

2. Mit Schleifpapier abschleifen, anschließend sorgfältig polieren (siehe auch S. 248 f.).

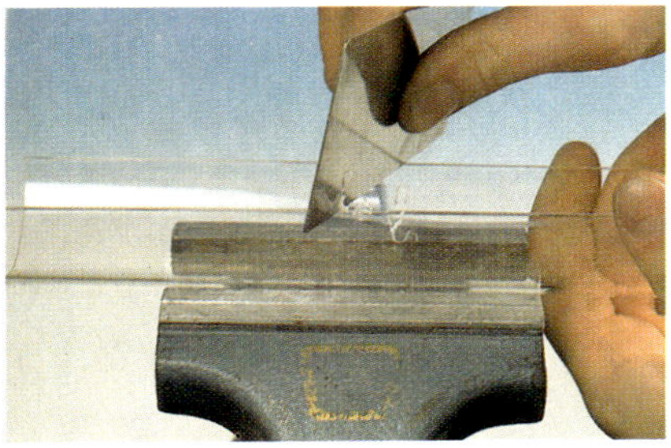

3. Die Längskanten des Rohres mit einem scharfen Metallstück (Ziehklinge) abziehen und polieren.

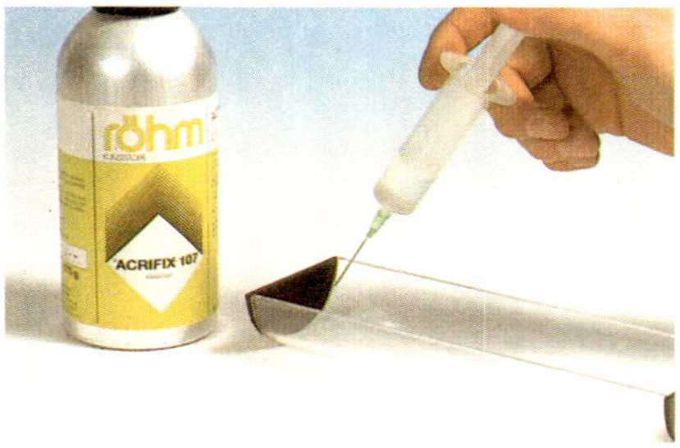

4. Die Seitenteile werden mit Acrifix 107 festgeklebt. Den Kleber von innen und von außen auftragen, damit die Klebefläche stabil wird.

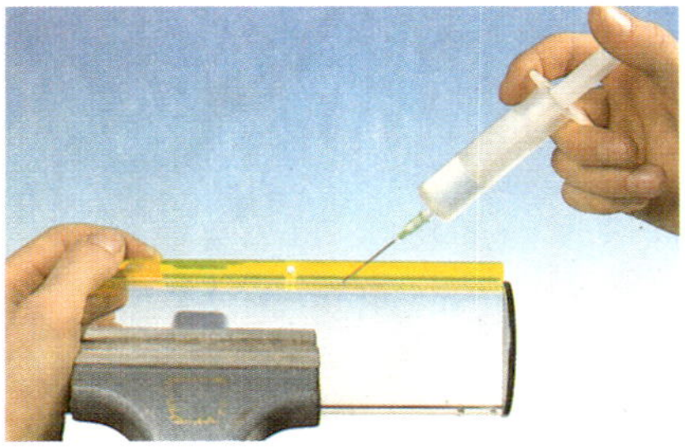

5. Auch die Lisa-Stäbe werden mit Acrifix 107 aufgeklebt. Der Kleber muß 10 Minuten trocknen.

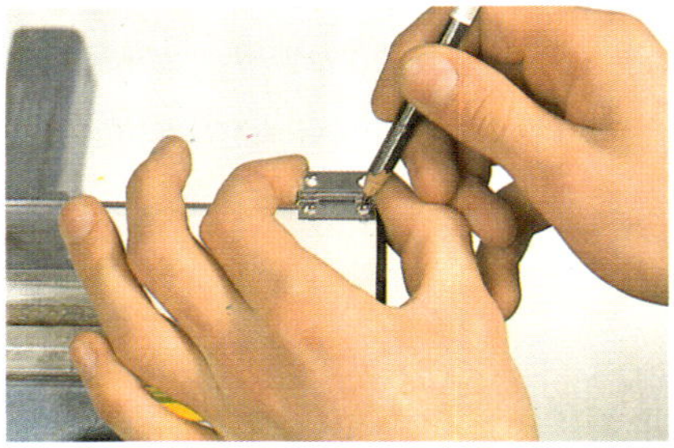

6. Die Bohrstellen für die Scharniere anzeichnen.

7. Das Werkstück einklemmen und die Löcher senkrecht in die Rohrhälfte bohren. (Für ein Gewinde mit 0,3 cm ∅ brauchst du einen ∅-0,25-cm-Bohrer.)

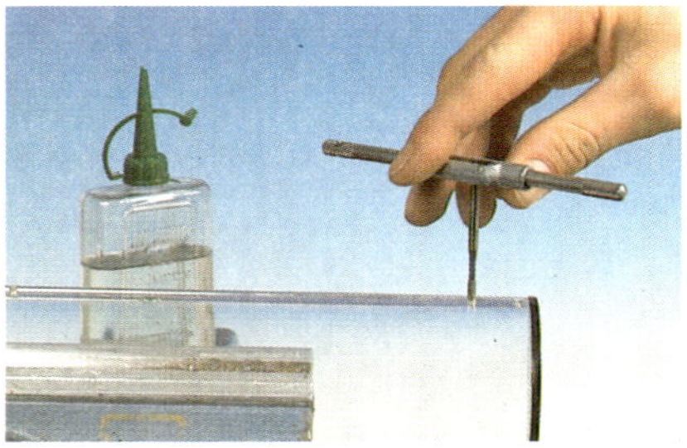

8. Mit dem Gewindeschneider das Gewinde in das Acrylglas schneiden. Vorher einen Tropfen Öl auf die Gewindeschneidespitze auftragen.

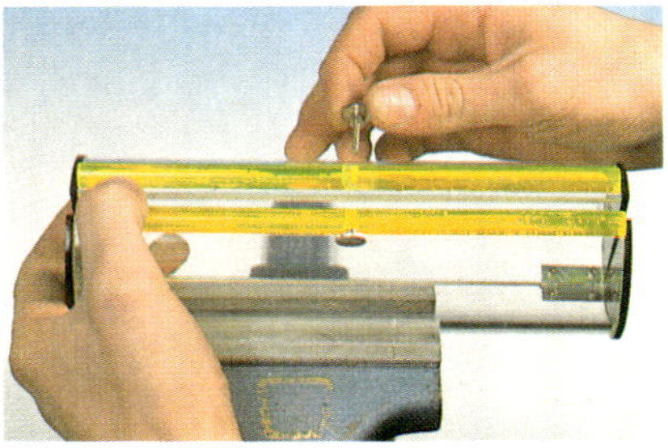

9. Das Mäppchen wird durch die Verschlußschraube zusammengehalten. Dazu beide Lisa-Stäbe im Durchmesser der von dir besorgten Verschlußschraube durchbohren.

Glossar

Hier sind einige Begriffe aufgeführt und näher erklärt, die nicht so ohne weiteres verständlich sind, aber oft im Zusammenhang mit Werkarbeiten gebraucht werden.

Abnäher

Keilförmiges Zusammennähen von Stoff oder Leder, um das Material einer Form anzupassen.

Absetzen

Entfernen von Holzmaterial an Ecken. (Im Gegensatz zum Ausstemmen, bei dem Holzmaterial aus einer Fläche entfernt wird.)

Abtragen

Das Übertragen von Maßen (Zeichnungen oder Plänen) auf das Werkmaterial mit Hilfe eines Lineals oder Winkels.

Anpassen

Abfeilen von Teilen einer Holzverbindung, bis sie gut ineinander passen.

Anreißen

Eigentlich das gleiche wie Anzeichnen, nur mit dem Unterschied, daß auf dem Holz oder Metall eine Kerbe eingeritzt wird.

Applikation

Aufkleben oder -nähen von einem Stück Stoff oder Leder auf eine Unterlage.

Ausreiber

Feile oder Bohrmaschinenaufsatz zum Verbreitern von Bohrungen an ihren Öffnungen.

Balsaholz

Gelblichweißes, äußerst leichtes Nutzholz des Balsabaumes, der in Südamerika wächst. Dieses Holz wird auch für den Modellflugzeugbau verwendet.

Borstenpinsel

Die ›Haare‹ dieses Pinsels sind aus Schweinsborsten zusammengebunden. Diese Pinsel werden für einfache Malerarbeiten oder zum Einstreichen von Leim verwendet.

bündig

Fachbezeichnung für genau übereinanderliegende Materialkanten.

Dispersionsfarbe

Aus Binder und Farbpigmenten hergestellter Anstrichstoff, in Wasser gelöst. Nach dem Auftrocknen ist diese Farbe praktisch wasserfest.

Dübel

Verbindungselement zwischen Materialstücken (aus Holz, Stahl oder Kunststoff).

Falzbein

Handlicher, messergroßer Stab zum Nacharbeiten von Falzkanten und Knickfalten. Das Falzbein wird aus Knochen hergestellt.

Fixativspritze

Zum Schutz von Kohlezeichnungen wird durch ein Metallröhrchen das Fixativmittel (Schellack) aufgeblasen. Wir verwenden sie zum feinen Verteilen von Wasserfarbe auf Papier und Pappe.

Furnier

Dünnes Holzblatt, das mit einer Schälmaschine vom Holzbrett abgenommen wird. Spanplatten sind auf ihrer Sichtseite mit Furnieren verkleidet.

Grat

Herausspringende Kante an einem Werkstück, die z. B. bei Metallen weggefeilt wird, um sich nicht daran zu verletzen, bei Holz aber als Verbindungskante genutzt wird.

Grathobel

Spezialhobel, um an einer Holzkante einen Verbindungsgrat herzustellen.

Gehrung

2 Holzleisten werden über Eck auf Gehrung zusammengefügt, wenn die Klebeflächen genau in der Hälfte des Eckwinkels liegen (wenn der Eckwinkel 90° beträgt, sind die Klebeflächen auf 45° gesägt).

Kaschieren

Bekleben von Papier, Karton und auch Holz mit Papier, Textilien oder Folien.

Keilrahmen

Holzrahmen zum Spannen von Leinwand für Gemälde. In die Steckverbindung der Ecken werden flache Holzkeile eingedrückt, mit denen der Rahmen nachgespannt werden kann.

Nut

Fuge, die mit Hilfe von Stemmwerkzeugen aus einem Holzteil herausgeholt wird. In ihr werden andere Holzteile geführt oder miteinander verbunden.

Pfeifen (Lochstanzen)

Hier: verschieden große Lochstanzen an einer verstellbaren Lochzange.

Schmiege

Werkzeug zum Messen von Winkeln. Mit einer beweglichen Zunge, die in einem Schlitz geführt wird, kann der Winkel, der abzutragen ist, eingestellt werden.

Schnitt

Auf dem Schnitt oder Schnittmusterbogen sind die Einzelteile eines Kleidungsstückes in deiner Größe in Umrissen aufgezeichnet. Diese Linien werden auf den Stoff (hier Leder) übertragen.

Stechbeitel

Holzbearbeitungswerkzeug aus Stahl mit einer sehr scharfen Kante, mit dem Holz weggestemmt wird.

Streichmaß

Werkzeug zum genauen wiederkehrenden Abtragen von Maßen. 2 genutete, mit Meßskalen versehene hölzerne Zungen sind auf einem Führungsstab befestigt. An der Spitze der Zungen befinden sich Metallstifte, mit denen das Maß auf dem Holz angerissen wird.

Ziehklinge

Metallscheibe, rechteckig oder in ovaler Form, mit scharfen Kanten. Die Ziehklinge wird mit Druck über zu glättende Kanten von Werkstücken gezogen, z. B. Holz, Kunststoff, Ton usw.

Register